Furchterregender Traum

Schattenblut-Seelen

Buch Fünf

Eva Chase

Furchterregender Traum

Schattenblut-Seelen Buch 5

Erste Digitale Ausgabe, 2023

Copyright © 2024 Eva Chase

Übersetzung: Anja Maria Lermer

Lektorat: Nadja Uebach

Umschlaggestaltung: Sanja Balan (Sanja's Covers)

Ebook ISBN: 978-1-998752-96-6

Paperback ISBN: 978-1-998582-78-5

 Formatiert mit Vellum

EINS

Riva

Die geliehene Kraft strömt durch meine Adern. Einerseits ist sie so vertraut wie die Männer um mich herum und gleichzeitig aufregend neu.

Als würde ich meine Muskeln anspannen, teste ich die Energie in mir und schaue mich auf der Lichtung um, auf der wir diese Demonstration abhalten.

Palmblätter rascheln in der leichten Brise, die meinen Zopf umweht. Der Dezember in Südspanien fühlt sich an wie der Frühling an den meisten Orten, an denen ich bisher gewesen bin.

Im dichten Gras verlagere ich mein Gewicht von einem Fuß auf den anderen und betrachte die größeren Bäume, die die Lichtung umgeben. Ich brauche einen einzelnen kleinen Ast, der von den anderen absteht.

Ich will nicht aus Versehen einen ganzen Baum fällen.

Da drüben. An einem der kürzeren Bäume, der kaum

mehr als ein Schössling ist, ragt unter den dickeren Ästen ein langer Zweig mit ein paar Blättern aus dem Stamm.

Ich sammle die aufwallende Kraft hinter meinen Augen und bündle sie zu Hitze, bevor ich sie auf den Ansatz des Zweiges richte.

Es geht blitzschnell. Beißender, holziger Rauch erfüllt die Luft und der Zweig fällt zu Boden. Das abgetrennte Ende ist schwarz und verkohlt.

Als ich Zian ansehe und die kribbelnde Energie zurück in seine muskulöse Gestalt leite, klatscht Rollick kurz in die Hände. „Faszinierend. Sowohl was die Entwicklung eurer Fähigkeiten angeht als auch der reibungslose Austausch.“

Der jahrtausendealte Dämon lächelt uns mit funkelnden dunkelblauen Augen an. In seiner menschlichen Gestalt sieht er wie ein Filmstar aus und ist so schwer zu durchschauen, als wäre er tatsächlich mit Spezialeffekten und Studiolicht in Szene gesetzt.

Wesen wie Rollick – die sich selbst Schattenwesen nennen, aber von den meisten Menschen als Monster bezeichnet werden – waren meinen Jungs und mir gegenüber oft nicht freundlich gesinnt. Viele von ihnen trauen Wesen wie uns nicht. Als Hybriden verfügen wir sowohl über menschliche als auch über Schattenwesen-Merkmale. Wir haben übernatürliche Kräfte, während uns gleichzeitig die wenigen Schwächen fehlen, die andere „Monster“ behindern können. Unsere Schöpfer nannten uns Schattenblüter.

Die Bezeichnung ist sinnvoll, denn die Menschen haben uns erschaffen, damit wir in ihrem Namen Schattenwesen vernichten. Allerdings haben sie nicht damit gerechnet, dass wir einen starken eigenen Verstand entwickeln und feststellen würden, dass *sie* viel monströser sind als unsere vermeintlichen Feinde.

Rollick hat mehr als einmal bewiesen, dass auch er uns nicht als Gegner sieht. Ihm haben wir es zu verdanken, dass wir erst gestern unseren bisher schlimmsten Entführern entkommen sind.

Ich bin mir nicht sicher, wie viele andere Schattenwesen sich die Demonstration ansehen, um die er gebeten hat, nachdem wir ihm von unseren neuen Fähigkeiten erzählt haben. Im Gegensatz zu uns können sie in ihrer Schattenwesen-Gestalt in dunklen Flecken verschwinden.

Möglicherweise werden wir gerade von Dutzenden von Wesen aus den Schatten der Bäume beobachtet, ohne es zu merken.

Rollick hat unseren Kräfteaustausch schon ein paar Mal mitbekommen. Wortlos schaut Andreas zu mir. Er begegnet meinem Blick mit einem sanften, beruhigenden Lächeln, und ich spüre, wie eine meiner Schattenblutkräfte aus mir herausströmt.

Mit einem Schwung seiner dunkelbraunen Locken dreht er den Kopf und fixiert einen Schmetterling, der über die Lichtung flattert. Augenblicklich fällt das Insekt zu Boden.

Rollick wird noch aufmerksamer. Meine brutalste Fähigkeit ist der Todesfeen-Schrei, der mit seinem Hunger nach Schmerz Körper zerreißen kann. Diese Kraft hat den Schattenwesen immer die größten Sorgen bereitet und inzwischen neue Dimensionen angenommen.

„Du hast keinen Laut von dir gegeben", sagt der Dämon zu Andreas, als Drey mir meine Kraft mit einem kleinen Ruck zurückgibt.

Gegenüber von mir verzieht sich Jacobs Mund zu einem breiten Grinsen. Er fand meine Kraft immer faszinierend, so erschreckend sie auch sein mag. „Sie hat gelernt, ihren Schrei stumm in ihrem Kopf abzusetzen. Und das bedeutet, dass der Rest von uns das auch kann."

Neben ihm nickt Griffin. „Wir können alle Kräfte untereinander austauschen."

Es ist immer noch ein wenig seltsam, die Zwillinge

nebeneinanderstehen zu sehen, nachdem wir Griffin vier Jahre lang für tot hielten. Sie sind in vielerlei Hinsicht Spiegelbilder des anderen, obwohl sie die letzten Jahre unterschiedlich geprägt haben.

Griffins Züge wirken etwas weicher als Jacobs härtere Konturen. Und sein goldblondes Haar fällt ihm fransig ins Gesicht, während Jacob seine kürzeren Strähnen nach hinten kämmt.

Mir fallen diese kleinen Details auf, weil ich die beiden so gut kenne. Ein Fremder würde die beiden trotzdem verwechseln.

Rollick tippt sich mit einem Finger an den Mund. Sein lässiger Tonfall deutet nicht darauf hin, dass ihn die Weiterentwicklung meiner Kraft beunruhigt. „Das ist alles sehr interessant. In all den Jahrhunderten meiner Existenz habe ich noch nie gehört, dass Schattenwesen ihre Kräfte untereinander *austauschen*.“

Dominic hebt den Kopf. Sein kurzer kastanienbrauner Pferdeschwanz streift den Kragen seines langärmeligen T-Shirts. Seine beiden Tentakel, die etwas orangefarbener sind als seine olivbraune Haut, ragen knapp unterhalb seiner Schultern aus zwei Einschnitten im Kragen.

„Wir sind keine Schattenwesen“, betont er in seinem gewohnt ruhigen, nachdenklichen Ton. „Die Wärter haben mit uns etwas völlig Neues geschaffen. Und das ist nicht die einzige Verbindung zwischen uns sechs.“

Meine Hand wandert automatisch zu meinem Brustbein, wo sich fünf daumengroße Male wie Tätowierungen über mein Schlüsselbein ziehen. Durch die Male bin ich mit meinen Männern verbunden. Jedes davon ist erschienen, nachdem unsere Schattenessenz und unsere Körper miteinander verschmolzen sind.

Erst als ich mit dem letzten der Männer Sex gehabt und sich das letzte Mal gebildet hatte, wurde die Verbindung zwischen uns so stark, dass wir unsere Kräfte untereinander austauschen konnten und uns der Gegenwart der anderen bewusst wurden.

„Wir sind vom gleichen Blut", sage ich. Dieses Motto hat uns durch unsere Kindheit in Gefangenschaft und die qualvollen Experimente getragen. Es hat uns bei unseren Fluchten Kraft gegeben, die bisher entweder gescheitert oder nur von kurzer Dauer waren.

Und es ist wahr. Wir sind vom gleichen Blut. Unser gemeinsames Erbe ist nicht das Einzige, was uns miteinander verbindet, sondern auch die Jahre, in denen wir nur einander hatten.

Wir sind nicht die einzigen Schattenblüter auf der Welt. Nach uns haben die Wärter weitere geschaffen, deren Kräfte allerdings nicht so stark sind wie unsere.

Ich glaube nicht, dass ich meine Kräfte mit jemand anderem als diesen fünf Männern teilen könnte. Wir sechs sind auf besondere Weise miteinander verbunden.

Natürlich wissen wir nicht, was die Zukunft für Möglichkeiten mit sich bringt, jetzt, da unser mächtigster Feind selbst Schattenblüter erschaffen hat.

Die Erinnerung an Balthazars neuesten Plan zerrt an meinen Nerven. Seit ich davon erfahren habe, sehne ich mich nach Antworten, aber Rollick hat darauf bestanden, dass wir zunächst mehr Abstand zwischen uns und dem letzten bekannten Aufenthaltsort unseres ehemaligen Entführers bringen.

Hier sollte uns keiner unserer früheren Kerkermeister aufspüren können – weder Balthazar noch die Wärter. Bisher haben uns die Wärter nur mithilfe von Griffins Ortungsfähigkeiten gefunden. Als er sich weigerte, ihnen zu helfen, ist es uns auch ohne die Unterstützung des mächtigen Dämons gelungen, unterzutauchen.

Als wir gestern Abend in Rollicks spanischem Anwesen

ankamen, waren wir völlig erschöpft. Bevor er sich weitere Geschichten über Balthazars Pläne anhörte, wollte Rollick, dass seine Leute Toni verhörten. Die Frau hatte sich am Ende gegen ihren Auftraggeber gestellt, um uns zu helfen.

Ich verlagere mein Gewicht von einem Fuß auf den anderen und kann meine wachsende Ungeduld nicht ganz unterdrücken. „Jetzt hast du einen guten Eindruck von unseren Fähigkeiten. *Wie* spielt im Moment wohl kaum eine Rolle, oder? Wir müssen herausfinden, was Balthazar als Nächstes vorhat, und ihn aufhalten."

„Geduld, kleine Todesfee", erwidert Rollick in dem scherzhaften Tonfall, der manchmal beruhigend ist, mich im Moment jedoch eher ärgert.

Als er den Mund öffnet, um noch etwas hinzuzufügen, stürmt eine kleinere Gestalt durch die Bäume des weitläufigen Geländes des Landsitzes.

Zian springt schneller an meine Seite, als man es von einem Mann seiner Größe erwarten würde. Seine Finger krümmen sich, als würden seine Wolfskrallen jeden Moment hervorschießen, und seine Muskeln spannen sich unter seiner pfirsichbraunen Haut abwehrend an. Doch bevor er auch nur knurren kann, scheint er den blonden Lockenschopf im selben Moment zu erkennen wie ich.

„Hey, Schattenblüter!" Pearl kommt am Rande der Lichtung zum Stehen und strahlt uns an. In den Armen hält sie einen großen Leinensack, den sie an ihren kurvigen Körper presst. „Seid ihr fertig mit eurer Demonstration für den Boss? Ich habe neue Klamotten für euch."

Wir stecken seit gestern in denselben nach Rauch müffelnden Kleidern. Trotz meiner Unruhe hebt sich meine Laune. „Danke."

Das kurvige Sukkubus-Mädchen winkt mit der Hand in Richtung Haus. „Kommt mit. Ich werde sie auf dem Tisch im Garten hinterm Haus auspacken. Leider bin ich mir nicht sicher, wie gut diese Idioten meine Anweisungen befolgt haben ... *Ich* hätte sie besorgen sollen."

„*Du* hast dich vor Balthazars Leuten bereits gezeigt", erinnert Rollick sie und folgt ihr zum Tisch. „Wir wollen ihnen auf keinen Fall einen Hinweis darauf geben, wo ihre Entflohenen stecken. Vorsicht ist wichtiger als Mode."

Obwohl er leise spricht, glaube ich, einen Hauch von Anspannung in seinen Worten zu erkennen. Balthazar ist sogar an den Sicherheitsvorkehrungen des Dämons vorbeigekommen. Er hat einen Laptop aus seinem Hotel in Miami gestohlen, während Rollick damit beschäftigt war, uns zu retten.

Möglicherweise war dieser Laptop der Schlüssel für Balthazar, um sein Verfahren zur Erschaffung neuer Schattenblüter zu perfektionieren. Da ich Balthazar verraten habe, wo er ihn aufbewahrt, kann ich Rollick deswegen keinen Vorwurf machen. Damals ahnte ich nicht, was für ein großer Fehler das sein würde.

Wir treten aus den Bäumen hervor und gehen über den Rasen zu dem breiten schmiedeeisernen Terrassentisch. Er ist weiß gestrichen, passend zu den Wänden des weitläufigen Herrenhauses. Die gewölbten Säulengänge und das Ton-Ziegel-Dach verleihen dem Gebäude ein traditionelles Flair, doch die allgemeine Atmosphäre ist modern genug, um keine schlechten Assoziationen mit der alten italienischen Villa zu wecken, in der Balthazar uns gefangen hielt.

Pearl kippt den Sack über dem Tisch aus, und eine Flut von Stoffen ergießt sich über die weiße Oberfläche. Die Jungs und ich versammeln uns darum herum und wühlen uns durch den Klamottenberg.

Ich habe gerade einen Kapuzenpulli ausgegraben, der eine Nummer zu groß ist, aber ansonsten sehr gemütlich aussieht, und eine passende Jeans dazu gefunden, als ein leiser Ton aus Pearls Kehle dringt. Ich schaue auf und folge ihrem Blick zum Haus, aus dem drei Gestalten heraustreten.

Sorsha, die einzige uns bekannte Mensch-Schattenwesen-Hybridfrau, die nicht von den Wärtern erschaffen wurde und die feurigen Kräfte eines Phönix besitzt, und ein schelmischer Schattenwesen-Mann namens Ruse flankieren eine große, drahtige Frau, deren glatter schwarzer Haarschopf ungewöhnlich zerzaust ist.

Toni. Sie lassen sie endlich wieder mit uns reden.

Jegliche Gedanken an die neuen Klamotten verpuffen. Meine Selbstbeherrschung reicht gerade noch aus, um um den Tisch herumzugehen und nicht direkt über ihn hinwegzuspringen.

Sorsha und Ruse begleiten Toni zu uns. Schwungvoll wirft Sorsha ihren knallroten Pferdeschwanz über die Schulter. „Wir sind zuversichtlich, dass sie ehrlich ist, was ihre Absichten angeht. Ich denke, sie ist vertrauenswürdig.“

Rollick verschränkt die Arme vor der Brust. „Dann lasst uns hören, was Balthazars Lakai zu sagen hat.“

Tonis Lippen verziehen sich zu einer leichten Grimasse, als sie als Lakai bezeichnet wird, und ein trauriger Blick liegt in ihren dunklen Augen. Sie greift in ihre Hosentasche. „Als ich mich in Mr. Balthazars Büro geschlichen habe, um eure Armbänder abzuschalten, habe ich die hier entdeckt. Ich glaube, sie gehört dir, Riva?“

Sie hält mir eine Silberkette mit dem Anhänger einer Katze hin, die sich um ein Garnknäuel wickelt. Mein Puls beschleunigt sich vor Überraschung und Erleichterung.

Sofort nehme ich das Schmuckstück an mich. „Danke. Ich habe sie schon vermisst.“

Die Halskette, die mir Griffin vor Jahren geschenkt hat, war verschwunden, seit ich in Balthazars Villa aufgewacht bin.

Als ich sie mir umlege, starrt Jacob Toni mit seinen

himmelblauen Augen eiskalt an. „Wirst du uns sagen, warum du für diesen Psychopathen gearbeitet hast?"

Toni senkt den Kopf und ihre Schultern sacken leicht nach unten. „Ich werde mein Bestes tun, um es zu erklären, aber ich erwarte nicht, dass ihr es versteht. Mir ist bewusst, dass ich nicht immer die besten Entscheidungen getroffen habe. Das versuche ich jetzt zu ändern."

„Nur zu", sagt Griffin, der im Gegensatz zu seinem Zwillingsbruder friedlich gestimmt ist. „Wir werden zuhören."

Mit einem tiefen Atemzug hebt sie ihren Blick und sieht uns an. „Ich arbeite nun schon seit fünfzehn Jahren für Otto Balthazar. Als ich an der Uni Betriebswirtschaft studierte, hatte ich eine unangenehme Begegnung mit einem dieser Monster, die ihr Schattenwesen nennt. Natürlich hat mir niemand geglaubt, als ich versuchte zu erklären, was passiert war. Mr. Balthazar bekam es mit und kam zu mir, um mit mir zu sprechen. Damals arbeitete er noch für die Wärterschaft."

Ich ziehe die Augenbrauen hoch. „Und da hat er beschlossen, dich einzustellen?"

Toni zuckt mit den Schultern. „Ich kam mit meiner Ausbildung gut voran. Er dachte darüber nach, sich mit seinem … inoffiziellen Projekt selbstständig zu machen. Ich nehme an, es ist nicht so einfach, Leute zu finden, die über Schattenwesen Bescheid wissen und über die entsprechenden Kompetenzen verfügen. Mir gegenüber musste er sein Vorhaben nicht verbergen."

Dominic streicht mit den Händen über ein Shirt, das er sich ausgesucht hat, bevor er seine Aufmerksamkeit wieder auf Toni richtet. „Was genau solltest du für ihn tun?"

„Ich habe mich um alles gekümmert, was *nicht* zu seinen öffentlichen Unternehmungen gehörte: seine Arbeit mit der Wärterschaft, seine individuellen Maßnahmen gegen die

Schattenwesen sowie verschiedene private Angelegenheiten. Mr. Balthazar hatte eine Menge zu tun. Er brauchte jemanden, der alles organisierte, wenn nötig, Aufgaben delegierte und ihn auf Probleme aufmerksam machte."

Meine Hände verkrampfen sich um den Kapuzenpullover, den ich immer noch in der Hand halte. „Und das hast du alles für ihn getan."

„Ja", antwortet Toni. „Für ihn und seine Familie."

Als sie mich ansieht, bemerke ich einen Schimmer in ihren Augen. Sind das etwa Tränen? Ihr Kiefer zuckt kurz, bevor sie fortfährt.

„Ich habe viel Zeit mit ihnen verbracht und mich mit seiner Frau Willa und in gewisser Weise auch mit seinem Sohn angefreundet. Peter war erst sieben, als ich ihn kennenlernte, wir hatten also nicht viel gemeinsam, aber er war ein guter Junge. Willa akzeptierte mich, als würde ich zur Familie gehören. Sie war eine unglaublich freundliche, herzliche Person. Ich habe noch nie jemanden wie sie getroffen. Mr. Balthazar war damals zwar etwas ruhiger, doch selbst wenn er sich einmal aufregte, konnte sie ihn beruhigen."

Griffin mustert sie aufmerksam. „Und du hast sie geliebt."

Die Röte auf Tonis gebräunten Wangen verrät die Antwort, auch wenn sie es nicht offen zugibt. „Sie hat ihren Mann geliebt. Außerdem glaube ich, dass sie sich nicht auf diese Weise für Frauen interessierte. Ich war einfach gern mit ihr zusammen. Das war genug."

Als sie innehält, um sich zu sammeln, muss ich mich zwingen, nicht zu staunen. Es ist mir nie in den Sinn gekommen, dass die Loyalität dieser Frau nicht ihrem ehemaligen Arbeitgeber, sondern seiner Frau galt.

„Peter und sie haben Mr. Balthazar geerdet", fährt Toni fort, und ihre Stimme wird ein wenig rau. „Doch dann geriet

Peter in der Highschool an eine Gruppe von Unruhestiftern und wurde bei einer Auseinandersetzung angeschossen. Mr. Balthazar hat immer behauptet, ein Monster wäre darin verwickelt gewesen, das es auf seine Familie abgesehen hatte. Ich bin mir nicht sicher, ob das wahr ist."

Zian runzelt die Stirn. „Ist er deshalb durchgedreht?"

Toni verzieht den Mund. „Er hat definitiv seine Bemühungen verstärkt. Er wurde aggressiver und hat sich mit eigenen Plänen von der Wärterschaft abgegrenzt. Irgendwann startete er eine Großoffensive gegen Schattenwesen in seiner Heimatstadt und ließ Silber und Eisen an beliebten Treffpunkten anbringen. Als er herausfand, wo sich eine Schwelle befand, machte er sich auch daran zu schaffen."

Rollicks hebt den Kopf. „Davon habe ich vor ein paar Jahren gehört."

„Ja." Toni seufzt. „Allerdings scheint ihm ein Fehler unterlaufen zu sein. Möglicherweise bei den Schattenwesen, die er manipuliert hat, um an Informationen zu kommen. Ein paar von den … Monstern … haben wohl gemerkt, wer hinter der Offensive steckt, und ihn aufgespürt. Doch er war nicht zu Hause, sondern nur Willa. Sie haben sie in Stücke gerissen. Buchstäblich."

Bei den letzten Worten stockt ihre Stimme. Ich muss keine Gedanken lesen können, um zu wissen, dass sie die Folgen dieses Angriffs gesehen hat. Jetzt verstehe ich, warum sie keine Sympathie für Leute übrighat, die mit den Monstern in Verbindung stehen, die die Frau ermordet haben, in die sie verliebt war.

„Mr. Balthazar ist nie über den Verlust der beiden hinweggekommen", fährt Toni fort. „Er wusste, dass er schuld an Willas Tod war. Auch wenn er es nie zugegeben und sich immer darüber beschwert hat, dass uns die Monster aufgrund der Inkompetenz aller anderen weiterhin bedrohten, wusste er, dass Willa seinetwegen gestorben war. Er verließ die Wärterschaft und steckte seine ganze Zeit, Energie und sein Geld in den Aufbau seines wirtschaftlichen Einflusses und seiner politischen Macht."

„Um die Weltherrschaft zu übernehmen", füge ich hinzu, als ich mich an Balthazars Worte erinnere. „Er will alle großen Regierungen überzeugen oder dazu zwingen, Angriffe auf die Schattenwesen zu starten."

Toni legt den Kopf schief. „Deshalb wollte er auch euch Schattenblüter. Vor allem, nachdem er herausgefunden hat, dass ihr sechs geflohen wart und die Wärterschaft so lange gebraucht hat, um euch wieder einzufangen. Er traute ihnen nicht zu, euch richtig zu benutzen."

Jacob macht einen bedrohlichen Schritt auf sie zu. „Du hast ihm bei allem zur Seite gestanden, was er uns angetan hat. Und das, obwohl du *wusstest*, wie schlimm das schon mal ausgegangen ist."

„Ich dachte, er hätte recht", verteidigt Toni sich. „Ich hatte nichts anderes von den Schattenwesen gesehen als Gewalt. Es schien das geringere Übel zu sein. Willa hat mich gebeten, mich um ihn zu kümmern, falls … Sie hätte nicht gewollt, dass ich ihn im Stich lasse, nachdem er schon so viel verloren hatte."

Sie hält inne und schüttelt den Kopf. „Zumindest dachte ich das in den letzten drei Jahren. Mir war nicht klar, wie grausam er sein kann. Und ich ahnte nicht, dass nicht einmal sie ihm mehr etwas bedeutet."

Andreas zieht die Stirn in Falten. „Wie meinst du das?"

Toni sieht nicht ihn an, sondern mich. „Du bist seine Tochter – aber auch *ihre*. Das Letzte von ihr, das noch lebt. Und er war bereit, dich zu foltern, weil du nicht sofort alles so gemacht hast, wie er es wollte. Er hat dir so viel zugemutet …"

In meinem Kopf fügen sich die Teile zusammen. Toni

war dabei, als Balthazar mir mein genetisches Erbe offenbarte. Ich hatte zwar den Eindruck, dass sie erschüttert war, doch ich hatte keine Ahnung, warum.

Ich war zu sehr mit meinen eigenen Gefühlen zu diesem Thema beschäftigt.

Kurz nach diesem Treffen kam sie auf uns zu und sagte, sie würde versuchen, uns bei der Flucht zu helfen. An ihrer Loyalität hatte sich jedoch nichts geändert. Sie erkannte nur, dass die Frau, deren Werte sie zu verteidigen versucht hatte, auf unserer Seite gestanden hätte und nicht auf der ihres Auftraggebers.

Auf meiner Seite.

Ein wildes Kichern steigt in meiner Kehle auf. Die ganze Zeit über hat mich meine Verbindung zu Balthazar entsetzte und mir Angst gemacht, dabei war ausgerechnet sie der Grund, warum wir am Ende die Freiheit erlangt haben.

„Es tut mir leid", sagt Toni. „Ich hätte nicht so lange brauchen dürfen, die Wahrheit zu erkennen. Es hätte nicht so viel passieren dürfen. Mit vielem, was er getan hat, war ich *nicht* einverstanden. Und mir war klar, dass seine Besessenheit von seiner Mission gefährliche Ausmaße angenommen hatte. Nach Willas Tod habe ich einen Teil von mir abgeschaltet. Ich lief auf Autopilot und war die Person, von der ich dachte, dass ich sie sein sollte."

Die Jungs schweigen, und ich spüre, wie sich ihre Aufmerksamkeit auf mich richtet, als wäre meine Antwort die wichtigste.

Vielleicht ist sie das auch. Ich bin der Grund, warum sie hier ist.

Ich sortiere die Emotionen, die in mir herumwirbeln und entscheide mich für das einzig Wahre, das ich sagen kann. „Ich bin froh, dass du zu uns gekommen bist. Auch wenn es lange gedauert hat. Besser spät als nie."

Ein zaghaftes Lächeln umspielt Tonis Lippen. „Das hoffe ich.“

Sie lässt noch einmal den Blick über uns schweifen. „Was auch immer wir unternehmen werden, um Mr. Balthazars Pläne zu durchkreuzen, uns läuft die Zeit davon. Jetzt, da er eine Methode zur Erschaffung neuer erwachsener Schattenblüter entwickelt hat, weiß ich nicht, wie viel Chaos er anrichten wird. Er wird schnell vorgehen und mit allen Mitteln verhindern, dass sich ihm jemand in den Weg stellt.“

Zwei

Riva

Als die Gruppe, die Rollick zusammengetrommelt hat, im großen Speisesaal seines spanischen Anwesens an einem langen Tisch Platz nimmt, verspüre ich ein sorgenvolles Kribbeln.

Es ist nicht unsere Umgebung, die mich beunruhigt. Das Innere des Hauses unterscheidet sich auf angenehme Weise von unseren vorherigen Unterkünften. Die Wände sind genauso weiß wie die Fassade und die Möbel schlicht und modern.

Meine Sorge gilt eher der Gesellschaft, in der wir uns befinden. Die Schattenwesen wurden zwar von unserem dämonischen Gastgeber überprüft ... Doch seine Untergebenen haben uns schon einmal angegriffen.

Einige der Gesichter sind mir bereits vertraut. Sorsha sitzt in der Mitte des Tisches zwischen zwei ihrer üblichen Begleiter: Thorn, der massige Mann mit den

Kristallknöcheln, aus dessen Rücken bei Bedarf schwarze Engelsflügel sprießen, und ein großer, schlanker Mann mit leuchtend grünen Augen und goldenen Locken, dessen Schattenwesen-Kräfte mir nicht bekannt sind. Seine Hand liegt auf Sorshas Arm, als würde er denken, *sie* bräuchte Schutz.

Sicherlich könnte sie das gesamte Anwesen in Sekundenschnelle niederbrennen, wenn sie wollte. Nachdem ich gesehen habe, was sie mit Balthazars Villa angestellt hat, überrascht es mich nicht, dass die meisten Schattenwesen Hybriden gegenüber misstrauisch sind.

Auch Pearl hat sich zu uns gesellt. Sie sitzt neben Rollick und freut sich über diesen Ehrenplatz. Das Sukkubus-Mädchen war maßgeblich an Rollicks Plan zu unserer Rettung beteiligt und hat einem von Balthazars Mitarbeitern mit ihren Verführungskünsten entlockt, wo sich der Zugang zu dem Geheimgang im Hügel befindet.

Ihr Freund Billy, der Faun, ist nirgends zu sehen, ebenso wenig wie Ruse, der normalerweise nicht von Sorshas Seite weicht. Ich vermute, dass sie aus dem Schatten heraus zusehen. Es gibt nicht genügend Stühle am Tisch, zumal wir Schattenblüter und Toni sieben Plätze in Beschlag nehmen.

Rollicks neue Gefährten bereiten mir am meisten Unbehagen. Da ist ein Kerl, dessen wilde, zerzauste Locken über seine funkelnden violetten Augen fallen. Er grinst vor sich hin, während er mit seinen furchterregenden, zehn Zentimeter langen Krallen Linien in die Tischplatte ritzt.

Meine Krallen sind kaum ein Viertel so lang, und ich fühle mich im Vergleich dazu wie ein Kätzchen. Das muss sein monströses Merkmal sein, das er auch in Menschengestalt nicht loswerden kann.

Ich habe den Verdacht, dass er nicht zu vielen Partys eingeladen wird.

Neben ihm sitzt ein massiger, stoppelhaariger Mann mit

einem kantigen Steinkiefer. Wie ich bereits weiß, kann er sich in einen steinernen Wasserspeier mit fledermausartigen Flügeln verwandeln.

Dann ist da noch eine Frau, die bis auf ihr tiefblaues, wallendes Haar und die unheilvolle Aura, die sie umgibt, völlig menschlich aussieht. Neben ihr sitzt ein untersetzter, muskulöser Mann mit metallisch glänzenden Schuppen auf der Stirn.

Und schließlich ist da noch der stämmige Kerl mit dem struppigen braunen Fell auf dem Kopf und den dicken Eckzähnen, die über seine Lippen ragen. Ich habe gehört, wie Rollick ihn passenderweise „Fang" genannt hat.

Auch wenn ich mir nicht sicher bin, welche Fähigkeiten sie haben, bezweifle ich, dass ihre Kräfte etwas mit Sonnenschein und Rosen zu tun haben.

Den unruhigen Pheromonen nach zu urteilen, die meine Jungs verströmen, bin ich nicht die Einzige, die misstrauisch ist. Ich umklammere meinen Katzen- und Garnanhänger, widerstehe aber dem Drang, meiner nervösen Angewohnheit nachzugeben, ihn auf- und zuzuklappen.

Wir sind zusammen. Wir sind auf eine Weise vereint, die wir uns nie hätten vorstellen können.

Wir werden das durchstehen. So wie wir bereits vieles andere überstanden haben.

Als ein weiteres Schattenwesen auf dem letzten Stuhl aufflackert, hebt Rollick am Kopfende des Tisches sein Kinn. „In Ordnung. Kommen wir zur Sache."

Die blauhaarige Frau trommelt mit den Fingern auf die Tischplatte. Ihre leise Stimme ist melodisch und verärgert. „Es werden also noch *mehr* von diesen Schattenblütern erschaffen? Das scheint mir das große Problem zu sein."

Der Dämon wirft ihr einen Blick zu. „Wir sollten einen respektvollen Umgangston pflegen, wenn es um unsere Gäste geht, Shanty."

Ich habe das Gefühl, dass es ein paar Dinge gibt, die wir Schattenblüter sofort klarstellen sollten.

Ich richte meine schlanke Gestalt so hoch auf, wie ich kann. „Wir sind uns einig, dass das ein Problem ist. Wir sind schon so, wie wir sind. Und können das nicht ändern, auch wenn wir es uns nicht ausgesucht hätten, so zu sein. Balthazar muss so schnell wie möglich aufgehalten werden, bevor er noch mehr Menschen zu Schattenblütern macht."

Sorsha sieht Toni an. „Du hast doch mit diesem Mann zusammengearbeitet. Was weißt du über seine Pläne für die Zukunft? Wo findet er die Menschen, die er verwandeln will? Und was verlangt er von ihnen?"

Toni sieht aus, als würde sie ein Zusammenzucken unterdrücken. „Mr. Balthazar hat so viel Einfluss, dass es ihm gelungen ist, sich Zugang zu inhaftierten Kriminellen in verschiedenen Gefängnissen zu verschaffen. Leute, die niemand vermissen wird, weil sie keine Familien haben."

Um mich herum haben sich die Gesichter meiner Jungs verfinstert. „Leute, die keine Hemmungen haben, ihre Kräfte einzusetzen, egal, wer dabei verletzt wird?", fragt Dominic.

Toni legt den Kopf schief, und ihre Miene wird noch gequälter. „Und die ihm dankbar wären, wenn er ihnen die Freiheit schenkt. Er wird sich ihren Gehorsam sichern, so wie er es bei euch getan hat. Mit Metallarmbändern, die sie betäuben oder töten, wenn es sein muss."

„Kriminelle", murmelt der dicke Mann mit der schuppigen Stirn. „Noch dazu mit gefährlichen Kräften. Klingt großartig."

Ich schlucke schwer und erhebe meine Stimme wieder. „Das sind nicht die einzigen Schattenblüter, die er in seiner Gewalt hat. Er hält auch einige der Kinder gefangen, die von den Wärtern ausgebildet wurden, so wie wir. Keins von ihnen ist älter als siebzehn, und ihre Kräfte sind schwächer. Wir müssen sie finden und retten."

Wer weiß, was die jüngeren Schattenblüter durchmachen müssen. Selbst die sonst so fröhliche Nadia mit ihren neonfarbenen Outfits war niedergeschlagen, bevor Balthazar sie von uns getrennt hat. Bei dem Gedanken daran wird mir schwer ums Herz.

Wir wissen nicht einmal mit Sicherheit, ob die anderen noch am Leben sind. In der Villa hat unser ehemaliger Entführer zwei der jüngeren Schattenblüter vor unseren Augen ermordet, nur um seinen Standpunkt zu verdeutlichen.

„Ich weiß nicht, wo sie festgehalten werden", sagt Toni. „Er hat sie auf verschiedene Anwesen aufgeteilt und diese Information für sich behalten. Aber ich weiß, wo sich viele seiner Grundstücke in Nordamerika und Europa *befinden*. Das könnte ein Anfang für unsere Suche sein."

Neben Sorsha gibt Thorn ein tiefes Grunzen von sich. „Es klingt so, als sollten wir zuerst das Leben dieses Schurken beenden und uns danach um die Rettung der Gefangenen kümmern. Wenn er weg ist, kann er ihnen nicht mehr schaden."

Sosehr ich meine Freunde und die anderen aus Balthazars Fängen befreien möchte, der hünenhafte Engel hat nicht ganz unrecht.

Jacob schlägt mit der Faust auf den Tisch. „Wir vernichten ihn und alle Kriminellen, die mit ihm zusammenarbeiten."

Fang wendet sich beunruhigt Rollick zu. „Wie schwer kann es sein, einen Sterblichen zu töten? Er *ist* doch sterblich, oder?"

„Mr. Balthazar hatte kein Interesse daran, so zu werden wie die Schattenwesen", bestätigt Toni.

Rollicks Miene verfinstert sich. „Leider hat sich herausgestellt, dass er ziemlich geschickt darin ist, unseren Angriffen auszuweichen. Er spart nicht an Silber- und Eisen-

Schutz und lässt sich viele Fluchtwege offen, während er gleichzeitig verhindert, dass seine Gefangenen nahe genug an ihn herankommen, um ihn mit ihren Kräften anzugreifen. Ich glaube nicht, dass das ein einfacher Kampf wird, vor allem, wenn eine unbekannte Anzahl von Schattenblütern involviert ist."

„Erst einmal müssen wir ihn finden", sagt Andreas, bevor er an Toni gewandt hinzufügt: „Was hat er jetzt vor? Du hast nicht gesagt, was die nächsten Schritte seines Planes sind."

Sie seufzt. „Ich kenne die Einzelheiten nicht. Ich wusste bis gestern Abend nicht einmal, dass Matteo und er es geschafft haben, einen Menschen in einen Schattenblüter zu verwandeln. Er sprach immer davon, dass die erste Phase darin bestünde, die Schattenwesen anzugreifen, sobald er die nötige Kraft hätte."

Zian runzelt die Stirn. „Und wie wollte er das anstellen? Niemand glaubt, dass es Monster wirklich gibt."

Toni begegnet seinem Blick mit ernster Miene. „Er wollte es beweisen. Indem er seine neuen Schattenblüter mit ihren Kräften Zerstörung anrichten lässt und dann behauptet, sie seien die Monster, die ausgerottet werden müssen."

Ich erschaudere. „Sie werden also losziehen und Menschen angreifen."

„So in etwa. Allerdings weiß ich nicht, wo er anfangen wird. Oder wann. Ich denke jedoch nicht, dass er lange warten wird. Er konnte es nicht erwarten, loszulegen."

Meine Hände ballen sich zu Fäusten, und meine Krallen kribbeln in den Fingerspitzen, begierig darauf, zuzuschlagen. Leider ist der Mann, den ich angreifen will, nicht in Reichweite.

„Wir müssen ihn finden. Und zwar schnell." Ich schaue auf meine Arme hinunter und reibe mein Handgelenk. Der Bluterguss dort ist dank unserer schnellen Schattenwesen-Heilung schon fast verblasst. „Ich wünschte, *er* würde eine

Fessel tragen, damit wir ihn aufspüren können. Er könnte überall auf der Welt sein!"

Einen Moment lang herrscht Stille. Dann räuspert sich Dominic und blickt über den Tisch. „Griffin hat uns quer über den Kontinent verfolgt, als wir auf der Flucht waren. Und zwar ohne Peilsender."

Alle Augenpaare am Tisch richten sich auf den zurückhaltenden Mann, der einfach nur dasitzt und das Gespräch – und die Gefühle, die wir ausstrahlen – zur Kenntnis nimmt.

Überraschung flackert in Griffins hellblauen Augen auf. Dann nickt er. „Das habe ich. Aber nur, weil wir eine gemeinsame Vergangenheit haben. Ich habe Balthazar noch nie persönlich *gesehen*. Mein Gespür für ihn reicht nicht aus, um seinen Standort ausfindig zu machen."

Zian stößt ein frustriertes Knurren aus. Ich sacke in meinem Sitz zusammen, und der kurze Hoffnungsschimmer verpufft.

Jacob dreht sich zu seinem Zwillingsbruder um. „Du könntest es *versuchen*."

Griffin hält inne. „Nein. Ich weiß, dass es nicht funktionieren würde. Aber ..."

Er sieht mich an, und sein Blick ist aufmerksam und ein wenig traurig. Ich verkrampfe mich, bevor er überhaupt zu sprechen beginnt.

„Riva, du hast seine DNS. Du hast ihn mithilfe von Zians Kraft gesehen. Wenn du dir meine Fähigkeit ausleihst, könntest du ihn vielleicht aufspüren."

DREI

Griffin

Rollick legt die Weltkarte auf den hellen Dielenboden in einem der Gemeinschaftsräume seines Hauses aus. Aufgrund ihrer Größe von gut zwei mal einem Meter, muss er die Möbel beiseiteschieben, um Platz zu schaffen. Doch selbst in diesem Maßstab bietet die Karte nur wenige Details.

Der Dämon schnalzt mit der Zunge. „Ihr habt Glück, dass ich so schnell eine physische Karte auftreiben konnte. Heutzutage sind alle auf die digitalen Versionen fixiert."

Neben mir reibt sich Riva die Arme und stemmt dann die Hände in die Seiten. Angespannte Erwartung schwappt von ihr in mein Bewusstsein.

„Ich fange also mit der ganzen Welt an und grenze die Suche ein, sobald ich etwas wahrnehme?", fragt sie.

Ich nicke. „Wenn du dich auf ein kleineres Gebiet wie eine Stadt beschränkst, können wir auf Bildschirme umsteigen. Aber ich fand es immer einfacher, einen klaren Eindruck zu bekommen, wenn ich mit einer größeren physischen Karte anfing."

Die anderen Jungs und eine Handvoll Schattenwesen stehen um uns herum, um zuzusehen. Jacob tritt vor und tippt mir auf den Arm. „Bist du *sicher*, dass du das nicht schaffst? Du hast Erfahrung mit dem effektiven Einsatz dieser Macht. Unsere Kräfte haben sich durch das Training mit Matteo weiterentwickelt."

Ich schenke meinem Bruder ein angespanntes Lächeln. „Nicht alle. An meiner Kraft konnte ich keine Entwicklung feststellen. Matteo hat mich dazu gedrängt, Fremde anhand von Namen und Fotos ausfindig zu machen – sogar anhand von Gegenständen –, doch nichts davon hat funktioniert."

Riva blickt mich überrascht an. „Warte, das Training hatte also keinerlei Einfluss auf deine Kräfte?"

Ich kann verstehen, warum sie überrascht ist. Jacob hat recht, die anderen konnten ihre Fähigkeiten erheblich verbessern. Nur bei den jüngeren Schattenblütern, deren Kräfte von Anfang an viel geringer waren, gab es keine Veränderung.

Na ja, und bei mir.

Ich zucke lässig mit den Schultern, um zu zeigen, dass es mich nicht stört. „Ich habe mich gefragt, ob die Konditionierung der Wärter und die Art und Weise, wie sie sich noch immer auf meine Emotionen auswirkt, meine Fortschritte beeinträchtigt haben könnte."

Ein Teil von mir findet das gut. Ich bin mir nicht sicher, ob ich wissen will, welche schrecklichen neuen Dimensionen meine Kräfte womöglich angenommen hätten, wenn Balthazar seinen Willen durchgesetzt hätte. Meine Freunde waren nicht gerade begeistert von der Entwicklung ihrer Fähigkeiten.

Trotzdem verspüre ich einen Anflug von Ärger, während

ich darauf warte, dass Riva sich meine Kraft ausleiht. Gefolgt von einem schmerzhaften Stich, wie immer, wenn ich etwas fühle.

Ich atme langsam und tief durch und lasse mir das Unbehagen nicht anmerken. Ich bin mir nicht sicher, ob die Nachwirkungen der Konditionierung der Wärter abklingen oder ob ich einfach besser darin werde, sie zu ertragen. Doch ich nehme an, dass es ohnehin keinen großen Unterschied macht.

Ich wünschte, ich könnte diese Aufgabe übernehmen, anstatt Riva noch mehr Verantwortung aufzubürden. Ich wünschte, ich hätte Balthazar in den Wochen, in denen wir in seiner Villa eingesperrt waren, besser kennengelernt.

Stattdessen habe ich nur einen vagen, verschwommenen Eindruck von den turbulenten Gefühlen erhalten, die ich aus der Ferne aufgeschnappt habe. Ich kann nicht einmal mit Sicherheit sagen, dass jeder dieser Eindrücke definitiv von ihm und nicht von einem seiner Angestellten stammte.

Das Beste, was ich tun kann, ist, Riva anzuleiten. „Konzentriere dich auf deine Erinnerungen an ihn und bring sie so lebhaft wie möglich vor dein geistiges Auge. Dann leitest du das Bild zur Karte, als wären deine Erinnerungen ein Magnet. Such nach einer Stelle, an der sie haften bleiben. Wenn es funktioniert, wird dein Finger genau dorthin gezogen, wo er sich gerade befindet.“

Riva nickt und strafft die Schultern. Obwohl wir uns nicht berühren müssen, um unsere Kräfte auszutauschen, legt sie ihre Finger für einen Moment auf mein Handgelenk und meine Nerven kribbeln, als sie mir meine Kraft entzieht.

Sie schließt die Augen, und ihr Gesicht verzieht sich vor Konzentration. So ungern ich ihr die Arbeit überlasse, ich kann nicht umhin, die Entschlossenheit zu bewundern, mit der sie diese Aufgabe wie jede andere angeht.

Das ist meine Frau. Die Frau, der ich bis in die

entlegensten, tödlichsten Winkel der Erde folgen würde, solange sie mich bei sich haben will.

Ich werde die wirklich wichtigen Dinge nie wieder aus den Augen verlieren.

Ich nehme die Skepsis der Schattenwesen um uns herum wahr. Die meisten von ihnen sehen diese Art der Kraft-Übertragung zum ersten Mal. Wenn Riva spürt, dass ein Teil ihres Publikums nicht sicher ist, was sie von ihr halten sollen, lässt sie sich davon nicht ablenken. Sie geht auf die Karte zu und streckt ihre Hand aus.

Ihre Finger schweben mehrere Sekunden lang in der Luft. Dann zucken sie nach rechts.

Sie sinkt auf die Knie, um dem Zug zu folgen, und ich nehme eine Welle der Erregung von ihr wahr. Sie genießt es, meine Kraft zu benutzen.

Ein leichtes Lächeln umspielt meine Lippen. Auch wenn ich lieber selbst mit meiner Kraft arbeiten würde, finde ich es schön zu sehen, wie sie das Kommando übernimmt und diese Fähigkeit für etwas Gutes einsetzt.

Sie hat mehr durchgemacht als der Rest von uns und musste sich mit Erkenntnissen auseinandersetzen, die wir uns kaum vorstellen können. Trotzdem ist ihre Entschlossenheit ungebrochen.

Sie lässt die Hand sinken, öffnet die Augen und blickt auf die Karte hinunter.

„Er ist in … Tunesien? Etwa in der Landesmitte."

Toni, die wieder in der Nähe der Tür steht, runzelt die Stirn. „Soweit ich weiß, besitzt Mr. Balthazar kein Anwesen in diesem Land. Möglicherweise hat er dort erst kürzlich etwas erworben und mir nichts davon gesagt."

Rollick brummt vor sich hin und blättert in den Karten, die er auf einen Beistelltisch gelegt hat. „Es ist nicht allzu weit von Italien entfernt, wo er sich zuletzt versteckt hat. Ich glaube nicht, dass ich etwas über Tunesien hier habe … Ah, auf dieser Karte können wir uns das westliche Mittelmeer genauer ansehen. Wir können zumindest den Staat eingrenzen, vielleicht sogar eine bestimmte Stadt."

Der untersetzte Schattenwesen-Mann mit den Metallschuppen auf der Stirn, den Rollick „Steel" genannt hat, gibt einen spöttischen Laut von sich. „Wir müssen also Karten vom gesamten Gelände dieses Landes auftreiben?"

„Sobald das Gebiet eingegrenzt ist, sollte eine digitale Karte ausreichen", erkläre ich.

Eine schlanke Schattenwesen-Frau mit rindenartigen Flecken auf den Unterarmen verlagert unruhig ihr Gewicht von einem Fuß auf den anderen. „Wie sicher sind wir, dass dieses Verfahren funktioniert? Selbst sein Lakai glaubt nicht, dass es klappen könnte."

Riva hebt ihren Kopf, bevor ich etwas sagen kann. „Er ist da. Ich kann ihn *spüren*." Sie verzieht das Gesicht. „Es ist kein gutes Gefühl. Das würde ich nicht einfach so empfinden."

Die Spuren des Zweifels, die ich wahrnehme, verschwinden nicht, aber angesichts Rivas Gewissheit widersprechen die Schattenwesen nicht.

Rollick faltet die Weltkarte zusammen und breitet seine Mittelmeerkarte aus. Als Riva an den Rand der Karte tritt, lasse ich meinen Blick von ihr über die Zuschauer schweifen.

Ein paar der Schattenwesen sind mit unserer Anwesenheit völlig einverstanden. Pearl sieht Riva eifrig bei der Arbeit zu. Daneben steht ihr Freund mit großen, neugierigen Augen. Sorsha, der Phönix, scheint eher auf ihre Schattenwesen-Verbündeten konzentriert zu sein als darauf, was wir Schattenblüter tun.

Ich vermute, dass Rollick ihr erzählt hat, wie seine Leute meine Freunde in der Vergangenheit behandelt haben, genau wie meine Freunde es mir erzählt haben. Ich war nicht dabei, als ein paar seiner Verbündeten sie im Stich gelassen und später versucht haben, sie zu töten, doch ich nehme die Feindseligkeit der anderen wahr, die mit uns im Raum versammelt sind.

Ihre Stimmung ist nicht offen aggressiv. Zumindest nicht soweit ich das aus ihren Haltungen herauslesen kann. Sie sind eher unsicher als feindselig. Die meisten von ihnen scheinen uns allerdings nach wie vor als potenzielle Bedrohung zu sehen.

Sie trauen uns nicht. Sie vertrauen ihrem Chef gerade genug, um zu tolerieren, dass er sich mit uns abgibt.

Möglicherweise ist ihnen auch klar, dass es besser ist, den Rest der Schattenblüter auf ihrer Seite zu haben, als Balthazar mit seinen neuen Schöpfungen frei herumlaufen zu lassen.

Ich könnte dafür sorgen, dass sie sich in unserer Gegenwart wohler fühlen, indem ich Wellen der Ruhe oder Freundlichkeit durch ihren Geist schicke. Doch ich habe meine Kräfte erst einmal bei einem Schattenwesen angewandt, und damals hatte ich keine Zeit, subtil vorzugehen. Ich weiß nicht, wo meine Grenzen liegen, wie viel Kraft ich aufwenden muss und wann es zu weit geht.

Oder wie leicht sie meine Einmischung bemerken könnten. Sie werden uns definitiv nicht vertrauen, wenn ihnen auffällt, dass einer von uns versucht hat, ihre Gefühle zu manipulieren.

Ich bemühe mich um eine neutrale Miene. Das ist alles, wofür ich in diesem Krieg gut bin: in die Köpfe der Menschen einzudringen und die Wahrnehmung ihrer Wünsche und Ängste zu beeinflussen.

Natürlich habe ich auf andere Weise geholfen. Mithilfe meiner Kraft habe ich Riva an ihre Überzeugungen erinnert und konnte Jacob von ihrer Liebe überzeugen.

Doch wenn die Menschen, die mir am Herzen liegen, emotional gesund sind, kann ich nichts anderes beitragen, ohne dieses sorgfältig errungene Gleichgewicht möglicherweise zu stören. Fast jedes Mal, wenn ich meine Kräfte eingesetzt *habe*, habe ich Leuten geholfen, die uns feindlich gesinnt waren, was mir hätte klar sein müssen.

Schuldgefühle steigen in mir auf, und sofort überkommt mich ein weiterer Anflug konditionierter Schmerzen. Ich versteife mich, als Riva auf eine bestimmte Stelle auf der Karte zeigt. „Genau hier. In Kairouan. Oder in der Nähe."

Rollick ruft einen Stadtplan auf seinem Tablet auf und vergrößert den Ausschnitt ein wenig, sodass ein Teil der Umgebung zu sehen ist. Er wirft mir einen Blick zu. „Ich nehme an, wir können weiter heranzoomen, während wir ihn orten?"

Ich schüttle meine negativen Gedanken ab. „Ja. Wenn du ihren Anweisungen schnell genug folgst, muss sie nicht einmal neu fokussieren, sondern kann ihrem Gefühl für ihn einfach folgen, während du näher heranzoomst."

Nach ihren ersten beiden Erfolgen liegt eine neue Zuversicht in Rivas Augen. Sie tippt auf den nördlichen Teil der Stadt und dann in die Mitte des Bereichs, den Rollick herangezoomt hat.

Dort zögert sie und runzelt die Stirn. „Es fühlt sich an, als würde er … sich bewegen. Wenn ich versuche, seine Position einzugrenzen, verändert sie sich, bevor ich sie richtig erfassen kann."

Dominic stellt sich neben sie und betrachtet die Karte. „Fünf Zentimeter auf dem Bildschirm sind etwa ein Kilometer. Nicht einmal in einem Auto könnte er sich so schnell fortbewegen."

„In einem Flugzeug schon. Oder in einem Hubschrauber", erkläre ich, obwohl ich mich für den Grund schäme, aus dem ich das weiß.

Ich habe einmal meine Freunde verfolgt, als sie sich in einem Hubschrauber einer der Einrichtungen näherten. Sie hatten gehofft, die Wärter überrumpeln zu können, wenn sie aus mehreren Richtungen kommen. Nach nur wenigen Minuten erkannte ich, dass die beiden Flugrouten zusammenliefen.

Riva stößt einen leisen Fluch aus. „Er ist also unterwegs. Wir wissen nicht einmal sicher, ob er in Tunesien gestartet ist."

„In welche Richtung fliegt er?", fragt Rollick.

Sie konzentriert sich wieder auf die Karte und bewegt ihren Finger in einer langsamen, stockenden Linie. „Nach Nordosten."

Toni tritt näher heran, um die größere Karte zu betrachten. Ihre Miene ist immer noch angespannt. „Er hat Anwesen in Ägypten und Südafrika. Ägypten wäre näher, aber ..." Sie zuckt mit den Schultern, um anzudeuten, dass sie keine eindeutigen Informationen darüber hat, wohin Balthazar unterwegs sein könnte.

„Also gut." Rollick schaltet das Tablet aus und klemmt es unter seinen Arm. „Ich kann ein paar meiner Leute losschicken, um mit den Schattenwesen zu sprechen, die in der Nähe der Schwelle in Tunesien leben. Vielleicht hat einer von ihnen ungewöhnliche Aktivitäten bemerkt. In ein paar Stunden werden wir den Aufenthaltsort eures Möchtegern-Welteroberers erneut überprüfen."

Zian lässt ungeduldig seine Schultern kreisen. „Was sollen wir bis dahin tun?"

Riva hebt den Kopf, und ein Hoffnungsschimmer huscht über ihr Gesicht. „Ich kannte ein paar der jüngeren Schattenblüter ziemlich gut. Vielleicht kann ich sie aufspüren. Wir müssen wissen, wo *sie* sind, wenn wir sie befreien wollen. Außerdem wird uns das Aufschluss darüber geben, welche seiner Anwesen Balthazar benutzt, um Wesen wie uns festzuhalten."

„Das könnte einen Versuch wert sein." Rollick breitete die große Weltkarte erneut aus, damit sie von vorne anfangen können. „Du wirkst etwas zuversichtlicher. Und ich hoffe, diese Aktion konnte die Neugierde meiner Kollegen stillen."

Der Dämon wirft den versammelten Schattenwesen einen spitzen Blick zu, woraufhin einige sich mit gesenkten Köpfen in die Schatten verziehen. Dann deutet er auf Toni. „Du solltest bleiben. Du kennst dich in den Gefilden deines ehemaligen Arbeitgebers am besten aus. Vielleicht kann sich der Rest unserer Schattenblüter auch nützlich machen. Sorsha, warum gehst du nicht mit ihnen ins Atrium. Ihr solltet euch Strategien überlegen, sobald wir herausgefunden haben, wo wir diesen Größenwahnsinnigen ergreifen können."

Die rothaarige Frau kichert und gibt den anderen ein Zeichen, ihr zu folgen. Ich halte inne und drücke kurz Rivas Arm. „Du schaffst das, Mondstrahl."

Ihr Lächeln entschädigt fast dafür, dass ich ihr nicht mehr Unterstützung anbieten kann. Widerwillig folge ich den anderen Jungs.

Das Atrium ist ein quadratischer Garten innerhalb der weitläufigen Mauern des Anwesens, der nicht überdacht ist. Die blühenden Sträucher an einer Wand verströmen einen süßlichen Duft.

Sorsha klatscht entschlossen in die Hände und dreht sich zu uns um, woraufhin weitere Schattenwesen um uns herum in Erscheinung treten. „Also gut. Das Wichtigste zuerst: Was kann jeder von euch in einem Kampf beitragen?"

Mein Lächeln verblasst, aber meine Antwort ist klar. „Ich kann ihre Gefühle verwirren. Ich kann sie in Panik versetzen oder besänftigen. Was auch immer für den Plan am besten ist."

Steel richtet seinen kühlen Blick auf mich. „Kannst du das auch bei Schattenwesen?"

Ich sehe ihn so beruhigend an, wie ich kann. „Das würde ich nie tun. Nicht, wenn wir uns gegenseitig helfen."

Ich tue so, als würde ich das Unbehagen nicht bemerken, das ihn bei meinen Worten beschleicht. Einen Augenblick später stürmt Toni keuchend in das Atrium.

„Es hat angefangen", stößt sie hervor. „Mr. Balthazars Schattenblüter-Armee hat einen Angriff gestartet."

VIER

Riva

Während unser Hubschrauber durch die Luft surrt, sehe ich mir auf Rollicks Tablet eine Szene der Zerstörung nach der anderen an. Bei jedem Bild wird mir mulmiger zumute.

Vieles davon ist Amateurmaterial, wackelige Handykameraaufnahmen, unterbrochen von den erschrockenen Schreien und atemlosen Ausrufen der Einheimischen, die den ersten Ansturm miterlebt haben. Die offiziellen Nachrichtenteams trafen erst ein, nachdem Balthazars neue Schattenblüter bereits geflohen waren.

Auf den Amateuraufnahmen erhasche ich nur flüchtige Blicke auf die Gestalten. Niemand, der überlebt hat, um seine Videos online zu stellen, war nahe genug an dem Gemetzel, dass man Einzelheiten erkennen könnte.

Dafür sind die Auswirkungen deutlich zu sehen.

In einer Aufnahme schlägt eine Gestalt ihre Faust in die

Seite eines vierstöckigen Gebäudes, das in einem Trümmerhagel zu Boden fällt. In einer anderen ertönen Schreie und Schlieren aus zischender blauer Energie peitschen durch die Luft und strecken die panischen Anwohner in unmittelbarer Nähe nieder.

Dem Bericht eines von Rollicks Schattenwesen-Verbündeten zufolge hat der erste Angriff in Moskau stattgefunden. Balthazars Armee war mittlerweile so groß, dass er Schattenblüter in fünf wichtige Städte auf der ganzen Welt schicken konnte.

Ich sehe zerstörte Gebäude und Leichen in London, New York, Tokio und Buenos Aires. Er verbreitet seine Botschaft über die Kontinente hinweg und versucht, so viele Augen wie möglich auf einmal auf die Überfälle zu lenken.

Und es ist im wahrsten Sinne des Wortes eine Botschaft. Seine Schattenblut-Kämpfer haben Worte in die Wände der wenigen unversehrten Gebäude eingebrannt oder sie mit dem Blut ihrer Opfer darauf geschmiert.

Die Monster kommen!

Ihr könnt uns nicht bekämpfen!

Die Menschheit ist dem Untergang geweiht!

Und so weiter und so fort, genau wie Toni Balthazars Vorgehen prophezeit hat. Sein Ziel ist es, die ganze Welt auf die Schattenwesen aufmerksam zu machen. Sie sollen glauben, dass sich die Monster gegen die Sterblichen erheben, um die Menschen für seine Lösung zu gewinnen.

Ich bin mir nicht sicher, ob sein Ausrottungsplan tatsächlich funktionieren wird, wenn man bedenkt, wie widerstandsfähig Schattenwesen sind. Doch ich möchte lieber nicht zusehen, wie sie abgeschlachtet werden, auch wenn ich mit einigen von ihnen nicht die besten Erfahrungen gemacht habe.

Rollick hat es nicht verdient, gejagt und ermordet zu

werden. Genauso wenig wie Pearl, Billy oder Sorshas Männer, die uns beigestanden haben.

Und seien wir ehrlich: Balthazar ist auch nicht begeistert darüber, dass wir Schattenblüter Schattenwesen-Essenz in uns tragen.

Ich wette, sobald er überzeugt ist, dass die „Monster" verschwunden sind, und er seine Hybriden nicht mehr braucht, um seine Drecksarbeit zu erledigen, werden wir die Nächsten sein, die er zur Schlachtbank führt.

Ich blicke aus dem Hubschrauberfenster und betrachte die Wolken, die unter uns vorbeiziehen. „Wie lange dauert es noch bis nach London?"

Rollick wirft mir von seinem Sitz im Cockpit einen finsteren Blick zu. „Noch etwa zehn Minuten. Schneller kann der Hubschrauber nicht fliegen, kleine Todesfee. Außerdem bin ich mir nicht sicher, ob diese Reise eine gute Idee war."

Ich war diejenige, die darauf bestanden hat, dass wir helfen müssen, doch Jacob meldet sich zu Wort, bevor ich die Gelegenheit dazu habe. „Schattenblüter haben die Stadt verwüstet. Jetzt werden andere Schattenblüter die Scherben aufsammeln. Jemand muss die wahre Geschichte erzählen."

Der Dämon zuckt mit den Schultern. „Die Sterblichen werden euch nicht zuhören."

„Wir müssen es versuchen." Ich schlinge die Arme um meine Mitte. „Und wenn wir aus erster Hand sehen, was Balthazars neue Schattenblüter getan haben, bekommen wir vielleicht eine bessere Vorstellung davon, wozu sie fähig sind, wie sie vorgehen und wie wir uns wehren können, wenn wir sie direkt angreifen."

Rollick nickt. Ich glaube, er hat nur *deswegen* zugestimmt, uns nach London zu begleiten.

Meine Suche nach Balthazars aktuellem Aufenthaltsort hat sich als nicht sonderlich nützlich erwiesen. Wie sollen wir einen Angriff planen, wenn er ständig unterwegs ist?

Wir brauchen mehr Informationen, mehr Vorsprung … Und ich kann den Gedanken nicht ertragen, all die Menschen, die er verletzt und terrorisiert hat, im Stich zu lassen, obwohl wir besser gerüstet sind als alle anderen.

Griffin, der sich neben mich gesetzt hat, nimmt meine Hand und streicht mit dem Daumen über meine Fingerknöchel „Wir werden alles tun, was wir können."

Zians Gesicht ist angespannt vor aufgestauter Wut. „Wir können diesen Psycho damit nicht durchkommen lassen."

Soweit ich das beurteilen kann, sind nur wir sechs Schattenblüter und Rollick im Hubschrauber, doch ich weiß, dass ein paar Schattenwesen in den Schatten mitgeflogen sind. Sobald wir die Nachricht erhalten haben, hat Rollick dem Rest seiner Leute befohlen, die Vorfälle zu untersuchen, die sich an weiter entfernten Orten ereignet haben. Über die Schwellen zum Schattenreich konnten sie schnell dorthin reisen. Währenddessen arbeiteten wir weitere Strategien für unseren Gegenangriff aus.

„Es geht los", murmelt der Dämon. Der Hubschrauber geht in den Sinkflug und wackelt ein wenig, als wir durch eine Windböe fliegen. „Macht euch bereit!"

Ich glaube nicht, dass er damit nur die Landung meint. Während der Hubschrauber auf die Stadt unter uns zurast, betrachte ich durch das Fenster das Chaos aus umher rasenden Gestalten und blinkenden Lichtern.

Wir sind extra mit dem Hubschrauber gekommen, um direkt am Angriffsort landen zu können. Mit einem Jet wären wir vielleicht schneller gewesen, aber dann hätten wir nach unserer Ankunft noch vom Stadtrand in die Innenstadt fahren müssen.

In diesem Hubschrauber können wir auf einem breiten Bürgersteig neben einem Trümmerhaufen landen. Dem Glas und den Gravuren in dem hellen, zerbröckelten Stein nach zu urteilen, war es einmal ein Gebäude. Da ich London bisher nur aus Filmen kenne, habe ich keine Ahnung, *welches* genau, bis Rollick den Motor abstellt und mit schmerzverzerrtem Gesicht die Szene betrachtet. „Mach's gut, Westminster Abbey."

Sobald wir aus dem Hubschrauber gestiegen sind, drehen sich mehrere der Gestalten zu uns um, die sich einen Weg durch die Trümmer bahnen. „Hey, was macht ihr hier?", ruft jemand in einer leuchtend orangefarbenen Weste.

Mit geballten Fäusten tritt Griffin an die Spitze unserer Gruppe. Durch unsere neu entstandene Verbindung kann ich das Beben der Energie spüren, das von ihm ausgeht, als er seine Kraft auf die verteilten Rettungskräfte anwendet.

Die Gesichter, die eben noch vor Verwirrung oder Aggression verzogen waren, entspannen sich. Alle wenden sich wieder ihren Aufgaben zu und bringen die Leichen in die bereitstehenden Krankenwagen, während andere die Trümmer nach weiteren Verschütteten durchsuchen.

In der Ferne sehe ich ein paar Nachrichtenteams, die einen der Rettungskräfte und ein paar Passanten interviewen. Eine der Reporterinnen wirft einen Blick in unsere Richtung, aber Griffin schickt einen zusätzlichen Hauch von Desinteresse zu ihr und ihren Kollegen.

Als er spricht, verrät die leichte Schärfe in seiner Stimme, wie sehr es ihn anstrengt, all diese Menschen gleichzeitig zu beruhigen. „Ich werde mich darauf konzentrieren, ihre Aufmerksamkeit von uns abzulenken, um euch so viel Zeit wie möglich zu verschaffen. Leider kann ich nicht sagen, wie viel das sein wird."

Wir brauchen keine weitere Aufforderung, um in Aktion zu treten. Rollick bleibt in der Hubschrauberkabine zurück, falls wir einen eiligen Rückzug antreten müssen.

Als wir uns einen Weg durch die Trümmer der Kirche bahnen, bekomme ich einen vagen Eindruck davon, wie sie früher ausgesehen haben könnte. Auf jeden Fall scheint sie verdammt groß gewesen zu sein. Ein ganzer Häuserblock aus zerbrochenen Steinen liegt in einem Meer niedriger, zertrümmerter Hügel um uns herum.

Ich habe keine Ahnung, wie viele Unbeteiligte bei dem Angriff der kriminellen Schattenblüter verschüttet wurden. Mit einem tiefen Atemzug untersuche ich die Luft nach Panik-Pheromonen, doch die Menschen um uns herum verströmen zu viele, als dass ich auf diese Weise die Verletzten finden könnte.

Zian dreht ruckartig den Kopf. „Ich höre ein leises Stöhnen. Da unten ist definitiv jemand. Kommt schon!"

Wir eilen ihm hinterher, bis er in der Nähe eines größeren Trümmerhaufens stehenbleibt. Dominic wirft einen kurzen Blick in die Runde, dann zeigt er auf eine Reihe von Sträuchern, die von der Verwüstung verschont geblieben sind. „Ich werde mir ein paar davon schnappen, damit ich Energie zum Heilen habe."

Jacob deutet bereits mit der Hand auf die Steinbrocken und hebt mit seiner telekinetischen Kraft erst eine und dann eine weitere Platte weg. Als ich Anstalten mache, einen Felsbrocken mit meiner übernatürlichen Kraft hochzuheben, schluckt Andreas hörbar.

„Ich bin mir nicht sicher, ob ich bei der Rettung von Menschen wirklich helfen kann", sagt er. „Ich werde mich umsehen und in den Erinnerungen der Leute stöbern. Vielleicht war jemand bei dem Angriff dabei, und ich kann einen Blick auf die neuen Schattenblüter erhaschen."

Ich schenke ihm ein kurzes Lächeln. „Gute Idee." Dann bücke ich mich über den nächsten Felsbrocken.

Mit seiner übernatürlichen Körperkraft und seinem scharfen Röntgenblick räumt Zian einen zerklüfteten Block aus dem Weg, während er einen anderen mit seinen Augen in Kieselsteine zerbricht. Zu dritt schieben wir die Trümmer beiseite. Gerade als ich ins Schwitzen komme, erhasche ich einen Blick auf einen grünen Ärmel in einem Spalt.

„Da!“ Vorsichtig hebe ich den nächsten Brocken auf, damit keine weiteren auf den Verschütteten fallen.

Als Dominic zu uns zurückeilt, haben wir bis auf die Unterschenkel der Frau alles freigelegt. Er zieht einen entwurzelten Busch hinter sich her, und seine Tentakel winden sich unter der dünnen Jacke hervor, die er eilig über sein T-Shirt geworfen hat, bevor wir aufgebrochen sind.

Als ich seinen Blick auffange, schenkt er mir ein knappes Lächeln. „Jeder, der die Angriffe mitbekommen hat, sollte sehen, dass es *auch* Monster gibt, die nichts Böses im Sinn haben.“

Er kniet sich neben die Frau, wobei er einen Tentakel um die Zweige des Strauches und den anderen um ihren Arm schlingt. Mit glasigen Augen blickt sie zu ihm auf. Ihre Wangen und ihr Pullover sind mit Blut bespritzt.

Dominic schenkt ihr ein mildes Lächeln. „Ich werde dich wieder zusammenflicken. Das wird schon wieder“, versichert er ihr mit sanfter Stimme.

Vor unseren Augen verblasst der Bluterguss auf ihrer Stirn, und sie atmet nicht mehr so schwer.

Jacob lässt seinen Blick umherschweifen. „Wahrscheinlich sind da noch mehr Überlebende unter den Trümmern. Wir sollten weitersuchen.“

Nachdem Zian den letzten Steinbrocken von ihren Füßen entfernt hat, können wir drei nichts mehr für die Frau tun. Wachsam und mit gespitzten Ohren stolpern wir über das unwegsame Gelände.

Zian winkt uns zu einer anderen Stelle, an der er einen Laut der Verzweiflung vernommen hat. Ohne zu zögern, fangen wir an, die Trümmer zu beseitigen. Trotz der kalten Winterluft läuft mir der Schweiß unter meiner Jacke den Rücken hinunter.

„Sie haben nur einen kleinen Teil der Stadt zerstört", bemerkt Jacob, bevor er den nächsten Felsbrocken beiseite hievt.

Ich denke an die Aufnahmen, die ich gesehen habe. „Sie wollten schnell sein, bevor jemand mitbekommt, was genau passiert. Bevor es Beweise gibt, anhand derer *wir* sie verfolgen können. Es ging ihnen in erster Linie darum, ihre Botschaft zu vermitteln."

Ich halte inne und justiere meinen Griff an der rauen Kante einer weiteren Steinplatte mit eingemeißelten Linien. Bestimmt war das Gebäude einst sehr imposant.

Meine Kehle ist wie zugeschnürt. „Dieser Ort hat den Menschen viel bedeutet. Er war Teil einer jahrhundertealten Geschichte. Sie haben auf die emotionale Wirkung gesetzt, anstatt mehrere beliebige Gebäude zu zerstören."

Mich beschleicht ein mulmiges Gefühl, denn ich kann Balthazars Strategie nachvollziehen. Und auch wenn ich mit seinem Vorgehen nicht einverstanden bin, sein Wahnsinn hat Methode.

Ich erinnere mich daran, was Toni heute Morgen gesagt hat. *Willa war dort. Sie haben sie in Stücke gerissen. Buchstäblich.*

Und jetzt wird Balthazar alles, was dem Rest der Welt wichtig ist, zerstören, bis sich die Menschheit bereiterklärt, gegen die Kreaturen vorzugehen, denen er die Schuld am Tod seiner Frau gibt. Dabei spielt es keine Rolle, dass nur wenige von ihnen – womöglich sogar nur einer – den Mord begangen haben.

Und es spielt auch keine Rolle, dass die Tat als Notwehr ausgelegt werden könnte, da er sie zuerst angegriffen hatte.

Ich grabe einen Schuh aus, in dem kein Fuß steckt. So klein, wie er ist, muss er einem Kind gehören. Mir wird flau im Magen, dann ruft Jacob: „Ich sehe ihn!"

Doch gerade als Zian den Brocken von der Brust des

kleinen Jungen hebt, zerreißt das Dröhnen eines Lautsprechers die Luft. „Sie drei bei den Bäumen, gehen Sie sofort von den Trümmern weg!"

Ruckartig drehen wir uns zu der Stimme um.

In dem Chaos habe ich die Fahrzeuge gar nicht ankommen hören. Neben den Trümmern parkt ein Militärlastwagen, und um ihn herum stehen drei Männer mit Gewehren. Einer von ihnen hält den Lautsprecher, während mehrere Gestalten in Polizeiuniformen auf uns zukommen.

Ich werfe Griffin einen Blick zu. Er steht mit zusammengepressten Lippen und großen Augen beim Hubschrauber. Als hätte er meinen Blick gespürt, schüttelt er leicht den Kopf.

Er kann die Emotionen der Anwesenden nicht genug beeinflussen, um ihr Einschreiten zu verhindern. Und wenn es nicht diese Gruppe wäre, würde uns jemand anderes wegscheuchen.

Alles, was sie sehen, ist ein Haufen unbefugter Fremder, die an einer Stelle herumschnüffeln, wo ein Haufen anderer Fremder gerade dieses Chaos verursacht hat.

„Wir wollen nur helfen!", rufe ich. „Hier steckt ein Junge fest. Er …"

„Treten Sie von den Verletzten zurück", unterbricht der Lautsprecher. „Gehen Sie auf freies Gelände und halten Sie sich für eine Befragung bereit."

Verdammt. Mein Blick fällt auf Jacob, der die Hände zu Fäusten geballt hat, doch wir sind nicht hier, um noch mehr Schaden anzurichten.

„Wir müssen von hier verschwinden", sage ich leise. „Keine Diskussion."

Er seufzt, aber seine Schultern lockern sich ein wenig. Zian nickt grimmig.

Anstatt zum nächsten Trümmerhaufen zu laufen, gehen

wir zurück zum Hubschrauber. Dominic ist bereits auf dem Weg dorthin, und ich sehe, wie Andreas sich durch die Menschenmenge zu uns durchschlängelt.

Mehrere Polizeibeamte rennen auf uns zu, um uns abzufangen. Rollick wirft mir durch die Windschutzscheibe des Hubschraubers einen vielsagenden Blick zu. *Ich hab's euch ja gesagt.*

„Bleiben Sie stehen!", brüllt einer der Beamten.

In Zians Stimme schwingt ein Knurren mit. „Wir verschwinden, wie Sie es wollten."

Die Augen des Polizisten werden groß, als sein Blick auf Dominic und seine Tentakel fällt. „Verdammte Scheiße. Was *bist* du?"

Die Jungs springen in den Hubschrauber. Ich mache mich bereit, ihnen zu folgen, und fixiere den Polizisten mit einem eindringlichen Blick. „Das spielt keine Rolle. Sie müssen nur wissen, dass Otto Balthazar für diese Zerstörung verantwortlich ist."

FÜNF

Zian

Riva lehnt sich in ihrem Stuhl zurück und reibt sich die Stirn. „Ich hasse diese Karte. Nein, ich hasse *alle* Karten."

Seit fast einer halben Stunde sitzt sie an dem eleganten weißen Schreibtisch und wechselt zwischen Rollicks gedrucktem Atlas und seinem Tablet. Die warme Sonne des späten Vormittags strömt durch die hohen Fenster, von denen aus man einen Blick auf den Atriumgarten hat. Riva sieht allerdings nicht so aus, als könnte sie etwas davon genießen.

Ich stelle das Glas Limonade ab, das ich ihr mitgebracht habe, bevor ich meine Hand zögerlich auf ihre Schulter lege. Auch wenn ich inzwischen kein Problem mehr mit Körperkontakt habe, traue ich meinen instinktiven Reaktionen noch nicht ganz.

Als mich bei der Berührung kein panischer Schock

durchfährt, verstärke ich den Druck und massiere mit meinem Daumen langsam die Sehnen ihrer Schulter. „Du kannst eine Pause machen. Du hast doch schon herausgefunden, wo einige der jüngeren Schattenblüter sind. Seitdem hat er sie nicht an einen anderen Ort gebracht, oder?"

Als Riva sich seufzend unter meiner Hand entspannt, rasen alle möglichen Gefühle durch meine Nerven – ein wenig Nervosität, aber vor allem Freude und Erleichterung – und genug Verlangen, um meine Leiste zum Pochen zu bringen.

Es war bereits schwer, ihr zu widerstehen, als ich dachte, dass ich nie eine Chance bei ihr haben würde. Ihr jetzt in dem Wissen zu widerstehen, dass ich sie haben könnte, ist eine völlig andere Herausforderung.

Am liebsten würde ich sie aus ihrem Stuhl heben und in das nächstbeste Gästezimmer in Rollicks Villa bringen. Allerdings glaube ich nicht, dass sie in der Stimmung dazu ist, deswegen begnüge ich mich damit, mich hinter sie zu stellen und ihre Schultern zu massieren.

Riva schließt die Augen. „Sie sind noch da, wo ich sie aufgespürt habe. Ich wünschte, sie wären nicht auf verschiedene Anwesen verteilt, aber damit haben wir ja bereits gerechnet. Balthazar ist derjenige, der nie lange am selben Ort bleibt."

Rollick materialisiert sich aus dem Schatten neben uns. Seine Haltung ist lässig und zuversichtlich, als hätte er schon die ganze Zeit dort gestanden. „Dann lass erst einmal sein, versuche es später noch mal", sagt er. „Irgendwann muss er eine Pause machen."

„Ja", stimme ich zu.

Mit grimmiger Miene greift Riva nach ihrem Glas Limonade. „Er ist auf dem Rückweg nach Rumänien, wo er vermutlich eine Festung in den Karpaten errichtet hat. Wir haben beschlossen, uns bei unserem ersten Angriff darauf zu konzentrieren, falls er ein drittes Mal dort Halt macht. In den nächsten zwanzig Minuten sollte ich es spüren können. Ich würde es lieber früher als später wissen. Wer weiß, was sie als Nächstes zerstören?"

Laut der Meldungen im Fernsehen und im Internet haben Balthazars Schattenblüter letzte Nacht vier weitere Städte angegriffen. Wichtige Wahrzeichen wurden zerstört, Dutzende Menschen sind gestorben. Bei der Erinnerung an die brutalen Bilder spannen sich meine Muskeln an.

Der Dämon nickt. „Ich denke, wir können davon ausgehen, dass die Bergbasis das Hauptquartier seiner Operationen ist, zumindest im Moment. Von den Spähern vor Ort habe ich weitere Berichte über seine Aktivitäten dort erhalten."

„Ich möchte keine Vermutungen in Bezug auf Balthazar anstellen." Riva nimmt einen Schluck Limonade und beugt sich über das Tablet. „Falls du mit der Planung des Angriffs weitermachen willst, kennst du meine Meinung. Und du weißt, wozu ich in der Lage bin. Ich schließe mich der Diskussion wieder an, sobald ich weiß, wohin er will."

Meine Brust verkrampft sich, als mich das dringende Bedürfnis überkommt, ihr diese Last von den Schultern zu nehmen. Doch sie ist die Einzige, die Balthazar nahe genug gekommen ist, um ihn aufzuspüren. Und ich weiß, dass sie es hasst.

Sowohl die Tatsache, dass sie diese Art von Verbindung zu ihm hat, als auch die ständige Konzentration auf seinen Aufenthaltsort, wodurch er ihr immer vertrauter wird.

Ich drücke ihre Schulter ein letztes Mal. „Wir werden ihn ausschalten. Es wird nicht mehr lange dauern."

Riva schenkt mir ein Lächeln, das zu müde aussieht, um wirklich beruhigend zu sein. Da ich nicht weiß, was ich sonst tun könnte, folge ich Rollick in den Speisesaal, der zu unserer Kommandozentrale geworden ist.

Die anderen sitzen um den Tisch herum. Nur Jacob läuft wie gewöhnlich unruhig auf und ab. Auch Toni, einige unserer Schattenwesen-Verbündeten und das andere Hybridwesen, Sorsha, haben sich dort versammelt.

Billy steht mit seiner Flöte in einer Ecke und spielt eine leise, beschwingte Melodie. Falls er uns damit beruhigen und ermutigen will, dann funktioniert es ein wenig. Ich schenke dem Faun ein Lächeln und setze mich.

Thorn, einer der Schattenwesen-Männer, der Sorsha besonders nahezustehen scheint und so riesig ist, dass selbst ich mich neben ihm klein fühle, zeigt auf eine Stelle auf einer topografischen Karte der Bergregion. Seine Stimme klingt entschlossen, doch seine Miene bleibt finster, als wäre er lieber nicht hier, um einen Krieg zu planen, auch wenn er der beste Mann für diese Aufgabe ist.

„Wir Schattenwesen werden uns hauptsächlich darauf konzentrieren, Balthazars Verstärkung davon abzuhalten, ihm zu Hilfe zu kommen. Der Schutz, den er in die Felsen um seine Festung herum eingebaut hat, würde selbst den Stärksten von uns bedenklich schwächen."

Stirnrunzelnd betrachte ich die Karte, obwohl ich nicht die geringste Ahnung habe, wie ich die Markierungen deuten soll. Die Wärter hatten vor, uns auf Schattenwesen in bevölkerungsreichen Gebieten Jagd machen zu lassen. Uns auf Gebirgszüge vorzubereiten, stand nicht besonders weit oben auf ihrer Prioritätenliste.

Doch ich kenne meine Stärken. Das einzig Gute an Balthazars Manipulationen ist, dass ich jetzt auf mehr Arten helfen kann als vorher.

„Mein Röntgenblick kann jetzt durch Gestein schneiden", erkläre ich. „Vielleicht kann ich einige der

Schutzvorrichtungen aushöhlen, damit sie euch nichts mehr anhaben können.“

Rollick reibt sich das Kinn. „Sie sind tief eingebettet. Und es sind viele. Außerdem wollen wir sie überrumpeln und zerbröckelnde Felsen würden schnell Aufmerksamkeit erregen. Ich bin mir nicht sicher, ob das der sinnvollste Einsatz deiner Kräfte wäre.“

Ich werfe einen Blick auf Jacob, der unser Gespräch aufmerksam verfolgt. „Wenn Jake und ich zusammenarbeiten, könnten wir es vielleicht schnell erledigen. Er hat schon früher Berge erschüttert. Und Dominic könnte uns mit zusätzlicher Energie versorgen.“

Sorsha tippt auf eine Stelle auf der Karte. „Es sieht so aus, als wäre ein Großteil der giftigen Metalle im unteren Bereich. Wenn sie diesen ganzen Abschnitt weghacken, könnten die stärkeren Schattenwesen wahrscheinlich das übrige Metall ertragen.“

Toni lehnt sich vor und verschränkt die Arme. „Ich weiß nicht, wie tief die schützenden Metallschichten reichen. Balthazar war schon immer sehr vorsichtig bei der Absicherung seiner Anwesen.“

Das breite, geschuppte Schattenwesen namens Steel gibt ein Grunzen von sich. „Das ist hauptsächlich die Schlacht der Schattenblüter. Und jetzt scheuen sie sich, die Hauptarbeit zu übernehmen?“

Sofort steigt Ärger in mir auf und es gelingt mir gerade noch, mein Temperament zu zügeln. „Es ist nicht so, dass wir nicht kämpfen wollen. Wir werden mittendrin sein. Doch je mehr von uns auf einmal angreifen können, desto größer ist unsere Chance, Balthazar auszuschalten.“

„Außerdem profitiert ihr auch davon, wenn man bedenkt, dass er euch ausrotten will“, fügt Andreas mit einem deutlich lässigeren Tonfall hinzu. Er befeuchtet seine Lippen. „Wenn eines der Schattenwesen gut mit Illusionen ist, könnten sie vielleicht den Anschein erwecken, dass unten alles in Ordnung ist, bis wir bereit sind, einzufallen."

Rollick summt vor sich hin. „Ich habe ein paar potenzielle Verbündete, zu denen ich Kontakt aufnehmen könnte. Wir sollten uns allerdings nicht darauf verlassen."

Er klatscht entschlossen in die Hände. „Ihr habt euch jetzt eine ganze Weile den Kopf darüber zerbrochen. Macht eine Pause und holt euch etwas zu essen und zu trinken. Wir treffen uns in einer halben Stunde wieder. Bis dahin sollten wir die endgültige Bestätigung haben, dass unser erster Angriff definitiv an diesem Ort stattfinden wird."

Die versammelten Schattenwesen entfernen sich murrend oder verschwinden in den Schatten. Auch meine Freunde verlassen den Raum, während ich die Gelegenheit nutze, um näher an den Tisch zu rücken, um die Karte genauer zu betrachten.

Selbst wenn Balthazar auf dem Weg zu diesem Bergstützpunkt ist, ist er die anderen beiden Male, als Riva ihn dort aufgespürt hat, nie lange geblieben. Doch er scheint alle paar Tage dorthin zurückzukehren.

Sobald wir einen Plan haben, werden wir den Ort überwachen und auf seine Rückkehr warten. Mit viel Glück kann Sorsha ihn mit ihrem Phönixfeuer zu Asche verbrennen, bevor er überhaupt landet, sofern er mit einem Hubschrauber oder einem anderen gut sichtbaren Verkehrsmittel unterwegs ist.

So wie ich Balthazar kenne, bezweifle ich allerdings, dass es so einfach sein wird. Vor allem, weil er über die feurigen Kräfte unserer neuen Freundin Bescheid weiß.

Aus dem Schatten neben mir tritt eine Gestalt hervor, die einen leichten, frischen Blumenduft verströmt, der an angesengte Rosen erinnert. Pearl schnalzt mit der Zunge, während sie sich die Karte ansieht. „Diesem Wahnsinnigen liegen seine Berge wirklich am Herzen, was?"

Ich gehe automatisch einen Schritt zur Seite, um etwas mehr Abstand zwischen uns zu schaffen. Die Sukkubus-Frau hat trotz ihrer Ernährungsweise ein gutes Gespür für persönlichen Freiraum und scheint nicht beleidigt zu sein.

Mit ihren hüpfenden Locken und ihrer temperamentvollen Persönlichkeit kann man sie kaum mit Rollicks anderen Schattenwesen-Verbündeten des in einen Topf werfen. Ich bemühe mich um einen neutralen Tonfall. „Wirst du dich auch an dem Angriff beteiligen?"

Sie zuckt achtlos mit den Schultern und grinst mich an. „Mal sehen, was ich tun kann. Ich habe mich bereits in den Städten in der Nähe des Berges umgeschaut, um zu sehen, ob ich jemandem ein paar Geheimnisse entlocken kann. Leider hatte ich bisher kein Glück."

Als sie ihren Blick auf mich richtet, tritt ein schelmisches Funkeln in ihre Augen. „Du hast also endlich deine Probleme mit Riva geklärt, was?"

Mein Gesicht wird so heiß, dass ich mir sicher bin, dass meine Wangen knallrot leuchten. „Ich, ähm … Wir sind auf dem besten Weg dahin."

War das so offensichtlich? Andererseits ist sie ein Wesen, dessen Leben sich um Sex dreht, da ist es wohl nicht verwunderlich, dass sie eine Veränderung in unserer Dynamik schnell bemerkt.

Pearl lächelt eifrig. „Das ist großartig. Ich weiß, dass das Körperliche bei menschlichen Beziehungen nicht *ganz* so wichtig ist wie für mich, aber die meisten Menschen scheinen glücklicher zu sein, wenn es klappt. Und ihr habt es verdient, glücklich zu sein." Das Funkeln in ihren Augen wird noch schelmischer. „Falls du Tipps brauchst, kannst du dich gerne an mich wenden. Ihr Jungs solltet Riva richtig verwöhnen."

Angesichts ihres Angebots fühlt sich mein Gesicht an, als würde es gleich verbrennen. Mein Blick schweift durch den Raum, der zu meiner Erleichterung leer zu sein scheint.

Hoffentlich haben wir kein Publikum von versteckten Schattenwesen, die uns zuhören.

Während ich mich mit meiner Verlegenheit auseinandersetze, fällt mir ein, dass es tatsächlich etwas gibt, das ich Pearl fragen könnte. Wenn jemand eine Ahnung hat, was zum Teufel während des Aktes mit meiner Anatomie los war, dann ein Schattenwesen mit ihrem Erfahrungsschatz.

Ich starre auf die Karte hinunter, weil ich mich schäme, ihr in die Augen zu sehen. „Eine Sache war etwas verwirrend, als wir … zusammenkamen.“

Die Sukkubus-Frau stützt sich an der Tischkante ab und legt den Kopf schief. „Erzähl es mir, und ich werde sehen, ob ich dir weiterhelfen kann.“

Jetzt, wo ich diesen Weg eingeschlagen habe, kann ich auch gleich ganz eintauchen. „Als ich … fertig war, habe ich mich teilweise verwandelt, und mein, ähm …“ Unbeholfen deute ich auf meine Leistengegend. „Direkt an der Basis meines Schaftes hat sich eine Ausbuchtung gebildet. Ein oder zwei Minuten lang war es, als würde ich in ihr feststecken.“

Ich halte mich fest, falls ich vor Schreck umkippe, weil ich das laut gesagt habe, doch ich scheine das Geständnis überlebt zu haben.

Pearl tippt mit dem Finger an ihre Lippen. „Hmm. Davon habe ich schon einmal gehört. Du kannst dich in einen Wolf verwandeln, richtig?“

Ich verziehe das Gesicht. „Ja. Nicht in einen richtigen, eher in einen Wolfsmenschen. Mein Körper bleibt der eines Menschen, aber mein Gesicht verwandelt sich in eine Wolfsschnauze mit Reißzähnen und an Hals und Armen wächst mir Fell.“

Pearl nickt. „Das ist wahrscheinlich der Grund. Bei Werwölfen kommt das auch vor. Und sogar bei echten Hunden, glaube ich. Diese Ausbuchtung bildet sich, damit das Paar eine Weile zusammenbleibt. Das erhöht die Chance, dass die Paarung erfolgreich verläuft."

Verwirrt blinzle ich sie an. „Erfolgreich?" Mit Riva intim zu werden, fühlte sich schon wie ein ziemlich großer Erfolg an, bevor das passierte.

Pearl schmunzelt. „Um ein Baby zu zeugen. Zumindest, wenn es sich um Tiere handelt. Schattenwesen können keine Kinder bekommen." Sie runzelt leicht die Stirn. „Bei *Schattenblütern* bin ich mir nicht sicher."

Ich öffne und schließe meinen Mund ein paar Mal, bevor ich meine Stimme wiederfinde. „Ähm, wir haben definitiv nicht versucht … Das war nicht …"

Zum Glück funktioniert mein geschärftes Gehör auch in meinem aufgeregten Zustand noch. Ich nehme Schritte wahr, die sich auf uns zubewegen, und kann gerade noch rechtzeitig meinen Mund zuklappen, bevor Riva hereinkommt.

Sie mustert Pearl und mich in dem ansonsten leeren Raum. „Wo sind denn alle hin?"

Pearl stößt sich vom Tisch ab und schlendert zu Riva hinüber. „Rollick hat gesagt, dass wir eine Pause machen sollen. Sie werden in ein paar Minuten zurück sein. Dein Wolfsmann und ich haben uns über die Strategie unterhalten."

Die Sukkubus-Frau zwinkert mir über die Schulter hinweg zu und schlüpft durch die Tür hinaus.

Riva zieht die Augenbrauen hoch. „Geht es dir gut? Sie meint es gut, auch wenn sie manchmal ein wenig übertreibt."

„Ja. Ja." Ich fahre mir mit der Hand durch die Haare und hoffe, dass ich nicht halb so durcheinander aussehe, wie ich mich fühle. „Es ist alles in Ordnung."

Jetzt, wo Riva nach dem Gespräch, das ich gerade geführt habe, direkt vor mir steht, muss ich unweigerlich an den Abend zurückdenken, an dem wir miteinander geschlafen haben. An all die erregenden Gefühle, gepaart mit dem Gedanken, dass ein Teil meines Körpers versucht hat, sie zu …

Ich kann mich nicht einmal dazu durchringen, das zu denken. Verdammt noch mal, ich habe es gerade erst geschafft, ihr auf diese Weise nahezukommen. Ein einziges Mal. Und das auch nur unter Dominics Aufsicht, für den Fall, dass ich durchdrehe.

Ob es für uns möglich ist, Kinder zu haben oder ob wir das später einmal versuchen wollen, liegt so weit außerhalb meiner Vorstellungskraft, dass es fast einen Kurzschluss in meinem Gehirn auslöst.

Riva kennt mich gut genug, um mich nicht zu drängen. Sie kommt einfach auf mich zu, wobei sie darauf achtet, genug Abstand zu halten, damit ich nicht nervös werde. Sie nimmt meine Hand, und mir wird wieder einmal bewusst, warum ich sie so liebe.

Von welcher Zukunft wir auch träumen mögen, sie war immer bereit, auf mich zu warten.

Sie verschränkt ihre Finger mit meinen und fährt mit der anderen Hand über die auf der Karte eingezeichneten Höhenzüge. „Er ist wieder zur Basis zurückgekehrt. Wenn wir ihn irgendwo angreifen, dann dort."

SECHS

Riva

Nach einer letzten ausgedehnten Planungssitzung am Esstisch dröhnt mir der Schädel. Obwohl es erst später Nachmittag ist, färbt sich das Sonnenlicht hinter den Fenstern bernsteinfarben und es kommt mir vor, als wäre ich schon seit Tagen wach.

Rollick erhebt sich mit einer entschlossenen Handbewegung. „Mal sehen, ob mein letzter Partner es rechtzeitig hierher schafft, um dabei zu sein, wenn wir unseren Plänen den letzten Feinschliff verpassen. Wie dem auch sei, wir kundschaften gleich morgen früh die Festung aus. Alle, die schlafen müssen, sollten sich gut ausruhen.“

Ich schiebe meinen Stuhl zurück und ziehe das Telefon heraus, das er mir gegeben hat. Bisher habe ich es nur benutzt, um die Nachrichten zu lesen, so wie auch jetzt.

Bei den Schlagzeilen, die auf dem Bildschirm erscheinen, gerät mein Puls ins Stocken. Dominic bemerkt meinen

Gesichtsausdruck und lehnt sich dicht an mich heran. „Was ist los?"

Ich schlucke schwer. „Drei weitere Anschläge. Paris, Toronto und Singapur. Mindestens ein Dutzend Tote und noch viel mehr Verletzte."

Andreas kommt auf mich zu und legt seine Hand auf meinen Ellbogen. „Hat sich schon jemand mit Balthazar befasst?"

Ich gebe seinen Namen in die Suchleiste ein und beiße mir auf die Lippe, als ich die Ergebnisse überprüfe. „Sieht nicht danach aus. Vielleicht hat der Typ, dem ich seinen Namen gegeben habe, mich nicht richtig verstanden. Oder vielleicht hat er nicht einmal zugehört, weil er sich sicher war, dass wir Teil des Problems sind."

Jacob gesellt sich mit finsterer Miene zu uns. „Wir sollten den Nachrichtensendern eine E-Mail mit allem schreiben, was wir wissen."

„Ich bezweifle, dass sie das glauben würden." Ich scrolle durch weitere Artikel. „Sie tun immer noch so, als gäbe es keine echten ‚Monster' und gehen davon aus, dass es sich um eine Terrorgruppe handelt, die sich mithilfe von Spezialeffekten als übernatürliche Wesen ausgeben."

Eine der Schattenwesen-Frauen scheint unser Gespräch mitbekommen zu haben. Sie dreht ruckartig den Kopf in unsere Richtung und reibt sich die rindenartige Haut an ihren Unterarmen. „Das soll auch so bleiben. Ihr dürft ihnen nichts über die Schattenwesen erzählen. Es ist schon schlimm genug, dass Sterbliche Jagd auf uns machen."

„Ich glaube nicht, dass wir uns deswegen Sorgen machen müssen", bemerkt Rollick und drängt sich in unsere Mitte. „Meiner Erfahrung nach tendieren die Menschen dazu, Dinge zu verdrängen, die sie nicht wahrhaben wollen."

Dann sieht er mich eindringlich an. „Ich habe noch etwas Arbeit für dich, bevor du schlafen gehst."

Obwohl ich mir ein Stöhnen nicht verkneifen kann, richte ich mich auf, denn ich will vor den Augen des Schattenwesens eine gute Figur machen. Ich weiß, dass viele von ihnen immer noch skeptisch sind, uns in ihre Gemeinschaft aufzunehmen.

Wir müssen ihnen zeigen, dass wir unseren Beitrag leisten und unsere eigenen Kämpfe austragen können.

„Und was wäre das?", frage ich.

Der Dämon bedeutet mir, ihm zu folgen. „Das besprechen wir besser unter vier Augen. Aber deine drei Freunde können mitkommen. Sie werden eine gute Auswahl treffen." Er hält inne und wirft einen Blick auf Dominic. „Vielleicht brauchen wir deine Heilkraft. Ich habe ein paar Topfpflanzen in meinem Zimmer."

Dominic schenkt ihm ein knappes Lächeln. „Das ist alles, was ich brauche."

Die Jungs und ich folgen Rollick durch die glänzenden Korridore seiner Villa in ein kleines Wohnzimmer. Nun ja, klein für die Verhältnisse in der Villa. Es ist immer noch um ein Vielfaches größer als die Zelle, in der ich damals in der Einrichtung eingesperrt war.

In dem Raum befinden sich ein Sessel und ein paar Stühle, ein Sekretär und ein kleiner Tisch im Patio-Stil. Es wirkt wie ein Salon, in dem man frühstückt oder Tee trinkt, während man den Blick über das Gelände draußen schweifen lässt. Wie Rollick angekündigt hat, stehen an der Wand einige große, blattreiche Topfpflanzen.

Außerdem stehen zwei Schattenwesen-Männer neben der Couch, die zu Rollicks engsten Mitarbeitern gehören. Außerhalb unserer Strategiesitzungen habe ich nicht viel mit ihnen gesprochen.

Der schlankere, jünger aussehende Mann grinst uns an. Sein Gesichtsausdruck ist so energisch wie das wilde Wogen seiner schwarzen Locken. Wenn ich mich richtig erinnere, ist sein Name Lance und sein auffälligstes Merkmal sind die langen, gefährlich aussehenden Krallen, die aus seinen Fingerspitzen ragen.

Sein Begleiter sieht ebenso einschüchternd aus, mit seinem kantigen, steinernen Kiefer, der noch markanter ist als der Rest seines stämmigen Körperbaus. Es ist nicht schwer, den Gargoyle in Crags menschlicher Gestalt zu erkennen.

Lance springt ungeduldig auf und ab. „Legen wir gleich los?"

Mit einem flauen Gefühl im Bauch drehe ich mich zu Rollick um. „Womit? Worum geht es hier?"

Falls es die Hilfe von Mr. Kralle und dem Gargoyle erfordert, muss es heftiger sein, als ich angenommen habe.

Rollick lässt sich in einen der Sessel fallen und lehnt sich zurück, um uns zu mustern. Sein spekulativer Blick verstärkt meine Befürchtungen.

Dann faltet der Dämon die Hände in seinem Schoß und schenkt mir ein kleines Lächeln. „Deine Fähigkeiten sind ein wichtiger Eckpfeiler im Kampf gegen diesen völkermordenden Wahnsinnigen. Wie oft hast du deinen Todesfeen-Schrei gegen Schattenwesen oder andere Schattenblüter eingesetzt?"

Mir gefriert das Blut in den Adern. „Ich … Da war dieses eine Mal, als Kudzu und Cinder uns angegriffen haben. Ich habe sie aufgehalten …" Und ich hätte Billy beinahe umgebracht, als er uns zu Hilfe kam. Allein bei der Erinnerung daran verstärkt sich das mulmige Gefühl in meinem Bauch.

Rollick nickt. „Und bei deinen Freunden?"

„Noch nie." Einmal hätte ich es fast getan, als Jacob mich mit seinen Grausamkeiten an den Rand des Wahnsinns brachte. Stattdessen rannte ich vor der Möglichkeit weg, sie zu verletzen, und wäre beinahe von einem Zug überfahren worden.

Ich nehme an, dass sich Jake auch nur allzu gut daran erinnert. Er tritt vor, als wollte er mich abschirmen. „Worauf willst du hinaus? Natürlich greift Riva keine Leute an, die es nicht verdient haben.“

Der Dämon wirft ihm einen abschätzigen Blick zu. „Ihr werdet auf andere Schattenblüter treffen, wenn wir Balthazar angreifen. Möglicherweise sogar auf das eine oder andere Schattenwesen, denn wir haben festgestellt, dass er zumindest ein paar von ihnen gezwungen hat, für ihn zu arbeiten.“

Sein Blick gleitet wieder zu mir. „Hast du deine Todesfeen-Fähigkeit in den letzten Tagen überhaupt benutzt? Den normalen Schrei oder die neue stumme Version?“

Ich schüttle langsam den Kopf und mir wird mit jedem Wort unbehaglicher zumute.

„Nun, dann solltest du deine Grenzen austesten“, erklärt Rollick. „Finde heraus, welche Intensität bei Wesen mit übernatürlichen Abwehrkräften nötig ist, wie schnell du sie unter Kontrolle bekommst und so weiter.“

Ich kann einen Schauer nicht unterdrücken. „Was? Ich kann doch nicht …“

Er hebt seine Hand, um meinen Protest zu stoppen. „Ich verlange nicht, dass du sie verstümmelst. Lasse sie erstarren. Finde heraus, wo die Grenze deiner Fähigkeit liegt und wie du sie verletzen kannst. Verpass ihnen eine kleine Schürfwunde. Euer Heiler steht bereit. Sie werden sich schnell erholen. Dann bist du auf den Ernstfall vorbereitet.“

Ich habe einen Kloß im Hals. Deshalb wollte er, dass Jacob und Andreas mitkommen. Und darum sind Lance und Crag hier. Rollick erwartet, dass ich meinen Schrei auf sie richte.

Jede Zelle in meinem Körper sträubt sich gegen diese

Idee. Allerdings sträube ich mich auch dagegen, mich zu weigern.

Als wir das erste Mal mit ihm unterwegs waren, habe ich mich gegen die Forderung des Dämons gewehrt, meine Kräfte zu testen. Ich habe Billy nur verletzt, weil ich meine Kräfte nicht ausreichend unter Kontrolle hatte und mich nicht rechtzeitig zurückhalten konnte.

Wenn ich die Schattenwesen-Männer so schwer verletze, wird Dominic sie nicht heilen können. Er hat Billy ein wenig geholfen, doch ihre Schatten-Essenz begrenzt seine Fähigkeiten.

Ich darf mich davon nicht abhalten lassen. Vor der Brutalität in mir zurückzuschrecken, hat mich auf lange Sicht noch nie weitergebracht.

Will ich in Balthazars Festung stürmen und zusehen, wie die Jungs neben mir niedergestreckt werden, weil ich nicht weiß, wie ich meine Kraft einsetzen muss?

Ich muss erst einmal herausfinden, ob mein stummer Schrei überhaupt eine Wirkung auf Schattenblüter hat oder ob ich meine Stimme brauche. Wenn ich nicht meine volle Kraft einsetze, kann ich Leute festhalten, ohne sie zu verstümmeln.

Ich habe definitiv genug Kontrolle, um sicherzustellen, dass ich niemanden umbringe.

Mir fällt auf, dass ich die Zähne zusammengebissen habe und zwinge mich, meinen Kiefer zu lockern. „Gut. Wie sollen wir anfangen?"

Rollick neigt den Kopf in Richtung seiner Schattenwesen-Gefährten. „Ich würde vorschlagen, du fängst mit diesen Burschen an. Vollwertige Schattenwesen sollten schwieriger sein als Hybriden. Außerdem heilen sie schneller. Danach wirst du eine bessere Vorstellung davon haben, wie du bei deinen Männern vorgehen musst."

Ein zweifelnder Ausdruck huscht über Lance' Gesicht.

„Durch deinen Schrei kannst du Leute nicht dazu bringen, Dinge zu *tun*, oder?"

„Nein", versichere ich ihm schnell. „Wenn es funktioniert, wird er dich nur erstarren lassen, sodass du dich nicht bewegen kannst. Und ich könnte dich versehentlich ein wenig verletzen, aber ich kann dich nicht dazu bringen, zu gehen oder zu reden oder so."

Seine momentane Anspannung verschwindet hinter einem weiteren Grinsen. „Na gut."

Crag lässt seine massigen Schultern kreisen, und seine Stimme ist ein leises Grollen. „Ich bin bereit."

Ich wünschte, ich könnte dasselbe von mir behaupten. Mit einem tiefen Atemzug verbinde ich mich mit der Energie, die ich immer in mir spüre, so schwach sie auch sein mag, wenn ich nicht wütend bin.

Es braucht nicht viel, um den Hunger nach Schmerz zu wecken. Dazu muss ich nur an die Zerstörung denken, die ich in den Nachrichten gesehen habe, an die Morde, die Balthazar vor meinen Augen begangen hat, und an die Drohungen, die er ausgestoßen hat.

Der bösartige Hunger kriecht von meiner Brust in den hinteren Teil meines Mundes. Doch ich werde ihn nicht auf diese Weise herauslassen, nicht, wenn ich es nicht muss.

Ich bewahre die Kontrolle und konzentriere mich auf meine Ziele, während ich mich bemühe, einen möglichst schwachen Schrei zu erzeugen, den ich auf die Gestalten vor mir richte.

Bei Sterblichen – Menschen oder Tieren – würde das wohl reichen, um sie an Ort und Stelle erstarren zu lassen. Die beiden Schattenwesen-Männer zucken jedoch nur kurz. Lance legt den Kopf schief, was beweist, dass er sich nach wie vor bewegen kann.

Rollick hatte also recht. Bei Schattenwesen muss ich mehr Kraft aufwenden.

Auch wenn ich mir nicht sicher bin, ob wir in Balthazars Festung welche antreffen werden, sollte ich auf alles vorbereitet sein.

Meine Muskeln spannen sich an, während ich den stummen Schrei in meinem Kopf intensiviere. Ich steigere ihn vorsichtig, um nicht aus Versehen einen zu großen Sprung zu machen.

Doch nichts geschieht.

Meine Augen schließen sich wie von selbst. Ich *spüre* die zwei Schattenwesen auf der anderen Seite des Raumes und lege noch etwas mehr Kraft in meinen Schrei.

Schließlich bricht er aus meiner Kehle hervor und mein Verstand überschwemmt mich mit dem Bewusstsein ihrer Körper, jedes Stückchen Knochen und Fleisch, das ich brechen könnte, um mit den Qualen meine monströse Seite zu nähren. Nur ein Schluck …

Es passiert so schnell, dass ich mich nicht rechtzeitig zurückhalten kann. Der Knöchel eines kleinen Fingers knackt.

Ich reiße meine Augen auf und sehe, wie Lance seine Hand hebt und sie mit verkrampftem Kiefer neugierig betrachtet. Sein kleiner Finger steht in einem unnatürlichen Winkel ab.

Mir wird flau im Magen, doch Dominic eilt bereits auf das Schattenwesen zu. „Zeig mal", sagt er und greift nach Lance' Hand. „Bei der kleinen Verletzung brauche ich nicht einmal eine Pflanze, um sie zu heilen."

Lance gibt ein trockenes Schmunzeln von sich und schaut an Dom vorbei zu mir. „Deine Kraft ist ganz schön raffiniert. Ich bin froh, dass wir auf derselben Seite sind."

„Ich auch", murmle ich. „Tut mir leid."

Rollick winkt meine Besorgnis ab. „Ist schon in Ordnung. Das hast du gut gemacht. Er kann viel Schlimmeres aushalten als einen gebrochenen Finger. Mal sehen, ob du deine Kraft dieses Mal ohne Verletzungen einsetzen kannst."

Er will, dass ich es gleich noch mal versuche? Ein Schauer läuft mir über den Rücken, aber ich schlucke meine Proteste hinunter.

Ich muss mich anstrengen. Außerdem will ich sowohl mir selbst als auch unseren misstrauischen Verbündeten beweisen, dass ich nicht noch mal so einen Fehler wie bei Billy machen werde.

Mein zweiter stummer Schrei wirkt schneller, weil ich ungefähr weiß, wie viel mehr Kraft ich aufwenden muss. Außerdem gelingt es mir, ihn besser zu kontrollieren, sodass er die Schattenwesen-Männer umschließt, anstatt sie zu verletzen.

Die Kopfschmerzen, die vorhin begonnen haben, breiten sich in meinem Schädel aus. Bei meinem dritten Versuch teste ich, was passiert, wenn ich einen flüsternden Laut von mir gebe.

Ein Schnitt öffnet sich zwischen Crags Daumen und Zeigefinger. Ich unterdrücke den Drang, mehr Schmerz in mich aufzunehmen und dämpfe den Schrei, bis er kaum noch zu hören ist. Als ich sicher bin, dass ich ihn unter Kontrolle habe, breche ich ihn ab.

Dominic deutet auf den Gargoyle, aus dessen Hand etwas Rauch in die Luft steigt. Schattenwesen bluten nicht, zumindest nicht so, dass es wie sterbliches Blut aussieht.

„Ist nur ein Kratzer", versichert Craig unserem Heiler.

Ich wische meine schweißnassen Handflächen an meiner Hose ab. Der nächste Schritt breitet mir großes Unbehagen, doch ich weiß, dass ich es irgendwann tun muss. Ich begegne Rollicks Blick. „Ich glaube, ich habe jetzt ein ziemlich gutes Gefühl für die Schattenwesen."

Er neigt den Kopf. „Dann sollten wir mit den Schattenblütern weitermachen."

Ohne weitere Aufforderung marschiert Jacob vor mir in die Mitte des Raumes. Er stellt sich mit vor der Brust verschränkten Armen und entschlossener Miene vor mich. „Es muss sein, Wildkatze. Das bisschen Schmerz ist es wert, um sicherzugehen, dass du in Topform bist."

Andreas geht neben ihm auf Position. Seine Haltung ist entspannt, aber ein grimmiger Blick liegt in seinen grauen Augen. „Mach dir keine Sorgen um uns", sagt er mir. „Wir schaffen das schon."

Trotzdem will ich das nicht tun. Doch es ist leider so gut wie sicher, dass ich irgendwann gegen andere Schattenblüter kämpfen werde. Ich brauche eine klare Vorstellung davon, wie ich vorgehen muss, um sie möglichst schnell auszuschalten, ohne dabei meine Männer zu verletzen.

Zögerlich beginne ich wieder mit dem stummen Schrei. Mein Gefühl für die Körper der Jungs schärft sich sofort, doch ich kann nicht sagen, ob das nur an der angeborenen Verbindung liegt, die wir teilen.

Der stumme Schrei reicht nicht aus, um sie erstarren zu lassen. Jacob verlagert sein Gewicht von einem Fuß auf den anderen, um zu zeigen, dass er sich noch bewegen kann.

Meine Finger krümmen sich in den Handflächen, und meine Krallen jucken. Ich steigere meinen mentalen Schrei ein wenig, und noch etwas mehr und …

Jacob und Andreas zucken zusammen und versteifen sich. Während ich die Kraft des Schreis zurücknehme, durchzuckt mich ein Hauch von Schmerz, den der Hunger in mir mit einer widerlichen Begierde aufsaugt.

Dreys Fuß. Als ich sie loslasse, stolpert er, wird aber sofort von Dominic aufgefangen.

Andreas kann sich ein Zischen nicht verkneifen, als er auf die Couch sinkt. Ein Brennen bildet sich hinter meinen Augen, als ich Dom dabei zusehe, wie er die von mir gebrochenen Knochen und Sehnen wiederherstellt.

Ein Teil von mir *genießt* es tatsächlich, die Männer zu verletzen, die ich liebe.

Rollick räuspert sich. „Wie war das im Vergleich zu den Schattenwesen?"

Blinzelnd kämpfe ich gegen die Tränen an und bemühe mich um eine ruhige Stimme. „Leichter, aber schwieriger als bei normalen Menschen. Wahrscheinlich sollte ich meine Stimme benutzen, wenn ich schnell und hart zuschlagen muss."

Der Dämon summt vor sich hin. „Das leuchtet ein. Ich denke, wir sollten noch ein paar Versuche machen, meinst du nicht?"

Jacob nickt und sieht mich eindringlich an.

Andreas rappelt sich bereits wieder auf. „Mir geht's gut. Kein Problem."

Ich brauche einen Moment, um die Tränen wegzublinzeln, und erinnere mich daran, dass ich das für *sie* tue. Um diejenigen zu vernichten, die ich auslöschen will, wenn es tatsächlich um Leben oder Tod geht.

„Okay", sage ich mit heiserer Stimme. „Noch mal von vorn."

Wenn wir alles richtig machen, könnte es schon morgen keinen Grund mehr für ein Gemetzel geben.

SIEBEN

Riva

Die Brise kühlt mit der hereinbrechenden Dunkelheit ab. Ich ziehe meinen Kapuzenpulli enger um mich und wende mich wieder der Villa zu.

Ich hatte gehofft, die frische Luft und die Einsamkeit würden meine Nerven beruhigen. Nach unserem hastigen Abendessen habe ich mich davongeschlichen und auf Griffins fragenden Blick hin nur den Kopf geschüttelt, in der Hoffnung, dass er die anderen Jungs davon abhalten würde, mir zu folgen.

Offenbar hat er gemerkt, dass ich Zeit für mich brauchte, denn ich kann ungestört zwischen den Bäumen um Rollicks Villa herumspazieren.

Obwohl der frische Duft der Pflanzen und das Rascheln der Blätter im Wind für eine friedliche Atmosphäre sorgen, lässt die Spannung nicht nach, die sich in mir aufgestaut hat.

Ich bin mir nicht sicher, ob das überhaupt möglich ist.

Als ich das Haus betrete, ist es still im Flur. Ich glaube, die meisten Schattenwesen haben sich für die Nacht in die Dunkelheit zurückgezogen, anstatt ihre körperlichen Gestalten beizubehalten. Auf dem Weg zu den Gästezimmern höre ich weibliche Stimmen.

Sie kommen aus der Küche. Ein paar Schritte vor der Schwelle bleibe ich stehen und betrachte schweigend den verblüffenden Anblick, der sich mir bietet.

Toni steht mit dem Rücken zu mir am Herd und rührt in einem Topf, dessen Inhalt einen sahnigen, süßen Duft verströmt. Pearl sitzt auf der Kochinsel und schaut ihr aufmerksam zu.

„Du hast also in Indien gelernt, wie dieses Gericht zubereitet wird?", fragt sie.

Toni nickt. „Mit Safran und Kardamom schmeckt es besser, aber wie es aussieht, hat dein Chef diese beiden Gewürze nicht in seinem Sortiment."

Pearl lacht. „Ich glaube nicht, dass er viel kocht. Das ist einer der Vorteile, wenn man nicht essen muss: Man kann warten, bis es etwas gibt, das man wirklich probieren möchte. Hast du an den Orten, an die *dein* Chef dich gebracht hat, immer Dinge von den Einheimischen gelernt?"

Toni zögert, bevor sie antwortet. „Nicht wirklich. Ich hatte nicht wirklich Zeit. Aber Willa, seine Frau, hat immer versucht, sich unter die Bevölkerung zu mischen und mehr über ihre Bräuche zu erfahren. Sie hatte ein Gespür dafür, welche mich auch interessieren würden."

Ihre Stimme ist mit dem letzten Satz leiser geworden. Auch Pearls Miene wird weicher. Sie lehnt sich näher heran, als würde sie von der hörbaren Rührung angezogen werden. „Sie hat dir viel bedeutet. Erzählst du mir von ihr?"

Toni dreht sich überrascht zu dem Sukkubus um, sodass ich einen Blick auf ihr Profil erhasche. Die Überraschung verwandelt sich in eine Mischung aus Trauer und Dankbarkeit.

Konnte sie seit Willas Tod mit *jemandem* über die Frau sprechen, die sie liebte? Schließlich konnte sie schlecht zugeben, dass sie in Balthazars Frau verliebt war, während er um sie trauerte.

Sie schenkt Pearl ein sanftes Lächeln und wendet sich wieder dem Topf zu. „Am liebsten war sie in Mr. Balthazars Haus in Kroatien. Sie sagte immer …"

Da ich mich unwohl dabei fühle, dieses intime Gespräch zu belauschen, gehe ich weiter, während sie fortfährt. Mir war nicht klar, dass Pearl ein besonderes Interesse an dem einzigen richtigen Menschen in unserer Mitte hat. Möglicherweise liegt es auch nur an dem Essen, das Toni gerade kocht.

Sogar Toni hat jemanden, dem sie ihre Gefühle mitteilen kann. Und das, obwohl sie sich von ihrer Arbeit und allem, was sie kannte, entfernt hat, bevor sie uns Schattenblüter kennenlernte. Mein Unbehagen verstärkt sich, als mich das Gefühl überkommt, dass ich einsamer bin, als ich es je sein wollte.

Natürlich bin ich nicht wirklich einsam. Durch unsere Verbindung nehme ich alle meine fünf Jungs wahr, so wie sie mich vermutlich auch.

Zian und Andreas sind in ihren Schlafzimmern. Jacob, Griffin und Dominic sind weiter weg und haben sich in einem der Gemeinschaftsräume versammelt.

Ich zögere kurz. Mein Gefühl zieht mich in die Richtung von Zians Zimmer.

Bestimmt weiß er, dass ich es bin, bevor ich überhaupt an die Tür klopfe. Sein „Herein" ertönt, bevor das Klopfen meiner Fingerknöchel gegen das Holz verklungen ist.

Ich trete ein und sehe ihn im Sessel neben dem Bett sitzen. Er schaltet den Fernseher über der Kommode aus, und mein Blick verweilt kurz auf dem Bildschirm, während ich mich frage, welche neuen schrecklichen Szenen wohl gerade darüber geflimmert sind. Ich glaube nicht, dass es mir guttun würde, sie zu sehen.

Zian steht auf und kommt auf mich zu. Die seltsame Mischung aus Eifer und Zögern ist zur Norm geworden, seit wir miteinander geschlafen haben. Er bleibt ein paar Meter entfernt stehen und streckt die Hand aus, um meinen Arm zu berühren. „Ist alles in Ordnung?"

Ich verziehe das Gesicht. „Theoretisch schon. Ich mache mir nur Sorgen wegen morgen."

Zians Augenbrauen heben sich leicht. „Und du bist zu mir gekommen, um darüber zu reden? Ich meine … Ich will mich nicht beschweren …" Er bricht unbeholfen ab.

Ich schätze, dass es naheliegender wäre, dass ich Andreas' Gelassenheit oder Dominics Fürsorge oder sogar Griffins beruhigende Art in Anspruch nähme. Doch als ich mal mit einer ähnlichen Situation zu kämpfen hatte, hat Zian mir tatsächlich am meisten geholfen.

Ich gehe auf ihn zu, nehme seine andere Hand und blicke in seine dunklen Augen. „Du weißt besser als jeder andere, wie es ist, von etwas Monströsem überwältigt zu werden, wenn man die Kontrolle über seine Gefühle verliert. Angst davor zu haben, wie man reagiert, wenn man zu weit getrieben wird."

Zee runzelt die Stirn und streicht mit dem Daumen über meinen Ellbogen. „Fühlst du dich bedrängt?"

„Ich weiß es nicht. Es ist nur … Nachdem Rollick mich heute Nachmittag dazu gebracht hat, meinen Schrei an Jake und Drey zu üben …" Ich stoße einen tiefen Atemzug aus. „Ich muss immer daran denken, wie wütend ich wurde, als Balthazar uns in der Falle hatte. Ich weiß nicht, wie ich mich fühlen werde, wenn wir ihn finden und ich an all die schrecklichen Dinge denke, die er seitdem getan hat."

„Wir haben schon viele heftige Kämpfe hinter uns", antwortet Zian. „Du hast noch nie einen von uns aus Versehen verletzt."

„Es geht aber nicht nur um euch. Wir wissen, dass zumindest Nadia und Devon in der rumänischen Einrichtung festgehalten werden. Vermutlich werden dort weitere Schattenblüter sein. Selbst wenn sie Kriminelle waren, wissen wir nicht, welche Verbrechen sie begangen haben und warum. Auch *wir* haben illegale Dinge getan, um zu überleben. Möglicherweise zwingt Balthazar sie dazu. Sie verdienen es nicht, so zu sterben wie er."

Zee schweigt einen Moment und denkt über meine Worte nach. „Hast du Angst, dass du so wütend wirst, dass du deinen Zorn an ihnen auslässt?"

Seufzend schmiege ich meinen Kopf an seine Brust – zaghaft, um ihm Zeit zu geben, sich zurückzuziehen, falls die körperliche Nähe zu viel für ihn ist. „So in etwa. Ich habe einfach keine Ahnung, wie es sein wird."

Zian verkrampft sich nur kurz, dann legt er seinen kräftigen Arm um mich und drückt mich an seinen muskulösen Körper. „Du wirkst nicht mehr so wütend wie früher, als es wirklich schlimm war. Damals hatten wir keinerlei Hoffnung. Jetzt sind wir frei. Und wir haben starke Verbündete und einen guten Plan. Ich glaube nicht, dass du dich noch einmal so ‚bedrängt' fühlen wirst."

Ich entspanne mich ein wenig in seiner Umarmung, während ich seine Worte auf mich wirken lasse. „Das stimmt. Es ist nicht dieselbe Situation."

„Außerdem geht es bei dem Plan darum, Balthazar zu erwischen, bevor er weiß, dass er sich verteidigen muss. Wenn seine neuen Schattenblüter uns nach seinem Tod angreifen, dann ist das ihre Entscheidung. Er zwingt sie nicht dazu. Wir haben uns darauf geeinigt, sie nur k.o. zu schlagen, falls wir vorher gegen einen von ihnen kämpfen müssen. Wir werden sie nur töten, wenn es sich nicht vermeiden lässt."

„Ich denke nicht, dass es so einfach sein wird."

„Vermutlich nicht." Zian stößt ein raues Schmunzeln aus und zieht sich weit genug zurück, dass er mir in die Augen schauen kann. „Aber das Wichtigste ist, Balthazar aufzuhalten, oder? Und ihn und die neuen Schattenblüter daran zu hindern, noch mehr Menschen zu verletzen. Das ist alles, was zählt. Die Schattenblüter, die er erschaffen hat, sind nicht wie wir. Sie haben nicht das Gleiche durchgemacht wie die Teenager und wir."

Ich weiß, was er meint, doch etwas in mir sträubt sich dagegen, es zu akzeptieren. Wir haben vielleicht nicht dieselbe Vergangenheit wie die Kriminellen, die Balthazar mit Zwang zu seiner Armee gemacht hat, aber wir sind die einzigen Menschen, die nachvollziehen können, wie es sich anfühlt, halb Mensch, halb Monster zu sein.

Das Gespräch mit ihm hat allerdings meine größten Sorgen gelindert.

Ich schenke ihm ein leichtes Lächeln. Eigentlich will ich gar nicht gehen. Ich möchte hierbleiben und seine behagliche Wärme genießen.

Zee und ich hatten nicht viel Zeit, uns über seine fortschreitende Erholung von *seiner* traumatischen Vergangenheit zu freuen. Sogar das eine Mal, als wir Sex hatten, waren wir nicht allein. Auf Zians Wunsch hin war Dominic anwesend, um einzugreifen, falls er Panik bekommt und gewalttätig wird.

Ich zögere einen Augenblick, bevor ich die Frage ausspreche. „Kann ich heute Nacht hier schlafen?"

Zian versteift sich kurz, aber in seinen Augen blitzt Begierde auf. Lust-Pheromone erfüllen die Luft. „Bist du dir sicher, dass du das möchtest? Es besteht noch immer die

Gefahr, dass ich schlecht reagiere, besonders wenn ich nicht richtig bei Bewusstsein bin …"

Ich drücke seine Hand. „Ich mache mir keine Sorgen. Ich kann auf Abstand gehen, falls das passiert. Was ich allerdings nicht glaube. Du hast doch keine schlechten Assoziationen mit *Betten*, oder?"

Ein hoffnungsvolles Lächeln umspielt seine Lippen. „Nein." Er sieht mir tief in die Augen, und der Geruch seiner Begierde wird stärker. „Willst du nur *schlafen*?"

Ein leises, hungriges Knurren schwingt in seiner Stimme mit, und mein ganzer Körper erwacht vor Verlangen. Meine Nerven kribbeln vor Erwartung.

Ich lächle ihn an. „Mir fallen noch einige andere Dinge ein, die wir im Bett machen könnten und die mir sicher gefallen würden."

Mit einem rauen, kehligen Laut umfasst Zian meinen Kiefer und hebt mein Gesicht an, um mich zu küssen.

Der Druck seiner Lippen auf meinen ist nicht mehr so zaghaft wie bei unserer ersten intimen Begegnung. Er ist zwar sanft, drückt meine Lippen aber mit einem Hauch seines Atems auseinander. Er vertieft den Kuss und zieht mich noch fester an sich.

Es ist ein unbeschreibliches Gefühl, meine Arme um seinen Hals zu schlingen und mich dem Moment hinzugeben. Offenbar hat er den Schmerz der Vergangenheit so weit abgeschüttelt, dass er meine Berührung genießen kann.

Ohne Vorwarnung lässt Zian seinen Arm über meine Seite gleiten und hebt mich hoch, als würde ich nichts wiegen. Ohne seine Lippen von meinem Mund zu lösen, trägt er mich zum Bett und legt mich auf die Decke.

Schließlich unterbricht er den Kuss und streift mit den Lippen über meine Wange und meinen Hals.

„Es gibt so viele Dinge, die ich mir mit dir vorstellen kann. So viele Dinge, die ich ausprobieren möchte."

Ich strahle zu ihm hoch und streiche über seine muskulöse Brust, die lediglich von dem dünnen Stoff seines T-Shirts bedeckt wird. „Das können wir alles tun. Heute Nacht oder später. Ich freue mich schon darauf."

Er hält inne und blickt mir in die Augen. „Hat es dir gefallen, was wir beim letzten Mal gemacht haben? Alles, was passiert ist … sogar am Ende?"

Seine pfirsichbraunen Wangen erröten. Ich glaube, ich weiß, wovon er spricht – die plötzliche, intensive Fülle, die meine Muschi dehnte, als er kam.

Es war eines der berauschendsten Gefühle, die ich je erlebt habe. Ich grinse ihn an. „Absolut."

Erleichterung und neuer Hunger glänzen in seinen Augen. „Du hast doch noch das Verhütungsimplantat, das die Wärter dir eingesetzt haben, oder?"

Ich breche in Lachen aus. „Wenn nicht, hätte ich deutlich weniger Spaß mit euch allen."

Grinsend lässt Zian seine Finger zum Saum meines Oberteils gleiten, um es nach oben zu schieben. Ich hebe meine Arme, damit er es mir ausziehen kann. Nachdem er es beiseite geworfen hat, zögert er wieder und starrt einfach auf meinen halb entblößten Körper hinunter.

Ich streichle sein Gesicht, und meine Brust schwillt an vor Liebe. „Du musst dich bei mir nicht zurückhalten. Das weißt du doch, oder? Mein Körper ist genauso stark wie deiner."

Ein Hauch von Belustigung blitzt in Zees dunklen Augen auf. „Du bist die Stärkste von uns allen."

„Nun, da bin ich mir nicht sicher. Ein kleines Kräftemessen könnte interessant sein." Mein Grinsen kehrt zurück. „Du warst immer mein Lieblingssparringpartner."

Zian stößt ein Lachen aus, das in ein weiteres Knurren

übergeht, und beugt seinen Kopf, um seine Lippen auf meinen Mund zu pressen.

Zwischen den Küssen ziehe ich ihm sein Shirt aus. Als ich mich aufrichte, damit er meinen BH öffnen kann, nutzt er die Gelegenheit, um seinen Mund an meine Brüste zu führen. Die begierige Berührung seiner Zunge und das Kratzen seiner Zähne lassen mich sofort nach Luft schnappen.

Meine Finger krallen sich in sein weiches Haar, und Zian saugt stöhnend meinen anderen Nippel in seinen Mund.

Meine Hand wandert an seiner Brust hinunter zu der Beule in seiner Jeans. Ich kann sie nicht ganz erreichen, aber als ich mein Knie hebe, um darüberzustreichen, murmelt mein wölfischer Liebhaber einen hitzigen Fluch an meiner Haut.

„Ich will nicht warten", keucht er und tastet nach dem Hosenschlitz meiner Cargohose. „Wir haben es die ganze Zeit langsam angehen lassen. Ich muss jetzt einfach in dir sein."

Als seine Fingerspitzen über mein feuchtes Höschen gleiten, steigt Lust in mir auf und ich wimmere zustimmend.

Zee zieht mir die Hose aus, und ich streife mein Höschen ab. Mit einem Knurren senkt er seinen Kopf über meine Muschi. „Aber zuerst …"

Er streicht mit seiner Zunge über meinen Schlitz. Glückseligkeit schießt durch meinen Kitzler, und ein Schrei entweicht meinen Lippen.

Zians zustimmendes Brummen verstärkt die Vibration der Empfindungen, die er in mir hervorruft. Er verschlingt meine Muschi, als wäre sie eine Mahlzeit, auf die er sein ganzes Leben gewartet hat, und ich kann nicht anders, als mich gegen seinen Mund zu stemmen und das Stöhnen hinunterzuschlucken, das durch die ganze Villa schallen würde.

Dennoch kommen mir leise, drängende Laute über die Lippen. Ich erschaudere und klammere mich an Zian, während ich eine Welle der Lust nach der anderen reite.

Schwer atmend hebt er den Kopf und leckt sich über die Lippen, wobei scharfe Reißzähne in seinem Mund aufblitzen.

„Wenn wir … Wird es immer so sein wie beim ersten Mal? Werden unsere Kräfte dabei immer zum Vorschein kommen?", fragt er zögerlich.

Erinnerungen an meine letzten Intermezzi mit den anderen Jungs werden wach. „Nein. Das erste Mal ist besonders intensiv." Ich halte inne, und ein schelmisches Lächeln huscht über mein Gesicht. „Aber du kannst den Wolfsmenschen herauslassen, sosehr du willst. Das hat mir gefallen."

Ein Grollen dröhnt aus Zians Brust. Sein Blick wird nachdenklich, dann schlingt er seinen Arm um mich und dreht mich auf alle viere.

Die Luft weicht aus meiner Lunge. Er bedeckt meinen Rücken mit brennenden Küssen, während er seine Jeans auszieht und seine Hand zwischen meine Beine schiebt.

„Denkst du, du kannst mich ganz nehmen?", murmelt er.

Ein schwindelerregender Schauer durchfährt meinen Körper. *Alles* an Zian ist groß.

Doch ich habe nicht gelogen, als ich sagte, dass ich während unserer Trainingseinheiten in der alten Einrichtung gerne mit ihm gekämpft habe. Es war immer aufregend, meine kompakte Kraft mit seinen Muskeln zu messen.

Ich wüsste nicht, warum das in dieser Situation anders sein sollte.

„So viel du mir geben kannst", antworte ich.

Sein stockender Laut des Verlangens strömt über meine Wirbelsäule. Dann schiebt er die Spitze seines Schwanzes zwischen meine Schenkel.

Scheiße, ist das gut. Ich könnte nicht feuchter für ihn

sein, und die Dehnung entlockt mir ein Keuchen. Lust schießt durch jeden Nerv.

Ich kann ein Stöhnen nicht unterdrücken, das fast einem Wimmern gleicht. Meine Finger graben sich in das Kissen. „Mach so hart und schnell, wie es sich gut anfühlt. Ich vertraue dir."

Mit einem gezischten Fluch stößt Zian härter in mich hinein. Ich stöhne und spreize meine Beine weiter, um ihn tiefer in mich aufzunehmen.

Er umfasst meine Hüfte und verfällt in einen gleichmäßigen Rhythmus, während seine Stöße immer kräftiger und schneller werden.

Jedes Mal, wenn er in mich eindringt, verspüre ich ein wohliges Brennen in meinen Muskeln. Ich stemme mich nach hinten, um seinen Stößen zu begegnen, und schwanke bei jedem Zusammenprall unserer Körper.

Als meine Stirn beinahe gegen das Kopfteil knallt, lehne ich mich dagegen, verschränke meine Arme über der geschwungenen Holzkante und halte mich fest, als ginge es um mein Leben.

Mit einem Stöhnen greift Zee um mich herum, um meine Brust zu umfassen. Seine leicht ausgefahrenen Wolfskrallen hinterlassen ein wohliges Brennen auf meiner Haut.

„Ich liebe dieses Gefühl", murmelt er an meinem Rücken. „Ich liebe *dich*. Meine Riva."

Ich gebe einen wortlosen, zustimmenden Laut von mir. „Ich liebe dich auch. Das fühlt sich so gut an, Zee."

Er stöhnt und stößt noch fester in mich hinein. Mein Körper stemmt sich ihm begierig entgegen.

Während ich die Wellen der Ekstase reite, bebt das Kopfteil unter meinen Händen. Ich umklammere es fester und begegne eifrig Zians Stößen.

Er löst seine Hand von meiner Hüfte, um meinen Kitzler

zu streicheln. Mehr Lust lodert in mir auf. Als ich ein atemloses Keuchen ausstoße, streicht er mit einer Kralle über meine Lustknospe und dringt erneut in mich ein.

Ein grelles, weißes Licht blendet mich, und die Ekstase fegt wie ein Orkan über mich hinweg.

Ich schwelge im Rausch der Lust und bekomme nur vage mit, dass sich Zians Muskeln über mir anspannen und ein knurrendes Stöhnen seinen Lippen entweicht, als er ebenfalls kommt. Dann dehnt sich der Ansatz seines Schwanzes in mir aus und meine Muschi pocht noch stärker.

So wie beim ersten Mal.

Die verdickte Wölbung drückt mit demselben berauschenden Brennen wie letztes Mal gegen den Muskelring um meine Öffnung und löst einen neuerlichen Rausch der Glückseligkeit in mir aus. Falls das ein Teil seiner wölfischen Natur ist, kann er sich ruhig jedes Mal verwandeln.

Die Empfindungen fließen in berauschenden Wellen durch mich hindurch. Als Zee seinen Kopf senkt, um meine Schulter zu küssen, gebe ich ein glückliches Brummen von mir.

„Niemand füllt mich so aus wie du", murmle ich.

Der wölfische Ausdruck in seinem Gesicht verblasst, und eine Röte, die nicht von der Anstrengung herrührt, kriecht seinen Hals hinauf.

Dann drückt er mich an seine Brust. „Das bedeutet, dass du buchstäblich untrennbar mit mir verbunden bist. Zumindest für eine Weile."

Ich kichere. „Damit habe ich kein Problem."

Ich hebe den Kopf und nehme eine Hand vom Kopfteil, um mir die schweißnassen Strähnen aus der Stirn zu streichen.

In meiner anderen Hand wackelt die Holzplatte kurz,

bevor sie auf das Kissen vor mir kippt. Ich erstarre, und mir fällt die Kinnlade herunter.

„Ähm … Ich glaube, ich habe dein Bett kaputtgemacht." Entlang der Maserung des Holzes hat sich ein tiefer Sprung gebildet. Ich bin mir ziemlich sicher, dass er nicht da war, bevor ich das Ding umklammert habe.

Zian starrt auf das kaputte Holz neben mir an. Ein tiefes Glucksen dringt aus seiner Brust. „Du bist dir deiner Stärke nicht bewusst, was?" Er krault mir den Nacken. „Ich werde einen Teil der Schuld auf mich nehmen. Allerdings glaube ich nicht, dass Rollick deswegen sauer sein wird."

Wie ich den Dämon kenne, wird er es wahrscheinlich amüsant finden. Ich drücke das abgebrochene Stück an das Kopfteil und lasse mich in die Decke sinken. „Wenn wir unser eigenes Haus haben, brauchen wir stabilere Betten."

Wenn es doch für alle unsere Probleme eine so einfache Lösung gäbe.

ACHT

Riva

Stille und die immer dichter werdende Dämmerung umhüllen die zerklüfteten Berghänge. Ich hocke auf einem Felsvorsprung und stütze mich auf meine angezogenen Knie.

Zu dieser Jahreszeit ist es kalt in der Höhle. Obwohl Sorsha mit ihren feurigen Kräften für Wärme gesorgt hat, weht hier am Rande ein eisiger Wind. Ich krümme die Finger in meinen Wollhandschuhen und blende das Unbehagen aus.

Mithilfe von Griffins Kraft konzentriere ich mich auf Balthazar. Eine kleine laminierte Karte dieses Abschnitts der Karpatenkette liegt auf dem schroffen Felsen neben mir. Ohne hinzuschauen, zeichne ich mit dem Finger langsam den Weg zu unserem Standort nach.

Wir sechs Schattenblüter, Sorsha und eine Handvoll

Schattenwesen, darunter Rollick, sind gestern in den Bergen angekommen. Rollicks Leute hatten die Gegend zuvor ausgekundschaftet und einen Lagerplatz ausgesucht. Auf dem Weg dorthin folgten wir einer Route, die sie ebenfalls festgelegt hatten, um Balthazars Sicherheitsmaßnahmen zu umgehen.

Wir befinden uns jetzt genau am Rande seines Wahrnehmungsbereichs. Die Basis ist etwa dreißig Meter unter uns und aus dieser Entfernung nicht zu sehen. Da ist nur ein schmaler Felsvorsprung, bei dem es sich laut Crag um die Oberseite des Eingangs handelt.

Während wir auf die Ankunft des Feindes warteten, haben sich weitere Schattenwesen, die mit uns zusammenarbeiten, in einem weiten Radius um uns herum verteilt. Sie werden Rollick Bericht erstatten, sobald sie etwas bemerken, das unsere Pläne durchkreuzen könnte – und einschreiten, sollte Verstärkung von außerhalb der Basis eintreffen.

Wenn wir Glück haben, wird eines dieser mächtigen Wesen den Wahnsinnigen entdecken und sein Leben beenden, bevor der Rest von uns auch nur einen Zentimeter weiter gehen muss. Leider bin ich mir zunehmend sicher, dass dies nicht der Fall sein wird.

Andreas lässt sich auf den Felsen neben mir sinken. „Ist er immer noch auf dem Weg hierher?", murmelt er leise.

Ich nicke. Ich habe Balthazars Bewegungen in Richtung der Basis zum ersten Mal gegen Mitte des Nachmittags wahrgenommen. Er ist von Nordrussland aus gestartet, und Toni hat bestätigt, dass er dort ein Anwesen besitzt. Im Laufe der Stunden wurden wir zunehmend sicherer, dass er hierherkommen und nicht an einen anderen Ort im Süden reisen würde.

Inzwischen ist er nur noch ein paar Kilometer entfernt. Und er ist langsamer geworden, als würde er zur Landung ansetzen. Rollicks Leute haben uns allerdings noch kein Zeichen von ihm gemeldet.

„Balthazar ist fast hier", sage ich, wobei ich mich Dreys leiser Stimme anpasse. „Er muss einen geheimen Weg gefunden haben, um über die Berge zu kommen, sonst hätte ihn eines der Schattenwesen gesehen."

Andreas lässt seinen Blick über die steilen Berghänge schweifen. Abgesehen von ein paar Grasbüscheln und ein paar verdorrten Sträuchern gibt es hier oben kaum Vegetation.

Mit seiner gebräunten Hand deutet er auf die Landschaft. „In den Bergen gibt es viele Ecken und Winkel. Einige Gebiete sind aus der Ferne schwer zu erkennen. Wir bräuchten Tausende von Wesen, um jeden Zugangspunkt im Auge zu behalten."

Balthazar bewegt sich immer noch so schnell, dass meine Ortungsfähigkeit nicht viel nützt. Sobald ich mir einer genauen Position sicher bin, ist er schon wieder woanders.

Alles, was ich mit Sicherheit weiß, ist, dass er unterwegs ist und in wenigen Minuten hier sein wird.

Ich lehne mich ein paar Zentimeter nach vorne, um in der dunstigen Dämmerung den Hang hinunterzuschauen. „Offensichtlich ist er nicht mit dem Hubschrauber gekommen. Zumindest nicht über den Hubschrauberlandeplatz, von dem wir wissen."

Etwa dreißig Meter unterhalb des offensichtlichsten Eingangs des Stützpunkts befindet sich links ein glatter Felsen, dessen Abnutzungsspuren darauf hindeuten, dass darauf schon einmal jemand gelandet ist. Damals, als Balthazar noch keine Angst haben musste, dass seine ehemaligen Gefangenen Jagd auf ihn machen, nehme ich an.

Ich richte meine Aufmerksamkeit wieder nach innen und senke meinen Finger auf die Karte. Die Seite meiner Fingerspitze streift die Stelle, die ich als Basis markiert habe.

Mein Puls beschleunigt sich. „Er ist quasi schon drin.“

Andreas hebt den Kopf. „Zeit zum Aufbruch, Tinkerbell?“

„Warte … Ich möchte sicherstellen, dass er dortbleibt.“ Ich würde es dem Psychopathen zutrauen, dass er ahnt, dass wir ihn verfolgen, und über uns hinwegfliegt, nur um uns zu verwirren.

Wir dürfen uns keine Fehler erlauben. Und wir werden nur wenig Zeit für die Ausführung unseres Planes haben.

Alles hängt von uns sechs und von Sorsha ab. Nach einer genaueren Untersuchung entschieden die Schattenwesen, dass es zu riskant war, sich einen Weg durch die Metalle zu bahnen, die in den Felsen um die Basis herum eingelassen waren. Vor allem, nachdem der Verbündete nicht gekommen war, auf dessen Hilfe Rollick gehofft hatte.

Hoffentlich ist das kein schlechtes Omen. Rollick hat mir versichert, dass er nie genau erklärt hat, wozu er das Schattenwesen braucht, das er um Hilfe gebeten hat. Er kann unsere Absichten also niemandem verraten. Bei der Erkenntnis, dass selbst Rollicks Verbindungen fehlbar sind, beschleicht mich trotzdem ein mulmiges Gefühl.

Letztendlich kommt es auf das Überraschungsmoment an. Balthazar darf nicht wissen, dass wir kommen. Und das Aufreißen des Berghangs lässt sich nicht auf subtile Weise umsetzen.

Wir haben selbst viel Macht, was wir teilweise unserem ehemaligen Entführer zu verdanken haben. Ein grimmiges Lächeln umspielt meine Lippen.

Ich freue mich schon darauf, die Ergebnisse seiner Bemühungen an dem Mann selbst zu demonstrieren.

Als Nächstes landet mein Finger direkt auf der Basis. Ich warte eine Minute, zähle die Sekunden in meinem Kopf und konzentriere mich wieder auf Balthazar.

Er ist immer noch an der Basis. Er wird nicht weiterziehen. Zumindest nicht sofort.

Ich richte mich auf und mein Herz pocht wie wild. „Also gut. Packen wir es an."

Wir stapfen den Hang hinauf zu dem kleinen Plateau, wo wir unser unauffälliges Lager aufgeschlagen haben. Meine Jungs eilen sofort herbei, um sich uns anzuschließen. Keiner sagt ein Wort, aber Erwartung erfüllt die kühle Luft.

Auch Rollick und Sorsha kommen zu uns. Der Dämon mustert mich aufmerksam. „Ich nehme an, es ist so weit."

Ich schlucke an dem Kloß in meiner Kehle vorbei, und meine Hand wandert instinktiv zu meinem Katzen- und Garnanhänger unter meinem Mantel. „Ja."

„Nun, ihr kennt den Plan. Wir werden hier sein, um zu helfen, wo wir können."

Andreas sieht uns an. „Hat jeder, was er braucht? Sobald ich fertig bin, kann es losgehen."

Die Jungs senken ihre Köpfe. Drey greift zuerst nach Dominic.

Dank des Trainings, das Balthazar uns auferlegt hat, kann Andreas nicht nur sich selbst, sondern auch andere Menschen unsichtbar machen. Leider hält die Wirkung nur eine begrenzte Zeit an und er muss eine enorme Kraft aufwenden, um sie auf uns sieben anzuwenden.

Bei unserem Test in der spanischen Villa hielt die Unsichtbarkeit weniger als eine Stunde an. Wir hatten gehofft, die Wirkung würde durch den Kräfteaustausch verstärkt werden und jeder von uns könnte sie auf sich selbst anwenden. Leider mussten wir feststellen, dass Andreas sichtbar wurde, sobald er seine Fähigkeit an jemand anderen weitergab.

Unsere Tarnung war also zeitlich begrenzt. Außerdem haben wir uns überlegt, wen Drey zuerst unsichtbar machen soll, je nachdem, wer am leichtesten zurückfallen kann, ohne den Plan zu vermasseln.

Rasch arbeitet er sich durch unsere Gruppe, bis er bei Sorsha und mir angelangt ist. Sie hat von uns allen die meiste Feuerkraft – buchstäblich – und ich bin die schnellste und effizienteste Killerin.

Ich habe Griffin seine Ortungsfähigkeit zurückgegeben, weil ich keine Karte der Basis habe, um sie darauf anzuwenden. Er hat seine eigenen Methoden, um Balthazar zu finden, jetzt, wo der Mann in der Nähe ist.

Er ist bereits unsichtbar, als seine sanfte Stimme ertönt. „Ich kann ihn spüren. Es ist dasselbe Gefühl, das ich in der Villa von ihm wahrgenommen habe. Er ist angespannt, aber auch erfreut … auf eine beunruhigende Weise."

„Wahrscheinlich überlegt er, wie viele Menschen er als Nächstes von seiner Armee ermorden lässt", murmle ich, während mein Körper verschwindet.

Andreas streichelt kurz meinen Arm, bevor er mich loslässt und wir uns auf den Weg machen.

Wir sechs Schattenblüter sind uns der Gegenwart der jeweils anderen bewusst. Sorsha folgt uns mit einer schwachen Ranke aus Wärme, die sie um mein unsichtbares Handgelenk schlingt.

Schweigend steigen wir den Hang hinunter und passieren den Felsvorsprung, wo ich Balthazar wahrgenommen habe. Wir gehen an einer Überwachungskamera vorbei, auf deren Überwachungsbildern wir nicht zu sehen sein werden, und an Bewegungsmeldern, von denen wir in unserem unsichtbaren Zustand nicht erfasst werden.

Das sind jedoch nicht die einzigen Sicherheitsmaßnahmen, die Balthazar gegen Wesen ergriffen hat, denen Silber und Eisen nichts anhaben können. Näher am Eingang der Basis befinden sich mehrere Drucksensoren.

Zian gibt ein leises Zischen von sich, um uns zum

Anhalten zu bewegen. Ein leichter rötlicher Schimmer ist zu sehen, als er die Drähte mit seinem Röntgenblick durchtrennt.

Sorsha schmilzt die anderen mit ihrem Phönixfeuer, das ebenfalls unsichtbar ist. Lediglich ein warmer Lufthauch zeigt an, dass sie ihr Werk vollbracht hat.

Sie schnalzt mit der Zunge, um uns zu signalisieren, dass sie fertig ist. Wir dürfen kein Wort sagen, solange wir nicht wissen, ob Balthazar hier Töne überwacht.

Im Torbogen des in den Berghang gehauenen Eingangs stehen zwei Wachen. Die dicken Parkas, die sie vor der Kälte in den Bergen schützen sollen, verschaffen uns einen Vorteil.

Als Dominic ihnen aus kurzer Entfernung das Leben aussaugt, verbergen die Kapuzen ihre erschlaffenden Gesichter. Mit seinen telekinetischen Kräften lässt Jacob sie gegen die Steinmauern „laufen". Dann bricht er ein paar Felsbrocken ab und stößt sie von hinten durch ihre Mäntel, um sie festzuhalten.

Für die Kameras sieht es so aus, als würden sie sich einfach auf ihren Posten anlehnen.

Die Luft vibriert, als Zian sich Jacobs Kraft leiht. Es liegt an ihm, die Tür zu öffnen, ohne einen Alarm auszulösen.

Mithilfe von Rollicks Verbindungen ist es dem Dämon gelungen, verschiedene Kauf- und Bauverträge einzusehen und herauszufinden, welche Art von Schlössern Balthazar bevorzugt. Zian hat sich die letzten zwei Tage mit ihrer Funktionsweise auseinandergesetzt.

Nervös sehe ich zu, wie er mit seinem Röntgenblick die Stahlplatte der Tür durchdringt und Jacobs telekinetischen Fähigkeiten auf die komplizierten Teile anwendet.

Eine Minute lang ist nichts zu hören, außer dem Heulen des Windes jenseits der Tür. Nicht einmal Sorsha kann aus dieser Nähe etwas gegen die immer stärker werdende Kälte ausrichten. Schließlich ertönt ein leiser Seufzer der Erleichterung und die Tür öffnet sich surrend.

Wir eilen hindurch und lassen die Tür hinter uns zuschlagen.

Der Flur auf der anderen Seite kommt uns unangenehm bekannt vor. Die in Stein gehauenen Gänge haben erschreckende Ähnlichkeit mit denen im Berg der Insel-Einrichtung, wo wir von einem anderen Kerkermeister festgehalten wurden.

Clancy war nicht ganz so wahnsinnig wie Balthazar, aber genauso erpicht darauf, uns für seine Zwecke zu benutzen. Ich kann nicht behaupten, dass ich auch nur annähernd gute Erinnerungen an ihn habe.

Griffin übernimmt die Führung. Über vermittelte Eindrücke lässt er uns wissen, wohin wir ihm folgen sollen. Seine mentale Führung leitet uns von den Türen auf der Seite weg und durch den vor uns liegenden Flur.

Ich schreite voran und blende die Gedanken an meine Gefangenschaft aus, so gut es geht. Der mineralische Geruch in der Luft weckt weitere Erinnerungen an unser ehemaliges Inselgefängnis.

Ein Mann kommt den Gang entlang auf uns zu, und wir drücken uns an die Wand, um ihn passieren zu lassen. Solange wir uns unauffällig verhalten können, hat es keinen Sinn, mehr Aufsehen zu erregen als nötig.

Hinter der nächsten Biegung befindet sich ein Treppenhaus. So schnell wie möglich schlüpfen wir durch die Tür und folgen Griffins eifrigen Signalen zwei Stockwerke tiefer.

Mein Mund ist völlig ausgetrocknet. Ich befeuchte meine Lippen und versuche zu schätzen, wie viel Zeit bereits vergangen ist. Fünfzehn Minuten? Zwanzig?

Wie viel Zeit bleibt uns noch, bis wir wieder sichtbar werden? Andreas' Kräfte sind keine exakte Wissenschaft.

Wenn ich eine Uhr hätte … Dann könnte ich sie nicht sehen.

Bei dem Gedanken flackert ein Anflug von Belustigung in mir auf, der sofort von meiner Nervosität verschluckt wird. Wir laufen durch die Korridore in einen Gang, den Griffin uns anweist, und folgen ihm nach links.

Der Gang mit den Steinwänden hier unten ist schmaler als der darüber, und die Decke ist niedriger. Unbehagen steigt in mir auf. Ein Bild des fensterlosen Raums, in dem Clancy mich zwischen den Trainingseinheiten einsperrte, taucht vor meinem geistigen Auge auf.

Ich konnte aus diesem Gefängnis fliehen, und wir werden auch die Schattenblüter befreien, die hier gefangen gehalten werden. Nachdem wir unseren psychotischen Entführer erledigt haben.

Mein Körper spannt sich erwartungsvoll an, als Griffin seinen Schritt verlangsamt.

Dann bleibt er vor einer schlichten weißen Tür stehen, die genauso aussieht wie alle anderen Türen auf dem Gang. Ich nehme seine Gewissheit wahr, dass unser Ziel sich auf der anderen Seite befindet.

Jetzt liegt es an uns, den letzten Teil des Plans in die Tat umzusetzen.

Hauptsächlich liegt es an mir.

Ich denke an Balthazars gleichgültigen Gesichtsausdruck, als die vierzehnjährige Lindsay auf dem Boden seiner Villa verblutete. An die Abdeckung über Dominics Bett, als er meinen Tentakelmann wochenlang im Koma liegen ließ.

An die Felsbrocken, die in einem noch engeren Gang auf uns herabprasselten, als Balthazar versuchte, unsere Flucht aus seinem Gefängnis zu verhindern.

Eine Vibration steigt in meiner Kehle auf. Ich konzentriere mich darauf und strecke die Hand nach Jacob aus, der neben mir steht. Das ist mein Signal, dass ich bereit bin.

Er geht auf die Tür zu. Ich weiß nicht, ob sie verschlossen ist, aber falls ja, hat er sie rasch entriegelt.

Mit einem unsichtbaren Energieschub stößt er sie auf, und ich springe über die Schwelle.

Hätte Balthazars Schreibtisch direkt gegenüber von der Tür gestanden, hätte ich ihn wahrscheinlich auf der Stelle umgebracht. Doch alles, was ich bei meinem ersten Blick in den Raum sehe, sind ein paar Bücherregale, die Sorsha sofort in Flammen aufgehen lässt.

Als ich mich umdrehe und den Schreibtisch neben der Tür und den stämmigen Mann dahinter am Rande meines Blickfeldes erkenne, kommt Balthazar ruckartig auf die Beine. Mit seiner breiten Hand betätigt er einen Schalter, den ich auf die Schnelle nicht genauer in Augenschein nehmen kann.

Bevor ich mehr als das verarbeiten kann, schallt ein durchdringender Schrei durch die Luft, der nicht aus meiner Kehle kommt. Er bohrt sich in mein Trommelfell, wirbelt meine Gedanken durcheinander und durchbricht meine Konzentration.

Ich verliere die Kontrolle über meine Kraft. Instinktiv presse ich die Hände auf meine Ohren, als der Schmerz durch meinen Schädel schießt.

Im ersten Moment kann ich die anderen nicht sehen. Ich spüre nur ihre Qualen, die durch unsere Verbindung strahlen. Dann vibriert die Luft um mich herum.

Wir werden wieder sichtbar, und ich sehe Dominics grimmiges Gesicht und Sorsha, die sich die Ohren zuhält und leicht schwankt.

Als wir auftauchen, macht sich Balthazar gerade aus dem Staub und verschwindet in einer Öffnung, die unter dem

Teppich hinter seinem Schreibtisch zum Vorschein gekommen ist.

Feuer schießt aus dem Schreibtisch und dem Teppich, aber die ohrenbetäubende Sirene hat offenbar auch Sorsha aus ihrer Konzentration gerissen. Sie schwankt und wirft einen feindseligen Blick auf das Gerät, das auf dem Schreibtisch steht.

Ein weiterer Flammenschwall schießt dort empor, und das Geräusch verstummt.

„Kommt schon!", befiehlt Jacob mit rauer Stimme und stürmt auf die Falltür zu, durch die Balthazar verschwunden ist.

Sorsha stürmt fluchend hinter ihm her. Ich verstehe, warum, als ich ihnen einen Moment später hinterher springe.

Wir sind in einem dünnen, in den Berg gehauenen Tunnel gelandet. Wasser spritzt aus den Armaturen an den Wänden und der Decke wie aus einer Sprinkleranlage. Die schwachen Lichter, die in Abständen von mehreren Metern entlang des Ganges verteilt sind, glitzern in den Tropfen.

Keuchend streicht Sorsha sich das nasse Haar aus dem Gesicht. „Hier kann ich keinen Feuerstoß auf ihn abfeuern. Jetzt hasse ich diesen Idioten *wirklich*."

Ich dränge mich an Jacob und ihr vorbei. „Ich werde versuchen, ihn zu erreichen."

Mit wild pochendem Herzen laufe ich über den glatten Steinboden. Dank meiner übernatürlichen Muskelkraft bin ich schneller als alle anderen, bis auf Zian, und das Wasser kann meinem Schrei nichts anhaben, wenn ich ihn mit meinem Geist projiziere.

Während ich renne und meine durchnässte Kleidung an meinen Gliedern zerrt, wächst meine Gereiztheit. Sie nährt den neuen Schrei, der sich in meiner Lunge aufbaut.

Balthazar darf damit nicht durchkommen. Er darf nicht entkommen. Ich muss ihn aufhalten.

Wir sind so verdammt nah dran.

Ich biege um eine Ecke. Dahinter wird der Tunnel breiter, und sechs Gestalten treten in einer Reihe heraus und versperren mir den Weg.

Ruckartig bleibe ich stehen und starre durch den Nebel aus Wassertropfen auf die entschlossenen Gesichter, die eine Barriere zwischen Balthazar und mir bilden. Wer weiß, wie weit er inzwischen gekommen ist.

Da ist Nadia, deren dicker schwarzer Pixie-Haarschnitt durch das Wasser an ihrem Schädel klebt. Und Tegan, die kleine Zwölfjährige, in deren großen Augen eine Härte glänzt, bei der mir flau im Magen wird.

Auch Devon steht bei ihnen, und drei andere Teenager, die ich vage aus der Insel-Einrichtung kenne, deren Namen ich aber nie erfahren habe. Ich weiß nur, dass sie auch Schattenblüter sind.

Warum sehen sie mich an, als wäre *ich* der Feind?

„Aus dem Weg!", stoße ich hervor. „Ich muss ihn einholen."

„Wir müssen das tun", antwortet Nadia knapp. Eine vertraute silberne Handfessel glänzt an ihrem und den Handgelenken der anderen. „Wir können nicht zulassen, dass du ihm folgst."

Sorsha und Zian stürmen hinter mir in den Raum, und ich spüre, dass die anderen Jungs nicht weit hinter mir sind.

Mit einem Anflug von Panik hebe ich die Arme. „Tut ihnen nichts! Sie sind diejenigen, die wir retten wollen."

Nur scheinen die Schattenblüter genau das Gegenteil zu wollen.

Nadias Augen blitzen. „Geht zurück! Verschwindet von hier!"

„Das kann ich nicht", erwidere ich und dränge mich zwischen sie und die anderen. „Ich muss …"

Ich will mitten im Satz zum Angriff ansetzen, doch die jungen Schattenblüter kommen mir zuvor.

Die Lichtblitze, die auf eine Bewegung von Nadias Armen hin auf uns zuschießen, fühlen sich an wie Schläge. Meine Sicht verschwimmt zu Grau, und ein Luftstoß schleudert mich gegen Zian.

Hinter uns ertönt ein Rumpeln, und Dominic ruft angespannt und verzweifelt: „Da kommt noch mehr Wasser – genug, um den Tunnel zu fluten!"

Hastige Schritte stapfen von uns weg. Ich taumle und blinzle heftig, kann aber nichts als verschwommene Flecken erkennen. Ein Wasserschwall sammelt sich um meine Füße.

Jacob stolpert fluchend an mir vorbei. „Zee, wie nah sind wir an der Oberfläche? Können wir durch den Fels brechen?"

Zian muss genauso geblendet sein wie ich, doch sein Röntgenblick scheint noch gut genug zu funktionieren, um die Dicke zu beurteilen. „Es ist nicht weit. Ein kräftiger Schlag sollte reichen!"

Mit meiner übernatürlichen Muskelkraft stürze ich ihnen hinterher. Jacob setzt sein telekinetisches Talent ein und Zian versucht, den Stein mit der Kraft in seinen Armen und seinen glühenden Augen zu durchbrechen.

Das Dröhnen wird lauter. Die Wand bekommt Risse und zerbröckelt.

Gerade als die tosende Welle den Raum erreicht, stürmen wir in die kalte Nachtluft hinaus. Ich spüre Andreas und Griffin neben mir, und Dominic schlingt seine Tentakel um uns.

Das Wasser trifft uns von hinten und wir stürzen in einem Gewirr von Gliedmaßen den felsigen Abhang hinunter. Mein Hintern prallt gegen einen Felsen.

Als ich meine Augen reibe, kann ich ein paar Bruchstücke erkennen. Ich rapple mich auf und drehe mich zu Griffin um.

Er streicht sich das nasse Haar aus dem Gesicht, und bei seinem Blick wird mir schwer ums Herz. Er dreht seinen Kopf in Richtung Berghang.

„Balthazar ist weg. Er ist schon zu weit weg, als dass ich ihn eindeutig verfolgen könnte."

NEUN

Riva

Fang schlägt mit den Händen auf den Esstisch und stößt einen heftigen Atemzug zwischen seinen raubtierartigen Eckzähnen aus. „Nur damit ich das richtig verstehe: Ihr hattet ihn direkt vor eurer Nase und habt es trotzdem nicht geschafft, diesen Sterblichen zu töten?"

Meine Miene verfinstert sich und Ärger steigt in mir auf. „Er war vorbereitet. Er hatte ein Gerät, das uns völlig aus dem Konzept gebracht hat. Wir können unsere Kräfte nicht nutzen, wenn wir nicht klar *denken* können."

Shanty wirft ihre dunkelblauen Wellen über ihre Schulter und schürzt die Lippen. Selbst als sie uns kritisiert, bleibt ihre Stimme melodisch. Jetzt, da ich weiß, dass sie eine Sirene ist, ergibt das Sinn. „Keiner von euch hat es geschafft, ihn auch nur anzugreifen?"

Sorsha meldet sich zu Wort, bevor ich mich verteidigen kann. „Ich war auch dabei. Was immer er benutzt hat, es war verdammt effektiv. Ich konnte mein Feuer nicht richtig lenken. Nachdem ich seine Villa in Italien niedergebrannt habe, weiß er, dass er besondere Vorkehrungen gegen meine Kräfte treffen muss. Dieser Kerl denkt an alles."

Ich werfe Rollick einen Blick über den Tisch zu. Seit wir in sein Anwesen in Spanien zurückgekehrt sind, ist der Dämon ungewöhnlich ernst. Ich hoffe, er denkt nur über alles nach, was wir ihm erzählt haben, und verarbeitet unser Scheitern, anstatt daran zu zweifeln, ob er uns überhaupt noch helfen soll.

Sogar das Vertrauen der Schattenwesen, die uns zuvor voll und ganz unterstützt haben, ist ins Wanken geraten.

Thorn reibt sich den Mund und wirft Sorsha einen besorgten Blick zu. „Es ist merkwürdig, dass er so viele Maßnahmen ergriffen hat. Könnte er gewusst haben, dass wir dort zuschlagen würden?"

Lance' violette Augen blitzen in Richtung der Schattenblüter. „Vielleicht hat er eine Methode, diese Bande aufzuspüren."

Toni hebt den Kopf. Seit wir angekommen sind und ihr von unseren vergeblichen Bemühungen berichtet haben, ist sie niedergeschlagen. „Nein. Ich habe das Überwachungssystem gesehen, das er eingerichtet hat. Er hat darauf vertraut, dass die Armbänder mehr als ausreichend sind."

„Ich habe uns auf alle möglichen Implantate untersucht", fügt Zian hinzu und zuckt mit den Schultern, als würde er seine Gründlichkeit infrage stellen.

Jacob stützt sich mit den Händen auf der Tischplatte ab. „Warum, glaubt ihr, brauchen wir eure Hilfe? Dieser Kerl ist ein Wahnsinniger, und ein verdammt schlauer dazu. Wir sind ihm nur knapp lebend entkommen, und das auch nur, weil ihr uns damals geholfen habt. *Diesmal* wären wir fast gestorben."

Bei der Erinnerung an das Rauschen des Wassers läuft mir ein Schauer über den Rücken. Die Kälte, die ich verspürte, als ich in meinen durchnässten Kleidern über den Berg stolperte, während wir uns darauf konzentrierten, die Wachen draußen auszuschalten.

Sobald wir die Metallgrenze passierten, nahmen uns die Schattenwesen schützend in ihre Mitte, und Sorsha wärmte uns mit ihrer glühenden Hitze.

Trotzdem gefriert mir noch immer das Blut in den Adern, wenn ich an die verpasste Gelegenheit denke. An die Leute, die wir zurückgelassen haben.

„Wir waren nicht gut genug vorbereitet", meint Griffin leise, der vermutlich meine Gefühle aufgefangen hat. „Wir dachten, die jungen Schattenblüter wären Gefangene oder Geiseln. Doch anscheinend ist es ihm gelungen, ihre Kräfte zu verstärken. Möglicherweise mit demselben Verfahren, mit dem er normale Menschen in Schattenblüter verwandelt."

Diesen Teil hatten wir der größeren Gruppe gegenüber noch nicht erwähnt. Neben Sorsha sitzt Snap. Das Schattenwesen mit den blonden Locken runzelt die Stirn. „Er hat die Jüngeren stärker gemacht? Und sie haben euren Angriff vereitelt?"

„Ja", antworte ich schwermütig. „Sie haben uns den Weg abgeschnitten, als wir Balthazar verfolgen wollten. Sie haben sich definitiv anders verhalten als früher. Eine von ihnen … Früher hat ihre Haut nur leicht geleuchtet, aber gestern hat sie uns mit ihrem Licht geblendet."

Dominic nickt. „Einer der anderen konnte die Luft oder das Wetter kontrollieren. Er hat uns mit einem Windstoß weggepustet. Früher hatten die jüngeren Schattenblüter keine derartigen Kräfte."

Steel, der untersetzte Dämon mit den metallenen Schuppen wirft uns einen finsteren Blick zu. „Dann sind sie Teil des Problems und müssen ebenfalls beseitigt werden."

Mir ist flau im Magen, und automatisch bricht ein Protest aus mir hervor. „Nein. Sie sind nur *Teenager*. Wir kennen sie. Ich bin mir sicher, dass sie uns nicht wehtun wollten. Bestimmt hat er sie gezwungen, einzugreifen. Sie hatten die gleichen Armbänder wie wir früher."

Sie haben uns nicht direkt angegriffen. Sie hätten uns töten können, wenn sie uns überrumpelt hätten, während wir noch benommen waren. Wir hätten sie nicht einmal gesehen.

Doch das haben sie nicht. Nadia sagte uns, wir sollten gehen. Erst als ich versuchte, mich an ihnen vorbeizudrängen, haben sie ihre verstärkten Fähigkeiten eingesetzt.

Meine Gedanken wandern zurück zu meinen letzten Gesprächen mit Nadia. Früher war ihre ganze Persönlichkeit strahlend, doch als Balthazar deutlich machte, dass er sie für entbehrlich hielt, hat sie sich verändert. Erst als ich mit ihr darüber sprach, was für ein Leben sie sich wünschte, kehrte das Strahlen kurzzeitig zurück.

Jetzt hat er sie noch weiter von dieser „Normalität" weggerissen. Er hat sie mehr zu einem Monster gemacht.

Obwohl ich nicht sicher bin, ob sie das auch so sehen würde. Die jüngeren Schattenblüter waren enttäuscht, weil Balthazars Trainingseinheiten keine merkliche Wirkung auf ihre Kräfte hatten.

Nadia hat mir einmal gesagt, dass sie sich wünschte, sie könnte richtig leuchten, anstatt nur leicht zu glühen, wie sie es damals konnte.

Willow, die Nymphe neben Rollick, reibt leise schnaubend über die Rinde an ihren Unterarmen. „Es läuft alles auf dasselbe hinaus. Wenn sie für ihn kämpfen, müsst ihr sie ebenfalls bekämpfen."

Die Tatsache, dass sie „ihr" statt „wir" sagt, geht mir auf die Nerven. Hat sie mit diesem Kampf bereits abgeschlossen?

„Keiner der jüngeren Schattenblüter hat etwas Falsches getan", beharre ich. „Sie wurden jahrelang gefoltert und mit Experimenten traktiert, genau wie wir. Sie verdienen es, frei zu sein. Wir müssen sie da rausholen."

Zwei Stühle neben mir richtet sich Andreas ein wenig auf. „Wir sind hier, um euch alle vor Balthazars Plänen zu retten – und die Leute, denen er Schaden zufügt –, aber unser Plan war es immer, auch die anderen Schattenblüter zu retten. Wenn er sie in den Kampf drängt, brauchen sie unsere Hilfe *mehr*, nicht weniger."

Fang blickt grimmig drein. „Ich verstehe nicht ..."

„Natürlich nicht", unterbricht Sorsha ihn säuerlich. „Ihr wisst zwar eine ganze Menge aus eurem langen Schattenwesen-Dasein, doch ihr solltet nicht vergessen, dass ihr keine Ahnung habt, wie es ist, erwachsen zu werden. Wie es ist, ein Teenager zu sein und sich hilflos und unsicher zu fühlen. Ich stimme den Schattenblütern zu. Die Jugendlichen sind nicht unsere Feinde."

Stuhlbeine scharren über den Boden, als Rollick aufsteht. Mein Herz setzt einen Schlag aus, bevor er seinen Kopf zu mir neigt.

„Die jungen Schattenblüter hatten keine Wahl, ob sie sich den anderen in den Weg stellen wollen", erklärt er ruhig. „Sie sind Opfer in diesem Szenario. Wir werden sie in Sicherheit bringen, wenn wir können."

Crag lehnt sich vor, und sein steinernes Gesicht verfinstert sich. „Wie sollen wir das tun, wenn sie uns angreifen, ob sie wollen oder nicht?"

Ich verschränke meine Finger unter dem Tisch, um mich zu beruhigen. Ich habe keine wirkliche Antwort auf diese Frage.

„Es wird nicht einfach werden. Aber wir haben schon viele schwierige Dinge durchgezogen. Zuerst ... Zuerst muss ich wohl versuchen, herauszufinden, ob sich Balthazar auf den Weg zu einer anderen Basis macht. Diesmal werden wir besser auf seine Schutzvorkehrungen vorbereitet sein. Wir können Ohrstöpsel benutzen und die Gegend auskundschaften, um alle Zugänge zu finden …"

Ich werde von einem leisen Knall und dem plötzlichen Auftauchen einer schlanken Gestalt unterbrochen. Billy blickt uns mit seinen weit aufgerissenen Faun-Augen an. „Tut mir leid, dass ich so hereinplatze, aber ich dachte, ihr solltet das wissen. Es gab einen weiteren Angriff. Und er war ein wenig … anders."

Unbehagliches Schweigen legt sich über uns. Dann springen wir auf und eilen in den Raum, in dem Rollicks riesiger Flachbildfernseher steht, der von einigen Schattenwesen überwacht wird. Selbst nachdem mehrere Wesen in den Schatten verschwunden sind, bin ich mir ihrer Anwesenheit weiterhin bewusst.

Der Fernseher ist an, und eine Nachrichtenreporterin spricht gerade, während sich auf dem Bildschirm eine Szene der Zerstörung abspielt, die mir auf beunruhigende Weise vertraut ist. Ich achte kaum auf ihre Stimme, sondern konzentriere mich auf die Gestalten, die geduckt aus dem Blickfeld verschwinden. Die Mauern eines riesigen Gebäudes stürzen ein. Es ist ein schicker Wolkenkratzer in einem Stadtzentrum.

Die meisten der fliehenden Menschen haben dunkles Haar und hellbraune Haut, doch ich kann sie nicht deutlich genug erkennen, um ihre ethnische Zugehörigkeit zu bestimmen. Und dann erscheint etwas auf dem Bildschirm, das meinen Körper erstarren lässt.

Neben mir schnappt Zian nach Luft. Jacobs Finger verkrampfen sich an der Sofalehne.

Soldaten. Vom Bildschirmrand marschieren Soldaten ins Blickfeld.

An sich ist das nicht sonderlich überraschend. Auch in

London war das Militär vor Ort, als wir versucht haben, bei den Rettungsarbeiten zu helfen.

Nein, was meine Aufmerksamkeit erregt, sind die gewebten Metallwesten, die sie über ihren Uniformen tragen. Sie glänzen blassgrau … wie Silber und Eisen.

Wie die Schutzwesten der Wärter in den Einrichtungen, die sich damit vor unseren Schatten-Kräften schützen wollten. Selbst wenn das bei uns nicht funktioniert hat, sind sie bei *richtigen* Schattenwesen äußerst effektiv.

Auch in ihren Händen blitzt Metall auf. Es sind lange, spitze Gewehre mit silbernen Bajonetten.

Instinktiv schlinge ich die Arme um meine Mitte. Ich würde jede Wette eingehen, dass sowohl die brutalen Stichwaffen als auch die Kugeln darauf ausgelegt sind, Schattenwesen maximalen Schaden zuzufügen.

„Scheiße", murmelt Andreas. „Er hat tatsächlich jemanden überzeugt, seine verrückten Anweisungen zu befolgen."

Dominic stößt ein angestrengtes Kichern aus. „Die Anweisungen klingen wahrscheinlich nicht so verrückt, wenn Leute mit übernatürlichen Kräften auf der ganzen Welt Städte in Schutt und Asche legen."

Billy wippt nervös auf seinen Füßen und sein Blick huscht zwischen uns hin und her. „Aber es ergibt keinen Sinn, oder? Ich dachte, diese Metalle hätten keine Wirkung auf Schattenblüter. Und die Anschläge werden von Schattenblütern verübt."

Rollicks Lippen sind zu einer dünnen Linie zusammengepresst. „Es geht nicht darum, was die Soldaten dort jetzt tun, sondern darum, was sie später tun, nachdem er sie überzeugt hat."

„Genau." Ich umarme mich fester. „Balthazar will nicht, dass das Militär gegen seine Schattenblüter-Armee kämpft. Er bereitet sie vor, damit sie für die Jagd auf Schattenwesen gerüstet sind, sobald er die Regierungen dazu gebracht, den Befehl dazu zu geben."

Und wenn er es in nur einer Woche geschafft hat, Staatsoberhäupter auf der ganzen Welt zu überzeugen, so viele seiner Ratschläge zu befolgen, wie lange wird es dann wohl dauern, bis er Trupps von Schattenwesen-Killern über den ganzen Planeten schickt?

ZEHN

Andreas

Der Raum sieht leer aus. Man würde annehmen, dass er leer ist … solange man nicht versucht, zu weit hineinzugehen.

Ich habe jedes Möbelstück, die gesamte Dekoration und den ganzen Schnickschnack im Gästezimmer unsichtbar gemacht. Doch ich kann mir immer noch den Zeh am Sockel der Kommode stoßen, so wie gerade eben.

Ich taste mich zu dem unsichtbaren Bett vor und lasse meinen ebenfalls unsichtbaren Körper auf die Decke sinken. Nach einigen Augenblicken lässt der Schmerz in meinem großen Zeh nach.

Im Moment gibt es keinen Grund, den Inhalt meines Zimmers unsichtbar zu machen. Ich versuche nur, die Bedingungen nachzustellen, die mich erwarten könnten, wenn wir in den Kampf ziehen. Womöglich werde ich einen

Haufen Leute um mich herum unsichtbar machen müssen, wie auf unserer Mission in Balthazars Bergbasis.

Bei leblosen Gegenständen muss ich nicht so viel Energie aufwenden wie bei lebenden Wesen. Um die gleiche Wirkung zu erzielen, muss ich mich nicht so sehr verausgaben. Deswegen habe ich mehr Energie für die einzelnen Einrichtungsgegenstände im Zimmer aufgewendet als gestern bei meinen Freunden.

Entweder das, oder ich müsste versuchen, die ganze Villa verschwinden zu lassen. Und ich glaube nicht, dass die anderen, die hier wohnen, das gutheißen würden.

Ich muss mich noch mehr anstrengen als gestern. Mehr, als ich es mit meinen Schattenblutsbrüdern in all der Zeit gewagt habe, seit ich herausgefunden habe, dass meine Unsichtbarkeitskraft nicht auf meinen eigenen Körper beschränkt ist.

Hätte ich gestern alles gegeben, anstatt mich zurückzuhalten, hätte uns Balthazars ohrenbetäubendes Gerät vielleicht nicht sichtbar gemacht. Vielleicht wären wir unsichtbar geblieben und hätten ihn durch den Tunnel jagen können, ohne dass uns die jüngeren Schattenblüter in die Quere gekommen wären.

Ich schlucke schwer und fahre mit den Fingern über die raschelnde Decke unter mir, während ich auf ungewöhnliche Empfindungen achte.

Leider könnte meine konzentrierte Kraft auch üble Folgen haben. Deshalb führe ich dieses Experiment nur an mir selbst durch, nicht an den Leuten, die mir so viel bedeuten.

Unser ehemaliger Entführer scheint entschlossen zu sein, auf der ganzen Welt Chaos anzurichten. Wenn wir das nächste Mal gegen ihn antreten, werden wir vielleicht nicht alle überleben.

Doch ich will verdammt sein, wenn *ich* schuld daran bin, dass wir jemanden verlieren.

Das Experiment ist allerdings furchtbar langweilig. Ich hätte eine Wiedergabeliste mit Podcasts auf meinem Handy abspielen sollen, bevor ich es zusammen mit allem anderen habe verschwinden lassen.

Jetzt ist das Display meines Telefons unsichtbar, ebenso wie der an der Wand montierte Fernseher. Mir bleibt nur der Blick aus dem Fenster, da ich die Wände selbst nicht verändert habe. Dort gibt es außer der langweiligen Show, die von den Schatten der Palmen auf dem Rasen aufgeführt wird, allerdings nichts zu sehen.

Ich bin mir nicht sicher, wie lange ich das Experiment schon durchführe, obwohl ich in weiser Voraussicht mein Telefon so eingestellt habe, dass jede Stunde ein Alarm ertönt. Der erste Alarm könnte zwanzig oder vierzig Minuten her sein, soweit ich weiß.

Bis jetzt fühle ich mich gut. Das ist ein gutes Zeichen. So lange war ich noch nie unsichtbar.

Natürlich wussten wir bereits, dass das Training von Matteo unsere Kräfte erweitert hat. Das bedeutet jedoch nicht, dass meine Fähigkeit keine Grenzen hat, sondern nur, dass sie verschoben wurden.

Ich ertappe mich dabei, wie ich auf meiner Unterlippe kaue, und stehe auf. Ich muss mich ablenken.

Vielleicht sollte ich meine Tarnfähigkeiten üben, solange ich unsichtbar bin. Mir gefällt der Gedanke zwar nicht, jemanden in Rollicks Haus auszuspionieren, aber es wäre eine gute Übung, mich schnell und leise zu bewegen und darauf zu achten, dass mich niemand bemerkt, an dem ich vorbeikomme.

Ich tue so, als befände ich mich auf einer echten Mission und als würden hinter jeder Ecke Feinde lauern. Meine Hand verweilt auf dem Türknauf, bis ich sicher bin, dass es auf dem Flur vollkommen still ist. Dann schleiche ich mich so geschickt und schnell wie möglich hinaus.

Riva ist draußen, irgendwo nicht weit nördlich des Hauses. Seit wir Sex hatten und sich unsere Essenzen miteinander verbunden haben, kann ich immer spüren, wo sie sich befindet.

Bei meinen Freunden habe ich nur einen vagen Eindruck. Es fühlt sich an wie ein leichtes Kribbeln, das von ihren Kräften ausgeht. Anhand ihrer Fähigkeiten kann ich erkennen, wer wer ist, und in welche Richtung er geht, aber nicht, wie weit er entfernt ist.

Ich bin mir ziemlich sicher, dass diese Wahrnehmung nur funktioniert, wenn sie nicht allzu weit weg sind. Während ich Riva überall auf der Welt finden könnte, wird mein Bewusstsein für die Jungs mit zunehmender Entfernung schwächer.

Für die anderen Wesen, die sich hier aufhalten, habe ich überhaupt kein Gespür. Ich schleiche am Speisesaal vorbei, wo sich ein paar von Rollicks Schattenwesen-Freunden über Steaks unterhalten, die einer von ihnen offenbar gebraten hat, und komme an Billy vorbei, der im Musikzimmer auf dem Klavier herumklimpert, aber das war's.

Meiner Erfahrung nach ziehen es die meisten Schattenwesen vor, in den Schatten zu bleiben, es sei denn, es gibt einen bestimmten Grund, weswegen sie eine körperliche Gestalt annehmen müssen. Ich wünschte, das wäre nicht der Fall, denn wenn ich jemanden ausspionieren wollte, dann wären es die weniger freundlichen Verbündeten, deren Loyalität uns gegenüber ungewiss ist.

Falls sie sich in den Schatten darüber unterhalten, ob sie uns in diesen Krieg folgen sollen, dann bekomme ich nichts davon mit.

Als ich das Foyer mit dem großen Dachfenster erreiche, beschleicht mich ein mulmiges Gefühl.

Unbehagen kriecht von den Fingerspitzen bis zu den Ellbogen durch meine Nerven. Abrupt bleibe ich stehen und schnappe nach Luft.

Als ich meine Hände spreize und zur Faust balle, lässt das Gefühl nach. Mein Herz pocht immer noch wie wild.

Sollte ich mich wieder sichtbar machen? Letztes Mal, als diese Symptome auftraten, hätte ich es beinahe nicht mehr geschafft, zurückzukehren.

Doch wer weiß, ob das wieder passieren wird. Womöglich war das nur ein vorübergehender Effekt.

Deshalb experimentiere ich schließlich, oder? Um herauszufinden, wo meine Grenzen sind.

Um zu ermitteln, wie weit ich meine Fähigkeiten ausreizen kann, bevor ich mir selbst schade … Und allen, bei denen ich sie anwende.

Ich atme ein paar Mal tief durch, um meine Nerven zu beruhigen, und denke an die vielen Erinnerungen zurück, die ich im Laufe der Jahre in den Köpfen der Menschen gesehen habe. An den begeisterten Surfer, der den Nervenkitzel rund um die Welt suchte. Seine lebhaften Erinnerungen an das Reiten der Wellen, das Tosen des Wassers unter ihm und den Wind, der ihm die kühle Gischt ins Gesicht spritzte, waren erheiternd, aber mein Lieblingsmoment war ein Gesprächsfetzen, auf den ich gestoßen bin.

Hast du denn nie Angst?, fragte ihn einer seiner Freunde. Der Surfer lachte nur.

Solange ich mein Brett unter den Füßen oder in der Hand habe, weiß ich, dass alles in Ordnung ist und ich es durchstehen werde, antwortete er.

Ich bin immer noch hier. Ich habe den Boden unter mir und die Wände um mich herum. Alles ist greifbar. Solange ich das habe, sollte ich in der Lage sein, mich wieder sichtbar zu machen, so schwer es auch sein mag.

Obwohl ich mir nicht sicher bin, ob das wirklich so ist, beruhigt der Gedanke meine Nerven. Ich verlasse das Haus.

In der freien Natur ist es schwieriger, nicht aufzufallen. Durch die Schwerkraft sinken meine Füße in den Rasen und Kiesboden.

Im Moment ist niemand in der Nähe, der mich bemerken könnte, aber bei einer echten Mission könnte es ein Problem sein, meine Bewegungen zu verbergen.

Die beste Lösung ist, mich auf festem Untergrund fortzubewegen. Ich springe über ein paar dekorative Fliesen, die in der Rasenfläche eingelassen sind, und balanciere auf dem Rand eines breiten hölzernen Pflanzgefäßes mit herabhängenden Blumen.

Der akrobatische Akt lenkt mich von meinen Sorgen ab, bis ich erneut ein Kribbeln verspüre.

Diesmal wandert es von meinen Füßen über meine Arme entlang nach oben und läuft auf meiner Brust zusammen. Ich verliere das Gleichgewicht und springe von dem Pflanzgefäß.

Als meine Füße leise auf dem Gras aufkommen, höre ich Schritte vom Haus auf mich zukommen. Toni lässt stirnrunzelnd ihren Blick über den scheinbar leeren Garten schweifen. „Ist da jemand?“

Jetzt kribbelt es zwischen meinen Rippen, und mein Atem stockt. Zu den körperlichen Beschwerden gesellt sich Angst.

Ist mein Gleichgewicht immer noch wackelig? Oder schwankt mein Gefühl für den Boden selbst?

Mit einem Ruck mache ich mich wieder sichtbar. Mein Körper setzte sich wieder zusammen und mein rotes Shirt leuchtet im Sonnenlicht.

Dann scheine ich mich aufzulösen. Für eine Sekunde geht der Wind direkt durch meine Brust.

Meine Hände klammern sich an die Luft, als könnte ich mich an etwas festhalten. Meine Gedanken schwirren. Als ich an mir hinunterschaue, sind meine Arme verschwommen, und ich sehe das Gras durch sie hindurch.

Meine Füße. Wo sind meine Füße? Ich kann sie nicht einmal fühlen. Es ist, als würden meine Beine an den Knien enden, und …

„Hey!"

Eine Hand legt sich auf meine Schulter. Der feste Griff bringt meine körperliche Präsenz wieder schärfer in den Fokus.

Ich hebe den Kopf. Toni steht neben mir. Ihre Augen sind weit aufgerissen und ihr Haar ist vom Wind zerzaust, als wäre sie gerannt.

Ich bin hier. Ich bin immer noch hier.

Ein seltsames Kribbeln durchzuckt meine Nerven wie tausend kleine Nadelstiche. Es fühlt sich an, als wäre mein ganzer Körper eingeschlafen. Mit zusammengebissenen Zähnen ziehe und zerre ich an meiner Selbstwahrnehmung und hole jeden Teil von mir in die Realität zurück.

Als ich mir sicher bin, dass ich meine feste Gestalt wiederhabe, rinnt mir trotz der kühlen Winterluft der Schweiß den Rücken und ich nehme einen röchelnden Atemzug.

„Scheiße", murmle ich, und Hoffnungslosigkeit steigt in mir auf. Der stündliche Alarm hat noch kein zweites Mal geklingelt.

Ich werde den anderen keinen großen Vorteil verschaffen können. Nicht ohne ihre gesamte Existenz zu riskieren.

Die Hand fällt von meiner Schulter, und auf einmal wird mir bewusst, dass Toni immer noch neben mir steht. „Geht es dir gut?"

Ich ringe mir ein Lächeln ab. „Ja. Tut mir leid, falls ich dich erschreckt habe. Und danke."

Toni blinzelt mich an, als hätte sie immer noch Probleme, mich zu sehen. „Was war los?"

Ich zucke mit den Schultern. „Das Gleiche, was immer passiert, wenn ich versuche, länger unsichtbar zu bleiben. Seit den Trainingseinheiten in der Einrichtung habe ich mich nicht mehr getraut, an meine Grenzen zu gehen."

Toni verzieht das Gesicht wie eine strenge Lehrerin. „Du solltest es *nicht* übertreiben. Es hilft niemandem, wenn du nicht zurückkommen kannst. Wie fühlst du dich jetzt? Soll ich Rollick oder deine Freunde holen oder …?"

Ich winke ihre besorgten Fragen ab. „Es ist vorbei. Alles in Ordnung." Abgesehen von dem Gefühl des Versagens und der existenziellen Angst, die sich in meiner Magengrube breitgemacht hat.

Ich schenke ihr ein schiefes Lächeln. „Ich versuche nur herauszufinden, wie ich so gut wie möglich helfen kann. Ich bin nicht besonders gut darin, Schlösser aufzubrechen oder Superschurken zur Strecke zu bringen."

Toni presst die Lippen zusammen, fast so, als wäre sie verärgert, aber ihre Stimme klingt sanfter. „Ich habe ein wenig Erfahrung damit, wie es ist, dafür wertgeschätzt zu werden, dass man nicht gesehen wird. Aber ich weiß auch, dass man es bereuen kann, wenn man sich selbst zu unsichtbar macht."

Ein Kloß bildet sich in meiner Kehle. Ich hätte nicht erwartet, dass ich Mitgefühl für Balthazars wichtigster Angestellte empfinden würde, doch es ist nicht zu leugnen, wie ernst sie diese Worte meint.

Ich glaube nicht, dass ich noch mal einen Blick in ihren Kopf werfen möchte, um herauszufinden, wie viel sie über die Jahre hinweg toleriert hat.

Toni weicht einen Schritt zurück, als würde sie ahnen, dass ich mehr Platz brauche. Dann legt sie den Kopf schief. „Die Unsichtbarkeit ist nicht deine einzige Kraft. Viel bedeutsamer ist deine Fähigkeit, die Erinnerungen anderer zu sehen, nicht wahr?"

Ich fahre mir mit der Hand übers Gesicht, um mich zu vergewissern, dass es vollständig ist. „Ja. Aber das ist keine große Hilfe im Kampf gegen Psychopathen. Ich kann Menschen ablenken, indem ich Erinnerungen in ihre Köpfe projiziere, aber das wird uns keine große Hilfe sein."

„Und du kannst Erinnerungen löschen." Tonis Blick wird nachdenklich. „Wenn du das bei Balthazar machen könntest … Wenn du einfach die Erfahrungen auslöschen könntest, die ihn dazu gebracht haben, seinen Kreuzzug gegen die Schattenwesen zu starten …"

Ich stoße ein zittriges Glucksen aus. „Ich wünschte, es wäre so einfach. Ich müsste in seiner Nähe sein, um wirklich aller Erinnerungen zu beseitigen. Eine Person komplett auszublenden, dauert eine Weile. Wenn wir ihn aufhalten wollen, sollten wir das einem der anderen Schattenblüter überlassen. Nicht Griffin, schätze ich. Riva, Jacob, Zian oder vielleicht sogar Dom könnten ihn in ein oder zwei Sekunden ausschalten."

Ich spreche die Worte aus, ohne nachzudenken, und halte dann inne, weil mir einfällt, dass diese Frau mehr als ein Jahrzehnt lang mit dem Mann zusammengearbeitet hat, über dessen Ermordung ich so beiläufig spreche.

„Es sei denn, du hoffst, dass wir die Sache beenden können, ohne ihn umzubringen", füge ich hinzu. „Nach allem, was er uns angetan hat und was er weiterhin tut, kommt mir dieser Gedanke nur automatisch als Erstes in den Sinn."

Toni nickt. Sie macht nicht den Anschein, als wäre sie verärgert. „Das kann ich verstehen. Und nach allem, was ich gesehen habe, kann ich nicht behaupten, dass du mit deiner Denkweise falschliegst. Betrachte meinen Vorschlag als eine Art Brainstorming. In Anbetracht seiner sorgfältigen Planung und seiner Ressourcen … Wer weiß, zu welchen Tricks wir greifen müssen, wenn wir ihn aufhalten wollen?"

Ich lache, und diesmal schwingt tatsächlich aufrichtige Belustigung darin mit. „Gutes Argument. Wenn es nach mir geht und ich die Chance dazu habe, werde ich ihm auf jeden Fall eine Amnesie verpassen. Das scheint nur kein guter Einstieg zu sein."

Schweigend gehen wir zurück zum Haus. Nach unserem Gespräch haben wir einander nichts mehr zu sagen.

Oder vielleicht doch, denn ein paar Schritte vor der Tür blickt Toni zu mir herüber. „Es tut mir leid. Alles, was ich dazu beigetragen habe, was er euch angetan hat. Ich hätte nicht zulassen dürfen, dass er mich als Werkzeug benutzt."

Die Entschuldigung bedeutet mir mehr, als ich erwartet hätte, nachdem sie bereits so viel zu uns als Gruppe gesagt hat. Dankbar nicke ich ihr zu. „Dir hat er auch übel mitgespielt. Wenigstens bist du auf den richtigen Weg zurückgekehrt."

Ihre Mundwinkel verziehen sich zu einem traurigen Lächeln. „Versuch du, das auch immer zu tun, okay?"

Ich antworte ihr nicht, doch ich bin von ihrer Sorge gerührt. Die Wahrheit ist, dass ich mich von der Angst nicht abhalten lassen würde, die mir die Erfahrung im Garten gemacht hat.

Ich würde nie das Leben eines anderen Menschen mit meiner Kraft riskieren, doch wenn ich meine Freunde und die Frau, die ich liebe, dadurch retten kann, dass ich noch ein paar Minuten länger unsichtbar bleibe, würde ich meinen Untergang sofort in Kauf nehmen.

Ich kann nicht einmal sagen, ob ich mir mehr Sorgen mache, dass das tatsächlich passieren könnte ... oder dass ich nie die Chance haben werde, so viel zu bewirken.

ELF

Riva

Ich setze mich aufrechter hin und lasse meine Schultern kreisen. Die Linien der Karte, die vor mir auf dem Boden ausgebreitet ist, verschwimmen vor meinen Augen, selbst wenn ich sie schließe.

Ich reibe mir die Augenlider und blinzle, woraufhin das Nachbild langsam verblasst. Im Gegensatz zu meinem Unbehagen.

Balthazar ist nicht zu seinem Stützpunkt in den Karpaten zurückgekehrt, was nicht wirklich überraschend ist. Er weiß nicht, wie viel wir über seine Sicherheitsvorkehrungen dort herausgefunden haben, aber er geht kein Risiko ein.

Stattdessen scheint er jedes Mal, wenn ich seinen Standort überprüfe, zwischen verschiedenen Orten zu wechseln. Ich bin mir nicht sicher, ob er sich länger als ein oder zwei Stunden in einem seiner Anwesen aufhält.

Er muss den Großteil seiner Geschäfte mit Privatjets und

Hubschraubern erledigen. Er tätigt Anrufe, schmiedet Pläne und schläft sogar, während er unterwegs ist.

Was bedeutet, dass wir ihn nirgends angreifen können. Ich weiß nie, wo er sich lange genug aufhält, um dorthin zu gelangen, bevor er woanders ist.

Er hat auch die jüngeren Schattenblüter an einen anderen Ort gebracht. Diejenigen, die ich in der rumänischen Basis gespürt und dann gesehen habe, kann ich jetzt zu einem Ort in Polen zurückverfolgen. Toni hat bestätigt, dass Balthazar dort ein großes Grundstück besitzt, das er in den letzten Jahren ausbauen ließ.

Sie sind nicht alle zusammen. Booker habe ich mitten in Finnland aufgespürt. Der Einzige, den ich noch gut genug kenne, um ihn mit Griffins Fähigkeit zu finden, ist Ajax.

Ich stütze mich auf meine Hände und versuche, mich wieder zu konzentrieren. Zu viele andere Gedanken schwirren mir im Kopf herum.

Außerdem bin ich mir nicht sicher, ob es uns überhaupt etwas nützt, die Aufenthaltsorte der jüngeren Schattenblüter zu kartieren. Balthazar war nicht bei Nadia und den anderen, als sie die Bergbasis verließen. Er hatte sich bereits allein auf den Weg gemacht. Vermutlich dirigiert er ihre Bewegungen aus der Ferne.

Ich dachte, es würde mich beruhigen, zu wissen, wo sie sind, doch stattdessen hat es mein Gefühl der Hilflosigkeit nur noch verstärkt.

Ich weiß nicht, wie ich ihnen helfen soll. Wer weiß, was Balthazar ihnen zumutet, jetzt, wo ihre Kräfte nützlicher für ihn sind.

Auf jeden Fall war er sehr beschäftigt.

Dann kommt mir ein anderer quälender Gedanke in den Sinn, und ich zücke mein Handy. Als ich die Nachrichten-App aufrufe, kribbelt es in meinem Bauch.

In der Türkei findet gerade eine Jagd auf die

„monströsen" Terroristen statt, Soldaten stürmen Enklaven, die sie als verdächtig eingestuft haben. Bestimmt hat Balthazar die Schattenwesen, die gezwungenermaßen für ihn arbeiten, benutzt, um Informationen zu bekommen.

Es gibt keine Videos von den Angriffen, aber in den Nachrichten wird von rauchenden Kadavern berichtet. Sie haben ihre Ziele also getroffen.

Schattenwesen sterben.

Balthazar hat seine Bemühungen weltweit ausgedehnt. Vor ein paar Tagen haben seine Schattenblüter das Rathaus von Houston zerstört und Dutzende Leute getötet, sodass jetzt auch die Amerikaner in Aufruhr sind.

Und zwar nicht nur das Militär. Auch Gruppen von Bürgern üben Selbstjustiz und ziehen mit Waffen und Westen umher, die zweifellos von Balthazar bereitgestellt wurden.

Gestern habe ich gehört, wie Rollick am Telefon die Schließung seines Hotels in Miami anordnete. Er empfahl allen seinen Angestellten, entweder zu uns in die spanische Villa zu kommen oder unterzutauchen.

Er tat so, als würde es sich nur um eine vorübergehende Situation handeln, die kein allzu großes Problem darstellte. Als ich an das Gespräch denke, steigen Schuldgefühle in mir auf.

Balthazar hat schon so lange Geld, Eigentum und Waffen gehortet. Er hat seinen wirtschaftlichen und politischen Einfluss ausgebaut und Informationen gesammelt, um seine Strategien zu entwickeln.

Der Schlüssel für den Beginn dieses Kriegszugs gegen die Schattenwesen war jedoch Ursula Engels Computer, den wir ihr gestohlen haben.

Und ich habe Balthazar gesagt, wie er ihn finden kann.

Mit einem tiefen Atemzug beuge ich mich wieder über die Karte. Ich überprüfe Ajax' Position, bevor ich mich wieder auf die Suche nach Balthazar mache. Wenn wir einen Ort ausfindig machen können, an den er häufiger zurückkehrt, wäre das zumindest ein Anfang.

Ich konzentriere mich auf meine Erinnerungen an den schlanken Jungen mit der fast schwarzen Haut und den nachdenklichen Augen. Der Akt der Konzentration ist mir nach der ganzen Übung schon so vertraut, als wäre es meine eigene Kraft. Dabei ist sie eigentlich nur geliehen.

Ein Bild von Ajax formt sich in meinem Kopf. Ich strecke meinen Arm über der Karte aus und mein Finger wird wie von einem Magneten zu seinem Aufenthaltsort gezogen.

Ich lasse die Hand sinken und blicke auf die verschlungenen Linien der Ländergrenzen hinunter.

Balthazar hat ihn nach Westchina gebracht. Ich habe die Bewegungen unseres ehemaligen Entführers nicht bis zu einem bestimmten Ort verfolgt, aber er hat Asien mehr als einmal durchquert. Möglicherweise hat er einen kurzen Zwischenstopp eingelegt, den ich verpasst habe.

Oder er hat nicht nach den Schattenblütern dort gesehen, seit ich angefangen habe, seine Bewegungen zu überwachen.

Während mein Blick auf dem leeren Gebiet verweilt, wo mein Finger gelandet ist, beginnt meine Schädeldecke zu kribbeln.

Mein Puls beschleunigt sich, und ich erstarre, unsicher, ob ich versuchen soll, das Gefühl abzuschütteln oder abzuwarten, wie es sich entwickelt.

Mitten in meiner Unentschlossenheit murmelt eine dünne, aber hörbare Stimme durch meine Gedanken, als käme sie direkt aus meinem Kopf. *Riva? Bist du das?*

Die tiefe Stimme klingt wie die von Ajax. Ich öffne meinen Mund und schließe ihn wieder, weil ich nicht weiß, wie ich ihm antworten soll. Wird er es hören, wenn ich laut spreche?

Der ernste Junge beherrschte eine schwache Version der Telepathie. Zumindest, als ich ihn kennenlernte. Hat Balthazar die Fähigkeiten des Fünfzehnjährigen so erweitert, dass er seine Gedanken über die Entfernung hinweg in meinen Kopf projizieren kann?

Ich denke meine Antwort so „laut" wie ich kann. *Ja, ich bin's. Geht es dir gut, Ajax?*

Die Stimme schwankt und ist kurzzeitig so leise, dass ich die Worte kaum verstehen kann. *Einigermaßen. Ich bin am Leben. Und ich kann jetzt das hier tun. Ich hatte das Gefühl, dass du Kontakt zu mir aufnehmen wolltest.*

Ich zögere. Wie viel soll ich ihm darüber erzählen, was ich mit Griffins Kräften angestellt habe?

Balthazar wusste nicht, dass wir unsere Kräfte untereinander austauschen können. Selbst wenn Ajax dem Psychopathen nicht helfen will, weiß ich nur zu gut, dass er vielleicht keine andere Wahl hat.

Ich habe an dich gedacht, antworte ich vage. *An dich und die anderen Schattenblüter. Bist du allein oder mit einem der anderen zusammen?*

Balthazars Leute lassen uns nicht oft Zeit miteinander verbringen. Hier sind auch Erwachsene, die Kräfte haben. Sie werden ziemlich brutal, wenn wir nicht auf sie hören.

Mir wird flau im Magen. Balthazar lässt die Jugendlichen also von seinen neuen, moralisch fragwürdigen Schattenblütern bewachen, wenn er nicht da ist.

Ich will lieber nicht daran denken, wie schlimm die Sache für sie ausgehen könnte.

Es tut mir leid, sage ich. *Wir Erstlinge haben es geschafft, ihm zu entkommen. Wir werden alles tun, was wir können, um euch zu befreien.*

Dieses Versprechen verrät nichts, was Balthazar nicht

ohnehin bereits weiß. Ich kann dem Jungen, der Tausende von Kilometern entfernt gefangen gehalten wird, nur keine spezifischen möglichen Strategien mitteilen.

Ich empfange den Eindruck eines Seufzers. *Nun, ich halte durch. Ich mache mir vor allem Sorgen um Devon. Ich habe ihn zuletzt auf Clancys Insel gesehen.*

Es überrascht mich nicht, dass Balthazar die beiden getrennt hat. Sicherlich hat er gemerkt, dass die beiden mehr als Freunde waren. Er hat auch Nadia und Booker getrennt, nachdem sie seine Villa verlassen hatten.

Der Verlust seiner Frau hat ihn völlig aus der Bahn geworfen. Und ich nehme an, er ist reflektiert genug, um zu erkennen, dass wir Schattenblüter noch mehr motiviert sind, zurückzuschlagen, wenn die Menschen, die wir am meisten lieben, in Gefahr sind.

Leider kann ich Ajax nicht beruhigen. *Ich habe ihn vor ein paar Tagen gesehen. Da war er noch am Leben. Konntest du mit ihm auch so reden wie mit mir?*

Ajax' Tonfall wird schwermütig. *Nein. Ich bin mir nicht sicher, warum das funktioniert hat. Früher musste ich eine Person sehen, um ihre Gedanken zu lesen oder meine eigenen zu senden. Meine Kraft ist zwar stärker geworden, doch ich habe niemanden wahrgenommen, der sich weiter von diesem Gebäude entfernt aufhielt.*

Das muss eine Synchronizität sein, die durch die Nutzung von Griffins Kraft ausgelöst wurde. Gewissermaßen habe ich Ajax „gesehen", als ich ihn auf der Karte fand.

Hat Balthazar auch Devons Kräfte verstärkt?, fragt er in meine Pause hinein.

Ich weiß es nicht, gebe ich zu und denke an unsere kurze Konfrontation zurück.

Nadia hat definitiv ihre Leuchtkraft eingesetzt, und einer der Teenager, den ich nicht so gut kenne, muss für den Wind verantwortlich gewesen sein. Soweit ich weiß, kann Devon mit seinem Geist Wärme projizieren. Früher konnte er kleine Metallstücke schmelzen, aber das war's.

Wer weiß, wozu er jetzt fähig ist.

Mit finsterer Miene fahre ich fort. *Ich nehme an, er hat das mit allen Schattenblütern gemacht, bei denen er es konnte. Er hat eine Menge Arbeit vor sich. Und ich gehe davon aus, die Kräfte der anderen Schattenblüter, die bei dir sind, sind auch stärker geworden?*

Ja. Ajax schweigt so lange, dass ich mir Sorgen mache, dass ich die mentale Verbindung komplett verloren habe. *Ich hoffe, es geht ihm gut. Was die anderen betrifft ... Nicht nur ihre Kräfte sind stärker geworden.*

Irgendetwas an seinem Tonfall jagt mir einen eisigen Schauer über den Rücken. *Was meinst du?*

Wir bekommen Injektionen und Pillen verabreicht ... Ein paar Mal ist es mir gelungen, die Tabletten nicht einzunehmen. Vielleicht geht es mir deshalb gut. Die anderen hier sind sehr nervös geworden und haben ständig schlechte Laune. Sie schreien und werden bei jeder Kleinigkeit gewalttätig. Sogar ihre Gedanken sind ganz schrill und gemein. Sie scheinen mehr, als nur frustriert darüber zu sein, was er uns antut.

Meine Stimmung sinkt. Ja, das sind sie. Auch ich habe die Aggression von Nadia und den anderen gespürt, als ich ihnen im Tunnel begegnet bin.

Haben sie sich uns nur in den Weg gestellt, weil Balthazar sie dazu gezwungen hat? Oder hat er ihre Köpfe und Kräfte so manipuliert, dass sie meinen, jeden bekämpfen zu müssen, der vor ihnen steht?

Das klingt nicht gut, sage ich. *Mach weiter so, wenn dich das vor den schlimmsten Folgen bewahrt hat.*

Ich werde es versuchen. Ich empfange den Eindruck eines rauen Lachens. *Manchmal vermisse ich die Wärter. Obwohl sie uns womöglich das Gleiche angetan hätten, wenn sie gewusst hätten, wie.*

Ich weiß, was er meint. Mir fällt nichts ein, was ich sagen könnte, um ihn wirklich zu trösten, und meine Halswirbel haben unangenehm zu pochen begonnen.

Ich reibe mir den Nacken, während ich meine letzten Worte abwäge, und wünschte, ich könnte ihm mehr sagen. *Es tut mir leid. Wir kommen zu dir, so schnell wir können. Ich glaube nicht, dass ich die Verbindung noch lange aufrechterhalten kann. Weißt du, wo ihr seid?*

Keine Ahnung, erwidert Ajax bedauernd. *Wir waren bewusstlos, als wir hier ankamen, und es gibt keine Fenster. Nimm wieder Kontakt zu mir auf, wenn du kannst. Vielleicht kann ich noch etwas herausfinden.*

Dann verschwindet seine Stimme aus meinem Bewusstsein. Ich wippe auf meinem Hintern zurück und mir schwirrt der Kopf.

Vielleicht eine Minute lang, vielleicht aber auch mehrere, starre ich ausdruckslos an die Wand vor mir. Meine Wangen werden kühl, und als ich sie berühre, stelle ich fest, dass sie feucht sind.

Tränen sickern aus meinen Augen. Mit einem Atemzug, der einem Schluchzen gleicht, wische ich sie weg.

Ich werde nicht in der Hoffnungslosigkeit versinken. Wir *werden* die jungen Schattenblüter retten, egal, wie schwer es ist.

Auch wenn einige von ihnen sich nicht mehr sicher sind, ob sie gerettet werden wollen.

Ich habe unseren Schattenwesen-Verbündeten gegenüber darauf bestanden, dass wir sie schützen müssen. Doch was werden sie tun, wenn diese Jugendlichen sie in einem Anfall von Wut oder fehlgeleiteter Aggression direkt angreifen?

Wie zur Hölle soll ich das in Ordnung bringen?

Während ich in meiner Frustration schmore, kommen mir Ajax' Worte wieder in den Sinn. *Manchmal vermisse ich die Wärter.*

Ein bittersüßes Lächeln umspielt meine Lippen, als mir ein Geistesblitz kommt.

Mit pochendem Herzen springe ich auf. Könnten wir wirklich … Ist es zu verrückt?

Es ist eine Chance, die wir noch nicht ausprobiert haben und mit der Balthazar niemals rechnen wird.

Ich eile den Flur hinunter in den Aufenthaltsraum, wo sich die meisten meiner Jungs versammelt haben. Ihre gedämpfte Unterhaltung verstummt, als ich in den Raum platze.

Jacob zieht die Augenbrauen hoch. „Was ist los, Wildkatze?"

Ich sammle mich. „Ich habe eine Idee. Aber sie wird euch vermutlich nicht gefallen."

ZWÖLF

Jacob

Als Riva mit ihren Ausführungen fertig ist, schwirren ihre Worte durch meinen Kopf, doch mein Verstand weigert sich, sie zu verinnerlichen. Jeder Muskel in meinem Körper ist angespannt, als würde er sich auf den Kampf gegen die Feinde vorbereiten, die nicht einmal hier sind.

„Du willst, dass wir die *Wärter* um Hilfe bitten?", stoße ich hervor. Die Idee klingt noch absurder, wenn ich sie laut ausspreche. „Die Arschlöcher, die uns in Käfigen gehalten und wie Laborratten behandelt haben?"

Riva verschränkt die Arme vor der Brust und wirkt völlig unbeeindruckt von meiner Reaktion. Wahrscheinlich hat sie damit gerechnet, dass ich wütend werde. „Nicht direkt. Aber sie ins Spiel zu bringen, könnte uns nützlich sein."

Es nervt mich, dass diese absurde Idee sogar vernünftig klingt, wenn Dominic sie in seinem üblichen nachdenklichen Tonfall vorträgt. „Ich verstehe deinen Standpunkt. Balthazar war jahrzehntelang Teil der Wärterschaft. Bestimmt kennen einige der Mitglieder ihn viel besser als wir."

Ich drehe mich zu ihm um. „Besser als wir vielleicht, aber wir haben seine engste Mitarbeiterin auf unserer Seite. Was könnten sie wissen, was Toni nicht weiß?"

So ungern ich mich auf das Miststück verlasse, die zugesehen hat, wie er Schattenblüter gequält und ermordet hat. Allerdings hat sie wenigstens zugegeben, dass sie Mist gebaut hat. Außerdem ist sie bereits hier.

Andreas reibt sich das Kinn. „Sie hat eine Seite von ihm gesehen, aber die Wärter kennen vermutlich noch andere. Bestimmt waren ihm einige Leute der Wärterschaft gleichgestellt und nicht untergeben."

Ich werfe meine Hände in die Luft. „Wen zum Teufel kümmert das? Wir können ihnen nicht weiter trauen, als wir sie treten können! Haben wir nicht alle unsere Lektion gelernt, als wir bei Engel waren, um nach Antworten zu suchen?"

Die Erinnerung an unsere Schöpferin, die sich gegen uns wandte, vermischt sich mit all den Momenten, in denen die Wärter uns jagten, und Wut steigt in mir auf.

Mehrere Bücher stürzen aus dem Regal und knallen gegen die gegenüberliegende Wand.

Ich schließe die Augen und balle meine Hände zu Fäusten. Ich muss mich beruhigen. Niemand wird auf meine Meinung hören, wenn ich durchdrehe wie ein Kleinkind, das einen Wutanfall hat.

Griffin geht einen Schritt auf mich zu. Die besänftigende Stimme meines Zwillings macht mich fast noch wütender. „Ich glaube nicht, dass Riva der Meinung ist, dass wir ihnen vertrauen sollen. Aber es ist verständlich, dass du die Idee nicht gut findest. Keiner von uns *will* etwas mit den Wärtern zu tun haben.“

„Ich weiß“, murmle ich und versuche angestrengt, mich zu entspannen. „Ich will nur nicht, dass wir noch einen Fehler machen.“

Riva schenkt mir ein sanftes Lächeln, das noch schlimmer ist als Griffins Beschwichtigungen. „Wir werden erst einmal gar nichts tun. Ich sage ja nur, dass wir über die Möglichkeiten sprechen sollten. Sie sind … eine potenzielle Ressource, wie Rollick es immer ausdrückt. Vielleicht können wir sie benutzen, so wie sie uns benutzen wollten.“

Dominic nickt. „Balthazar würde bestimmt nicht vermuten, dass es etwas mit uns zu tun hat, wenn sie Kontakt mit ihm aufnehmen. Er weiß, dass wir sie hassen und dass sie niemals mit uns zusammenarbeiten würden.“

„Genau.“ Riva lächelt ihn an. „Wenn wir sie so manipulieren können, dass sie Informationen weitergeben oder seine Handlungen beeinflussen, können sie uns vielleicht eine Gelegenheit zum Angriff verschaffen, ohne dass er oder sie es ahnen.“

Wenn sie es so ausdrückt, kann ich verstehen, warum sie von dieser Möglichkeit begeistert ist. Schließlich sind wir in unserem Kampf gegen unseren psychopathischen ehemaligen Entführer bisher nicht sonderlich weit gekommen.

Er hatte Zeit, alle Mittel aufzutreiben und sorgfältig zu planen. Wir müssen aufholen. Die Nutzung der Wärter für unsere Zwecke könnte uns einen Schritt weiterbringen.

Auch wenn ich bei der Vorstellung, mich an sie zu wenden, am liebsten jedes Möbelstück in Rollicks eleganter Villa zerschmettern würde.

Ich stoße einen Seufzer aus und versuche, mich ein wenig zu entspannen. „Okay. Ich weiß, dass wir alle möglichen Optionen in Betracht ziehen müssen, die uns einen Vorteil verschaffen könnten. Doch ich glaube nicht, dass die Schattenwesen diese Idee gutheißen werden. Die Wärter wollten sie genauso auslöschen wie Balthazar. Sie waren nur nicht so mutig."

Riva zuckt mit den Schultern. „Mal sehen, was sie sagen."

Ich hatte gehofft, dass Rollick meiner Meinung sein und den Plan sofort zunichtemachen würde. Leider wird mir klar, dass ich mich diesbezüglich geirrt habe, als ihm ein erschrockenes, aber bewunderndes Lachen entweicht.

Er lehnt sich in dem Ledersessel im Arbeitszimmer seiner Villa zurück und zieht sein Handy aus der Tasche. „Natürlich habt ihr daran gedacht, eure anderen Feinde zu benutzen. Ich fände es toll, wenn die Wärter uns entgegen ihren eigenen Interessen helfen könnten. Das erscheint mir passend."

Zian, der uns in das Arbeitszimmer des Dämons begleitet hat, runzelt nachdenklich die Stirn. „Werden deine Schattenwesen-Freunde damit einverstanden sein? Viele von ihnen scheinen bereits *uns* gegenüber Vorbehalte zu haben."

Rivas Freude über Rollicks Zustimmung erwärmt mein Herz. Auch wenn ich ihren Plan nicht gutheiße, kann nichts meine Liebe zu ihr erschüttern.

Sie hüpft vor lauter Tatendrang auf und ab. Es kann nicht leicht für sie gewesen sein, so viel Zeit damit zu verbringen, Pläne zu schmieden, anstatt sofort loszulegen.

„Wir würden nicht wirklich mit ihnen zusammenarbeiten", sagt sie. „Wir müssen nur einen Weg finden, sie dazu zu bringen, in unserem Namen zu handeln, ohne es zu merken."

Rollick schenkt ihr ein Lächeln. „Ganz genau. Aber zuerst müssen wir die Leute ausfindig machen, die über diese Maßnahmen entscheiden werden. Ihr habt gesagt, der Mann, der euch auf die Insel gebracht hat, ist, äh, nicht mehr im Bild, richtig? Er war der letzte der anderen Gründer dieser Wärterschaft?"

Andreas nickt langsam. „Bei den Missionen, die wir für ihn ausführen sollten, stand er ganz oben auf der Leiter. Aber die Wärter hatten noch mehr Autoritätsebenen. Einmal hatte Clancy Besuch von einem Mann namens Richmond. Er sprach von einem Gremium, dem er vermutlich angehörte. Dieses Gremium hatte wohl die Befugnis, die Kontrolle über die Organisation zu übernehmen, sollten sie zu dem Schluss kommen, dass Clancy seine Aufgabe nicht zu ihrer Zufriedenheit erledigt."

Ich verziehe das Gesicht. „Ich frage mich, was sie von all dem Chaos halten, das Balthazar dank ihrer Experimente bereits angerichtet hat."

„Möglicherweise wissen sie nicht, dass er dahintersteckt", meint Dominic. „Er hat es so aussehen lassen, als wären die Angriffe von Monstern ausgeführt worden, richtig? Er hat seit Jahren keinen Kontakt mehr zu den Mitgliedern des Gremiums. Und sie haben wahrscheinlich noch weniger Informationen über seine aktuellen Aktivitäten als wir."

Rollick tippt mit einer Hand eine Nachricht in sein Telefon, während die andere über die Tastatur seines Laptops huscht. Offenbar gehört episches Multitasking ebenfalls zu seinen übernatürlichen Fähigkeiten.

„Eure Wärter agieren für gewöhnlich nicht so unauffällig, dass sie von den Schattenwesen unbemerkt bleiben", erklärt er. „Außerdem legen sie unglaublich viel Wert auf ihre Schutzmaßnahmen, die wir nicht übersehen können. Und da ich den Namen von jemandem aus diesem Gremium kenne, kann ich vielleicht innerhalb weniger Stunden herausfinden, von wo aus sie derzeit arbeiten."

Unruhig verlagere ich mein Gewicht von einem Fuß auf den anderen. „Wir können sie nicht einfach anrufen oder hereinplatzen und sie herumkommandieren. Warum sollten sie auf etwas hören, was wir sagen oder tun? Wenn sie wissen, wer wir sind, werden sie sowieso nicht auf uns hören. Und wenn wir es ihnen nicht sagen, sind wir einfach nur Fremde."

„Hmmm. Es gibt verschiedene Methoden der Überredung. Manche sind subtiler als andere". Rollick schnippt mit den Fingern und erhebt seine Stimme in einer Tonlage, die mein Trommelfell erschüttert. „Pearl?"

Das Sukkubus-Mädchen scheint sich in der Nähe aufgehalten zu haben, denn es dauert keine zehn Sekunden, bis sie neben seinem Schreibtisch auftaucht. „Ja, Chef?", fragt sie mit ihrem typischen frechen Grinsen.

Meine Haltung wird wieder angespannt. Soll sich unser großer Plan etwa auf *sie* stützen? Sie ist zwar nett zu uns, wirkt aber, als würde sie nie etwas wirklich ernst nehmen.

Rollick scheint meine Bedenken nicht zu teilen. „Du hast gute Arbeit geleistet, als du Balthazars Lakaien die Informationen über den versteckten Zugang zu dem Geheimgang im Hügel entlockt hast", sagt er. „Wir könnten deine Fähigkeiten bald noch dringender brauchen."

Ihr Grinsen wird breiter. „Klingt gut. Worum geht's?"

Riva schaltet sich ein. „Wir werden die Anführer der Wärterschaft ausfindig machen. Das ist die Organisation, der einst auch Balthazar angehörte. Ich hoffe, dass wir ihn dadurch von einer neuen Seite angreifen können. Wenn wir ihn überrumpeln, kann er sich möglicherweise nicht verteidigen."

„Die Wärterschaft", wiederholt Pearl, und ein unbeteiligter Blick tritt in ihre leuchtenden Augen. „Balthazars Handlanger hat etwas über sie gesagt, als ich ihn mit meinem Charme betört habe."

Okay, vielleicht habe ich ihre Fähigkeiten unterschätzt. Ich starre sie an und wünschte, ich könnte mich wie Andreas direkt in die Erinnerung hineinversetzen. „Was? Ich dachte, Balthazar hätte nichts mehr mit ihnen zu tun."

Pearl nickt. „Oh, das hat er auch nicht. Es war …" Sie blickt zu Riva, und ihr Lächeln schwankt einen Moment lang. „Ich habe dir doch schon einmal erzählt, dass die Leute, nachdem ich sie verführt habe, immer etwas ausplaudern, was sie bereuen. Einer der großen Fehler dieses Typen hatte mit den Wärtern zu tun."

Die Aufmerksamkeit aller ist jetzt auf den Sukkubus gerichtet. Rollick macht eine kreisende Bewegung mit seiner Hand. „Sprich weiter."

Pearl saugt ihre Unterlippe zwischen die Zähne, während sie sich erinnert. „Er war eng mit Balthazar befreundet. Einer seiner Top-Leute. Doch er war besorgt, dass Balthazar ihm keine Verantwortung außerhalb der wissenschaftlichen Arbeit geben würde, auf die er sich hauptsächlich konzentrierte."

Dominic zieht die Augenbrauen hoch. „Warte … Hast du es etwa geschafft, *Matteo* in die Finger zu bekommen?"

Pearl blinzelt ihn an. „Ja, das war sein Name. Ist das wichtig?"

Ein säuerlicher Geschmack umspült meine Zunge, und mir wird flau im Magen. In einem von Rollicks Regalen rumpelt etwas, bevor ich meine Kraft wieder unter Kontrolle habe.

Dieses verdammte selbstgefällige Arschloch mit seinen kranken Trainingsmethoden. Er trägt fast genauso viel Schuld daran wie Balthazar, dass wir in diesem Schlamassel stecken.

„Matteo war einer der beiden Angestellten, auf die Balthazar in der Villa am meisten zu zählen schien", sagt Riva leise. „Die andere war Toni. Er war dafür zuständig, unsere Fähigkeiten zu erweitern. Und wahrscheinlich hat er das Verfahren ausgearbeitet, mit dem Balthazar jetzt seine neuen und stärkeren Schattenblüter erschafft."

Pearl rümpft die Nase. „Igitt. Er schien wirklich ein Widerling zu sein. Wir sollten auch versuchen, ihn aus dem Weg zu räumen."

Rivas Mundwinkel verziehen sich leicht nach oben. „Das habe ich bereits getan."

Rollick gluckst zustimmend. Was ich an dem Dämon am meisten mag, ist die Tatsache, dass er die brutale Seite meiner Frau genauso schätzt wie ich.

Pearl zögert kurz und stößt dann ein glockenhelles Lachen aus. „Nun, dann wäre das ja geklärt."

Dominic räuspert sich. „Du hast uns nicht erzählt, was er über die Wärter gesagt hat."

„Oh, richtig." Das Sukkubus-Mädchen reibt sich die Hände. „Vor ein paar Jahren, nachdem Balthazar sich von der Wärterschaft losgesagt hatte, dachte Matteo offenbar, dass sein Chef lange genug den einsamen Wolf gespielt hatte und sie schneller vorankommen würden, wenn sie mit den Wärtern zusammenarbeiten würden. Zumindest ein bisschen. Deswegen arrangierte er einen Besuch bei einigen der hohen Tiere. Er dachte wohl, Balthazar würde sich über seine Initiative freuen."

Ich kann mir nicht vorstellen, dass dieser Psychopath sich über die Ideen eines anderen „freut". „Lass mich raten. Er hat sich geirrt."

„Oh, ja. Als Balthazar die Leute von der Wärterschaft sah, beschimpfte er sie und drohte ihnen … Es war so schlimm, dass Matteo sich sicher war, dass nicht einmal er zu ihnen zurückkehren könnte, falls er es sich anders überlegen sollte."

„Und das hat Matteo bereut?", fragt Riva.

Pearl schüttelt den Kopf. „Nö. Er war völlig aufgelöst, weil er das Vertrauen seines Chefs verloren hatte. Bestimmt hat Balthazar ihn auch fertiggemacht und war danach kühl zu ihm."

Ja, das entspricht meinem Eindruck von dem Kerl. Matteo war genauso soziopathisch wie sein Boss und hat sich den Arsch aufgerissen, um die irrsinnigen Forderungen des Arschlochs zu erfüllen.

Rivas Augen glänzen erwartungsvoll. „Das ist perfekt."

Ich drehe ruckartig meinen Kopf zu ihr. „Inwiefern?"

Bei meinem skeptischen Tonfall schlägt sie mir auf den Arm. „Das letzte Mal, als Balthazar und die Wärter miteinander zu tun hatten, hat er sie wie einen Feind behandelt. Sie wissen nur, dass er abtrünnig geworden ist und offenbar nichts mehr mit ihnen zu tun haben will. Verstehst du nicht, wie uns das in die Hände spielt?"

Zians Augen werden groß. „Es dürfte nicht allzu schwer sein, sie davon zu überzeugen, dass er gegen sie arbeitet. Dass sie etwas unternehmen müssen, um sich selbst zu retten."

„Genau." Riva grinst. „Wenn wir jetzt noch seine neuen Schattenblüter dazu bringen könnten, ein wenig Zerstörung in der Nähe der Orte anzurichten, an denen sich die Anführer der Wärterschaft aufhalten, um die Bedrohung zu verdeutlichen, wäre das Gold wert."

Rollick schaut von seinem Laptop auf. „Wer sagt, dass wir *seine* Schattenblüter brauchen? Wir haben doch auch ganz Gute hier."

Andreas lässt seinen Blick über den Rest unserer Gruppe schweifen. „Du meinst also, wir sollten etwas Zerstörung niederregnen lassen?"

Der Dämon zuckt mit den Schultern. „Nichts *allzu* Schreckliches. Nur eine oberflächliche, aber angemessen verstörende Verwüstung." Sein Blick huscht kurz zu mir, bevor er ihn wieder auf die anderen richtet. „Ich habe gehört, dass euer telekinetisches Wunderkind ganze Berge zum Beben bringen kann. Da sollte er doch in der Lage sein, auch die Wärterschaft zu erschüttern."

Moment, *ich* soll also diesen Plan in die Tat umsetzen?

Die anderen drehen sich erwartungsvoll zu mir um. Zian hebt die Hand, als wären wir in der Schule. „Ich komme auch mit. Ich kann ein paar Sachen zerschlagen und verbrennen."

„Du könntest dir meine Fähigkeit, Energie abzusaugen, ausleihen", schlägt Dominic leise vor. „Oder ich könnte mitkommen."

Dann wird es still, weil alle darauf warten, was ich sagen werde.

Ich schlucke schwer. Als Riva die Idee vorschlug, war ich alles andere als begeistert, und ich würde immer noch lieber eine Million Meilen zwischen mir und diesen Scheißkerlen mit ihren Helmen und Westen haben.

Doch in Rivas Augen liegt ein flehender Blick. Und was zum Teufel würde passieren, wenn ich nein sage?

Es ist ja nicht so, dass ich einen besseren Vorschlag hätte. Wenigstens können wir es den Schweinen dadurch heimzahlen, dass sie uns so gequält haben.

Zähneknirschend willige ich ein. „Also gut. Sagt mir, wohin ich gehen soll, und ich bin dabei."

Dreizehn

Riva

Mein Herzschlag beruhigt sich erst wieder, als ich sehe, wie Jacob und Zian vor der Villa aus dem Auto steigen. Rollicks Bericht zufolge ist ihre verdeckte Mission wie geplant verlaufen, doch nachdem ich gesehen habe, wie sehr sich Jake gegen die Idee gesträubt hat, habe ich mich in Erwartung einer Katastrophe völlig verkrampft.

Ich weiß nur zu gut, wie bösartig er zu Leuten sein kann, die ihn wütend gemacht haben.

Ich stürme durch die Tür, um ihnen entgegenzugehen. Jacob schreitet mit einem angespannten Lächeln auf mich zu, das verrät, dass er immer noch nicht glücklich über die Situation ist, aber er zeigt keine Anzeichen von Schuld.

„Es war in Ordnung", verkündet er schroff. „Wir haben ein paar Gebäude demoliert, eine offensichtliche Botschaft hinterlassen und sind dann abgehauen. Schlimmstenfalls hat einer von ihnen einen Splitter abbekommen.“

Zian schnaubt. „Sie haben viel mehr verdient.“

Ich ergreife seine Hand und drücke sie. „Wenn wir mit Balthazar fertig sind, haben wir noch genug Zeit, für Gerechtigkeit zu sorgen. Komm mit. Hast du Hunger? Bestimmt bist du müde nach der langen Reise.“

Rollick hat sie in einem Privatjet über den Ozean und wieder zurück geschickt. Hat man eigentlich einen Jetlag, wenn man nur ein paar Stunden in einer anderen Zeitzone ist?

Jacob zuckt mit den Schultern und schlingt seinen Arm um meine Taille, als wolle er nicht, dass Zian meine ganze körperliche Aufmerksamkeit in Anspruch nimmt. „Auf dem Rückflug gab es ein Vier-Gänge-Menü. Danach habe ich ein Nickerchen gemacht. Ich fühle mich also ungefähr so, als wäre ich die ganze Zeit hier gewesen.“

Als wir die Villa betreten, kommen die anderen drei Jungs in den Flur, um Jake und Zian zu begrüßen. Der zufriedene Ausdruck in Griffins Augen beruhigt mich mehr als mein eigener Blick auf die beiden.

„Es ist alles gut gelaufen“, sagt er. „Gut.“

Jacob verzieht das Gesicht. „Wir werden sehen, wie ‚gut‘ es tatsächlich war, wenn diese Arschlöcher ihren Hintern in Bewegung setzen. Ich weiß nicht, ob die Wärterschaft wirklich auf den Trick hereinfallen wird. Oder ob sie überhaupt etwas tun werden, selbst wenn sie glauben, Balthazar hätte sich mit den Schattenwesen zusammengetan, um sie anzugreifen.“

Rollicks sanfte Stimme ertönt, als er sich zu uns gesellt. „Das müssen wir einfach abwarten. Einige meiner Leute behalten die Vorstandsmitglieder im Auge, die wir identifiziert haben. Und Pearl wird sie so gut wie möglich in die richtige Richtung schubsen.“

Bei dem Gedanken, dass das Sukkubus-Mädchen den Anführer der Wärter verführen muss, dreht sich mir der Magen um. Wobei es sie zugegebenermaßen nicht sonderlich zu stören schien, als sie sich auf den Weg zur Schwelle machte.

Ich denke, wenn es um Mahlzeiten aus sexueller Energie geht, sind alle Quellen gleichermaßen befriedigend für sie. Und ich weiß, dass sie etwas zu unserem Krieg gegen Balthazar beitragen möchte.

Ich seufze und Jacob spannt seinen Arm um meine Schultern und zieht mich ein wenig fester an sich. *Ich* habe den ganzen Tag nichts anderes getan, als Balthazars Bewegungen zu verfolgen und über mögliche Angriffe nachzudenken, aber ich fühle mich so erschöpft, als wäre ich mit Zian und ihm um die Welt gejettet.

Rollicks durchdringender Blick gleitet über uns, und ein verschmitztes Lächeln umspielt seine Lippen. „Ich denke, ihr sechs habt euch eine Pause verdient. Ihr habt eine Menge durchgemacht – in den letzten Monaten und in eurem ganzen Leben.“

Ich schüttle den Kopf, um seine Sorge zu zerstreuen. „Wir sind daran gewöhnt.“

„Das solltet ihr aber nicht sein. Und ihr habt hart gearbeitet, seitdem ihr eure Freiheit wiedererlangt habt. Ihr *seid* frei, auch wenn noch nicht alles perfekt ist. Ausnahmsweise macht im Moment niemand Jagd auf euch. Warum etablieren wir nicht eine neue Normalität? Ihr solltet die Gelegenheit nutzen, euch zu entspannen.“

Ich mustere den Dämon misstrauisch. „Wie genau sollen wir das tun?“

Ich glaube nicht, dass er etwas vorschlagen würde, was ich völlig entsetzlich finde. Rollick hat nur unser Bestes im Sinn. Trotzdem ist er eine Art Monster. Er sieht die Dinge nicht so, wie ein menschliches Wesen sie sehen würde.

Der Dämon winkt meine Frage unbekümmert ab. „Wie ihr möchtet. Ich werde es euch einfach machen. Warum verbringt ihr nicht ein wenig Zeit in der Gästehütte auf der anderen Seite des Westgartens? Sie ist für Besucher eingerichtet, die ein wenig mehr Privatsphäre wünschen. Der Kühlschrank und die Bar sind gefüllt." Sein Grinsen wird noch breiter. „Natürlich werde ich dafür sorgen, dass sich keines meiner Schattenwesen dorthin verirrt. Ihr müsst euch also keine Sorgen um unsichtbare Zuschauer machen."

Es ist nicht schwer zu verstehen, was er mit *dieser* Bemerkung andeuten will. Ein warmes Kribbeln kriecht über meine Haut, passend zu den Pheromonen, die von den Jungs neben mir ausgehen.

„Das ist sehr großzügig von dir", sagt Andreas zögerlich. Sein Blick verweilt einen Moment lang auf mir und in den dunkelgrauen Tiefen seiner Augen lodert Verlangen auf. „Eine sorgenfreie Nacht hört sich gut an. Warum sehen wir uns die Hütte nicht an?"

Ich bin sicher, dass wir alle das Gebäude am Rande des Westgartens schon einmal gesehen haben. Als „Hütte" würde ich es allerdings kaum bezeichnen.

Wir überqueren den Rasen zwischen den Blumenbeeten und das Gras knirscht unter unseren Füßen. Während ich die Wände betrachte, die genauso weiß getüncht sind wie die der Villa, überlege ich, ob „Haus" keine angemessenere Bezeichnung wäre.

Das Gebäude besteht nur aus einem Stockwerk, ist aber genauso schick und stilvoll eingerichtet wie die Villa. Wir schlendern von der großzügigen Küche mit den glänzenden Edelstahlflächen durch ein Wohnzimmer mit bequemen Lederpolstern und werfen einen Blick in die drei Schlafzimmer mit Kingsize-Betten, die von einem entspannenden Lavendelduft erfüllt sind.

Tatsächlich erinnert es mich an unsere Vorstellung von

dem Haus, in das wir nach unserer Flucht aus der Einrichtung einziehen wollten. Damals träumten wir von einem alten, gemütlichen Holzhaus in der Wildnis.

Ein bisschen so wie Ursula Engels abgelegene Waldhütte. Nach der Begegnung mit unserer Schöpferin habe ich allerdings gemischte Gefühle, was diese Art von Haus betrifft.

Rollicks Gäste-„Hütte" ist mit Tageslichtlampen hell und weitläufig ausgeleuchtet. Mir gefällt das offene Design, da ich so alles im Blick habe. Es hilft mir, meine Sorgen über Nacht beiseitezuschieben, bis ich mich am nächsten Morgen wieder damit befassen muss.

Andreas durchsucht die Bar und den Kühlschrank und fängt an, Getränke zu mixen. Mit der Zuversicht des Mannes, der immer alle Einzelheiten unserer Geschichte gehütet hat, schiebt er uns die Gläser über den Tresen zu.

Jacob meldet sich zu Wort, bevor Drey ihm ein Glas reichen kann. „Ich möchte eine Limonade nach Riva-Art. Falls du das hinbekommst."

Bevor ich den Mund öffnen kann, um ihm zu sagen, dass ich sie für ihn zubereiten kann, grinst Andreas. „Das hatte ich sowieso vor. Ich kann die doppelte Menge machen." Er wirft mir einen Blick zu. „Und du kannst mir sagen, wie gut ich sie hinbekommen habe."

Während er die Zitronen auspresst, stütze ich mich mit den Ellbogen auf der Kochinsel zwischen Küche und Wohnbereich ab und genieße das überraschende Gefühl der Normalität. Wie kann es sein, dass wir nach all den Qualen, die wir erlitten haben, den Lügen der Wärter und den Kämpfen hier gelandet sind?

Gemeinsam. Lebendig. Und tiefer miteinander verbunden, als ich es mir je hätte vorstellen können.

Andreas schiebt mir das erste Glas mit selbst gemachter

Limonade zu, und ich führe es an meine Lippen. Ob er weiß, wie sauer ich sie mag?

Anscheinend schon. Die Säure jagt mir einen Schauer über den Rücken, aber er ist angenehm. Meine Geschmacksknospen zittern, als ich einen weiteren Schluck nehme.

Ich grinse Drey an. „Sie ist perfekt."

Jacob nimmt einen Schluck aus seinem Glas und schüttelt sich. „Okay, die hat Biss. Genau wie unsere Wildkatze." Er wirft mir einen neckischen Blick zu.

Ich strecke ihm die Zunge heraus, bevor ich mein erfrischendes Getränk leere.

„Wo hast du gelernt, wie man Cocktails macht?", fragt Zian Andreas und nippt an seinem eigenen Glas. Eine berechtigte Frage, wenn man bedenkt, dass wir die meiste Zeit unseres Lebens keinen Zugang zu Alkohol hatten.

Dominic gluckst. „Du kennst doch Drey. Wahrscheinlich hat er es sich mithilfe der Erinnerungen eines Barkeepers selbst beigebracht."

Andreas hebt die Hände. „Hey, wir müssen unsere Fähigkeiten nutzen, wo immer wir können, oder?"

Griffin lächelt ihn an. „Ohne unsere Erinnerungen sind wir nichts. Deine Kraft ist also ziemlich bedeutsam."

Bei dem freundlichen Gespräch steigt Wärme in mir auf, und ein Kloß bildet sich in meiner Kehle, den ich mit dem letzten Rest meiner Limonade nicht ganz wegspülen kann.

Andreas bemerkt meinen Blick, und die Freude in seinem Gesicht schwindet. „Ist alles in Ordnung, Tinkerbell?"

„Ja", sage ich mit belegter Stimme. „Alles bestens. Trotz all dem Mist, den wir durchgemacht haben, trotz Balthazar, der sich wie ein Verrückter aufführt … Es ist erstaunlich, dass wir hier sind. Dass wir einander haben. Wir haben es wirklich geschafft. Niemand hat mehr die Kontrolle über uns."

Die Gesichter der Jungs leuchten bei meinen Worten.

„Wir haben es geschafft", stimmt Dominic leise zu. „Vielleicht setzen wir uns irgendwann noch größere Ziele. Vor vier Jahren konnten wir von dieser Situation, wie wir sie jetzt erleben, nur träumen."

Griffin fasst mich am Ellbogen und zieht mich näher an sich heran, während seine himmelblauen Augen funkeln. „Ich finde, das sollten wir feiern. Genauso wie die Frau, der wir es zu verdanken haben, dass wir heute hier sind."

Als ich gerade protestieren will, dass wir alle gemeinsam auf dieses Ziel hingearbeitet haben, zieht er meine Lippen auf seinen Mund. Der Kuss ist zärtlich und leidenschaftlich zugleich.

Das Verlangen, das schon bei Rollicks anzüglichen Andeutung in mir entfacht wurde, entflammt erneut in meinem Bauch. Ich erwidere Griffins Kuss und lasse meinen Blick dann über die anderen schweifen.

„Wir sollten auf jeden Fall feiern. Zum ersten Mal sind wir völlig frei. Wir sollten das zum Anlass nehmen, um unsere verrückte Beziehung zum ersten Mal zu sechst zu vollziehen."

Andreas' Blick wird noch intensiver, als er um die Insel herumkommt. „Eine hervorragende Idee." Er mustert die anderen Jungs, und ein verschmitztes Lächeln umspielt seine Lippen. „Wir sollten Riva zeigen, wie gut wir zusammenarbeiten können."

Nach der Begierde zu urteilen, die die Luft um mich herum erfüllt, kann ich wohl davon ausgehen, dass die anderen einverstanden sind.

Jacob beugt sich vor, um mir einen Kuss auf den Hals zu drücken, und sieht Andreas mit hochgezogenen Augenbrauen an. „Sollen wir lieber in eines der Schlafzimmer gehen?"

Drey tippt sich auf die Lippen und nickt zu dem dicken

schwarzen Teppich im Wohnzimmer. „Ich glaube nicht, dass eines der Betten groß genug für uns alle ist. Rollick hat uns versichert, dass wir Privatsphäre haben."

Jake wendet sich zu dem großen Fenster im Wohnzimmer um. Auf seine Handbewegung hin schließt sich der Vorhang und versperrt den Blick auf unsere Aktivitäten. „Klingt gut."

„Keine Einwände", stoße ich hervor, bevor er wieder meine Lippen erobert.

Langsam gehen wir auf den Teppich zu und halten inne, als meine Jungs nacheinander zu mir kommen, um sich einen Kuss zu stehlen. Dominic schlingt einen Tentakel um meine Taille und streicht damit über meinen Hintern. Zian legt eine Hand auf meinen Rücken und Erleichterung liegt in seinem Blick, weil er an diesem gemeinsamen Moment teilhaben darf.

Sein Kuss ist glühend heiß, und ich bekomme weiche Knie, als ich mich ihm hingebe. Behutsam lässt er mich auf den dicken Teppich sinken.

Die anderen Jungs scharen sich dicht um uns. Dominic schiebt mein Oberteil mit seinem Tentakel hoch. Grinsend hilft Andreas mit seinen Händen, mir das Shirt auszuziehen.

„Natürlich", murmelt er und senkt seinen Kopf, um an meiner entblößten Schulter zu knabbern, „macht es noch mehr Spaß, wenn wir für etwas Abwechslung sorgen können."

Bei seinen letzten Worten schießen Krallen aus seinen Fingerspitzen, die er sich von Zian geliehen haben muss. Meine Haut kribbelt vor Erregung, und ich suche seinen Mund, um mein Wimmern zu dämpfen.

Das ist die einzige Aufforderung, die der Rest meiner Männer braucht, um mitzumachen. Das Nächste, was ich weiß, ist, dass Zian mit seiner Hand über mein Haar streicht und eine Welle seiner telekinetischen Kraft über meine

Kopfhaut huscht. Griffins Augen leuchten auf, und ein sorgfältig dosierter Hitzeschwall gleitet an meiner Brust hinunter und lässt einen meiner Nippel hart werden.

Jacob starrt mich einfach nur an. Eine Welle der Hingabe und Begierde schwappt über mich hinweg, und mir wird klar, dass er alles, was sie fühlen, in mich hineinprojiziert. Er hüllt mich von innen heraus in ihre Begierde ein.

Dom küsst meine Halsbeuge. „Ich glaube, ich bleibe bei dem Vergnügen, das ich nicht teilen kann." Er schlingt beide Tentakel um meine Brüste und zupft gleichzeitig an meinen Nippeln. Schwindelerregende Schauer durchzucken meine Brust.

Auf mein zittriges Keuchen hin umschließt Andreas meinen Kiefer und erobert meine Lippen wieder. Mit einem heißen Zungenschlag schiebt er sie auseinander.

Die Gefühle, die meinen Körper durchströmen, verschmelzen miteinander, als wäre ich nicht mit fünf verschiedenen Männern zusammen, sondern mit einem Wesen, das aus ihnen allen besteht. Verschwommen bekomme ich mit, wie ihre Kräfte von einem zum anderen springen.

Aus einer Hand schießen Krallen, während aus einem anderen Mund Reißzähne wachsen, die mich auf köstliche Weise necken. Unsichtbare Liebkosungen gesellen sich in unerwarteten Momenten zu den normalen. Mein ganzes Wesen ist durch die Flut der Empfindungen zum Leben erwacht.

Doch selbst als Dominic einen Tentakel tiefer gleiten lässt, um mich zwischen den Beinen zu streicheln, und meine Gedanken von einem tieferen Hauch von Glückseligkeit umnebelt werden, weiß ich, dass sie mehr als nur eine einzige Präsenz sind. Alle fünf Männer haben ihre Verletzungen, ihre Träume, ihre Vorlieben.

Und ich weiß alles zu schätzen, was sie ausmacht, ganz gleich, wie unterschiedlich sie sein mögen.

Meine tastende Hand zerrt Zian zu mir zurück. Ich küsse ihn heftig und strahle ihn an, wobei ich all die Bewunderung, die ich empfinde, in meine Stimme lege. „Ich liebe dich."

Auf der Suche nach Dominics Lippen drehe ich meinen Kopf und meine Hüften fangen an, im Takt der Aufmerksamkeit seiner Saugnäpfe zu wippen. Ein Keuchen entweicht mir und Worte purzeln über meine Lippen. „Ich liebe dich."

Als Nächstes wende ich mich Griffin zu. Unsere Münder verschmelzen miteinander, bevor er meine Stirn küsst, während ich ihm das Geständnis zuflüstere, das er bereits mit jedem beschwingten Pochen meines Herzens spüren kann. „Ich liebe dich."

Jacob hat sich nach unten gebeugt, um meinen Bauch mit einer Spur aus Küssen zu bedecken, während er den Reißverschluss meiner Jeans öffnet. Ich winde mich, um ihm zu helfen, mir die Jeans und mein Höschen über die Beine zu ziehen, und beuge mich dann vor, um ihn an mich zu drücken.

Sein Atem versengt meinen Mund. Als ich auch ihm meine Liebe gestehe, drücken seine Finger in meine Seite, als wolle er mich daran erinnern, dass er mich niemals loslassen wird.

Schließlich greife ich nach Andreas. Seine Lippen verweilen auf meinen und der zärtliche Kuss wird mit jeder Sekunde heißer. Ich umklammere sein Shirt. „Ich liebe dich."

Die Jungs erwidern meine Gefühle mit einem Echo ihrer Worte, mit dem Druck ihrer Finger und ihrer Münder. Ich ziehe einem nach dem anderen die Klamotten aus, gefangen in den wachsenden Flammen der Lust.

Dominic richtet seine Tentakel so aus, dass er sich

zwischen meine Beine knien kann. „Es ist zu lange her, Süße", raunt er mit funkelnden Augen und beugt sich vor, um mit seiner Zunge über meinen Kitzler zu lecken.

Andreas unterbricht meinen Schrei mit einem Kuss. Während Dom mich verschlingt, wiege ich mich mit den glückseligen Wellen, die aus meiner Muschi aufsteigen, und einen Wirbelwind der Lust in mir entzünden.

Ich umfasse erst eine Erektion und dann eine andere, wobei ich mein Bestes tue, meinen Jungs ebenso viel Lust zu bereiten wie sie mir. Dann zieht sich Dominic zurück.

Andreas umfasst meine Taille und zieht mich über ihn. Während er prüft, wie feucht ich bin, streichelt er mit der anderen Hand meine Wange. „Hast du Lust, ein wenig zu reiten, Tinkerbell?"

Als Antwort reibe ich mich an seiner Erektion. Sein Stöhnen hallt in mir wider.

Ich lasse mich auf Andreas sinken, während Jacob mein Schulterblatt küsst. „Was hältst du davon, zwei gleichzeitig zu nehmen, Wildkatze? Möchtest du es versuchen?"

Ich habe zwar schon einmal darüber nachgedacht, zwei meiner Jungs gleichzeitig in mich eindringen zu lassen, doch wir haben es noch nie ausprobiert.

Die Vorstellung lässt meine Lust aufflackern. Ich nicke eifrig.

Jacob beugt sich von hinten über Andreas' Beine und streicht mit seinen Fingern über meine hintere Öffnung. Ein schwacher Druck baut sich in mir auf, als er mit seiner Kraft meine Muskeln dehnt und mich bereit macht.

Ich wiege mich in seiner Berührung und erwidere Andreas' Stöße, gefangen zwischen zwei Quellen der Lust. Doch wie ich schon einmal festgestellt habe, reicht das nicht.

Ich brauche sie alle.

Ein Stöhnen entweicht meinen Lippen, als Jacob sich

aufrichtet und langsam in mich eindringt. Das hindert mich nicht daran, die anderen näher heranzuwinken.

Ich schlinge meine Finger um Zians Schwanz und grinse, als sein Stöhnen den Dunst meiner eigenen Lust durchdringt. Während ich zwischen Griffin und Dominic hin und her blicke, beugt Griffin sich vor, um mir einen kurzen Kuss auf die Lippen zu drücken, bevor er zu Seite weicht, um Platz zu machen. „Zu spüren, wie sehr du das genießt, macht mich mehr an, als du dir vorstellen kannst."

Er streicht mit der Hand über seinen Schwanz, und mein Blick fällt auf Dominics Glied. Mein Liebhaber scheint zu spüren, was ich vorhabe, denn er richtet sich noch etwas mehr auf.

Ich lehne mich ein wenig weiter über Andreas und lasse meine Zunge über Dominics Schaft gleiten. Er beugt sich zu mir und markiert meine Wirbelsäule mit saugenden Küssen. „Verdammt. *Du* bist unglaublich, Riva."

Das sind wir alle. Wir sind verdammt spektakulär.

Ich verliere mich im Fluss der Lust, im köstlichen Brennen der zwei Schwänze, die in mich eindringen, im Keuchen und Stöhnen, die von allen um mich herum und von meinen eigenen Lippen kommen. Die Glückseligkeit durchströmt meinen ganzen Körper bis zu meiner Zunge, die Doms Schwanz liebkost, und meine Hand, die Zians Erektion streichelt.

Die Schatten in meinen Adern tanzen und dehnen sich aus, um sich mit der Dunkelheit meiner Männer zu vereinigen. Ich weiß nicht, wo ich aufhöre und sie anfangen. Und ich glaube, das ist auch nicht wichtig.

Andreas drückt seinen Handballen gegen meinen Kitzler, während er in mich stößt, und meine Kontrolle beginnt zu bröckeln. Stöhnend presse ich meine Lippen um Dominics Schwanz zusammen, woraufhin er heftig zuckt.

Während wir auf unsere Erlösung zusteuern, löst unsere

Ekstase eine Kettenreaktion aus. Augenblicke, nachdem Dom sich in meinem Mund ergossen hat, stöhnt Zian und umklammert meinen Arm. Sein Schwanz pulsiert, als er kommt.

Jacob stößt einen Fluch durch seine zusammengebissenen Zähne aus und beschleunigt seine Stöße. Er legt seinen Arm um mich und drückt meine Brust. Ein weiterer Schrei entweicht meinem Mund, bevor sein rauer Atem über meinen Rücken streicht und seine Hüften zucken.

Zu spüren, wie sich alle ihrer Lust hingeben, treibt mich dem Höhepunkt entgegen. Ich fühle mich, als würde ich gleichzeitig schweben und kopfüber in einen Rausch der Lust stürzen.

Andreas umklammert mich fest, und ein zischender Atemzug entweicht zwischen seinen Zähnen, als er sich unserem gemeinsamen Höhepunkt hingibt. Schließlich werden seine Bewegungen unter mir langsamer und ich erschlaffe in seinen Armen.

Die anderen Jungs kuscheln sich eng an uns, während ich meinen Kopf hebe, um Griffin zu einem weiteren Kuss heranzuziehen.

Ein erneuter Schauer rast durch meine Adern. In mir wurde nicht nur Verlangen entfacht, sondern auch Hoffnung.

Wir müssen gewinnen. Nichts könnte stärker sein als unsere Verbindung.

Das müssen wir nur noch unseren Feinden beweisen.

Vierzehn

Als ich in der frühen Morgendämmerung in die Villa zurückkehre, höre ich Rollicks ungewöhnlich sanfte Stimme. Ich halte inne und bin hin- und hergerissen zwischen Schuldgefühlen, weil ich lausche und dem Drang, möglichst viele Informationen über unsere Situation zu sammeln, auch wenn er das vielleicht nicht will.

„Ich weiß, dass du lieber in San Francisco wärst", sagt er leicht beschwichtigend. „Aber dieser völkermordende Bastard greift viele Großstädte an. Und ihm ist völlig egal, wen er dabei auslöscht. Es ist sicherer, wenn du nicht in die Schusslinie gerätst, während wir uns damit befassen."

Anschließend schweigt er. Vermutlich telefoniert er und hört zu, was die Person am anderen Ende der Leitung sagt.

Als Rollick wieder spricht, ist seine Stimme traurig. „Ich weiß, Quinn. Ich fände es auch schön, wenn wir uns ein paar Jahrzehnte keine Sorgen um weitere potenziell weltvernichtende Probleme machen müssen. Hoffentlich bekommen wir dieses Problem in den Griff, bevor der Bösewicht weiteren Schaden anrichten kann. Torrent leistet dir in der Zwischenzeit gute Gesellschaft, oder?"

Quinn. Ich habe ihn schon einmal mit ihr sprechen hören. Und er hat auch erwähnt, dass er einer sterblichen Frau treu ergeben ist. Ich schätze, sie ist diese Frau. Sowohl für ihn als auch für Torrent, den Kraken-Wandler, dem wir begegnet sind, als wir vor Monaten auf der Flucht vor den Wärtern waren.

Der Dämon ist wegen Balthazar so besorgt, dass er seine Geliebte gebeten hat, ihr Zuhause zu verlassen. Eigentlich sollte mich das nicht überraschen. Trotzdem wird mir flau im Magen bei dem Gedanken, dass die jüngsten Ereignisse sogar dieses mächtige Schattenwesen erschüttert haben.

Rollick kichert leise über Quinns Antwort und ich gehe weiter den Flur entlang in Richtung meines Gästezimmers. Nachdem ich die Nacht in den Kleidern von gestern verbracht habe, würde ich mich gerne umziehen.

Der Dämon muss sein Gespräch beendet haben, bevor ich weit gekommen bin, denn der Boden knarrt leise hinter mir. „Hast du deine Pause genossen, kleine Todesfee?"

Ich unterdrücke die Röte, die mir in die Wangen kriecht, und werfe ihm einen Blick über die Schulter zu. „Es war gut, sich daran zu erinnern, was wir schon alles erreicht haben. Aber jetzt ist es an der Zeit, wieder an die Arbeit zu gehen, oder?"

Eine massige Gestalt materialisiert sich so abrupt im Flur zwischen uns, dass ich zusammenzucke. Es ist Steel, der stämmige Dämon mit den metallischen Schuppen. Finster blickt er von Rollick zu mir.

„Wie wird diese Arbeit aussehen?", fragt er. „Wir haben gehört, dass ihr mit den Sterblichen Kontakt aufgenommen habt, die euch erschaffen haben. Diejenigen, die euch beauftragen wollten, uns zu *vernichten*.“

Oh, Mist. Rollick hat sich wohl nicht die Mühe gemacht, alle Schattenwesen-Verbündeten in die neue Phase unseres Plans einzuweihen, nur diejenigen, bei denen er sich keine Sorgen machte, dass sie dagegen sein könnten.

Ich ringe nach Worten. „Wir werden nichts *für* sie tun. Wir benutzen sie nur, um an Balthazar heranzukommen.“ Oder zumindest hoffen wir, dass uns das gelingt.

Steels Augen blitzen. „Wozu brauchen wir diese Idioten? Sind wir nicht genug?“ Er dreht sich zu Rollick um. „Und du *lässt zu*, dass die Hybriden sich mit den Monstermördern anfreunden?“

„Wir freunden uns nicht mit ihnen an!“, protestiere ich, aber Rollick hebt bereits die Hand, um uns beide zum Schweigen zu bringen.

Er starrt den kleineren Dämon durchdringend an. „Ich lasse gar nichts zu. Ich unterstütze und befürworte diesen Plan. Warum sollten wir die Sterblichen, die uns hassen, nicht diese Arbeit für uns erledigen lassen, anstatt unseren eigenen Hals noch mehr zu riskieren?“

Steel stößt ein frustriertes Knurren aus. „Du fällst auf den Trick der Hybriden rein. Sie sollten nichts mit diesen Bastarden zu tun haben wollen, nicht wenn diese sogenannten Wärter sie *wirklich* so gequält haben, wie sie behaupten.“

Bei seiner Andeutung, dass wir über unsere lebenslange Gefangenschaft gelogen haben, steigt Ärger in mir auf. „Diese Qualen sind der Grund, warum wir kein Problem damit haben, sie zu manipulieren, wenn es uns nützt.“

Steel dreht sich wieder zu mir um. Seine Wut hat die Aufmerksamkeit der anderen erregt. Weitere Schattenwesen materialisieren sich aus der Dunkelheit. Und wer weiß, wie viele aus den Schatten am Rande des Flurs zusehen.

Doch nicht nur die Schattenwesen haben den Aufruhr bemerkt. Eine Stimme ertönt von der Hintertür. „Hey, was ist denn hier los?"

Jacob schreitet mit grimmiger Miene auf uns zu. Mit seinem wachsamen Blick vergewissert er sich, dass ich nicht verletzt bin und die Wesen um uns herum keine Bedrohung darstellen. Der Rest meiner Jungs eilt mit ebenso besorgten Gesichtern hinter ihm her.

Shanty tritt vor und schwingt ihr dunkelblaues Haar über die Schulter. „Wir finden es seltsam, dass ihr Schattenblüter euch wieder mit den Wärtern einlasst. Sie sollten eure Feinde sein."

„Das sind sie auch", erwidere ich knapp. „Zwei Feinde zu unserem eigenen Vorteil gegeneinander auszuspielen, ist doch keine so abwegige Taktik, oder?"

Sie richtet ihren Blick auf mich. „Wie können wir sicher sein, dass das eure wahre Motivation ist? Sie haben euch erschaffen. Womöglich steht ihr auch jetzt noch unter ihrem Einfluss und sie manipulieren euch, damit *ihr* die Drecksarbeit erledigt."

Rollick hebt seine Hände. „Kommt schon, Freunde. Ihr seid vielleicht misstrauisch gegenüber den Schattenblütern, aber ihr kennt *mich*. Ich überwache die ganze Situation. Ich habe nicht das geringste Anzeichen dafür gesehen, dass meine Gäste etwas anderes tun, als uns alle zu beschützen."

Steel schnaubt. „Das ist keine Garantie. Sie haben genauso starke Kräfte wie wir, die sie auf uns anwenden können – dich eingeschlossen."

Ein weiteres Schattenwesen tritt in die Mitte unserer Gruppe. Er hat die Hände in die Hüften gestemmt und die Augenbrauen amüsiert hochgezogen. Es ist Ruse, der Inkubus, der Sorsha besonders nahesteht.

„Und unsere Kräfte wirken bei ihnen", erklärt er lässig.

„Würdet ihr euch besser fühlen, wenn ich meine Kräfte benutze, um ihre Absichten zu bestätigen?"

Zian gelingt es nicht, ein Schnauben zu unterdrücken. „Hast du vor, uns mit deinem Charme unsere Geheimnisse zu entlocken?"

Ruse lacht. „Nein, ich glaube nicht, dass ihr mit dieser Taktik einverstanden wärt. Wie die meisten Kubis nehme ich den inneren Zustand von Menschen wahr. Ich kann zwar keine Gedanken lesen, aber es geht über die bloße Wahrnehmung von Gefühlen hinaus. Ich erhalte einen Eindruck von Hoffnungen für die Zukunft, von ihrer Vergangenheit und dergleichen. Wir Kubis können tief in das Innenleben von Menschen eintauchen."

Steel verlagert sein Gewicht von einem Fuß auf den anderen. „Und du wirst uns ehrlich berichten, was du erfährst?"

Ruse' Augenbrauen wandern noch höher. „Falls ihr es vergessen habt, ich habe Sorsha geholfen, die Idioten zur Strecke zu bringen, die Experimente an Schattenwesen durchgeführt haben, noch bevor diese Wärter überhaupt existierten. Die meisten von euch hatten sich währenddessen in den Schatten versteckt, in der Hoffnung, das Problem würde sich in Luft auflösen, bevor es euch betrifft. Also ja, ich werde es laut und deutlich verkünden, wenn ich Anzeichen dafür finde, dass sie sich mit unseren Feinden gegen uns verschworen haben."

Shanty deutet mit dem Kinn auf uns. „Wenn sie überhaupt damit einverstanden sind."

In ihrer Stimme schwingt eine offensichtliche Kampfansage mit. Der Gedanke, dass jemand in meinem Kopf herumstöbert und tiefer gräbt, als selbst Griffin es könnte, jagt mir einen eiskalten Schauer über den Rücken. Doch wenn wir uns weigern, würden sie das als Bestätigung ihres Verdachts auslegen.

Und es ist ja nicht so, dass wir etwas zu verbergen hätten. Eigentlich spricht nichts dagegen, die Gelegenheit zu nutzen, um unsere wahren Absichten zu demonstrieren.

Ich breite meine Arme aus und begegne Ruse' Blick. „Nur zu. Auch *ich* würde gerne wissen, ob wir noch in irgendeiner Weise unter dem Einfluss der Wärter stehen."

Meine Jungs nicken langsam, obwohl Jacob finster dreinschaut und Dominic nachdenklich die Stirn gerunzelt hat. Wir kennen Ruse nicht besonders gut, aber Sorsha vertraut ihm offensichtlich sehr, und sie hat sich immer für uns eingesetzt. Ich glaube nicht, dass er versuchen würde, uns zu hintergehen.

„Also gut." Ruse reibt sich die Hände. Er wirkt ein wenig zu erfreut angesichts des Tests, der darüber entscheiden könnte, ob die Schattenwesen uns rauswerfen oder unterstützen. Natürlich könnte das auch daran liegen, dass er sich sicher ist, dass wir ihn bestehen werden. „Um sicherzugehen, dass es nicht zu bedenklichen Reaktionen kommt, könntest du mir vielleicht helfen, Metallmann? Mach auf jeden von ihnen einen drohenden Ausfallschritt zu. Mal sehen, was das auslöst."

Steel wirft dem Inkubus einen bösen Blick wegen des Spitznamens zu. Dann macht er einen Schritt vorwärts, bevor er kurz innehält und mit einem gutturalen Brüllen auf mich zuspringt.

Meine Nerven reagieren sofort und mein Körper geht instinktiv in Verteidigungshaltung. Sobald er einen Schritt zurückgeht, schlägt mein Herz wieder in seinem normalen Rhythmus.

Ich habe nicht einmal mitbekommen, dass Ruse in meinen Geist eingedrungen ist. Er grinst mich an. „Ausgezeichnet. Ein Selbsterhaltungstrieb, eine Portion Ärger über diesen lächerlichen Test und keinerlei Anzeichen dafür, dass du unserem Kollegen hier etwas antun willst, obwohl er sich dir gegenüber wie ein Arsch verhält."

Steel schnaubt und seine Haltung entspannt sich ein wenig. „Was ist mit dem Gesamteindruck? Nicht nur der momentanen Befindlichkeit."

Der Inkubus zuckt mit den Schultern. „Wenn eine latente Feindseligkeit vorhanden ist, dann würde ich wohl einen Hinweis darauf erkennen, wenn du die Schattenblüterin offen bedrohst, oder? Ich habe nicht den Eindruck, dass sie sich darauf freut, dich auszulöschen."

„Gut", unterbricht Shanty. „Kannst du jetzt die anderen überprüfen?"

Ruse sieht aus, als würde es ihn Mühe kosten, nicht die Augen zu verdrehen. „Selbstverständlich."

Rollick hält sich während der gesamten Demonstration zurück, während Steel und Ruse den gleichen Zyklus mit jedem meiner Jungs durchlaufen. Als Ruse auch beim letzten von ihnen erklärt, dass er frei von bösen Absichten ist, richtet sich unser Gastgeber auf und betrachtet die versammelten Schattenwesen.

„Seid ihr jetzt alle überzeugt, dass diese Schattenblüter mit uns und nicht gegen uns arbeiten?"

Ein Raunen geht durch die Gruppe, das von begeisterter bis widerwilliger Zustimmung reicht. Rollick wartet ein paar Takte, um sich zu vergewissern, dass keine Diskussion entbrennt, dann bedeutet er der Gruppe, den Flur zu verlassen. „Gut. Dann will ich nichts mehr davon hören. Wir müssen uns darauf konzentrieren, unsere Feinde zu bekämpfen, anstatt uns gegenseitig zu beschuldigen."

Die meisten der Wesen verschwinden einfach wieder in den Schatten. Shanty hält inne und neigt ihren Kopf zu mir. „Entschuldigt die Unannehmlichkeit."

Sie verschwindet aus dem Blickfeld, bevor ich überhaupt antworten kann.

Die Jungs rücken näher an mich heran, Andreas legt seinen Arm um meine Taille und Griffin nimmt meine Hand. Ihre Anwesenheit beruhigt mich.

„Was *werden* wir gegen Balthazar unternehmen?", frage ich Rollick. „Wir haben einen Angriff auf die Wärter vorgetäuscht, aber wir wissen nicht einmal, ob sie glauben, dass er dafür verantwortlich ist. Wir müssen sie zu einer Reaktion bewegen, die uns hilft, Balthazar zu finden, und sie dazu bringt, mit ihm abzurechnen – wie auch immer das aussehen mag. Pearl hat es noch nicht geschafft, sie in eine eindeutige Richtung zu lenken, oder?"

Rollick schüttelt den Kopf. „Bisher hat sie keine Fortschritte gemeldet."

Dominic runzelt die Stirn. „Wir könnten sie kontaktieren und ihnen direkt sagen, dass wir glauben, dass er sich mit den Schattenwesen verbündet hat und sie ausschalten will. Allerdings bin ich mir nicht sicher, ob wir sie davon überzeugen könnten, uns zu glauben. Wir könnten ihnen nicht verraten, wer wir sind."

„Ich schon." Toni, die unsere Diskussion vom Ende des Flurs aus mitbekommen hat, geht auf uns zu. „Sie kennen mich zumindest ein bisschen. Sie wissen, wie eng ich mit Balthazar zusammengearbeitet habe. Sie sollten keinen Grund haben, zu glauben, dass *ich* meine Loyalität gewechselt habe. Es wäre also nicht verdächtig, wenn ich sie warne, dass er vom Weg abgekommen ist und entgegen seinen früheren Überzeugungen handelt."

Mein Herz macht einen Sprung, aber gleichzeitig zögere ich. „Bist du sicher? Noch weiß er nicht, dass du dich gegen ihn gestellt hast. Wenn du mit ihnen sprichst, findet er es womöglich heraus …"

Toni starrt mich unverwandt an. „Ich habe gesagt, dass ich versuchen werde, den Schaden wiedergutzumachen, den er angerichtet hat, während ich ihm zur Seite stand. Und ich habe es ernst gemeint. Das Risiko ist nichts im Vergleich zu dem, was ihr durchgemacht habt oder was Pearl auf sich genommen hat."

Ich wusste nicht, dass Pearl Toni in ihre Mission eingeweiht hatte. Offenbar haben sie sich mehr angefreundet, als ich aufgrund der Gesprächsfetzen angenommen habe, die ich neulich mitbekommen habe.

„Klingt nach einem guten Plan", wirft Zian ein. „Du weißt sowieso besser, wie man mit diesen Leuten reden muss."

Ihre Mundwinkel zucken. „Das hoffe ich. Aber bevor ich zu ihnen gehe, sollten wir uns einig sein. Wozu genau soll ich sie bewegen?"

Rollick reibt sich nachdenklich das Kinn. „Sie müssen zunächst glauben, dass Balthazar eine Bedrohung für sie darstellt und aufgehalten werden muss ... Anschließend besteht unsere beste Chance darin, ihn zumindest kurzzeitig aus seinem eigenen Gebiet wegzulocken. Irgendwohin, wo er weniger geschützt ist."

Andreas nickt. „Bestimmt werden die Wärter trotzdem sicherstellen, dass es Schutzmaßnahmen gegen Schattenwesen gibt, aber so haben wir Schattenblüter eine bessere Chance, an ihn heranzukommen."

„Das Problem ist, dass Balthazar sich an keinen Ort begeben wird, den er nicht durch sorgfältige Schutzvorkehrungen absichern hat lassen", gebe ich stirnrunzelnd zu bedenken. „Andererseits hat die Wärterschaft vermutlich ausführliche Informationen über ihn ... Wir hoffen, dass sie ihn davon überzeugen können, persönlich mit ihnen zu sprechen, wenn er nicht will, dass sie den Regierungen etwas über ihn verraten, was seine Absichten untergraben würde. Eine kleine Erpressung."

Jacob bricht in schallendes Gelächter aus. „Wie ich diesen Psycho kenne, würde er wahrscheinlich nur auftauchen, um sie alle auszulöschen und sich nie wieder Sorgen machen zu müssen."

Ein leichtes Lächeln umspielt meine Lippen. „Das wäre in Ordnung. Es spielt nicht einmal eine Rolle, ob er es schafft. Zwei Fliegen mit einer Klappe. Wir müssen ihn nur irgendwo hinlocken, wo er nicht die komplette Kontrolle hat."

Toni hört sich alles an und strafft die Schultern. „Ich werde tun, was ich kann, um dafür zu sorgen." Sie wendet sich an Rollick. „Ich nehme an, du hast eine Methode, wie ich mit den derzeitigen Anführern der Wärter in Kontakt treten kann? Wir können es genauso gut gleich hinter uns bringen."

„Klar", stimmt er lachend zu. „Komm mit."

Er wirft dem Rest von uns einen kurzen Blick zu. „Und ihr solltet euch währenddessen auf die wichtigste Schlacht eures Lebens vorbereiten."

FÜNFZEHN

Dominic

Ich bin gerade dabei, meine Tentakel durch den Kragen eines frischen langärmeligen T-Shirts zu ziehen, als es an meiner Tür klopft. Ich öffne sie in der Erwartung, einen meiner Freunde zu sehen, ohne auf unsere Verbindung zu achten, die mir verraten hätte, dass das unwahrscheinlich ist.

Stattdessen stehe ich einem Schattenwesen-Mann mit wilden Haaren und gefährlichen Krallen gegenüber. Er ist einer von Rollicks engsten Gefährten, und ich krame seinen Namen aus meinem Gedächtnis hervor: Lance.

„Der Boss meint, du solltest vor dem großen Tag noch etwas üben", verkündet der furchteinflößende Kerl mit einem breiten Grinsen.

Zögernd umklammere ich den Türknauf. „Was üben?"

Lance deutet mit seinen Krallen auf meine Tentakel. „Du saugst das Leben aus Dingen heraus, oder? Bist du besser darin geworden? Wir wollen sehen, wie gut du bist."

Ein mulmiges Gefühl breitet sich in meiner Magengrube aus. Vermutlich hätte ich damit rechnen müssen. Rollick hat auch darauf bestanden, dass Riva ihre Tötungskraft testet.

Wenn ich sie nicht einsetzen muss, verdränge ich die Tatsache, dass ich überhaupt über die Kraft zu Töten verfüge. Ich betrachte mich lieber nur als Heiler.

Im Moment gibt es jedoch kein dringenderes Bedürfnis, als Balthazar so schnell wie möglich auszulöschen.

Ich nehme meine Hand vom Türknauf und gehe langsam aus dem Zimmer. „Okay. Wo ist Rollick?"

Lance bedeutet mir, ihm zu folgen. „Er meinte, draußen wäre es am besten. Da sind jede Menge Pflanzen, mit denen du arbeiten kannst."

Pflanzen? Okay, damit komme ich klar. Natürlich würde ich sie lieber nicht zerstören, weil es mich immer ein wenig traurig macht, die Blätter welken und die Stängel knicken zu sehen. Trotzdem sind die Schuldgefühle bei Pflanzen nicht ganz so stark wie bei anderen Lebewesen.

Der krallenbewehrte Schattenmann führt mich zur Haustür hinaus und über das Gelände zu einer Baumreihe. Auf einer Lichtung vor uns glänzt Rollicks hellbraunes Haar im Sonnenlicht.

Und nicht nur sein Haar. Links und rechts neben ihm schimmern ein roter und ein silberner Haarschopf. Als wir aus der dichten Baumgruppe heraustreten, sehe ich, dass Sorsha, die Phönixfrau, und Riva neben dem Dämon stehen.

Riva kommt auf mich zu und greift automatisch nach meiner Hand. Ihre hellbraunen Augen suchen die meinen. „Du musst nichts tun, womit du dich nicht wohlfühlst. Du musst diesen Teil deiner Fähigkeit überhaupt nicht einsetzen, wenn du nicht willst."

Die Schärfe ihres Tonfalls lässt mich vermuten, dass sie sich meinetwegen mit Rollick gestritten hat. Offensichtlich geht es hier um mehr als nur um die Beseitigung von Vegetation.

Aber was soll ich sagen? Dass sich einer der anderen Jungs meine mörderische Kraft ausleihen soll, damit ich nicht die Last der Schuld tragen muss?

Jeder von uns schlägt sich mit irgendeinem Mist herum. Wir haben alle unser Päckchen zu tragen. In der Vergangenheit hatte ich oft das Gefühl, nicht annähernd genug beitragen zu können, das war schlimm. Und jetzt denke ich darüber nach, mich zurückzuziehen, obwohl ich helfen könnte.

Ich drücke Rivas Hand zur Beruhigung. „Ist schon in Ordnung." Mein Blick gleitet an ihr vorbei zu Rollick. „Was genau soll ich denn tun?"

In Rollicks Augen liegt ein Hauch von Bedauern. „Ich dachte, wir fangen erst einmal mit Pflanzen an. Zum Warmwerden sozusagen. Mal sehen, wie weit du deine Fähigkeiten jetzt ausdehnen kannst. Nachdem das geklärt wäre … Hast du jemals einem Schattenwesen oder deinen Mitschattenblütern Energie entzogen?"

So naheliegend diese Frage ist, ich hätte nie gedacht, dass dies der Schwerpunkt dieses Trainings sein könnte. Bei Riva wollte er das Gleiche herausfinden.

Mein Inneres verkrampft sich so abrupt, dass meine Tentakel zittern. Ich verspüre den Drang, ein automatisches Dementi hervorzubringen, aber ich halte mich zurück und denke an all die Male, in denen ich meine Macht einsetzen musste, um mir meiner Antwort absolut sicher zu sein.

Sie bleibt dieselbe. „Nein. Zumindest nicht bewusst. Ich habe mich hauptsächlich auf Pflanzen konzentriert. Die Wärter und Balthazars Leute haben mich gezwungen, an Tieren zu experimentieren. Und ein paar Mal habe ich auch normalen Menschen Energie entzogen, wenn es nötig war. Einmal habe ich eine Schattenblüterin als Geisel genommen.

Möglicherweise habe ich etwas von ihrer Energie absorbiert, ohne es zu wollen. Allerdings bin ich mir nicht sicher, und es war keine Absicht."

In dem Moment mit Celine während unserer gescheiterten Flucht aus Clancys Insel-Einrichtung wurde mir zum ersten Mal bewusst, dass meine Kräfte aus der Ferne wirken könnten. Damals fühlte es sich so an, als wäre ich nur ein paar Meter entfernt.

Inwiefern hat sich meine Fähigkeit durch die Verfahren, denen Matteo uns auf Balthazars Befehl hin unterzogen hat, weiterentwickelt? Unter Matteos Aufsicht habe ich die neue Dimension meiner Kraft nie offenbart, und er ist nie darauf gestoßen.

„Auf jeden Fall kann ich Schattenwesen nicht mit meinen Kräften *heilen*", füge ich hinzu. „Zumindest nicht richtig. Als Billy verletzt war, konnte ich ihn ein wenig zusammenflicken, aber das war's. Es fühlte sich vollkommen anders an, als einen Menschen zu heilen – oder einen Schattenblüter."

Rollick nickt. „Ich nehme an, dass es wesentlich komplizierter ist, jemanden wieder zusammenzuschmelzen, als ihn zu zerreißen. Aber es kann trotzdem nicht schaden, herauszufinden, wo die Grenzen deiner Kräfte liegen. Für den nächsten und hoffentlich letzten Plan gegen Balthazar könnte das Ausschalten von verschiedenen Wesen aus der Ferne der Schlüssel sein."

Ich rolle meine Schultern nach hinten und versuche, sowohl meine Muskeln als auch die Anspannung in meinem Bauch zu lockern. „Das ergibt Sinn. Wahrscheinlich hätte ich mich schon früher einem Test unterziehen sollen, damit wir es wissen."

Riva hakt sich bei mir unter. „Ich weiß, wie sehr du diesen Aspekt deiner Kräfte hasst. Niemand würde dir einen Vorwurf machen, wenn du das nicht tun möchtest."

Ich schenke ihr ein angespanntes Lächeln. „Ich würde mir Vorwürfe machen. Also bringen wir es hinter uns."

Riva tritt zurück, und meine vier Beobachter begeben sich an den Rand der Lichtung in den Schatten der Bäume. Rollick zeigt auf die andere Seite, wo sich orangefarbene Bänder von der grünen Vegetation abheben. „Ich habe Büsche in Abständen von einem Meter markiert. Der letzte ist zehn Meter entfernt. Wenn du es weiter schaffst, bringe ich noch mehr Markierungen an. Ich würde vorschlagen, du beginnst mit dem ersten und machst von dort aus weiter."

Das klingt nach einer vernünftigen Strategie. Mit einem tiefen Atemzug konzentriere ich mich auf den nächstgelegenen markierten Busch. Ich bin erleichtert, weil ich meine Kraft vorerst nicht bei einem Menschen einsetzen muss.

Meine Tentakel winden sich hinter meinem Rücken hervor und strecken sich zu den Büschen aus. Die warme Brise kitzelt an den Saugnäpfen.

Das Vibrieren der Lebensenergie der Pflanzen durchdringt mein Bewusstsein. Ich richte meine Aufmerksamkeit darauf – und ziehe.

Es kostet mich mehr Mühe als normalerweise. Nach einem Ruck meiner Kraft strömt Energie aus dem Strauch in mich hinein. Sobald ich an das Ziel angedockt habe, sauge ich die Lebenskraft so leicht in mich auf, als hätte ich ihn mit meinen Tentakeln berührt.

Der Strauch erschlafft, und seine Blätter werden braun. Ein berauschender Schauer durchströmt meine Adern mit der zusätzlichen Energie, und der Hunger nach mehr kribbelt in meiner Brust.

Ich lenke meine Aufmerksamkeit ab, und mir bricht der Schweiß im Nacken aus, was nichts mit der körperlichen Anstrengung zu tun hat. Meine Haut kribbelt am Ansatz meiner Tentakel, wo sie den Bruchteil eines Zentimeters weiter aus meinem Rücken wachsen.

Ich hasse nicht die Kraft selbst, sondern die Versuchung, die mich jedes Mal überkommt, wenn ich diese Fähigkeit einsetze.

Aber ich habe den Busch nicht getötet. Ich habe mich zurückgehalten. Ob das nun daran lag, dass die Distanz den Energiefluss verlangsamt hat, oder daran, dass ich mich tatsächlich besser beherrschen kann, ist eine Frage, mit der ich mich lieber nicht befassen möchte.

Ich arbeite mich Stück für Stück an der Reihe entlang. Bei größeren Distanzen ist ein stärkerer anfänglicher Ruck nötig, um an das Ziel anzudocken, aber das ist nichts, was ich nicht bewältigen könnte.

Den siebten Busch, der etwas mehr als sechs Meter entfernt ist, kann ich mit meiner Kraft nicht erreichen.

Ich sammle mich kurz, bevor ich es erneut versuche. Diesmal gelingt es mir, am Busch anzudocken und ihm die Energie zu entziehen. Gleichzeitig bildet sich ein kribbelnder Schmerz in meinem Hinterkopf.

Nach ein paar Schlucken lasse ich los und wende mich zu meinem Publikum um. „Den hätte ich fast nicht erreicht. Ich glaube nicht, dass es sich lohnt, weiterzumachen. Es würde mich mehr Energie kosten, als ich zurückbekomme."

Rollick reibt seine Hände aneinander. „Eine Reichweite von sechs Metern ist gar nicht schlecht. Vor allem, nachdem anfangs direkter Kontakt nötig war."

„Ja." Und das letzte Mal, als ich meine Fähigkeiten ausgereizt habe, war ich mir nicht sicher, ob ich Energie aus einem Viertel dieser Entfernung aufnehmen könnte.

Balthazar ist ein Meister darin, Menschen noch monströser zu machen, als sie ohnehin schon sind.

Lance schlägt seine Krallen klappernd aneinander. „Bin ich jetzt dran?"

Rollick gluckst. „Bist du wirklich so erpicht darauf, ein wenig Essenz zu verlieren?"

„Falls er sie stehlen kann." Der Schattenwesen-Mann grinst mich herausfordernd an.

Das ist der Teil des Tests, auf den ich mich am wenigsten gefreut habe.

Ich schlucke schwer. „Ich muss ja nicht viel nehmen, oder? Nur genug, um zu herauszufinden, ob es funktioniert. Wenn ich ein wenig Energie absorbieren kann, sollten auch größere Mengen kein Problem sein."

„Ich will auf keinen Fall, dass du meine Mitarbeiter bis zur Unkenntlichkeit aussaugst", bemerkt Rollick trocken. „Probiere es aus. Schau, wie schnell du an ihn andocken kannst. Das sollte uns einiges verraten."

Lance stellt sich einige Meter von mir entfernt hin und sieht mich erwartungsvoll an, wobei seine auffallend violetten Augen eher amüsiert wirken als alles andere. „Ich bin bereit, wenn du es bist."

Vorsichtig und kontrolliert. Diese Tugenden beherrsche ich von allen Schattenblütern am besten – zumindest von uns Erstlingen.

Mit einem tiefen Atemzug strecke ich meine Tentakel nach Lance aus. Das Vibrieren der Energie, das von seinem Körper ausgeht, ist anders als das, was ich von Pflanzen, Tieren oder Menschen gewohnt bin. Es ist ein wenig luftiger, hauchiger, wie der Rauch, der statt Blut aus ihren Körpern strömt.

Ich muss mich stärker konzentrieren, um den flüchtigen Eindruck festzuhalten. Meine Tentakel zittern in der Luft, meine Nerven vibrieren – da! Ich spüre die Energie.

Ein Hauch von Lebenskraft strömt in mich ein. Sie ist zehnmal berauschender als die der Pflanzen. Ein Schauer durchfährt meinen Körper.

Auch Lance zittert und sein Kiefer verkrampft sich. Ich

bekomme Gänsehaut, als ich die subtilen Anzeichen seines Unbehagens wahrnehme.

Mit einem Ruck lasse ich von ihm ab und ziehe meine Tentakel wieder an meinen Körper, während sie noch ein kleines Stück weiter aus meinem Rücken wachsen. Die zusätzliche Energie vibriert durch meine Brust und meine Glieder. Gleichzeitig steigt Übelkeit in mir auf.

„Du hattest recht", sage ich zu Rollick. „Ich kann Schattenwesen Energie entziehen. Der Anfang war etwas schwierig, aber ich denke, jetzt, wo ich weiß, was mich erwartet, wird es einfacher."

„Gut zu wissen. Auch wenn es unwahrscheinlich ist, dass unser Feind viele Schattenwesen auf seiner Seite hat, wenn überhaupt." Rollick wirft einen Blick auf Riva. „Der wichtigste Test ist, wie schnell und effektiv du einen anderen Schattenblüter aussaugen kannst."

Mein Puls stottert. Natürlich ist Riva nicht nur hier, um mich moralisch zu unterstützen, sondern damit ich meine Kraft auch an ihr testen kann.

Der Gedanke sollte mich nicht so sehr erschrecken, wie er es tut. Ich habe nicht einmal mit der Wimper gezuckt, als ich gesehen habe, wie sie ihre Kraft bei Jacob und Zian eingesetzt hat. Obwohl *sie* sich offensichtlich davor gescheut hat.

Ich habe diese Frau schon einmal zusammengeflickt, als sie am Rande des Todes stand. Ich habe mich geweigert, auch nur einen Teil meiner Kräfte oder die monströsen Anhängsel, die damit verknüpft sind, zu opfern, um ihr helfen zu können, falls sie mich wieder braucht.

Nichts könnte sich falscher anfühlen, als ihr etwas von der Lebenskraft zu stehlen, die ich so sorgfältig hüte.

Riva stellt sich dorthin, wo zuvor Lance stand. Sie lächelt mich ohne die geringste Besorgnis an. „Ich schaffe das schon.

Ich habe viel Lebenskraft. Und jedes Mal, wenn ich meinen Schrei ausstoße, fülle ich sie wieder auf."

Ich glaube nicht, dass ich sie aus Versehen schwer verletzen könnte. Mein Verstand kann sich nicht einmal mit der Vorstellung anfreunden. Aber mir wird übel, wenn ich nur daran denke, sie anzugreifen.

Ich schließe kurz die Augen. Ich tue das auch *für* sie, nicht wahr?

Um sicherzugehen, dass ich bereit bin, sie gegen jeden Feind zu verteidigen, dem wir in den kommenden Tagen begegnen könnten … einschließlich derer, die wie wir Schattenessenz im Blut haben.

Mit dieser Rechtfertigung im Hinterkopf richte ich meinen Blick auf Riva und strecke meine Tentakel nach ihr aus.

Angenehme Erinnerungen steigen in mir auf. Das erste Mal, als sie einen meiner Saugnäpfe geküsst hat … Die Art und Weise, wie sie meine Tentakel in sich aufgenommen hat …

Ich unterbreche diese Gedanken, bevor mein Gesicht zu stark erröten kann, und konzentriere mich wieder auf die Gegenwart. Alles, was ich brauche, ist ein kleiner Energieschub von ihr. Gerade genug, um zu wissen, ob es viel schwieriger wird, als ich erwarte.

Ich bin mir ihrer Anwesenheit in mehrfacher Hinsicht bewusst – durch das Vibrieren der Verbindung durch unsere Male, das Kribbeln der Kräfte, die sie mir verleihen könnte, und der pulsierenden Lebenskraft, die durch ihren Körper strömt. Ich konzentriere mich auf letztere und ziehe ganz vorsichtig daran.

Mein Herz rast und Energie schießt durch meine Brust. Ich lasse meine Tentakel sinken, bevor Riva mehr tun kann, als nach Luft zu schnappen, und meine Kehle schnürt sich zu. „Es tut mir leid, das ging schneller als …"

„Hey, mir geht's gut." Riva eilt zu mir herüber und packt meinen Arm. Ihre Wangen sind unverändert rosig und ihre Augen leuchten immer noch so lebhaft, wie ich es gewohnt bin. „Es war nur ein kleiner Stich. Ich habe schon *viel* Schlimmeres erlebt."

Rollick legt den Kopf schief. „Du konntest ihre Energie leichter aufsaugen als die eines normalen Menschen?"

Ich nicke. „Es hat sich sogar natürlicher angefühlt als das Anzapfen von Pflanzen, vor allem, wenn man die Entfernung bedenkt." Nachdenklich halte ich inne. „Ich weiß allerdings nicht, ob das daran liegt, dass wir beide Schattenblüter sind, oder an der besonderen Verbindung zwischen uns."

Sorsha, die den größten Teil der Demonstration schweigend verfolgt hat, zieht die Augenbrauen hoch. „Ihr sechs habt eine starke Verbindung untereinander, oder? Leider seid ihr die einzigen Schattenblüter hier, aber du könntest es mit einem anderen Hybridwesen versuchen." Sie breitet ihre Arme aus.

Auch wenn sie sich genauso lässig gibt wie zuvor Lance, kann ich mir die Frage nicht verkneifen: „Bist du sicher?"

Nachdem ich gesehen habe, wie ihr Phönixfeuer Balthazars Villa in wenigen Sekunden verzehrt hat, möchte ich diese Frau auf keinen Fall verärgern.

Sorsha lacht. „Dafür sind wir doch da. Außerdem bin ich neugierig, wie es sich anfühlt."

Sie geht zu der Stelle, wo zuvor Riva stand, und ich hebe meine Tentakel. Das Vibrieren der Energie fühlt sich ähnlich an wie das von Riva, doch da ist eine knisternde Macht, die mir einen Schauer über den Rücken jagt.

Ich nehme einen noch kleineren Schluck, jetzt, wo ich vorbereitet bin. Sorsha schüttelt sich ein wenig. „Das war gar nicht so schlimm."

Rollick mustert mich. „Ist es immer noch leichter?"

„Ja." Ich schaue auf meine Tentakel hinunter, als sie sich

wieder zurückziehen. „Ich schätze, die Energie der Schattenblüter passt am besten zu meiner eigenen, deswegen ist sie vermutlich am einfachsten zu absorbieren."

„Klingt nach einer plausiblen Erklärung." Rollick schenkt mir ein schiefes Lächeln. „Ich nehme an, du möchtest das Experiment nicht fortsetzen?"

Gott, nein. „Ich glaube, ich habe eine ziemlich gute Vorstellung davon, was mich erwartet", antworte ich diplomatisch.

„Also gut. Da ist noch eine Sache, über die ich gerne unter vier Augen mit dir sprechen würde."

Riva wirft ihm einen neugierigen Blick zu, bevor sie zurück ins Haus geht. Rollick hat mehr als genug getan, um unser aller Vertrauen zu gewinnen.

Sorsha schlendert mit Lance davon und deutet auf seine krallenbewehrten Hände. „Ich nehme an, du wirst nicht besonders oft auf Partys eingeladen …"

Rollick wartet, bis sie außer Hörweite sind. Ich nehme an, dass er erkennen kann, ob Schattenwesen in der Nähe sind, obwohl es ihm vielleicht egal ist, ob einige von ihnen mithören.

„Ich habe über das Problem mit deinen Tentakeln nachgedacht", beginnt er.

Instinktiv greife ich über meine Schulter zu der Stelle, aus der einer der beiden Tentakel herausragt. Die Tatsache, dass er sie als „Problem" bezeichnet, stört mich irgendwie. „Was ist damit?"

„Es ist seltsam, dass bei den anderen nichts gewachsen ist, als sie sich deine Kraft ausgeliehen haben. Soweit ich weiß, hattest du diese Tentakel nicht immer, oder?"

Ich schüttele den Kopf. „Sie sind vor etwa drei Jahren gewachsen."

Rollick tippt auf seine Lippen. „Und du konntest bereits davor Heilenergie ziehen. Sie waren also nicht nötig."

„Nun, nein." Ich zögere. „Aber meine Kräfte sind stärker geworden, nachdem sie gewachsen sind. Ich weiß nicht, ob das an ihnen liegt oder ob es auch so passiert wäre."

„Sie machen ein normales Leben unter Sterblichen schwierig", fährt der Dämon fort. „Fast so wie Lance' Klauen. Ich habe dir vorhin gesagt, dass wir versuchen könnten, sie abzuschneiden, dass aber die Chance besteht, dass sie einfach nachwachsen."

Ein unbehagliches Gefühl beschleicht mich. „Ich habe beschlossen, dass es sich nicht lohnt, es zu versuchen."

„Ja. Aber nach der Zusammenarbeit mit unserem Phönix kam mir der Gedanke, dass Sorsha sie mit ihrem übernatürlichen Feuer dauerhaft wegbrennen könnte. Falls du das möchtest."

Mein Herz setzt einen Schlag aus. Es dauert ein paar Sekunden, bis ich meine Stimme wiederfinde. „Ich könnte sie im Kampf brauchen …"

Rollick macht eine abweisende Handbewegung. „Ja, natürlich. Ich meinte nicht sofort. Aber nachdem wir diesen Balthazar erledigt haben und das, was von der Wärterschaft übrig ist. Ich hoffe, dass ihr sechs danach ein relativ friedliches Leben führen könnt, daher dachte ich, du solltest wissen, dass die Option besteht. Du kannst es dir in Ruhe überlegen. Ich nehme an, dass du deine Kraft trotzdem weitgehend behalten wirst. Möglicherweise bleibt sie sogar unverändert."

Keine Energie, die ich abzapfen könnte, kann mir dasselbe Hochgefühl verschaffen wie der Gedanke, dass mir diese buchstäbliche Last von den Schultern genommen wird, damit ich mich zumindest äußerlich wieder wie ein richtiger Mensch fühle.

Leider geht damit eine große Ungewissheit einher, die sich in meiner Magengrube breitmacht. Ohne die Tentakel könnte ich nur kleine Wunden heilen wie damals als Kind und Teenager.

Doch wäre das wirklich schlimm, wenn wir nicht mehr in Schlachten kämpfen würden, in denen meine Freunde fast tödliche Verletzungen davontragen könnten?

Kann ich überhaupt hoffen, dass wir endlich so viel Frieden bekommen, dass es sich nicht wie ein großes Risiko anfühlt, mich von meinen Tentakeln zu trennen?

Bevor ich dieser Frage weiter nachgehen kann, tritt eine kurvige Gestalt mit blonden Locken aus dem Schatten. Pearl schenkt Rollick ein breites Grinsen.

„Toni hat ihnen den Anstoß gegeben, den sie brauchten!", kräht sie. „Wir haben sie! Die Wärterschaft schmiedet Pläne gegen Balthazar. Und er hat zugestimmt, sich morgen mit ihnen zu treffen."

SECHZEHN

Riva

Ich lehne mich gegen den Baumstamm. Der Geruch des Kiefernholzes lindert das flaue Gefühl in meinem Magen. Das Unbehagen rührt allerdings nicht nur von der gefährlichen Mission, die wir hier zu erfüllen haben.

Ich sitze auf einem Ast etwa drei Meter über dem Boden. Die Bäume stehen dicht an dicht, einige sind kahl, während andere so viele Nadeln haben, dass sie wie eine Winterversion von Palmwedeln aussehen. Die späte Nachmittagssonne scheint durch ihre Kronen.

Wegen der dünnen Schneeschicht auf dem Waldboden und der winterlichen Vegetation zwischen den Bäumen bin ich in der Luft. Die Unsichtbarkeit nützt uns nicht viel, wenn unsere Fußspuren zu sehen sind.

Die Eindrücke meiner Umgebung überkommen mich wie ein Echo aus der Vergangenheit. Das Einzige, was in den

Erinnerungen fehlt, sind die dunklen Wände und das schräge Dach von Ursula Engels Hütte.

Wir sind nicht einmal in der Nähe des Wohnsitzes unserer Schöpferin, wo sie starb. Da die Wärterschaft eine ganze tropische Insel besaß, ist es nicht überraschend, dass ihnen auch Grundstücke in Europa gehören. Darunter mehrere Dutzende Hektar unbebauter Wald im Norden von Wales.

Balthazar hat zugestimmt, sie hier zu treffen, auf einer tennisplatzgroßen Betonfläche, die bisher das einzige Anzeichen für menschliche Aktivitäten hier ist.

Was die Wärter auch mit diesem Gebiet vorhatten, sie sind noch nicht weit gekommen.

Wir wollten uns diesem Ort nicht zu sehr nähern, bis Balthazar hier ist. Wir wissen nicht, ob die Wärter in den Wäldern patrouillieren … oder ob unser Feind vielleicht einige seiner eigenen Leute geschickt hat, um das Terrain auszukundschaften.

Er bringt definitiv mehrere Schattenblüter mit. Wir hatten kurz gehofft, dass wir die Konfrontation verhindern könnten, bevor sie überhaupt stattfindet, indem Sorsha seinen Hubschrauber vom Himmel sprengt. Doch bei meiner letzten Suche nach seinem Aufenthaltsort habe ich festgestellt, dass Nadia, Booker und Devon mit ihm im Hubschrauber sind.

Und wer weiß, wie viele der anderen jungen Schattenblüter er mitgenommen hat. Sorsha hat es geschafft, den Hubschrauber aus der Ferne ins Visier zu nehmen und uns berichtet, dass es sich um einen großen Helikopter handelt, in dem neben dem Piloten mindestens zwölf weitere Personen Platz haben.

Weder Rollick noch sie haben widersprochen, als ich darauf bestand, zu warten, bis wir Balthazar angreifen können, ohne die Jugendlichen zu verletzen.

Wahrscheinlich sollte ich froh sein, dass die meisten Verbündeten des Dämons nicht bis hierher mitgekommen sind, denn die Wärterschaft hat den Wald um ihre zukünftige Baustelle herum mit Silber und Eisen ausgestattet. Ich kann mir schon vorstellen, was die anderen Schattenwesen zu unserem Zögern gesagt hätten.

Es sollte kein Problem sein. Balthazar wird aus dem Hubschrauber steigen, und ich brauche ihn nur anzusehen, um den tödlichen Schrei auszustoßen, der bereits in meiner Kehle vibriert. Oder vielleicht werden Jacob, Dominic oder Sorsha zuerst für eine freie Angriffsfläche sorgen.

Unser ehemaliger Entführer wird diesen Wald nicht lebend verlassen. Nicht, solange wir am Leben sind und ein Wörtchen mitzureden haben.

Eine eisige Brise weht zwischen den Ästen hindurch. Unsere übernatürliche Tarnung schützt uns zwar vor Blicken, nicht aber vor der klirrenden Kälte. Meine Finger krümmen sich in den Handschuhen, die ich sofort ausziehen werde, wenn ich meine Krallen brauche.

Die dünneren Äste wiegen sich um mich herum. Egal, wo ich hinschaue, tauchen Bilder von unserer Wanderung zu Engels abgelegenem Haus vor meinem geistigen Auge auf.

Immer wieder muss ich an den trügerischen Empfang denken, den sie uns bereitet hat, während sie die ganze Zeit unseren Tod plante. An die Worte, die sie uns entgegenschleuderte, als ihre Lakaien ins Haus stürmten.

Ihr seid Monster der schlimmsten Sorte. Abscheulichkeiten. Jetzt kann ich die Katastrophe beenden, die ich in Gang gesetzt habe.

Ich ignoriere das schmerzhafte Pochen meines Herzens, als ich den Kopf senke und meine Entschlossenheit sammle. Unsere Schöpferin hat uns nicht ausgelöscht. Sie hat sich geirrt.

Ich werde nicht zulassen, dass die Wärterschaft oder

Balthazar uns und die anderen Schattenblüter dem Untergang weihen, sosehr sie das auch wollen.

Der schrille Schrei eines Vogels schallt durch den Wald, und ich schaue nach oben. Das ist unser Signal. Zian gibt uns Bescheid, dass es Zeit ist, näher zu kommen.

Ich ziehe meine Handschuhe aus und laufe über den Ast zu dem Baum vor mir. Mit einem leisen Aufprall lande ich auf meinen Füßen. Ich grabe meine Krallen in die Rinde, um mich festzuhalten.

Die Kiefernnadeln rascheln im Wind und das ferne Summen von Hubschrauberblättern dringt an meine Ohren. Mit seinem scharfen Gehör hat Zian das Geräusch vermutlich als Erster wahrgenommen.

Nach ein paar weiteren vorsichtigen Sprüngen kann ich den Pfad durch das Geäst hindurch erkennen. Mehrere Gestalten in militärischer Tarnkleidung liegen auf dem Waldboden zwischen mir und dem Landeplatz auf der Lauer.

Ich erkenne sofort, dass sie zur Wärterschaft und nicht zu Balthazar gehören. Ihre Helme und Westen sind zwar in Grün- und Brauntönen gehalten, damit sie mit der Vegetation verschmelzen, aber sie sind unverkennbar aus Metall.

Schutzmaßnahmen gegen Schattenwesen. Wir haben sie davon überzeugt, dass Balthazar sich mit Monstern verbündet hat, um die Menschheit auszulöschen.

Pearl hat ein Vorstandsmitglied der Wärterschaft mit ihrem Charme betört. Von dem Mann haben wir erfahren, dass Balthazar Beweise hinterlassen hat, die darauf hindeuten, dass wir Schattenblüter geflohen sind, nachdem wir Clancy getötet haben. Die Wärter haben keine Ahnung, dass er uns danach gefangen genommen hat.

Und bestimmt ahnen sie auch nicht, dass er nicht nur ihre ehemaligen Werkzeuge zur Verfügung hat, sondern nach Belieben weitere Schattenblüter erschaffen kann.

Offenbar hoffen die Wärter, ihn gefangen zu nehmen. Oder ihn zu töten, falls das ihre einzige Möglichkeit ist. Ich glaube nicht, dass sie auch nur im Entferntesten auf den Kampf vorbereitet sind, den er ihnen liefern wird.

Das ist allerdings in Ordnung. Ich kann keine Sympathie für die Organisation aufbringen, die uns mit ihrer klinischen Brutalität geformt hat.

Alles, was zählt, ist, dass wir eine Möglichkeit finden, den Mann zu zerstören, der das Sagen hat. Wenn wir das schaffen, werden die anderen Schattenblüter von seinen völkermörderischen Ambitionen befreit sein.

Keiner von uns kann sich ein richtiges Leben aufbauen, solange er nicht weg ist.

Ich überquere die kurze Distanz zwischen zwei weiteren Bäumen noch vorsichtiger, indem ich mich an den Ästen festhalte und meine Füße langsam hinübergleiten lasse, statt einen kleinen Sprung zu riskieren. Zum Glück schneit es in Wales nicht stark und der wenige Schnee bleibt an den Sohlen meiner Stiefel kleben, statt auf die Gestalten hinabzurieseln.

Als ich eine einigermaßen freie Sicht auf die Fläche unter mir habe, gehe ich in die Hocke. Das Surren der Hubschrauberrotoren wird immer lauter.

Durch das Kribbeln der Energie in den Malen entlang meines Schlüsselbeins nehme ich Kontakt zu jedem meiner Männer auf. Zian und Jacob haben sich neben mir in den Bäumen am Rand des Landeplatzes versteckt.

Dominic hat sich auf einem Ast fast direkt gegenüber von mir niedergelassen, wo ihn Sorsha wie geplant abgesetzt hat. Da er weder über übernatürliche Muskelkraft und Schnelligkeit noch Jacobs telekinetische Fähigkeiten verfügt, hielten wir es für sicherer, dass sie ihn auf seinen Posten bringt.

Andreas ist etwa eine Viertelmeile hinter uns. Wir sind

zu dem Schluss gekommen, dass seine Fähigkeit, unsere Feinde zu verwirren, das Risiko nicht wert ist, dass er erwischt wird. Seine Beweglichkeit ist auch nicht gerade seine größte Stärke. Er hält sich bereit, um uns zu Hilfe zu eilen, falls wir ihn brauchen sollten.

Er hat uns bereits einen großen Vorteil verschafft, indem er uns unsichtbar gemacht hat.

Griffin war noch nie ein großer Kämpfer und ist bei Drey geblieben. Er wird den Wärtern und Balthazar aus der Ferne beruhigende Energien senden, damit die Konfrontation reibungslos verläuft.

Wir sitzen alle im selben Boot und arbeiten auf dasselbe Ziel hin. Wir sind nicht nur durch unser Blut verbunden, sondern auch durch Liebe und Vertrauen.

Der lebende Beweis dafür, dass wir so viel mehr sind als die Monster, für die Engel uns hielt.

Unter mir bleiben die patrouillierenden Wärter stehen. Der Hubschrauber kommt in Sichtweite und hebt sich tiefschwarz vom wolkenverhangenen Himmel ab.

Ich denke an Balthazars selbstgefälliges Gesicht auf dem Bildschirm in der Villa. An seine Forderungen, dass ich mich als seine Tochter gegen alle stellen sollte, die mir etwas bedeuten.

Er hat Lindsay und Sully eiskalt abgeschlachtet. Sie waren nur Teenager und Schattenblüter wie wir.

Mein Schrei brennt in meiner Kehle, und meine Muskeln spannen sich vor Erwartung an.

Eigentlich ist mir egal, wer ihn am Ende zu Fall bringt, solange er vernichtet wird. Trotzdem kann ich nicht leugnen, dass es mich unglaublich glücklich machen würde, wenn ich diejenige wäre, die sein Leben beendet.

Vom Moment meiner Empfängnis an bestand er darauf, Teil meines Lebens zu sein, und zwar in einer Weise, wie ich es nie wollte. Deshalb werde ich ihn jetzt so aus meinem

Leben entfernen, wie er es verdient: ohne jegliches Mitgefühl.

Als der Hubschrauber von einer Windböe erfasst wird und leicht schwankend zu Boden sinkt, treten drei Männer und eine Frau aus den Bäumen auf der anderen Seite der betonierten Fläche und gehen auf Balthazar zu. In ihrer Mitte erkenne ich das mürrische Gesicht und die eingefallenen Schultern des Mannes, der Clancy gescholten hat: Richmond vom Vorstand.

Ich nehme an, die anderen sind seine Vorstandskollegen. Wie groß ist ihre Organisation wohl? Es scheint, als würden jedes Mal, wenn wir ihre Zahl verringern, weitere hinzukommen wie Köpfe einer Hydra.

Ihre Autorität und ihre Ressourcen sind jedoch geschrumpft. Sie haben jedes Mitglied ihrer Gründerfamilien auf die eine oder andere Weise verloren. Genauso wie die Schattenblüter, die sie erschaffen haben.

Ohne uns sind sie nichts. Ohne einen von uns können sie uns nicht einmal aufspüren.

Der Hubschrauber setzt auf der Betonoberfläche auf. Die Rotorblätter verlangsamen sich und kommen zum Stillstand. Eine unheimliche Stille erfüllt die Luft.

Er wird jeden Moment auftauchen.

Leise quietschend öffnet sich eine Tür auf der hinteren Seite des Hubschraubers. Ich knirsche frustriert mit den Zähnen.

Mein Kiefer verkrampft sich noch mehr, als Balthazar vor dem Hubschrauber auftaucht.

Zumindest nehme ich an, dass er Teil der Gruppe ist, die ich sehe. Sechs große Männer, die alle so kräftig wie unser löwenartiger Entführer und mindestens einen Kopf größer sind, bilden einen engen Kreis, in dessen Mitte sich Balthazar befinden muss. Er hat buchstäblich einen menschlichen Schutzschild mitgebracht.

Hat er nur Angst vor körperlichen Angriffen, oder hat er bedacht, dass wir Schattenblüter womöglich in diese Konfrontation verwickelt sind? Vielleicht ist er sich auch nicht ganz sicher, dass er alle Testobjekte der Wärterschaft in die Finger bekommen hat, und will lieber nicht gesehen werden.

Wie dem auch sei, ich kann ihn nicht anschreien, solange diese Schlägertypen im Weg sind.

Schläger scheint das richtige Wort für sie zu sein. Sie tragen schwere Mäntel, und ein paar von ihnen haben sich den Schädel rasiert, sodass die tätowierten Totenköpfe, Dolche und andere gewalttätige Symbole auf ihrer Haut deutlich zu sehen sind. Ein anderer hat eine Narbe quer auf seiner vorstehenden Stirn, vermutlich von einem früheren Kampf.

Sie müssen die neuen Schattenblüter sein, die Kriminellen, die er aus verschiedenen Gefängnissen geholt hat. Als einer von ihnen die Hand hebt, um sich am Hals zu kratzen, erhasche ich einen Blick auf ein Metallarmband unter seinem Ärmel.

Mein Herz rast. Ich könnte seine Leibwächter in den Tod schreien und mich dann auf ihn stürzen, doch sobald einer von ihnen zu schwanken beginnt, wird er wissen, dass etwas nicht stimmt.

Vielleicht hat er sogar dieses Gerät dabei, mit dem er letztes Mal unsere Konzentration gestört hat. Wir haben Ohrstöpsel in unseren Taschen, hielten es aber für wichtiger, das Gespräch zunächst mitzubekommen. Womöglich verpasse ich eine Gelegenheit zum Angriff, wenn ich nicht hören kann, was vor sich geht.

Und wer weiß, was für Strategien er sich noch so ausgedacht hat.

Nein, ich kann jetzt nicht angreifen. Wir warten, bis wir

eine freie Schussbahn auf den Mann selbst haben. Das war der Plan.

Doch falls diese Begegnung den Bach runtergeht und er zum Hubschrauber zurückkehrt, ohne dass einer von uns die Chance hat, anzugreifen, dann ist alles möglich.

Als Balthazars Gruppe etwa drei Meter von den Vorstandsmitgliedern entfernt zum Stehen kommt, lasse ich meinen Blick für den Bruchteil einer Sekunde zum Hubschrauber schweifen.

Ich bin mir sicher, dass die drei jüngeren Schattenblüter bei Balthazar waren, als er auf dem Weg hierher war. Sie *müssen* mit ihm im Hubschrauber gewesen sein.

Sie sind nicht mit ihm ausgestiegen. Aber warum? Wenn er nicht will, dass seine ehemaligen Kollegen sehen, dass er ihr „Eigentum" hat, warum hat er sie dann überhaupt mitgenommen?

Ich nehme einen Hauch von Adrenalin von den Wärtern unter mir wahr. Sie bereiten sich darauf vor, sich auf Balthazar zu stürzen, genau wie wir.

Doch Richmond gibt dem letzten verbliebenen Gründer der Wärterschaft eine kurze Gelegenheit zum Gespräch. Er stößt ein leicht spöttisches Schnauben aus. „Was soll das hier, Otto? Willst du uns nicht einmal dein Gesicht zeigen? Man könnte meinen, wir wären diejenigen, die dich angegriffen haben."

Balthazars bedrohlicher Bariton dringt aus seinem Kreis von Leibwächtern. „Ich weiß, dass ihr mich für ein Problem haltet, das gelöst werden muss. Es gibt keinen Grund für Freundlichkeit."

Richmond seufzt und macht eine schnelle Handbewegung, die man als zufällig abtun könnte. In der nächsten Sekunde tritt ein Trupp von etwa zwanzig bewaffneten und gepanzerten Wärtern aus den Bäumen. Sie umzingeln Balthazars Gruppe und schneiden ihnen den Weg zum Hubschrauber ab.

Richmond hebt sein Kinn. „Du kannst deine Männer zwingen, für dich zu sterben, oder …"

Wenn Balthazar ein eigenes Signal gibt, kann ich es nicht sehen. Doch bevor Richmond seine zweite Option nennen kann, explodiert eine Welle der Bewegung aus dem Wald.

Fünf weitere Schattenblüter springen aus dem Hubschrauber, allesamt Teenager, darunter Nadia, Booker und Devon. Eine Horde von Streitkräften stürmt zwischen den Bäumen hervor. Sie müssen ihre eigenen Kräfte eingesetzt haben, um der Wärterschaft unbemerkt im Wald aufzulauern.

Innerhalb eines Augenblicks bricht auf dem Betonfeld das Chaos aus. Gleißendes Licht erhellt das Schlachtfeld, blaue Blitze durchzucken die Luft, und donnernde Schüsse ertönen.

Nach einer weiteren Sekunde zerreißen Schreie die Luft. Wildes Gebrüll erschüttert den Ast unter mir, Körper fallen zu Boden und Gestalten rasen mit übernatürlicher Geschwindigkeit um die Angreifer herum.

In einer Pause zwischen zwei Explosionen von Nadias gleißendem Licht fällt mein Blick auf Balthazar selbst.

Jetzt, da sie gemerkt haben, wie leicht sie die Wärter ausschalten können, entfernen seine Leibwächter sich von ihm, um sich auf ihren Angriff zu konzentrieren. Die Augen des einen blitzen in einem beunruhigenden grünen Licht, ein anderer holt mit einem Arm aus, der sich auf das Doppelte seiner normalen Länge ausdehnt.

Durch die Lücke zwischen ihnen ist ihr Meister höchstpersönlich zu sehen.

Er sieht genau so aus, wie ich ihn in Erinnerung habe: die silber-goldene Haarmähne, das kantige Kinn, die kalten

Augen. Genau wie der Psychopath, als der er sich immer wieder erwiesen hat.

Ich habe ihn einmal Dad genannt, aber nur, um meine Jungs zu retten. Seine Anwesenheit weckt nicht den kleinsten Funken einer familiären Bindung.

Ich zögere keine Sekunde. Sobald mir klar wird, was ich sehe, schmettere ich meinen mentalen Schrei direkt in seinen Schädel.

Vielleicht ist meine Konzentration inmitten der Energieblitze und der Kakofonie des Kampfes nicht perfekt. Gerade als ich spüre, wie die bösartige Energie ihr Ziel trifft, greift Balthazar in seine Tasche.

Möglicherweise hat er das Gerät dabei, mit dem er meinen letzten Angriff auf ihn unterbrochen hat. Und vielleicht wäre es ihm sogar gelungen, es zu aktivieren, wenn ich allein wäre.

Doch das bin ich nicht.

Bevor Balthazars Finger die Oberfläche seiner Jacke berühren, knickt sein Handgelenk, als würde es von einer unsichtbaren Kraft verdreht werden. Sein Unterarm knackt in eine andere Richtung und der Knochen bohrt sich durch den Stoff.

In der zusätzlichen Sekunde, die Jacob mir verschafft hat, lege ich meine gesamte Kraft in meinen Schrei.

Es bleibt keine Zeit, in der Qual zu verweilen. Auch wenn ich diesen Mann gerne so leiden lassen würde wie Matteo, um ihm heimzuzahlen, was er uns angetan hat, kanalisiere ich meine gesamte brutale Kraft in das faltige Organ in seinem Schädel.

Die Neuronen spalten sich, das Gewebe zerfetzt. Die knöcherne Kuppel zerspringt in tausend Stücke.

Das Leben weicht aus seinem Körper.

Balthazars Knie knicken ein, und ein einziger

Schmerzensschrei ertönt. Zuckend kippt sein Körper zur Seite.

Er schlägt auf dem Boden auf, wobei sein Gesicht zerschmettert wird. Seine Haut ist mit blutigen Schrammen übersät, und seine Gesichtszüge sind bis zur Unkenntlichkeit demoliert.

Offenbar hämmert Zian mit seiner unsichtbaren Faust auf unseren ehemaligen Entführer. Zee ist immer noch unsichtbar, aber seine übernatürliche Kraft zeigt sich in jedem Bruch von Balthazars Schädel – bis nur noch ein blutiger Brei unter dem roten Haar übrig ist.

Die Erleichterung, die mich durchströmt, raubt mir den Atem. Es ist vollbracht. Wir haben es geschafft. Balthazar ist tatsächlich … weg.

Ich springe von meinem Baum und renne zur Betonfläche. Ich muss den Beweis aus der Nähe sehen, um Gewissheit zu haben. Ich muss das Blut unseres Peinigers riechen.

Als ich nur einen Meter von ihm entfernt zum Stehen komme, starre ich auf Balthazars verstümmelten und unbestreitbar leblosen Körper. Der Mann, der sich als mein Vater bezeichnete, um mich zu kontrollieren. Der Mann, der sich in unser aller Leben eingemischt hat und noch bösartiger war als die Wärter, die er anführte.

Er kann nie wieder jemandem etwas antun.

Mein Herz pocht wie wild in meiner Brust, und ein Gefühl des Triumphs steigt in mir auf.

Wir haben es *tatsächlich* geschafft. Fast hätte ich nicht geglaubt, dass wir …

Auf einmal spüre ich, dass mich jemand ansieht. Ich blicke auf und merke, dass der Schattenblüter neben Balthazar völlig verwirrt auf seine Leiche starrt.

Richtig. Da sie weder Zian noch mich sehen können, verstehen sie nicht, was mit ihm passiert ist.

Kaum ist mir dieser Gedanke durch den Kopf gegangen, stößt Nadia einen Schrei aus und schleudert einen Strahl ihres gleißenden Lichts in unsere Richtung. Als er mich trifft, verspüre ich ein unangenehmes Kribbeln, als würde ich mich häuten wie eine Schlange.

Nein, es ist nicht meine Haut, sondern Andreas' Unsichtbarkeit. Als ich das Brennen aus meinen Augen blinzle, wird Zian neben mir sichtbar.

Er ist komplett in seiner Wolfsmanngestalt. Seine Schnauze ragt hervor und Fell bedeckt seinen Hals bis zum Kragen seines Mantels. Seine geballten Fäuste sind voller Blut.

„Ihr …", keucht Nadia.

Solidarisch berühre ich Zians Arm und erhebe meine Stimme, sodass sie über die Lichtung schallt. „Schattenblüter! Balthazar ist tot. Er hat keine Kontrolle mehr über euch. Es ist vorbei."

Weitere Gestalten, die noch gegen die verbliebenen Wärter gekämpft haben, bewegen sich auf uns zu. Nur wenige setzen den Kampf fort. Ihre Feinde sind ohnehin nahezu alle gefallen.

Überall liegen Leichen herum, doch so gut wie alle Toten tragen Wärteruniformen. Balthazars Leibwächter haben die vier Vorstandsmitglieder niedergeschlagen, die ihm am nächsten standen. Ihre verstümmelten und entstellten Leichen liegen einige Meter von mir entfernt.

Der Schläger mit der Narbe auf der Stirn starrt auf Balthazars geschundenen Körper. Dann blickt er zu mir auf, und seine Lippen verziehen sich grimmig. „*Du* hast das getan?"

Ich blinzle, und meine Kehle schnürt sich für einen Moment zu. „Ich …"

Überall um uns herum haben sich die Augen der Schattenblüter verengt. Feindseligkeit erfüllt die frische Brise.

Der Mann, der gesprochen hat, knackt mit den Fingerknöcheln und kommt auf uns zu. „Das werdet ihr büßen.“

SIEBZEHN

Riva

Als der vernarbte Schattenblut-Schläger auf uns zuschreitet, tritt Zian schnell an meine Seite. Er wird von Sekunde zu Sekunde sichtbarer, genau wie ich. Seine Lippen ziehen sich zurück und entblößen seine Reißzähne.

Mein Herz rast so schnell, dass ich kaum atmen kann. Ich hebe meine Hände. „Wartet! Wir sind auf derselben Seite. Wir haben Balthazar vernichtet, damit ihr frei seid."

Ich kann nicht erkennen, ob der imposante Schattenblüter meine Worte überhaupt wahrnimmt. Wut blitzt in seinen Augen auf, und in diesem Moment kommt eine von Feuer umhüllte Gestalt am Himmel in Sicht und landet direkt neben mir.

Sorshas Phönixflammen versengen die Kraft der Unsichtbarkeit, die Andreas bei ihr angewendet hat. Mit einem schwebenden Feuerball über einer Hand und entfalteten brennenden Flügeln nimmt sie die Schattenblüter um uns herum in Augenschein. „Zieht euch zurück. Der Kampf ist vorbei."

Die Schattenblüter erstarren. Selbst der Mann, der sich vor uns aufgebaut hat, zögert und mustert Sorsha. Durch die Risse in seinem Mantel, die vom Kampf herrühren, sehe ich, wie sich seine Muskeln anspannen.

Einer der anderen ehemaligen Häftlinge kommt auf uns zu. Auf seiner rasierten Kopfhaut prangt die Tätowierung eines Totenschädels, um den sich eine Schlange windet. Dicke, knochenähnliche Klingen ragen aus seinen Schultern. Sie haben sich durch den Stoff seiner Kleidung gebohrt, als sie aus seinem Körper hervortraten.

Er streckt seine Hand nach uns aus. „Ihr habt mit den Wärtern zusammengearbeitet, den Arschlöchern, die euch erschaffen haben. Ihr habt euch gegen unsere eigenen Leute gewandt, um *ihnen* zu helfen."

Das Keuchen um uns herum verrät mir, dass die Jugendlichen die Situation nicht so weit durchdacht haben und die Enthüllung noch schockierender finden als unser Ankläger.

Ich hebe mein Kinn und meine Stimme ist laut und entschlossen. „Wir haben die Wärter *benutzt*. Als wir versucht haben, Balthazar auf seinem eigenen Territorium allein anzugreifen, war er zu gut vorbereitet."

Eine dünne, heisere Stimme ertönt links von mir. „Ihr habt ihn manipuliert. Ihr habt *uns* manipuliert!"

Ruckartig drehe ich den Kopf. Tegan ist neben Nadia getreten. Ihre Hände sind zu Fäusten geballt und ihr bleiches Gesicht ist vor Entsetzen noch fahler als sonst.

Oh, Gott. Ich habe gar nicht gemerkt, dass sie hier ist. Das Mädchen ist zwölf, verdammt noch mal. Was hat Balthazar sich nur dabei gedacht?

Übelkeit steigt in mir auf, denn ich kenne die Antwort

auf diese Frage bereits. Er hat nur an seine eigenen Ziele gedacht, ohne einen Gedanken daran zu verschwenden, ob er anderen damit schadet.

„Wir haben ihn für euch getötet", protestiert Zian, der jetzt mehr verwirrt als bedrohlich aussieht.

Ich zeige auf mein blankes Handgelenk. „Die Armbänder sind nicht mehr von Bedeutung. Sorsha kann die Mechanismen ausbrennen. Ihr müsst nicht mehr für ihn kämpfen …"

„Warum zum Teufel sollten wir nicht für ihn kämpfen wollen?", unterbricht mich der tätowierte Mann. Er hebt seine fleischigen Hände. Seine dünnen Lederhandschuhe sind voller Blut. „*Er* hat uns aus dem Knast geholt. Er hat uns die Möglichkeit gegeben, zu tun, was immer wir wollen."

Eine Gestalt fällt von einem der Bäume am Rande des Bürgersteigs. Es ist Jacob. Durch die langsam nachlassende Unsichtbarkeit ist seine Gestalt verschwommen. „Er hat euch wie Werkzeuge benutzt, so wie es die Wärter immer mit uns gemacht haben. Er *war* einer von ihnen und hat sie nur verlassen, damit er noch schlimmer sein konnte."

„Jetzt sind sie alle tot", füge ich hinzu und deute auf die Leichen. „Wie Sorsha gesagt hat, es ist vorbei."

Der Kerl mit der Narbe neben uns wirft mir einen spöttischen Blick zu. „Das glaube ich nicht. Ich war zufrieden mit der Arbeit, die er uns gegeben hat. Und es klingt, als würdet ihr wollen, dass wir aufhören."

Mir rutscht das Herz in die Hose. Wobei es eigentlich keine Überraschung ist, dass die Kriminellen, die Balthazar für seine Drecksarbeit ausgesucht hat, es genießen, Gebäude zu zerstören und Blutbäder anzurichten.

Mir war immer klar, dass wir gegen seine neuen Schattenblüter und gegen den Mann selbst kämpfen müssen. Dass es so ablaufen würde, hätte ich allerdings nicht erwartet.

Mein Blick fällt auf Nadia. Sie steht immer noch mit

erhobenen Händen da, als wäre sie bereit, einen weiteren Lichtblitz auf uns abzufeuern. Als würde sie glauben, dass sie das tun muss.

Ein leichter Aschengeschmack umhüllt meine Zunge. „Nadia, du weißt, wie Balthazar war. Du hast mitbekommen, was er Lindsay und Sully angetan hat. Und was er dir immer angedroht hat."

Sie schüttelt den Kopf und ihre Augenlider zucken, als würden sie sich weigern, richtig zu fokussieren. „Er hat die Schwachen ausgesondert und einen Weg gefunden, uns stärker zu machen."

„Ganz genau!" Tegan verlagert ihr Gewicht von einem Fuß auf den anderen. „Er hat uns genauso mächtig gemacht wie euch Erstlinge. Vielleicht sogar noch mächtiger! So wie wir schon immer hätten sein sollen."

Nadia zuckt wieder mit den Schultern und fügt mit schroffer Stimme hinzu: „Du bist eifersüchtig. Er hat schon gesagt, dass du das sein würdest. Es hat dir gefallen, die mächtigste Schattenblüterin zu sein, während der Rest von uns schwach und erbärmlich war. Du wolltest das Sagen haben. Jetzt können wir uns selbst wehren."

Bei den letzten Worten wird ihr Tonfall schärfer, und mir läuft ein kalter Schauer über den Rücken. Ich nehme an, dass Balthazar sie manipuliert und ihnen Lügen erzählt hat, um ihre Unsicherheit zu nähren.

Als wir alle zusammenwohnten, haben mir einige von ihnen anvertraut, dass sie sich nach mehr Macht sehnten. Dass sie sich nutzlos und entbehrlich fühlten. Und sie konnten sich auch nicht vorstellen, stattdessen wie normale Menschen zu leben.

Sie gehörten weder in die eine noch in die andere Welt. Sie waren zu monströs, um normal zu sein, aber nicht monströs genug, um eigenständig kämpfen zu können. Balthazar hat ihnen einen Hoffnungsschimmer gegeben.

Ich würde gerne glauben, dass er es nicht geschafft hat, die Jugendlichen, die ich auf der Insel kennengelernt habe, zu manipulieren. Doch Ajax hat mir berichtet, dass die Trainingsmethoden, durch die ihre Kräfte gestärkt werden sollten, etwas in den jungen Schattenblütern ausgelöst hat.

Hat Balthazar ihre Fähigkeiten nicht nur erweitert, sondern sie genauso wahnsinnig gemacht, wie er es war?

Nun, nicht alle. Ajax wirkte normal.

Eine weitere vertraute Stimme ertönt von der anderen Seite der Lichtung. „Dir muss doch klar sein, dass das nicht wahr ist, Nadia."

Ich richte meinen Blick in die andere Richtung. Booker steht angespannt an der Baumgrenze. Sein struppiges blondes Haar ist verklebt vom Schweiß und womöglich auch ein wenig Blut. Da ist keine Spur mehr von der unbeschwerten Surfer-Ausstrahlung, die ihn normalerweise umgibt.

Seine übernatürliche Fähigkeit ist das Lesen von Auren. Ich habe keine Ahnung, inwiefern Balthazars Maßnahmen diese Kraft beeinträchtigt haben könnten.

„Die Erstlinge haben sich immer um uns gekümmert", fügt er hinzu. „Sie haben alles getan, um uns von den Wärtern wegzubringen. Natürlich haben sie bei Balthazar dasselbe getan."

Nadia blickt zu ihrem Freund – sofern sie noch zusammen sind. Eine Sekunde später wird ihre Miene wieder angespannt.

„Er hätte uns mehr geben können", sagt sie. „Er hat Wege gefunden, uns stärker zu machen, wie es sonst niemandem gelungen ist. Sie haben uns diese Chance genommen."

Sorsha verschränkt die Arme, ihre Miene ist skeptisch. „Soweit ich weiß, hat dieser Balthazar euch nichts gegeben, außer einem Haufen irrsinniger Überzeugungen. Wenn er euch nicht ohnehin schon angestiftet hat, Zerstörung anzurichten und Morde zu begehen, hätte er es sicherlich bald getan."

Der tätowierte Mann mit den Schulter-Klingen schnaubt. „Es ist nichts falsch daran, Leuten eine Lektion zu erteilen, die nie dachten, dass wir es zu etwas bringen würden."

Tegan funkelt Sorsha an. „Wir wissen nicht einmal, wer du bist. Was spielt es für eine Rolle, was du denkst?"

Ich nehme alle Geduld zusammen, die ich aufbringen kann. „Sorsha ist auf unserer Seite. Sie wurde zwar nicht von den Wärtern erschaffen, aber sie ist auch ein Hybridwesen. Sie hat nur euer Bestes im Sinn. Wenn wir darüber reden könnten, bin ich mir sicher, dass wir einen Weg finden könnten, wie wir …"

„Sie werden versuchen, uns unsere Kräfte zu rauben", schreit eine jugendliche Stimme aus der Nähe des Hubschraubers. „Sie wollen uns vernichten, wie sie es mit dem Boss getan haben."

„Nein!" Mein Kiefer verkrampft sich kurz, bevor ich meine Verzweiflung zum Ausdruck bringen kann. „Wir wollen euch helfen, genau wie Booker gesagt hat. Wir können uns ein neues Leben aufbauen, ohne dass uns jemand herumkommandiert oder uns dazu zwingt, schreckliche Dinge zu tun."

Der tätowierte Mann, der das Sagen unter den kriminellen Schattenblütern zu haben scheint, stößt ein spöttisches Lachen aus und schreitet wieder auf uns zu. „Das glaube ich nicht. Hört sich an, als würdet ihr denken, *ihr* könntet jetzt die Befehle erteilen. Nein danke, verdammt. Geht mir aus dem Weg. Wir haben noch viel zu tun."

Mir gefällt die schreckliche Implikation seiner Aussage nicht – und Sorsha offensichtlich auch nicht. Sie geht auf ihn zu und ihre Flügel flammen heller auf. „Bleib sofort stehen!"

Wut flackert in seinem Gesicht auf. „Ich steige wieder in

den Hubschrauber und fliege, wohin ich will, und ich nehme mit, wen immer ich mitnehmen will. Es sei denn, ihr meint tatsächlich, dass ihr uns herumkommandieren könnt."

„Ihr könnt nicht einfach abhauen", protestiere ich. Nicht, solange sie Balthazars Pläne weiterverfolgen wollen. Wir können nicht zulassen, dass diese Kriminellen mit ihren Superkräften frei herumlaufen.

„Oh, ich denke, das können wir", knurrt der tätowierte Mann und stürzt an Sorsha vorbei zum Hubschrauber.

Ein entsetzter Aufschrei entweicht meiner Kehle. Sorsha wirbelt herum und holt mit ihrer Hand aus, um einen Feuerball auf ihn zu schleudern, woraufhin ein gleißend heller Lichtstrahl von Nadias Händen direkt in die Augen der Phönixfrau schießt.

Sorsha schnappt nach Luft, bevor ihr Feuerball den Rücken des tätowierten Mannes versengt und dann gegen einen Baum in der Nähe prallt. Die Flammen lodern mit einem Hitzeschwall den Baumstamm empor.

Plötzlich scheinen alle zu schreien. Ich wirble herum und will nach Nadia und Tegan greifen, doch die beiden Mädchen rennen zum Hubschrauber. Weitere Schattenblüter folgen ihnen oder stürmen in den Wald.

Zian stellt sich vor mich und dreht den Kopf in alle Richtungen, als wolle er mich von allen Seiten beschützen. In meiner Kehle schmerzt ein Schrei, von dem ich nicht weiß, wie ich ihn ausstoßen soll.

Auf wen soll ich meine Kraft richten? Theoretisch hat Sorsha sie zuerst angegriffen; Nadia hat nur jemanden verteidigt, den sie offenbar für einen Freund hält.

Jacob läuft ebenfalls auf den Hubschrauber zu und hebt die Hände. Ein Rotorblatt biegt sich mit einem metallischen Ächzen, kurz bevor einer der Schattenblut-Schläger auf Jake zustürmt.

Sie stürzen zu Boden und rollen über den Beton. Aus

dem Handgelenk des älteren Mannes ragen Widerhaken, mit denen er Jacob ins Gesicht schlägt.

Als ich mich aufrapple, um ihm zu helfen, und sich meine Lippen zu einem Schrei öffnen, versetzt der Schläger Jacob einen Tritt gegen den Unterarm. Der Knochen knackt.

Als der erste Ton meinen Lippen entweicht, prallt ein Körper von hinten gegen mich. Ich falle mit dem Gesicht voran zu Boden und kann mich gerade noch rechtzeitig mit den Händen abstützen.

Mit meiner gesamten übernatürlichen Kraft mache ich Anstalten, es meinem Angreifer heimzuzahlen, aber er hat bereits den Rückzug angetreten. Zian stürmt mit einem wölfischen Knurren hinter ihm her.

Devon, der gerade in den Hubschrauber steigt, hebt seine Hand in Richtung des verbogenen Rotorblatts. Im selben Moment zieht sich ein anderer ehemaliger Häftling auf das Dach.

Eine rötlich glühende Hitze flackert von Devons Händen auf und erweicht das Metall, sodass der Mann auf dem Dach den Propeller wieder in seine ursprüngliche Form biegen kann.

Ich laufe auf sie zu. Wenn sie das Ding in die Luft bekommen … Wenn wir nicht einmal versuchen können, sie zur Vernunft zu bringen …

Dann springt Tegan mit weit aufgerissenem Mund zwischen uns Erstlinge und den Hubschrauber.

In der Inseleinrichtung hat die Zwölfjährige ihre Kräfte einmal eingesetzt, um uns bei der Flucht vor den Wärtern zu helfen. Damals hat sie nur eine giftige Rauchwolke ausgestoßen, die gerade groß genug war, um einen schmalen Weg zu verdecken.

Jetzt strömt ein wellenförmiger Dunst aus ihr heraus und sie atmet schwer. Er wabert auf uns zu, brennt in meinen Augen und versengt im Nu meine Lunge.

„Ihr werdet uns nicht aufhalten!", schreit sie. „Niemand wird uns jemals wieder aufhalten."

Hustend und keuchend breche ich zusammen. Zian sackt neben mir zu Boden.

Dann hallt das Dröhnen des Hubschrauberpropellers über die Lichtung.

Sorsha flucht leise vor sich hin, doch es schießt kein Feuer mehr durch die Luft. Wegen Nadias Licht und des giftigen Dunstes hat sie wahrscheinlich Angst, aus Versehen uns und nicht die flüchtenden Schattenblüter zu treffen.

Ich bin mir nicht sicher, ob ich überhaupt will, dass sie es versucht. Die erwachsenen Schattenblüter mögen hartgesottene Kriminelle sein, aber die Jugendlichen … Es muss einen Weg geben, sie aus ihrem Wahnsinn zu reißen.

Ich spüre einen sanften Druck um mein Handgelenk. Es ist Dominics Tentakel. Als das Surren des Hubschraubers in der Luft verklingt, weht eine Brise durch den Rauch und nimmt den Großteil davon mit.

Dominic kniet neben mir und streckt seinen anderen Tentakel nach Jacob aus, der am Boden liegt. In seinen Händen hält er einen Busch, den er wohl entwurzelt hat. Mit einem Schwall prickelnder Energie lässt der Schmerz in meiner Lunge nach.

In dem Moment, in dem Jacobs Knochen wieder zu einer normalen Armform zusammengewachsen sind, wendet sich Dominic Zian und Sorsha zu. Er presst die Lippen zusammen, und der Strauch in seinen Händen verdorrt noch mehr.

Jacob rollt sich in eine sitzende Position und wischt sich das Blut von den verheilten Schnitten aus dem Gesicht. „Verdammte Scheiße." Dann fällt sein Blick auf etwas auf der anderen Seite der Lichtung, und seine Haltung wird starr.

Booker eilt mit aufgerissenen Augen herbei. Er deutet auf

ein etwa fünfzehn Jahre altes Mädchen, das die Arme fest um ihren mageren Körper geschlungen hat.

Zögerlich bleiben die Teenager einige Schritte von uns entfernt stehen. Bookers Blick huscht zwischen uns hin und her. „Wir … Wir können doch mitkommen, oder? Ich wollte nicht … Ich weiß nicht, was sie vorhaben … Diese Typen machen mir Angst.“

So wie er mit Nadia gesprochen hat, vermute ich, dass sogar sie ihm im Moment Angst macht.

Ich schlucke gegen die Trockenheit in meiner Kehle an. „Ja, natürlich. Wir wollten, dass ihr *alle* mitkommt.“

Mein Blick schweift über die betonierte Fläche, wo Balthazars Leiche und die toten Wärter liegen und die mit Blut- und Ascheresten übersät ist. Die Tatsache, dass die Schattenblüter entkommen sind, die wir retten wollten, löst Verzweiflung in mir aus.

Die Schlacht sollte zu Ende sein. Wir haben alle unsere Feinde vernichtet. Warum fühlt es sich dann so an, als hätten wir nur noch mehr geschaffen?

Ich befeuchte meine Lippen, und der Geschmack von Asche füllt meinen Mund. „Jetzt müssen wir uns überlegen, wie es weitergeht.“

ACHTZEHN

Zian

Schon bei unserer Ankunft sah das schummrige Gebäude mitten im Nirgendwo im Norden Chinas verlassen aus. Die Zellentür, zu der Riva mir den Weg gewiesen hat, ist verschlossen. Griffin hat mir bestätigt, dass er außer dem Jungen, den wir hier retten sollen, keine menschlichen Emotionen wahrnehmen kann.

Also richte ich meinen scharfen Blick auf die Tür, ohne mir Sorgen zu machen, einen Alarm auszulösen. Nachdem ich durch die stillen Gänge gelaufen bin, in denen die Luft fast so eisig ist wie außerhalb der grauen Mauern, würde ich mich sogar über einen Kampf *freuen*.

Vor unserer Ankunft hat Riva über ihre mentale Verbindung mit Ajax gesprochen, und er hat uns zu seiner Zelle geführt.

Bestimmt bekommt er mit, was ich tue, riskiert es aber nicht, meine Konzentration zu unterbrechen, bis die schmale

Platte, die ich aus der Stahltür herausgeschnitten habe, in unsere wartenden Hände fällt. Licht erhellt sein dunkelbraunes Gesicht in der tiefen Dunkelheit dahinter, und seine Stimme hallt durch meinen Kopf, ohne dass er die Lippen bewegt.

Ihr habt es geschafft. Danke!

Selbst seine innere Stimme klingt erschöpft. Unter seinen Augen haben sich Tränensäcke gebildet.

Als Riva ihre Hand ausstreckt, um dem schlanken Jungen zu helfen, sich durch die Öffnung zu zwängen, blickt Andreas in die Zelle. „Sie haben dir nicht einmal etwas zu essen dagelassen?"

Ajax zuckt mit den Schultern und öffnet den Mund. Ich schätze, es ist lange her, dass er seine Stimme benutzt hat, denn sie ist völlig heiser. „Ich glaube, sie hielten es nicht für nötig. Balthazar hatte ohnehin keine großen Pläne für mich. Ich habe gestern gegessen."

„Das reicht nicht", sagt Dominic besorgt und winkt Ajax zu sich. „Komm her, ich gebe dir einen kleinen Energieschub. Ich habe auch ein paar Proteinriegel dabei. Im Jet gibt es einen Haufen Snacks, sobald wir dort sind."

Auf dem Weg durch die verlassenen Flure verschlingt der Vierzehnjährige drei Proteinriegel, während er uns berichtet, was er Riva bereits über ihre mentale Verbindung mitgeteilt hat. *Balthazar hatte nur wenig Personal hier. Als sie letzte Nacht von seinem Tod erfuhren, sind sie sofort abgehauen. Vielleicht haben sie vergessen, dass ich überhaupt hier bin. Balthazar ist gekommen, um die Schattenblüter zusammenzutrommeln, die er am Vortag eigentlich benutzen wollte.*

Mit finsterer Miene krümmt Jacob seine Finger, als hätte auch er nichts gegen einen Kampf. „Das ist keine Entschuldigung. Dieser verdammte Psychopath. Und die anderen Schattenblüter, die so tun, als ob …"

Er unterbricht sich mit einem entrüsteten Knurren. Ich kann nicht sagen, ob er nicht weiterspricht, weil er sich nicht dazu durchringen kann, zu wiederholen, was die Schattenblüter im Wald gesagt haben ... oder weil er befürchtet, dass *Ajax* es nicht ertragen könnte.

Doch wenn der Junge in der Lage war, sich in die Gedanken der anderen im Gebäude einzuklinken und bemerkt hat, dass seine Mitschattenblüter von ihrem Weg abgekommen sind, bin ich mir ziemlich sicher, dass er auch ihre veränderte Haltung ihrem Entführer gegenüber mitbekommen hat.

Wir kommen an einem Fitnessraum vorbei, der offenbar für das Training genutzt wird, und an ein paar anderen Räumen, die mich an unsere Gefangenschaft in den Einrichtungen der Wärter erinnern. Balthazar hat die Grundkonzepte der Wärterschaft weitergeführt.

In einem kleineren Raum, in dem ein Schreibtisch steht, hält Riva inne. Sie winkt den Rest von uns weiter. „Bringt Ajax zum Hubschrauber, damit er sich ausruhen kann. Ich möchte einen kurzen Blick da hineinwerfen.“

Griffin legt den Kopf schief. „Ich werde ihm helfen, sich zu entspannen.“

Obwohl das ganze Gebäude abgesehen von Ajax' Zelle nichts als leere Düsternis war, bleibe ich automatisch zurück. Ich werde Riva nicht allein lassen. Nicht im Revier unseres größten Feindes.

Auch wenn ich diesen Feind erst gestern zu Brei geschlagen habe.

Mein Kiefer verkrampft sich bei der Erinnerung daran. Eigentlich sollte sie ein Gefühl des Triumphs bei mir auslösen, doch stattdessen kommen nur Echos des Schreckens und der Wut hoch, die ich empfand, als die Menschen – und sogar die *Teenager* –, die wir retten wollten, *uns* angingen, als wäre der Wahnsinnige, den wir getötet haben, eine Art Held.

Seit dem Überfall im Wald ist nun fast ein ganzer Tag vergangen, und wir hatten seitdem keinen Kontakt zu den anderen Schattenblütern.

Riva hat sich Griffins Kraft ein paar Mal ausgeliehen, um die Teenager aufzuspüren, mit denen sie befreundet war. Alles, was sie herausfinden konnte, war, dass sie in Europa geblieben sind. Sie sind in Bewegung. Vermutlich benutzen sie Balthazars Verkehrsmittel, wie den Hubschrauber.

Mir gefällt die Idee nicht, dass die anderen Schattenblüter über den Kontinent streifen und in ihrer brutalen Wildheit schmoren, die sie uns und den Wärtern gegenüber an den Tag gelegt haben. Besonders die Arschlöcher, die nicht einmal wissen, was es wirklich bedeutet, sich Schattenblüter zu nennen.

Riva durchwühlt die Schreibtischschubladen und das Sammelsurium von Gegenständen in den Regalen, bevor sie einen schweren Seufzer ausstößt. „Nun, die Chance, dass wir hier etwas Hilfreiches finden, war nicht sehr groß. Selbst wenn wir etwas finden sollten, wäre es ein Hinweis auf Balthazars Pläne, nicht auf ihre.“

Ich brauche nicht zu fragen, von wem sie spricht. „Vielleicht beruhigen sie sich, wenn sie sich daran gewöhnt haben, dass er weg ist“, schlage ich vor, während wir uns beeilen, die anderen einzuholen. „Es wäre denkbar, dass sie sich zurückhalten und einfach ein normales Leben führen, so wie wir es ohnehin wollten. Wir wissen nicht einmal, ob Balthazars Maßnahmen zur Stärkung ihrer Kräfte vielleicht nach einer Weile nachlassen.“

Riva schenkt mir ein grimmiges Lächeln. „Das ist jedenfalls ein schöner Gedanke.“

Als wir Rollicks Hubschrauber erreichen, verfällt sie in ein angespanntes Schweigen. Ich glaube nicht, dass ihre

Anspannung nachgelassen hat, seit wir gestern aufgebrochen sind, um Balthazar gegenüberzutreten.

Doch es ist nicht mehr dieselbe kaum zu bändigende Wut wie damals in Balthazars Villa. Als der Hubschrauber auf die Landebahn zusteuert, wo der Jet steht, mit dem wir zurück nach Spanien fliegen werden, erklärt sie Ajax mit sanfter Stimme, wohin wir fliegen, und lässt sich in Andreas' Arme sinken, als er sie umarmt.

Ich mache mir keine Sorgen, dass sie vor Wut explodiert wie ich damals. Aber jedes Mal, wenn ich ihren verkrampften Kiefer und ihre angespannten Schultern sehe, tut mir das Herz weh.

Sie hat gehofft, Balthazars Tod würde das Ende unserer Probleme bedeuten. Sie hat sich gewünscht, dass diese lange, furchtbare Reise zu Ende geht – vielleicht sogar mehr als jeder andere von uns.

Und jetzt haben wir *keine Ahnung*, wann die Katastrophe wirklich vorbei sein wird.

Rollick wartet im Jet auf uns. Er mustert Riva, ohne viel zu sagen, aber ich glaube, er spürt die gleichen Schwingungen wie ich.

Als wir uns unserem Ziel nähern, bedeute ich ihm, mit mir nach hinten zu kommen. „Ich hätte da eine Bitte ...", sage ich leise zu ihm.

Als ich ihm erkläre, was ich vorhabe, huscht ein kleines Grinsen über die Lippen des Dämons. Er nickt mir kurz zu. „Das lässt sich arrangieren."

Nach der Landung fahren wir mit einem Geländewagen von der Landebahn zu Rollicks Anwesen. Ajax schläft auf dem Rücksitz ein, und Riva blickt ihn mit einem traurigen Lächeln an, bevor sie unruhig auf ihrem Sitz herumrutscht.

„Sobald wir ankommen, sollte ich noch einmal überprüfen, wo die anderen sind. Vielleicht fällt Booker etwas ein, worüber die anderen Teenager oder die kriminellen Schattenblüter gesprochen haben, was uns einen Anhaltspunkt liefern könnte …“

Als wir vor der Villa aus dem Auto aussteigen, fasse ich sie am Arm. „In der nächsten halben Stunde wird sich nichts großartig ändern. Treffen wir uns in dem Wohnzimmer mit dem Kamin?“

Riva runzelt kurz die Stirn, nickt aber, als sie meinen hoffnungsvollen Blick sieht. Einer der Vorteile, dass ich sie selten um etwas bitte, besteht darin, dass sie weiß, dass es wichtig sein muss, wenn ich es einmal tue.

Die anderen Jungs schauen mich mit unverhohlener Neugierde an, doch ich schüttle nur leicht den Kopf. Ich glaube nicht, dass sie im Moment scharf darauf ist, einen Haufen Leute um sich zu haben.

Außerdem habe ich bereits bewiesen, dass ich nicht ausraste, wenn ich mit ihr allein bin.

Ich mache einen kurzen Abstecher in die riesige Küche des Anwesens und kehre mit einem Stapel Teller ins Wohnzimmer zurück. Riva lacht. „Warst du so hungrig, dass du vergessen hast, Essen auf die Teller zu legen?“

Ich setze mich zu ihr an den Kamin, stelle die Teller vor uns ab und stoße sie sanft mit meinem Ellbogen an. „Die letzten Tage waren hart. Ich dachte, du hättest vielleicht Lust, etwas zu zerbrechen.“

Verständnis flackert in ihren hellen Augen auf. Als ihre hilflose Wut auf Balthazar am schlimmsten war, haben wir Blumentöpfe von den Klippen geworfen.

Das hat ihr damals geholfen, und ich merke, wie sich ihre Anspannung allein bei der Vorstellung löst. Sie stößt einen zittrigen Atemzug aus und grinst mich an. „Und Rollick ist damit einverstanden, dass wir sein Geschirr kaputtmachen?“

Meine Mundwinkel verziehen sich zu einem Grinsen. „Ich habe seine Erlaubnis, solange ich die Sauerei hinterher aufräume. Er hat diese Teller extra für uns bereitgestellt.“

In dem breiten, von Steinen gesäumten offenen Kamin ist nur noch ein wenig Asche, die vom letzten Feuer übrig geblieben ist. Ich schiebe das Schutzgitter weg und hebe einen Teller hoch, überlasse Riva allerdings den ersten Wurf.

Ihre Finger umklammern das glatte Porzellan und sie starrt auf die verrußten Steine. „Dieses verdammte Arschloch hat die Teenager noch mehr geschädigt, als sie es ohnehin schon waren."

Sie wirft den Teller in den Feuerraum, und er zerschellt mit einem zufriedenstellenden Geräusch an den Steinen.

Während die Scherben in die Asche regnen, mache ich mich bereit, meinen Teller zu werfen. „Ich wünschte, ich hätte doppelt so lange auf ihn einschlagen können, als er es noch spüren konnte."

Auch mein Teller zerschellt.

Wir schleudern einen Teller nach dem anderen in die Feuerstelle, während wir unseren Frust herauslassen. Mit jedem Wurf weicht die Spannung ein wenig mehr aus Rivas Gesicht.

Mit einem Kampfschrei wirft sie schließlich den letzten Teller. Wir betrachten den Scherbenhaufen einen Moment lang, bevor ich ihn mit meinem glühenden Blick zu Asche verbrenne.

Riva dreht sich zu mir um und schlingt ihre Arme um meine Brust.

Mein Herzschlag beschleunigt sich vor Freude, weil sie sich jetzt wohl genug fühlt, um mich ohne Zögern zu umarmen. Ich bin stolz, dass ich ihr gezeigt habe, dass sie diesen Trost verdient hat.

Bei ihren gedämpften Worten an meinem Shirt schwillt die Freude in mir noch mehr an. „Danke. Das habe ich gebraucht."

Mühelos hebe ich ihren kleinen Körper hoch und setze mich mit ihr auf den Sessel. Nichts könnte sich besser anfühlen, als die Frau, die ich liebe, in meinen Armen zu halten.

Ich senke meinen Kopf und atme den frischen, süßen Duft ihres Haares ein. „Wir werden das in Ordnung bringen. Es muss einen Weg geben." Auch wenn ich im Moment keine Ahnung habe, welcher das sein soll.

Rivas Miene verfinstert sich. „Ich weiß, dass Balthazar tot ist und alle wichtigen Mitglieder der Wärterschaft wahrscheinlich auch. Aber trotzdem fühlt sich alles immer noch chaotisch an, und ich habe keine Ahnung, wie ich den anderen Schattenblütern helfen soll. Sie *wollen* keine Hilfe."

„Sie hatten noch nicht viel Zeit, sich Gedanken zu machen", gebe ich zu bedenken.

„Aber sie sind mit den Verbrechern zusammen, die Balthazar aus dem Knast geholt hat. Wer weiß, was diese Idioten ihnen erzählen." Sie reibt sich die Stirn. „Sie sind unschuldige Teenager. Sie sollten sich nicht mit so einem Mist herumschlagen müssen."

„Ich weiß." Seit Riva von der Existenz der jüngeren Schattenblüter erfahren hat, ist sie um sie besorgt. Sie wollte nicht, dass sie dieselben Qualen erleiden müssen wie wir.

Mit all ihren Quälereien konnten die Wärter nicht verhindern, dass sie instinktiv wusste, wie man sich wie eine große Schwester verhält. Oder sogar …

Der verirrte Gedanke schlängelt sich durch mein Hirn und löst ein berauschendes und zugleich beängstigendes Gefühl in mir aus. Ich streiche mit meiner Hand über Rivas Arm, doch der Gedanke lässt sich nicht vertreiben. Stattdessen verfestigt er sich.

Zögerlich drücke ich sie fester an mich. Riva blickt zu mir auf, als würde sie spüren, dass ich mit etwas hadere.

Ich kann es genauso gut aussprechen. Wenn sie lacht oder zurückschreckt, kenne ich zumindest ihre Einstellung dazu.

„Glaubst du … Ich meine, wir wissen nicht einmal, ob das möglich ist … Aber wenn wir später ein normales Leben führen … Würdest du die Familie, die wir sechs haben, etwas größer machen wollen?"

Riva starrt mich an und legt ihre Hand auf ihren Bauch. „Du meinst …?"

Meine Wangen werden heiß. „Ich habe gesehen, wie du dich um die jüngeren Schattenblüter kümmerst, deswegen dachte ich … Natürlich erst in ferner Zukunft, wenn überhaupt …"

Sie streckt ihre Hand nach meinem Gesicht aus, und die sanfte Wärme ihrer Handfläche kühlt die Hitze in meinen Wangen ab. „Bisher habe ich nicht so weit in die Zukunft gedacht. Ich wage es nicht, mir ein normales Leben auszumalen. Doch ich könnte mir vorstellen, es zu wollen und eines Tages bereit zu sein." Ein verschämtes Lächeln umspielt ihre Lippen. „Und du wärst ein toller Dad."

Ich erröte noch mehr. „Da bin ich mir nicht sicher. Ich müsste an vielen Dingen arbeiten."

Riva lacht, was eines der schönsten Geräusche ist, das ich je gehört habe. „Ich habe auch gesehen, wie du mit ihnen umgegangen bist. Als du George auf deinen Schultern durch den Dschungel getragen und ihm ermutigend zugeredet hast, sahst du fast aus, als wärst du *sein* Dad."

Die Erinnerung daran versetzt mir einen Stich ins Herz. George war ein guter Junge.

Er starb bei der letzten Mission, auf die uns die Wärter geschickt haben.

Ich drücke ihr einen Kuss auf die Schläfe. „Vermutlich ist es albern, darüber nachzudenken, wenn wir nicht einmal wissen, was uns morgen erwartet."

Riva schmiegt sich an mich. „Nein, ich denke, es ist gut, Träume zu haben. Auch wenn ich mich noch nicht traue, sie wirklich festzuhalten. Ich bin froh, dass wir überhaupt wieder träumen können."

Ein Kloß bildet sich in meiner Kehle. „Ja. Ich auch."

Als ich gerade im Begriff bin, ihr Kinn anzuheben, um sie zu küssen, stürmt Billy herein. Die Locken um seine Faunhörner sind vom Laufen völlig zerzaust.

„Riva, Zian, ihr müsst sofort kommen! Die anderen Schattenblüter greifen Sterbliche an."

Neunzehn

Riva

Ich merke erst, dass ich das Blinzeln verlernt zu haben scheine, als meine Augen anfangen zu brennen. Ich schüttle mich kurz, bevor ich meinen Blick wieder auf den Computerbildschirm richte.

Ich hatte gedacht, die von Balthazar angezettelte Zerstörung zu sehen, wäre schrecklich, doch die Szenen, die sich jetzt vor unseren Augen abspielen, sind noch schlimmer.

Wir haben mit den offiziellen Nachrichtensendungen im Fernsehen begonnen. Darin wurde allerdings nur über die Nachwirkungen der Angriffe berichtet.

Das Bildmaterial zeigte einen Leichenhaufen von Soldaten. Ihre Helme aus Silber und Eisen waren vom getrockneten Blut weinrot gefärbt. Weitere Leichen in Zivilkleidung lagen auf dem Boden. Die Waffen, mit denen sie sich vermutlich gegen Schattenwesen gewappnet hatten – Armbrüste mit eisernen Bolzen, aus Silber geformte Klingen

– ragten aus ihren leblosen Körpern heraus, was der Szene den Anschein einer grausamen modernen Kunstinstallation verlieh.

Nachdem wir uns den dritten Schauplatz angesehen hatten, stößt Sorsha einen Seufzer aus. Sie sitzt am Tisch und scrollt auf dem Laptop durch weniger formelle Nachrichtenquellen. Wir Erstlinge, die wenigen Nachwuchs-Schattenblüter, die wir gerettet haben, Rollick, Billy, ein paar sichtbare Schattenwesen und wer weiß wie viele weitere, die aus den Schatten heraus zusehen, wenden uns ihr zu.

Als die erste verwackelte Videoaufnahme vom Handy eines nervösen Zeugen über den Bildschirm flimmert, nehmen Andreas und Griffin links und rechts von mir Platz. Jacob steht direkt hinter mir, und eine spürbare Wut geht von seinem angespannten Körper aus.

Dreys Arm ist immer noch um meinen geschlungen, Griffins Hand liegt auf meinem Rücken. Vielleicht, um mich zu beruhigen, vielleicht auch nur, um mich daran zu erinnern, dass sie hier bei mir sind.

Um mich mache ich mir allerdings keine Sorgen.

Auch wenn die Handy-Aufnahmen verwackelt und unscharf sind, vermitteln sie einen deutlichen Eindruck von den Angriffen. Wir können die Panik in den rasselnden Atemzügen eines Beinahe-Opfers hören, das eilig in Deckung geht, während die Schattenblüter, die über die Amateur-Miliz hergefallen sind, Knochen brechen und Fleisch zertreten. Eine Aufnahme ist stark verwackelt, weil der Filmende so stark schluchzt.

Es besteht kein Zweifel daran, wer die Angreifer sind. Sie scheinen gestern am frühen Abend in den Vereinigten Staaten mit ihrem Amoklauf begonnen zu haben, also nach Mitternacht hier in Spanien. Doch selbst bei den späteren Angriffen, die sich mitten in der Nacht ereignet haben, sind die Gesichter im Schein von Sicherheitslampen oder heruntergefallenen Taschenlampen zu erkennen.

Ich erhasche einen Blick auf den Schläger mit dem Totenkopf-Tattoo und der Narbe auf der Stirn und einige der anderen, die Balthazars menschlichen Schutzschild bildeten. Und ich erkenne das blasse Gesicht von Tegan und anderen Teenagern, deren Namen ich nicht weiß.

Dann rast Nadias statuenhafte Gestalt an ihm vorbei. Ihr gleißendes Licht taucht ihre braune Haut in einen gelblichen Schein. In der Ferne blitzen Devons Zähne auf, als er einen rachsüchtigen Schrei ausstößt.

Wir brauchen nicht einmal zu fragen, warum sie das tun. Die kriminellen Schattenblüter brüllen ihre Anschuldigungen zwischen den Gewaltausbrüchen heraus.

„Ihr dachtet wohl, ihr könntet die Monster vernichten, was? Ihr seid nie Monstern wie uns begegnet."

„Ihr wolltet diesen Kampf, jetzt bekommt ihr ihn."

„Dieses verdammte Land gehört uns genauso wie euch!"

„Ich habe es satt, beschossen zu werden."

Ein paar Schritte neben mir schüttelt Zian in hoffnungsloser Verwirrung den Kopf. „Aber ... All diese Leute haben *Schattenwesen* gejagt, keine Schattenblüter. Außerdem hat Balthazar sie angewiesen, das zu tun!"

Dominics Lippen sind zu einer dünnen Linie zusammengepresst. „Wer weiß, was er den Schattenblütern erzählt hat, um sie zu den ersten Angriffen zu bewegen. Und theoretisch *wollten* diese Trupps die Schattenblüter töten. Sie wollten die ‚Monster' vernichten, die ihre Städte verwüstet haben."

Ein schmerzhafter Kloß hat sich in meiner Kehle gebildet, und meine Stimme ist heiser. „Wären die Schattenblüter einfach eine Weile im Verborgenen geblieben, hätte es keine weiteren Angriffe gegeben. Balthazar ist weg und die Feindseligkeit hätte sich gelegt. Die Leute hätten die Idee, dass es Monster wirklich gibt, wieder verworfen."

Rollick lehnt unzufrieden an der Rückenlehne des Sofas und seine Stimme ist nicht so lässig wie sonst. „Ich glaube nicht, dass sie wollen, dass die Gewalt nachlässt. Sie scheinen es zu genießen, eine Ausrede dafür zu haben."

Ich schlucke schwer und Bilder der jüngeren Schattenblüter schießen mir durch den Kopf. Der Hass und die Wut in ihren Gesichtern und Handlungen …

Ich weiß, wie viel Wut sich nach einem Leben in Gefangenschaft und Folter aufstauen kann. Ich erinnere mich, wie leicht es mir fiel, diese Wut nicht nur an meinen Entführern auszulassen, sondern auch an den normalen Menschen, die Balthazars Machenschaften ignorierten, und an den Zuschauern, die sich die Käfigkämpfe ansahen, zu denen ich gezwungen wurde.

Wir wurden von Geburt an wie Monster behandelt. Wie Sklaven, die nur dazu gut sind, gegen andere Monster zu kämpfen. Man hat uns nichts *anderes* beigebracht, als zu kämpfen.

Auf Clancys Insel habe ich versucht, den Jugendlichen Visionen von einer anderen Zukunft zu vermitteln, nach der sie streben können. Einen Traum von Freiheit und Frieden. Leider scheint mir das nicht gelungen zu sein.

Dann kam Balthazar und schürte ihre Wut. Er verstärkte ihre Kräfte, damit sie gegen jeden kämpfen und gewinnen konnten. Er scherte sich einen Dreck darum, dass er ihre Gemüter erhitzte und ihren Sinn für die Realität vernebelte.

Er hat eine andere Flamme der Hoffnung in ihnen entzündet. Die Hoffnung, jeden zu besiegen, der ihnen etwas antun will. Jetzt ist dieses Feuer außer Kontrolle geraten.

So schrecklich ich diese Ergebnisse finde, ich kann nicht behaupten, dass ich gegen Manipulation immun wäre. Es gab eine Zeit in der Villa, in der ich mich so hilflos und wütend fühlte, dass sogar meine Jungs Angst vor mir hatten.

Ich habe ein ganzes Publikum von Käfigkampf-Fans *abgeschlachtet*, von denen die meisten mir nie etwas angetan hatten, außer sich den Kampf an diesem Abend anzusehen.

Zitternd schlingt Billy die Arme um seine Mitte. „Warum sind sie zurück nach Amerika gegangen?"

Leider kann ich diesen Schritt verstehen. „Wir sind dort aufgewachsen. Und ich nehme an, dass Balthazar die Kriminellen auch aus amerikanischen Gefängnissen geholt hat. Zumindest ihrem Akzent nach zu urteilen. Die Leute in ihrer Heimat haben sie am schlimmsten hintergangen oder im Stich gelassen."

Steel dreht sich zu Sorsha um, und seine metallischen Schuppen glänzen bei der Bewegung. „Warum hast du sie nicht alle vernichtet, als du die Chance dazu hattest, Phönix? Sie waren doch direkt vor deiner Nase."

Sorsha wirft ihm einen strengen Blick zu. „Bei all den Kräften, die im Spiel waren, konnte ich meine Flammen nicht zielgerichtet einsetzen. Womöglich hätte ich auch unsere Freunde hier verbrannt."

Knurrend bleckt Fang seine Reißzähne. Inzwischen weiß ich, dass sie zu seiner monströsen Bärengestalt gehören. „Du hättest den Hubschrauber mit dem Irren und dem Rest verbrennen sollen, bevor er überhaupt gelandet ist."

„Balthazar hatte ein paar der Teenager dabei", protestiere ich.

Willow, die Nymphe, dreht sich zu mir um, ihr schmales Gesicht ist angespannt. „Spielt das eine Rolle? Sie scheinen genauso viel Spaß an der Zerstörung zu haben wie die Erwachsenen."

Mir ist flau im Magen. Das lässt sich nicht leugnen. Aber … „Sie sind noch so jung. Sie wurden ihr ganzes Leben lang manipuliert. Erst von den Wärtern und dann von Balthazar.

Es ist nicht ihre Schuld. Wir müssen ihnen helfen, sich davon zu erholen."

Steel stößt ein abweisendes Schnauben aus. „Ich glaube, dafür ist es zu spät. Wer weiß, was sie tun werden oder auf wen sie es abgesehen haben, wenn sie mit den Jägern fertig sind? Balthazar wollte *uns alle* umbringen."

Shanty tritt mit einem ruckartigen Nicken aus den Schatten. „Ja. Diese Hybriden sind offenbar überzeugt von seiner Mission. Möglicherweise werden sie seine Bestrebungen fortführen."

Snap, der neben Sorsha sitzt, mustert uns eindringlich mit seinen grünen Augen. „Und selbst wenn sie jetzt nur Sterbliche angreifen, ist das auch nicht in Ordnung. Die Sterblichen machen nur Jagd auf Schattenwesen, weil sie Angst haben. Weil Balthazar ihnen eingeredet hat, sie wären gefährlich, oder?"

Crags Miene ist nachdenklich, und sein felsiger Gargoylekiefer zuckt. „Es tut nichts zur Sache, wem die Schattenblüter schaden, sie müssen gestoppt werden. Ihr Verhalten hat negative Auswirkungen auf uns alle."

Fang nickt. „Wir müssen tun, was von Anfang an hätte getan werden müssen. Wir müssen sie finden und auslöschen."

„Hey!", meldet sich Booker mit zitternder Stimme und grimmiger Miene zu Wort. „Meine *Freundin* ist eine von den Schattenblütern, von denen du sprichst. Sie würde das alles nicht tun, wenn Balthazar ihr nicht seine verrückten Seren injiziert hätte. Vor ein paar Wochen war sie noch einer der nettesten Menschen der Welt."

Neben ihm starrt Ajax immer noch auf den Laptop-Bildschirm, obwohl das aktuelle Video auf einem Wirrwarr von undeutlichen Formen pausiert ist. In seinen dunklen Augen liegt ein gequälter Blick. „Ich habe nie mitbekommen, dass Devon jemandem absichtlich wehgetan hat."

Er wendet seinen Blick ab und funkelt die Schattenwesen böse an. „Sie sind nicht so. Es ist, als wären sie krank. Sie sollten die Chance bekommen, gesund zu werden."

Shanty wirft die Hände in die Luft und schüttelt ihre dunkelblauen Locken. „Mit welchem Heilmittel? Wir wissen nicht, wie wir sie heilen können."

Ich hebe den Kopf. „Wir müssen es versuchen. So viel sind wir ihnen schuldig. Die Kriminellen scheinen schreckliche Menschen gewesen zu sein, bevor Balthazar sie entführt hat. Ich sage nicht, dass wir versuchen sollen, mit ihnen zu reden. Aber die Teenager sind Opfer, genau wie die Menschen, die sie angreifen."

Willow fixiert mich mit ihrem durchdringenden Blick. „Ihr besteht schon die ganze Zeit darauf, dass die Jugendlichen gerettet werden müssen. Man sieht ja, wohin das geführt hat." Sie deutet auf den Bildschirm. „Wie viel Schaden wollt ihr sie noch anrichten lassen?"

Jacob wirft ihr einen bösen Blick zu. „Nichts davon ist Rivas Schuld. Wir tun alle unser Bestes – zumindest wir sechs."

Ich fasse ihn am Arm, um ihn zu beruhigen. Schuldgefühle steigen in mir auf.

Die Nymphe hat nicht unrecht. Ich habe mich am meisten für die jüngeren Schattenblüter eingesetzt, als die Schattenwesen Zweifel an ihrer Rettung geäußert haben.

Hätte ich nicht so hartnäckig darauf bestanden, dass Sorsha vorsichtig ist und die Teenager verschont, hätte sie diese Katastrophe wahrscheinlich schon gestern beenden *können*. Dann wären nicht so viele Unschuldige gestorben.

Doch ich bin nach wie vor nicht davon überzeugt, dass es besser gewesen wäre, wenn unter den vielen Toten auch Nadias verkohlte Leiche gewesen wäre – und die von Devon und Tegan. Und die all der anderen jüngeren Schattenblüter, die Balthazar in Waffen verwandelt hat und von denen manche noch nicht einmal das Teenageralter erreicht haben.

„Wir haben nicht wirklich versucht, die Sache in Ordnung zu bringen", sage ich. „Zumindest nicht, seit wir gemerkt haben, wie sehr Balthazar die jüngeren Schattenblütern manipuliert hat. Wir wissen jetzt, womit wir es zu tun haben. Es muss einen Weg geben, sie aufzuhalten, ohne die jungen Schattenblüter zu töten."

Fang schnaubt. „Und wie soll dieser Weg aussehen? Wie lange willst du sie noch herumwüten lassen, während du darüber nachdenkst?"

Meine Schultern sacken nach unten und mein Herzschlag beschleunigt sich. „Wir wissen jetzt, wo sie sind. Es sieht so aus, als würden sie zusammenbleiben. Die Angriffe fanden alle zu verschiedenen Zeiten statt und folgten einem ziemlich geraden Weg durch das Land, oder?"

Sorsha nickt. „Es sieht so aus, als würden sie als Rudel von einem Ort zum nächsten ziehen und die Jäger-Truppen aufspüren."

Ihre Miene ist angespannt, aber sie sitzt aufrecht und ist bereit, in Aktion zu treten, wenn *ich* sage, wie wir die Sache angehen sollten. Die Argumente der Schattenwesen scheinen sie kaltzulassen.

Wenn wir sie immer noch auf unserer Seite haben, ist das schon etwas.

Ich sammle mich und suche Rollicks Blick. „Wir sechs – und jeder, der bereit ist, uns zu helfen und unserem Beispiel zu folgen – werden nach Amerika zurückkehren. Sobald wir wissen, wo sie als Nächstes zuschlagen, werden wir die Angriffe stoppen, die ehemaligen Häftlinge ausschalten und alles tun, was wir können, um zu den Jugendlichen durchzudringen."

Rollicks Mundwinkel verziehen sich zu einem schiefen Grinsen. „Klingt, als hätte dein Plan bereits Hand und Fuß.

Du brauchst meine Erlaubnis nicht. Aber ich nehme an, ihr könntet ein Transportmittel gebrauchen."

Ich zucke unbeholfen mit den Schultern. „Leider können wir nicht einfach durch eine Schwelle springen."

„Mein Privatjet wird in diesen Tagen ganz schön strapaziert." Er nickt mir zu. „Wir können losfliegen, wann immer ihr bereit seid. Ich hätte auch nichts dagegen, wieder in mein gewohntes Revier zurückzukehren."

„Ich bin dabei", sagt Sorsha, ohne zu zögern.

Snap legt ihr besitzergreifend die Hand auf die Schulter und blickt zu seinen Freunden. „Wir gehen dahin, wo Sorsha hingeht."

Ich drehe mich mit einem fragenden Blick zu meinen Jungs um, die ihn allesamt entschlossen erwidern.

„Wir werden diese Jugendlichen nicht im Stich lassen", brummt Zian. Ein stürmischer Blick liegt in seinen dunklen Augen.

Ich hoffe, dass wir sie retten können, ohne eine Menge anderer Menschen unverdient in den Tod zu reißen.

ZWANZIG

Griffin

Als wir nur noch zehn Meilen von den abtrünnigen Schattenblütern entfernt sind, benötigt Riva meine Ortungskraft nicht mehr, um sie aufzuspüren. Ich nehme ihre unbändige Wut sogar aus dieser Entfernung wahr. Sie fühlt sich an wie Böen eines heftigen Windes.

Das beißende Gefühl prickelt in meinem Bewusstsein und meine Nerven liegen blank. Ich bin es gewohnt, die Emotionen anderer Menschen wahrzunehmen und habe schon einige schreckliche Empfindungen in mich aufgesogen, aber noch nie in einer derartigen Intensität.

Es ist wie eine Säure, die meine Gedanken und jedes noch so sanfte Gefühl in mir wegätzt.

Wie ist es wohl für die Menschen, die es am eigenen Leib erfahren?

Ich sitze neben Andreas auf dem Beifahrersitz des Geländewagens. Sorsha und ein paar unsichtbare

Schattenwesen begleiten uns auf der Suche nach den abtrünnigen Schattenblütern. Ich zeige nach rechts auf eine Kreuzung. „Da lang."

Das Licht der Straßenlaternen und die beleuchteten Fenster von Bars ziehen in der Dunkelheit an unserem Fahrzeug vorbei. Von einer schwankenden Gruppe von Freunden dringt ein Kichern von der Stadtstraße durch mein Fenster.

Riva rutscht ungeduldig auf ihrem Sitz hinter mir umher. „Wie ist es um die Gefühle der anderen Schattenblüter bestellt?"

„Sie sind wütend", antworte ich, bevor ich ihre Empfindungen genauer definieren kann. Wut scheint untertrieben, um das auszudrücken, was ich wahrnehme.

Als eine weitere kribbelnde Welle über mich hinwegschwappt, schlucke ich und versuche es erneut. „Während des Kampfes gegen die Wärter im Wald habe ich nicht bemerkt, wie wütend sie waren. Oder vielleicht waren sie damals noch nicht so wütend, weil sie Balthazars Tod gerade erst mitangesehen hatten. Es ist, als wäre in ihnen kein Platz für etwas anderes. Die Emotion ist nicht gleichbleibend, sie verändert sich kontinuierlich, aber verdirbt ausnahmslos alle anderen Gefühlsregungen."

Im Rückspiegel sehe ich, wie Jacob den Mund verzieht. Ich spüre die Schuldgefühle, die in ihm aufsteigen.

„So habe ich mich auch gefühlt", sagt mein Zwilling. „Als ich dachte, du wärst tot und Riva hätte dich den Wärtern ausgeliefert und sich gegen uns gewandt. Ich habe furchtbare Dinge getan, als mich die Wut packte. Wenn ich ... Wenn ich so zu meinen Freunden sein konnte, wer weiß, wie weit sie dann gegen Fremde gehen, die ihnen nie etwas bedeutet haben?"

Ein Rascheln ertönt. Riva nimmt Jacobs Hand. Mitleid und Schmerz vermischen sich mit diesen Erinnerungen, doch

Rivas Berührung löst einen Anflug der Erleichterung bei meinem Bruder aus.

Dominic lehnt sich hinter dem Fahrersitz nach vorn. „Kannst du sie mit deinen Kräften beruhigen?"

Mein Magen verkrampft sich. „Als ich es im Wald versucht habe, hat es nicht funktioniert. Aber vielleicht ist es aus der Nähe einfacher."

Mit jeder Woge der Wut, die in mir aufsteigt, glaube ich weniger an diese Möglichkeit.

Sorsha sitzt ganz hinten neben Zian und zuckt mit den Schultern. „Vielleicht hätten wir die Jugendlichen mitnehmen sollen, die wir schon befreit haben. Sie sind mit einigen der anderen aufgewachsen und könnten sie möglicherweise überzeugen."

„Nein", widerspricht Riva entschieden, noch bevor das letzte Wort der Phönixfrau verklungen ist. „Beim letzten Mal hat Booker versucht, Nadia umzustimmen, und sie hat überhaupt nicht zugehört. Vielleicht sind die anderen sogar sauer auf sie, weil die drei mit uns gekommen sind. Ihre Kräfte können sie nicht vor einem Angriff schützen. Das ist *unser* Kampf."

Sorsha nickt, doch mir entgeht der Hauch von Zweifel nicht, der ihre Gefühle durchdringt. Sie überlässt uns das Sagen, wenn es um unsere Mitschattenblüter geht. Doch nach allem, was geschehen ist, ist sie nicht überzeugt, dass wir im Recht sind.

Ich glaube, Riva ist sich selbst nicht ganz sicher. Sie hofft nur verzweifelt, einen Weg aus diesem Schlamassel zu finden, ohne dass die Teenager dabei zu Schaden kommen.

Wir erreichen eine weitere Kreuzung, und ich weise den Weg. „Wir sind fast da. Nur noch ein paar Minuten. Sie haben noch nicht angegriffen. Sie sind erwartungsvoll."

Sobald Riva herausgefunden hatte, in welche Richtung die abtrünnigen Schattenblüter unterwegs sind, war es nicht schwer, ihr nächstes Ziel auszumachen. Im Internet stießen wir auf zahlreiche Berichte über eine Gruppe von Anti-Monster-Kämpfern, die sich hier in Memphis, Tennessee, zusammengefunden haben, um in der Stadt zu patrouillieren.

Sie erlangten viel Aufmerksamkeit, nachdem ein paar von ihnen einen Haushund mit Silberkugeln durchlöchert hatten, weil sie ihn im Dunkeln für eine übernatürliche Bestie hielten. Nach den „Monster"-Angriffen auf andere Städte reichten die Proteste gegen die Truppe nicht aus, um die Bürgerwehr vollständig zu stoppen.

Mit den Waffen, die Balthazar ihnen besorgt hat, durchkämmen sie die Straßen. Die abtrünnigen Schattenblüter machen Jagd auf sie, so wie wir die Schattenblüter jagen.

Zum Glück sind wir vor dem Blutbad hier angekommen. Die Schattenblüter haben ihr Tempo verlangsamt, sodass wir Zeit haben, sie einzuholen.

Wir lassen die Bars und den Trubel der Feiernden hinter uns und gelangen in ruhigere Straßen mit größeren Häusern hinter weitläufigen Rasenflächen. Das Gefühl der Wut verdichtet sich, bis ich beinahe sehen kann, wie sie die Luft trübt.

„Noch ein paar Blocks weiter und dann rechts." Das anschwellende Gefühl schnürt mir die Kehle zu, und ich räuspere mich. „Fahr noch fünf Blocks weiter und kehr dann um, sodass wir frontal auf sie zufahren. Ich werde versuchen, sie zu beruhigen."

Während Andreas ein wenig aufs Gas drückt und meine Freunde sich bereit machen, in Aktion zu treten, schärfe ich meine Sinne. Anstatt die Emotionen um mich herum einfach nur aufzusaugen, konzentriere ich mich auf die beruhigendsten Erinnerungen, die ich habe, und sende das Gefühl den wütenden Kämpfern um uns herum.

Sanfte Musik. Das Gefühl des Fells meiner entlaufenen

Katze Lua, wenn ich sie streichelte und sie sich auf meinem Schoß zusammenrollte. Das langsame Aufwachen neben Riva, deren Zufriedenheit sich mit der meinen vermischt.

Es gab nicht viel Frieden in unserem Leben, aber durch meine Kraft kann ich die Eindrücke verstärken und intensivieren. Ich gieße all die Gelassenheit, die ich aufbringen kann, in einem Schwall auf die etwa vierzig Gestalten, die durch die Vorstadtstraßen schreiten.

Angetrieben von meinem Willen schwappt die Welle der Gelassenheit über sie hinweg und prallt auf ihre Wut, als wäre ihr Zorn eine massive Flammenwand. Die Wut löst meine Bemühungen auf, bevor die Emotionen, die ich projiziere, sie überhaupt durchdringen können.

Ich schließe die Augen und drücke sie fest zu, wobei ich das empfindliche Gleichgewicht zwischen dem Festhalten an meiner eigenen inneren Ruhe und dem Aufbringen der notwendigen Kraft aufrechterhalte. Die Ruhe kribbelt durch das Inferno auf der Suche nach einer Lücke, einem kurzen Aussetzer.

Doch da ist nichts. Ich versuche, das Gefühl der Ruhe noch weiter auszudehnen und es in einen Tsunami zu verwandeln, der groß genug ist, um die Flammen zu überwältigen, doch das Gefühl des Friedens beginnt zu zersplittern. Ich dehne es über meine Grenze weiter aus.

Als ich in die physische Realität zurückkehre, ist meine Stirn schweißnass und ich keuche.

Riva greift nach hinten und berührt meinen Arm. „Alles in Ordnung, Griffin?"

Ich bringe ein zittriges Nicken zustande. „Ja. Aber ich kann nicht … Ich kann die Wut nicht durchdringen. Sie ist zu stark."

Jacob zuckt mit den Schultern und erklärt mit schroffer Stimme: „Dann machen wir es anders. Wir schalten so viele

Kriminelle aus, wie wir können. Irgendwann werden sie uns zuhören müssen."

Das ist der Plan. Doch allein bei der Vorstellung steigt Übelkeit in mir auf.

Ich kann mir nicht vorstellen, wie das alles über die Bühne gehen soll, ohne in einer Katastrophe zu enden. Wir können bestenfalls darauf hoffen, dass die Auswirkungen nicht zu katastrophal ausfallen.

„Na dann los", murmelt Andreas und biegt um eine Kurve.

Während wir auf die wütende Truppe zugehen, wird mir immer mulmiger zumute. Ich deute auf die Kreuzung vor uns. „Da lang. Nicht mehr als ein paar Meter entfernt."

Riva versteift sich. „Halte mitten auf der Straße an, damit sie nicht weiterfahren können."

Der Geländewagen kommt ruckartig an der Kreuzung zum Stehen und blockiert den Verkehr auf der Straße hinter meinem Fenster. Scheinwerfer erhellen den dunklen Asphalt.

Ohne ein Wort zu sagen, steigen wir aus. Niemand will auf so engem Raum eingesperrt sein, wenn wir uns der übernatürlichen Fähigkeiten unserer Gegner nicht ganz sicher sind.

Mehrere Schattenwesen materialisieren sich in unserer Nähe. Rollick wirft einen Blick auf die verdunkelten Fenster um uns herum und scheint es für sicher zu halten, seine massive, rothäutige Dämonengestalt anzunehmen. Steels metallische Schuppen bedecken seinen gesamten massigen Körper, und Thorn breitet mit glühenden roten Augen seine Flügel aus.

Billy, der darauf bestanden hat, mitzukommen, obwohl er kein Kämpfer ist, geht hinter dem Wagen in Deckung. Er führt seine Panflöte an die Lippen und beginnt, eine beruhigende Melodie zu spielen. Ein netter Gedanke, aber ich bezweifle, dass er die aufgebrachten Schattenblüter besser beruhigen kann als ich mit meinen Kräften.

Die melodischen Töne dringen in die Nacht hinaus und werden vom Brummen der herannahenden Autos verschluckt. Mehrere Fahrzeuge – ein Geländewagen, ein paar Vans, ein Kombi und ein Pick-up – kommen ein paar Häuser von unserer Straßensperre entfernt zum Stehen.

In der ersten angespannten Minute hören wir nichts weiter als das leise Dröhnen der noch laufenden Motoren. Die Schattenblüter scheinen miteinander zu kommunizieren. Blitze von Verwirrung, Frustration und noch größerer Zorn durchdringen die anhaltende Wut.

Ein Knarren ertönt, als die Hintertüren eines Lieferwagens aufschwingen. Wir machen uns alle bereit. Sorsha hat noch keine Feuerbälle gezündet, aber von ihrer Haut geht eine glühende Hitze aus.

Im hinteren Teil des Transporters muss ein ganzer Haufen von Schattenblütern eingepfercht gewesen sein. Mehrere Gestalten kommen zwischen den Fahrzeugen auf uns zu. Ich erkenne einige ihrer Gesichter von der Insel-Einrichtung, darunter Rivas Freundin Nadia und das dürre Mädchen, das noch nicht mal das Teenageralter erreicht hat.

Sie sind alle noch jung, stelle ich fest. Bestimmt haben die neuen erwachsenen Schattenblüter sie absichtlich losgeschickt, weil sie wissen, dass wir sie nicht töten wollen.

An ihren Handgelenken sind keine silbernen Armbänder zu sehen. Offenbar haben sie herausgefunden, wie sie Balthazars Fesseln loswerden können.

Nadia tritt mit erhobenem Kinn und geballten Fäusten an die Spitze der Gruppe. „Was soll das? Macht den Weg frei.“

Riva schüttelt den Kopf. „Ihr könnt nicht einfach so Menschen umbringen. Das ist genauso falsch wie das, was sie getan haben. Außerdem steigert ihr dadurch ihre Angst vor den ‚Monstern‘. Wie soll das etwas ändern?“

Eine seltsame Mischung aus Abscheu und Ärger geht von Nadia aus. „Vielleicht wollen wir gar nichts ändern. Vielleicht sind wir es leid, dass von uns erwartet wird, etwas in Ordnung zu bringen und wollen einfach alles zerstören, was in dieser Welt falsch läuft.“

„Und das sind verdammt viele Dinge!“, schnauzt ein Junge hinter ihr.

Neben mir blickt Zian finster drein. „Ihr werdet also einfach weiterhin Zerstörung anrichten, selbst wenn dadurch alles noch schlimmer wird?“

„Wenn wir das wollen, ja“, erwidert Nadia. „Wir haben jetzt die Macht. Wir können tun, was wir wollen.“

Riva breitet flehend die Hände aus. „Das ist doch nicht das, was du dir immer gewünscht hast, Nadia. Du kannst immer noch ein normales Leben führen. Unser Ziel ist es, das allen Schattenblütern zu ermöglichen.“

Ich nehme ein kurzes Zögern wahr. Dann verengen sich die Augen des Mädchens. „Wirklich? Auch den neuen, die Balthazar erschaffen hat? Cutler und die anderen haben sich um uns gekümmert. Sie hätten uns im Stich lassen können, aber das haben sie nicht.“

„Weil ihr ein praktischer Schutzschild seid“, bemerkt Rollick mit dem tiefen, unheimlich klingenden Bariton seiner Dämonengestalt.

Nadia zittert, als sie ihn ansieht, strafft dann jedoch die Schultern. „Warum sollte einer von uns einen Schild brauchen? Was wollt ihr wirklich hier?“

„Sie wollen uns alle abschlachten, als wären wir die wahren Monster“, brüllt jemand vom Pick-up aus.

Sorsha verschränkt die Arme vor der Brust. „Wir wollen euch nicht wehtun. Wir wollen nur verhindern, dass *ihr* noch jemandem wehtut.“

Nadias Augen blitzen. „Und was passiert, wenn wir nein sagen? Bringt ihr uns dann um?"

Ich erhebe meine Stimme. „Nicht, wenn wir eine andere Wahl haben. Das ist das Letzte, was wir wollen. Wir sind auch wütend. Aber wir sind vom *gleichen* Blut, wir alle – das haben wir sechs Erstlinge immer gesagt. Ihr müsst uns nur ein wenig entgegenkommen."

Jacob stößt ein heiseres Lachen aus. „Ja. Und dann können wir gemeinsam zerstören, was zerstört werden muss."

Ein fester Befehl ertönt aus dem SUV. „Kommt zurück zum Wagen, Schattenblüter!"

Nadia wirft einen Blick über ihre Schulter und Unsicherheit huscht über ihr Gesicht. „Bist du sicher, Cutler?"

Ich erhasche einen kurzen Blick auf den Mann, mit dem sie hinter dem Steuer spricht, als er sich aus dem offenen Fenster lehnt: der Glatzkopf mit dem Totenkopf-Tattoo. Der Typ, den die anderen mir beschrieben haben und der die kriminellen Schattenblüter anzuführen scheint.

Er zieht sich in den Schatten hinter den Scheinwerfern zurück, bevor Riva die Chance hat, einen tödlichen Schrei auszustoßen. Ein weniger zielgenauer Angriff auf den Geländewagen würde die Leute im Inneren gefährden.

Angesichts ihrer bisherigen Strategie wäre ich überrascht, wenn nicht in jedem der Fahrzeuge mindestens ein Teenager als Druckmittel wäre.

„Es hat keinen Sinn, mit diesen Arschlöchern zu reden", sagt Cutler. „Wir machen einfach weiter wie geplant."

Nadia zögert nur eine Sekunde, bevor sie mit den anderen Kindern zurück zum Wagen eilt. Wir tauschen einen Blick aus. Glauben sie, dass sie unsere Blockade einfach durchbrechen können?

Riva erhebt warnend ihre Stimme. „Wir werden nicht

zulassen, dass ihr weiter randaliert. Das Gemetzel hört jetzt auf."

Die Teenager steigen in den Van. Ich sehe keine Anzeichen dafür, dass die implizite Drohung auch nur die geringste Wirkung auf die sturen Schattenblüter hat.

Ich atme tief durch, um mich zu beruhigen. Wir *können* sie aufhalten. Wir haben die Schattenwesen auf unserer Seite. Diese Gruppe kann es auf keinen Fall mit der Macht aufnehmen, die unsere Verbündeten aufbringen können.

Ich hoffe nur, dass wir dabei nicht zu viele der Teenager verletzen müssen.

„Lass die Reifen platzen", murmelt Jacob leise vor sich hin. „Oder mach den Motor kaputt. Dann kommen sie nicht weg, und wir bringen niemanden um."

Riva nickt. Ohne ein weiteres Wort springen die meisten meiner Gefährten vor.

Metall knirscht unter den Motorhauben der Fahrzeuge in der Nähe. Flammen schießen unter ihren Reifen empor, heiß genug, um das Gummi mit dem Asphalt zu verschmelzen.

Als Zian mit seiner Faust kräftig genug auf die Motorhaube des vorderen Lieferwagens schlägt, um den Stahl bis zu den Bauteilen im Inneren einzudellen, brechen unsere Gegner aus den hinteren Teilen ihrer Autos hervor. Einige fliehen einfach in Richtung der weiter entfernten Fahrzeuge, die wir noch nicht angegriffen haben, während andere ihren Vergeltungsschlag starten.

Gleißend helle Lichtstrahlen huschen durch die Luft, und der Boden bebt unter unseren Füßen. Mit einem lauten Knall zerbersten alle Lampen und Scheinwerfer in der Nähe und tauchen die Straße in völlige Dunkelheit.

Von allen Seiten dringen Stöhnen und Schläge an meine Ohren. Und dann, mit dem Aufleuchten einiger Fenster an den Straßenseiten, durchdringen Angstschreie das Gefühlschaos, in dem ich ertrinke.

Die Bewohner sind vom Lärm der Schlacht aufgewacht und haben keine Ahnung, welcher Wahnsinn hier draußen vor sich geht. Wenn die abtrünnigen Schattenblüter beschließen, ihre Wut auch an diesen unschuldigen Menschen auszulassen …

Noch bevor ich den Gedanken zu Ende gedacht habe, entdecke ich einen großen, muskelbepackten Mann, der von der Straße zu einer der schwach beleuchteten Rasenflächen unterwegs ist. Die Narbe auf seiner Stirn lässt seine harten Gesichtszüge im dunstigen Licht besonders bedrohlich erscheinen.

Ich habe weder eine Waffe noch eine übernatürliche Fähigkeit, mit der ich gegen Muskelkraft etwas ausrichten könnte. Ich will meinen Freunden nicht ihre Kräfte stehlen, falls sie sie gerade brauchen. Doch die Panik treibt mich auf den rennenden Mann zu. Ich muss die Leute vor ihm schützen, die nichts mit diesem Kampf zu tun haben.

Womöglich hätte er den Bewohnern gar nichts angetan. Als ich auf den vernarbten Mann zusprinte, läuft er am Rand des Rasens entlang, als wolle er an unserer Sperre vorbeilaufen, statt zu den Häusern.

„Griffin!"

Die Stimme meines Bruders durchbricht die Nacht, und das Knie des Mannes knickt ein.

Stöhnend und fluchend stürzt er zu Boden und landet mit seinem gebrochenen Bein auf dem Rasen. Nur wenige Meter von ihm entfernt bleibe ich stehen.

Er hebt den Kopf, um mich anzustarren, und ein kalter Luftzug lässt das Gras um meine Schuhe herum so hart gefrieren, dass ich meine Füße nicht anheben kann.

„Du musst mich zu diesen verdammten Jägern lassen", knurrt er und lässt seinen Blick an mir vorbei in die Dunkelheit hinter unserem Auto schweifen. „Diese Arschlöcher … Ich habe gesehen, was dieser Bastard mit den

Teenagern in unserem Übergangshaus gemacht hat. Der Tod wäre noch zu gütig für …"

Eine weitere Gestalt rast so schnell auf uns zu, dass ich erst nicht erkennen kann, ob es sich um einen Mann oder eine Frau handelt. Der heiseren Stimme nach zu urteilen, ist es ein Mann, der sagt: „Omar, da bist du ja!"

Der Mann mit der vernarbten Stirn dreht sich um, und die übernatürlich schnelle Gestalt zieht ihn vom Boden hoch. Sie verschwinden in dem Getümmel weiter unten auf der Straße und lassen mich mit einem unguten Gefühl im Bauch zurück.

Es war nicht nur Wut, die ich bei diesem Mann – Omar – gespürt habe, als er von den Jägern sprach, die sie angreifen wollten … von dem einen Mann, den er kannte … Er war so voller Angst, dass mir die Luft wegblieb.

Ist er hier in der Gegend aufgewachsen? Hat er einen der Jäger aus den Nachrichten erkannt?

Das wäre durchaus möglich.

Feuer durchzuckt die Luft. Der Boden bebt, und ein monströses Gebrüll ertönt, während von hinten ein Dröhnen an meine Ohren dringt.

Motoren. Mehrere Fahrzeuge rasen aus der entgegengesetzten Richtung auf uns zu. Sind es weitere Schattenblüter, die sich von der ersten Gruppe abgespalten haben?

Nein. Als die Fahrzeuge quietschend zum Stehen kommen und die Türen aufgerissen werden, stürmen Gestalten mit Waffen heraus, die *ich* aus den Nachrichten kenne – Armbrüste, seltsame Gewehre und unheimlich glänzende Messer.

Wir haben die abtrünnigen Schattenblüter gefunden, indem wir sie dorthin verfolgt haben, wo sie nach den Jägern gesucht haben. Und jetzt haben die Monsterjäger *uns* gefunden. Scheiße!

Mit panischen Schreien stürzen sich die Jäger ins Getümmel. Kugeln und Armbrustbolzen schwirren durch die Luft.

Waffen durchbohren das Fleisch von ein paar Schattenwesen, die darauf konzentriert waren, die abtrünnigen Schattenblüter einzukreisen. Als sie sich schreiend umdrehen, um sich der neuen Bedrohung zu stellen, strömt rauchige Essenz in den Himmel.

Ein unbehagliches Gefühl beschleicht mich. Links von mir flucht Jacob lautstark.

Ein übernatürliches Licht flackert über die Straße und trübt meine Sicht. Ich taumle, woraufhin mein Bruder meinen Arm ergreift, um mich zu stützen.

„Diese Idioten machen alles kaputt." Er wischt sich über die Augen. Wahrscheinlich ist seine Sicht genauso verschwommen wie meine. „Verdammt."

Weitere Schreie und Gebrüll durchdringen die Nacht. Ich stolpere zum Geländewagen, da ich weiß, dass ich in der Öffentlichkeit eher eine Belastung als eine Hilfe bin.

Dann durchbricht Zians Schrei das Chaos. „Ich höre Sirenen! Jemand hat die Bullen gerufen."

Als ich die Dringlichkeit in seiner Stimme höre, beschleunige ich mein Tempo auf dem Weg zum Auto.

Riva holt mich nach ein paar Schritten ein und ergreift meinen Arm. Verzweiflung schwingt in ihrer Stimme mit. „Wir können nichts anderes tun. Wir müssen von hier verschwinden."

„Was ist mit den anderen Schattenblütern passiert?", frage ich, als wir auf dem Rücksitz des Geländewagens Platz nehmen, während die anderen um uns herum in den Wagen springen.

Dominic lässt sich auf den Sitz vor uns fallen und späht daran vorbei, während der Motor angeschmissen wird. „Die anderen Schattenblüter haben weiter unten auf der Straße ein paar Autos gestohlen. Offenbar haben ein paar von ihnen die Fähigkeit, sie schnell kurzzuschließen."

„Einer der Vans ist losgefahren, bevor wir ihn erreichen konnten." Riva seufzt und lässt sich erschöpft zurücksinken. „Jacob hat es geschafft, einem der neuen Schattenblüter den Schädel zu zertrümmern, und Sorsha hat mindestens einen von ihnen abgefackelt. Ich glaube, die anderen Schattenwesen haben ein paar der Kriminellen getötet. Ich bin mir allerdings nicht sicher, ob das einen Unterschied machen wird. Der Rest von ihnen wird noch wütender auf uns sein."

Der Wagen schlingert um eine Kurve und ich ringe mit mir selbst. Doch ich will nicht noch mehr Geheimnisse vor der Frau haben, die ich liebe, oder dem Bruder, den ich fast verloren hätte.

„Ich weiß auch nicht, ob wir alle kriminellen Schattenblüter umbringen sollten", sage ich leise. „Der eine Kerl, der mir über den Weg gelaufen ist, hat etwas gesagt … Er hat etwas *gefühlt* …"

Jacob zieht die Augenbrauen hoch. „Wovon redest du?"

Ich verziehe das Gesicht. „Ich glaube, er hatte einen persönlichen Grund, die Jäger hier anzugreifen. Ich glaube, er hat gesehen, dass mindestens einer von ihnen Leute verletzt hat – keine Monster, sondern verstörte Kinder. Er wollte alle vor diesem Kerl schützen und nicht nur töten um des Tötens willen. Ich habe keine Ahnung, ob das für alle Kriminellen gilt, die Balthazar ausgewählt hat, aber sie sind immer noch Menschen. Sie sind nicht nur darauf aus, Böses zu tun."

Jake schnaubt. „Der eine vielleicht nicht."

Rivas runzelt die Stirn. „Wir wissen nichts über sie. Was sie durchgemacht haben oder was sie wirklich wollen, wenn sie glauben, eine echte Wahl zu haben." Sie lehnt ihren Kopf zurück gegen den Sitz. „Scheiße!"

Ich rücke näher an sie heran und lege meinen Arm um ihre Taille. Sie lehnt ihren Kopf an meine Schulter. „Ich wünschte, es wäre nicht so kompliziert", murmelt sie.

Ich küsse ihre Stirn und genieße es, wie sie sich in meiner Umarmung entspannt. „Menschen sind kompliziert. Wir versuchen unser Bestes. Wenigstens haben wir ihnen heute Abend etwas zum Nachdenken gegeben. Vielleicht werden sich einige von ihnen zurückziehen, wenn sie erst einmal verstanden haben, was wir gesagt haben."

„Vielleicht." Riva scheint meine Skepsis zu teilen. Sie schmiegt ihren Kopf an meine Halsbeuge. „Bleib so. Lass mich nicht los."

Ein Kloß bildet sich in meiner Kehle, als ich von der Zuneigung und dem Mitgefühl für die Frau, die ich liebe, überwältigt werde. „Niemals."

Nach einer Weile, in der das leise Dröhnen des Motors zu hören ist und der Wagen leicht schaukelnd auf die Autobahn auffährt, werden Rivas Atemzüge langsamer und sie schläft ein. Jacob, der seinen Kopf gegen das Fenster gelehnt hat, scheint ebenfalls einzudösen. Neben ihm lehnt sich Andreas vor, um leise mit Zian zu sprechen.

Meine Augenlider sind gerade dabei, zuzufallen, als Billy aus der Dunkelheit auftaucht und sich direkt neben mich setzt.

Er sieht Riva und mich mit seinen großen Augen an und kratzt sich am Kopf, direkt unter einem seiner Hörner. „Ihr zwei seid euch sehr nahe", flüstert er.

Ich lächle, als mir klar wird, dass er sich nicht nur auf unsere derzeitige körperliche Position bezieht. „Ja. Das sind wir alle sechs."

„Ich meine … Du hast ihr etwas gesagt, das sie verärgert hat. Aber sie wollte trotzdem in deiner Nähe sein."

Ich blinzle und denke über die implizite Frage nach. „Sie wusste, dass es nicht meine Schuld war … Ich habe nur

Informationen weitergegeben. Und wir fühlen uns wohler, wenn wir zusammen sind."

Der Faun legt den Kopf schief und mustert Riva erneut. Seine Lippen verziehen sich zu einem gequälten Lächeln. „Ich weiß nicht, wie das ist. Ich habe Freunde, aber das ist nicht normal bei Schattenwesen. Die meisten gehen keine derartige Bindung ein."

Neugierde glänzt in seinen Augen. Das Angebot kommt wie von selbst über meine Lippen. „Möchtest du erfahren, wie es sich anfühlt?"

Billy starrt mich eine Sekunde lang an, bevor sich Verständnis in seinem Gesicht abzeichnet. „Du kannst es mich durch deine Kraft fühlen lassen. Ich ... Wenn es dir nichts ausmacht ..."

„Natürlich nicht."

Ich konzentriere mich auf die warmen Gefühle, die in mir auflodern, wenn ich Riva in meinen Armen halte, die Zärtlichkeit, die Bewunderung und das Staunen, dass ich überhaupt eine solche Liebe erfahren darf. Bis auf einige leidenschaftliche Impulse übermittle ich dem schlanken Schattenwesen all meine Empfindungen.

Er sitzt still da und lässt die Eindrücke auf sich wirken, die ich ihm sende. Als er mich wieder ansieht, wirkt er ein wenig benommen.

„Das ist ... Das ist etwas, das niemals verloren gehen sollte. Ich bin froh, dass ich euch geholfen habe, auch wenn ich nicht viel tun kann. Ich werde nicht zulassen, dass jemand das zerstört, was ihr miteinander gefunden habt."

Die Entschlossenheit in seinen Worten versetzt mir einen Stich ins Herz, der auch noch anhält, nachdem er wieder in den Schatten verschwunden ist. Ich lege meinen Kopf an Rivas und schließe die Augen, als mir die Tränen kommen.

In diesen Tränen liegt Traurigkeit über all das, was uns bevorsteht, über die Komplikationen, mit denen wir noch nicht umzugehen wissen. Doch sie enthalten auch etwas Liebevolles.

Ich verfüge vielleicht nicht über Fähigkeiten, mit denen ich eine körperliche Auseinandersetzung für uns gewinnen kann, aber meine Kräfte können mehr als nur manipulieren. Ich kann lernen und aufdecken und lehren, Dinge klarer machen, nicht nur für meine Freunde, sondern auch für alle anderen, die wir auf unserer Seite haben wollen.

Auch wenn diese Kraft keinen Faustkampf entscheiden wird, könnte sie uns dem Sieg in diesem Krieg einen Schritt näher bringen.

Einundzwanzig

Riva

Unruhig laufe ich in dem Hotelzimmer auf und ab. Jeder luxuriöse Einrichtungsgegenstand, auf den mein Blick fällt, löst einen weiteren Anflug von Ärger in mir aus.

Als wir das erste Mal in den Genuss von Rollicks opulentem Geschmack kamen, wusste ich den Luxus zu schätzen. Nach einem Leben in winzigen Gefängniszellen und geschmacklosem Essen war es aufregend, diese Extravaganz zu erleben.

Jetzt erinnern mich die flauschige Bettdecke und die eleganten Möbel in dem Haus nur daran, wie wenig ich hierher passe.

Gerade *weil* ich in Gefängniszellen aufgewachsen bin, sollte ich wissen, wie ich zu den anderen Schattenblütern durchdringen kann, sowohl zu den Kindern als auch zu den ehemaligen Häftlingen.

Warum sind sie dann immer noch da draußen, fahren in gestohlenen Autos herum und verüben verrückte Anschläge, während ich in diesem hübschen Schlafzimmer bin?

Andreas sieht von seinem Handy auf und lehnt sich gegen das Mahagoni-Fußteil. „Anscheinend gab es nur ein paar Tote. Es hätte schlimmer sein können."

Die Jungs sind vor etwa zehn Minuten in mein Zimmer gekommen, nachdem sie die Morgennachrichten gesehen hatten. Über den Bildschirm des Breitbildfernsehers an der Wand flackern Szenen von zertrümmerten Schildern und zerbrochenem Glas, eingedellten Autos und blutbespritzten Bürgersteigen.

Unsere Mitschattenblüter waren nur noch wütender, nachdem wir ihren Angriff auf die Jägergruppe abgewehrt hatten, auch wenn unser Plan am Ende in sich zusammenfiel. Sie ließen ihre Wut an der Innenstadt von Memphis aus.

Bisher gibt es zwar nur ein paar Tote, doch in dem Text, der am unteren Rand des Fernsehbildschirms entlangläuft, steht, dass mehr als zwanzig Menschen mit Verletzungen ins Krankenhaus eingeliefert wurden. Wäre es früher in der Nacht gewesen, wären mehr Restaurants geöffnet und mehr Menschen auf den Straßen gewesen.

Ich erschaudere bei dem Gedanken an das Gemetzel.

Jacob läuft mit finsterer Miene an der Tür auf und ab. „Es wird noch schlimmer werden, wenn diese Arschlöcher so weitermachen. Wem wollen sie etwas vormachen, wenn sie sagen, dass sie nur die Dinge zerstören, die falsch sind? Sie machen alles kaputt, worauf sie Lust haben."

Dominic sitzt auf dem Stuhl neben dem Schreibtisch und fährt sich mit der Hand über sein müdes Gesicht. „Vielleicht denken sie, dass jeder und alles außer ihnen falsch ist. Schließlich ist das die Welt, aus der die Wärter stammen. Alle ‚normalen' Menschen haben Angst vor Monstern."

Zian sieht kurz aus, als wolle er aus Frust gegen das

Fußende des Bettes treten, scheint es sich dann jedoch anders zu überlegen. Vielleicht weil das Bettgestell so teuer aussieht. Er knurrt leise vor sich hin. „Sie können nicht einfach jeden auf der ganzen Welt umbringen."

Jacob stößt ein raues Lachen aus. „Sie können es versuchen."

Griffin hat sich auf die Kante des Schreibtisches gesetzt. Er lässt seinen sanften Blick über uns schweifen. „Wir werden sie zur Vernunft bringen. Sie haben mehr in sich als nur Wut."

Ich setze mich auf das Bett und senke den Kopf. „Aber wie sollen wir das machen? Wir waren nicht einmal stark genug, um sie mit der Hilfe von einer Gruppe Schattenwesen unter Kontrolle zu bringen."

Wir konnten nicht wissen, dass die Jäger den Kampf bemerken und angreifen würden, bevor wir das, was wir angefangen haben, zu Ende gebracht haben. Aber wo könnten wir versuchen, die abtrünnigen Schattenblüter zur Vernunft zu bringen, ohne dass wir gestört werden?

Ich kann es den Jägern nicht verübeln, dass sie ihre Gemeinden vor der Gewalt schützen wollen, die wir über sie gebracht haben.

Mein Blick schweift wieder zum Fernsehbildschirm. Besorgte Passanten mit panischen Augen werden von einem Reporter interviewt. Sie haben Angst vor Wesen wie mir.

Die Worte, die sich in den letzten Stunden – vielleicht sogar in den letzten Tagen, wenn ich ehrlich bin – in meinem Kopf festgesetzt haben, purzeln über meine Lippen. „Vielleicht hatte Engel recht."

Jacob bleibt ruckartig stehen und sieht mich an. „*Wie bitte?*"

Ich starre auf meinen Schoß, um die Fassungslosigkeit in den Gesichtern der Jungs nicht sehen zu müssen. „Sie hielt uns für zu gefährlich. Die Wärter wollten uns lieber loswerden, als uns weiter zu benutzen, weil wir am Ende noch Schlimmeres anrichten könnten als die Monster, die wir bekämpfen sollten. Sind die anderen Schattenblüter nicht der Beweis für ihre These?"

„Das sind die anderen, nicht wir", erklärt Zian mit einer Handbewegung in Richtung Bildschirm. „Und Balthazar hat sie so gemacht, als Engel schon tot war."

Ich habe einen Kloß im Hals. „So in etwa. Er hat ihre Formeln benutzt, um die Injektionen und Pillen herzustellen, mit denen er den Kriminellen ihre Kräfte verliehen und die der Kinder verstärkt hat."

Ich halte inne und zwinge mich, den Kopf zu heben. Wenn ich das sage, muss ich mutig genug sein, die Reaktionen zu ertragen, die ich bekommen werde. „Habt ihr euch nie gefragt, ob wir auch so durchdrehen könnten wie die anderen? Was, wenn Balthazar sie nur auf den Weg gebracht hat, auf dem wir auch sind?"

Griffin blinzelt mich an, als hätte er diese Möglichkeit noch nie in Betracht gezogen. Ich nehme an, das ist beruhigend, wenn man bedenkt, dass er den tiefsten Zugang zu unserer Gefühlswelt hat.

Dominics nachdenklicher Blick deutet allerdings darauf hin, dass *er* sehr wohl schon darüber nachgedacht hat. Und offenbar hat es ihm nicht gefallen, wohin diese Gedanken geführt haben.

Jacob und Zian sehen genervt aus.

Andreas greift über das Bett und streichelt beruhigend meinen Rücken. „Ich glaube nicht, dass es uns guttut, über Dinge zu spekulieren, die noch gar nicht eingetreten sind. Wir hatten von Anfang an stärkere Kräfte als die Teenager, und selbst wenn wir an unsere Grenzen gestoßen sind, haben wir nie so um uns geschlagen wie sie jetzt."

Zian meldet sich vorsichtig zu Wort. „Balthazar muss Engels Verfahren zur Erschaffung der Schattenblüter verändert haben, oder? Wenn sie Erwachsene in Schattenblüter hätte verwandeln können, anstatt uns von klein auf großzuziehen, hätte sie das bestimmt auch getan."

Seufzend gebe ich mich Andreas' Berührungen hin. „Ich weiß es nicht. *Wir* können es nicht mit Sicherheit wissen. Aber wir können nicht zulassen, dass die anderen Schattenblüter so weitermachen wie bisher. Und Gespräche haben uns bisher nicht weitergebracht."

Griffin neigt seinen Kopf zur Seite und mustert mich. „Du findest also, dass wir sie nicht alle töten sollten."

Meine Miene verfinstert sich und ich schüttle den Kopf. „Nein, vor allem nicht nach dem, was du über diesen Kerl gesagt und was du bei ihm gefühlt hast. Ist es fair, davon auszugehen, dass alle Erwachsenen, die Balthazar verwandelt hat, böse sind, nur weil sie im Gefängnis waren? Das ist dasselbe, wie wenn Leute uns wegen unserer Kräfte verurteilen! Wir haben auch kriminelle Dinge getan. Egal, wie es passiert ist, wir sind vom gleichen Blut."

„Es bringt nichts, weiter zu versuchen, mit ihnen zu reden", wirft Jacob ein. „Sie werden einfach abhauen, egal, was wir tun."

„Ich weiß."

Ich schrecke auf, als ein Räuspern ertönt und Rollick in seiner Schattenwesen-Gestalt ins Zimmer kommt.

Seine ernste Miene und seine einleitenden Worte lassen mich vermuten, dass er unser Gespräch schon eine Weile in den Schatten mitgehört hat. Er lässt seinen Blick über uns schweifen. Seine Hände sind in seinen Hosentaschen vergraben, und seine Haltung ist angespannt. „Ihr müsst euch auf jeden Fall bald einen neuen Plan einfallen lassen."

Mein Magen verkrampft sich. „Beschweren sich die Schattenwesen schon wieder?" Oder schlimmer noch: Wollen sie aussteigen? Ich weiß nicht, wie wir die abtrünnigen

Schattenblüter aufhalten sollen, aber ich bin mir sicher, dass wir sechs das nicht allein schaffen können.

Der Dämon seufzt. „Nicht mehr als sonst. Sie verstehen, dass es nicht eure Schuld ist, dass die letzte Nacht schiefgelaufen ist. Aber ihr riskiert mit jedem weiteren Angriff auf dieses Rudel von Schattenblütern, euch ein noch größeres Problem einzuhandeln."

Ich erschaudere. „Was meinst du damit?"

Rollicks Miene verfinstert sich. „Ich hatte gehofft, wir müssten uns darüber keine Sorgen machen. Seit einem unangenehmen Vorfall, den sie am liebsten vergessen würden, haben sie sich seit Jahren von den Ereignissen in der Welt der Sterblichen ferngehalten."

„Wer sind ‚sie'?", fragt Jacob.

„Dazu komme ich noch." Rollick reibt seine Hände aneinander, als könnte er sich auf diese Weise einfach von diesem Thema reinwaschen. „Unter den Schattenwesen gibt es ein paar besonders alte und mächtige Wesen, die wir die Obersten nennen. Niemand weiß, wie sie entstanden sind. Sie waren schon lange vor uns da. Obwohl sie das Schattenreich nie verlassen, versuchen sie, zu kontrollieren, was in beiden Welten geschieht, vor allem, um sicherzustellen, dass sie nicht gestört werden."

Dominic runzelt die Stirn. „Was hat das mit uns und den anderen Schattenblütern zu tun?"

„Nun, die Obersten können Hybriden noch weniger leiden als die Schattenwesen, denen ihr bisher begegnet seid. Sie haben jahrzehntelang Jagd auf Sorsha gemacht, um sie auszulöschen. Schließlich ist es ihr gelungen, sie davon zu überzeugen, dass sie eine große Hilfe gegen potenzielle Bedrohungen ist und selbst keine Gefahr darstellt. Die Obersten mögen keine Störungen im Reich der Sterblichen, die die Aufmerksamkeit auf unsere Existenz lenken könnten."

Mir rutscht das Herz in die Hose. „Verdammt. Dieser Zug ist bereits abgefahren.“

Rollick nickt knapp. „Anscheinend haben sie mitbekommen, dass hier etwas im Gange ist. Eines ihrer Botenwesen kam heute Morgen auf mich zu und wollte wissen, ob ich Informationen über die aktuellen Unruhen hätte.“

Zian wird ein wenig grün. „Was hast du ihnen gesagt?“

Der Dämon zuckt mit den Schultern. „Dass sich ein Haufen Sterblicher als Monster aufspielt und ich daran arbeite, das Problem zu beseitigen. Allerdings bin ich mir nicht sicher, ob sich diese Lüge lange aufrechterhalten lässt.“

Ich schlucke schwer. „Und was passiert, wenn die Obersten beschließen, einzugreifen?“

Rollick sieht mich mit einem bedauernden Blick an. „Ihre übliche Strategie ist die Ausrottung.“

Mir entweicht ein frustriertes Stöhnen. Ich reibe mir die Schläfen, als könnte ich damit ich einen nützlichen Gedanken aus dem Tumult in meinem Kopf herausholen.

Nach einem Moment blicke ich wieder zu Rollick auf. „Was hast du vor? Es gibt zerstörerische Schattenwesen und solche, die aus gutem Grund durchdrehen. Du willst nicht, dass deine Artgenossen ausgelöscht werden, oder?“

Er macht eine unbeholfene Geste, und ich kann nicht umhin, mich daran zu erinnern, dass ich schon einmal gesehen habe, wie er Wesen, die ihn verraten haben, bedroht und verstümmelt hat. Ich vermute, dass das Töten anderer Schattenwesen nichts Ungewöhnliches für ihn ist.

Aber selbst wenn, glaube ich nicht, dass er es gerne tut.

„Ich muss hart bleiben“, sagt er schließlich. „Ich kann meine Autorität nicht aufrechterhalten, wenn die Wesen, mit denen ich zu tun habe, nicht glauben, dass es Konsequenzen gibt, wenn sie aus der Reihe tanzen. Aber ich versuche, diese Konsequenzen an die Umstände und die Beweggründe der

Beteiligten anzupassen. Ich verstehe, warum ihr eure Mitschattenblüter lieber bändigen wollt, anstatt sie zu vernichten."

Bei dem Wort *bändigen* kommt mir ein Geistesblitz. Ich setze mich ein wenig aufrechter hin. „Das ist es."

Andreas wirft mir einen neugierigen Blick zu. „Was?"

„Wir können die anderen Schattenblüter nicht dazu bringen, auf uns zu hören, solange sie herumstreunen und Leute angreifen. Also müssen wir sie zunächst einmal bändigen. Sie gefangen nehmen und irgendwo festhalten, wo sie keinen Schaden anrichten können, während wir uns überlegen, wie wir zu ihnen durchdringen können."

Jacobs Miene verfinstert sich. „Wir sperren sie ein. So wie es die Wärter und Balthazar immer getan haben."

Ich lasse mich nicht von dem mulmigen Gefühl beirren, das seine Worte in mir auslösen. „Das ist nicht das Gleiche. Wir würden es tun, um sie zu retten, nicht um sie zu benutzen. Und da die Wärter es ohne übernatürliche Kräfte geschafft haben, sollten auch wir in der Lage sein, die abtrünnigen Schattenblüter gefangen zu nehmen. Vor allem mit der Hilfe der Schattenwesen."

Das ist auf jeden Fall besser, als Sorsha zu bitten, sie alle zu verbrennen.

Dominic nickt langsam. „Wir müssen einen Ort finden, an dem wir sie erwischen können, ohne gestört zu werden. Und wir müssen versuchen, sie von Anfang an außer Gefecht zu setzen oder auszuschalten, ohne zu versuchen, zu reden und ihnen die Möglichkeit zu geben, sich auf einen Angriff vorzubereiten."

„*Wie* sollen wir sie gefangen nehmen?", fragt Zian. „Sie können sich ziemlich gut wehren. Selbst wenn wir es schaffen, sie zu überraschen …"

Ich drehe mich wieder zu Rollick um. „Wir brauchen die

Hilfe von Schattenwesen, die Menschen überwältigen können, ohne größeren Schaden anzurichten."

Der Dämon reibt sich das Kinn. „Ich wüsste ein paar, die für diese Aufgabe gut geeignet wären."

Ich schaue zwischen meinen Jungs umher. „Ich bin mir nicht sicher, wie nützlich der Rest von uns für dieses Ziel ist ... Andreas könnte sie mit projizierten Erinnerungen verwirren, aber Griffin war bisher nicht in der Lage, ihnen Emotionen aufzuzwingen. Zian, Jacob und ich könnten sie verlangsamen, indem wir ihnen die Knochen brechen, doch das würde sie vermutlich nur noch wütender machen und ihre Kräfte nicht wesentlich beeinträchtigen."

„Sie sind viele", gibt Griffin zu bedenken. „Es wird schwierig sein, sie alle auf einmal wirksam zu bekämpfen."

„Ja." Ich zögere und denke nach, bis mir auf einmal etwas einfällt. „Aber Balthazar hat es geschafft. Er hat Sorsha und uns aufgehalten, als wir ihn zu seiner Basis in den Bergen verfolgt haben. Mit dem Gerät, das diesen schrecklichen Ton erzeugte. Es war unmöglich, sich genug zu konzentrieren, um unsere Kräfte zielgerichtet einzusetzen. Das sollte auch bei den anderen Schattenblütern funktionieren."

Zian schüttelt den Kopf. „Und der Rest von uns ... soll Ohrstöpsel tragen?"

Ich kann mir ein Lachen nicht verkneifen. „Was auch immer funktioniert. Es müssen wirklich gute Ohrstöpsel sein. Aber daran haben wir schon letztes Mal gedacht, als wir befürchteten, dass Balthazar dieses Gerät wieder einsetzen könnte."

Rollick, der zufrieden zugehört hat, wie unser Plan Gestalt annimmt, deutet auf den Fernseher. „Ihr braucht auch ein Hilfsmittel, um herauszufinden, wo die Schattenblüter als Nächstes zuschlagen werden – und ich glaube, das haben wir hier."

Auf dem Bildschirm erscheint eine Gruppe von Gestalten

mit silbernen Helmen, die von einem Reporter interviewt werden. Einer von ihnen reckt die Faust in die Luft.

„Wir lassen uns nicht unterkriegen, egal, was diese Unholde versuchen, uns entgegenzusetzen! Sie sollen ruhig versuchen, Unruhe in Chicago zu stiften.“

Mir läuft ein Schauer über den Rücken. „Glaubst du, die Schattenblüter werden das sehen und die Herausforderung annehmen?“

Rollick schenkt mir ein kleines Lächeln. „Es würde mich nicht überraschen. Sie scheinen ziemlich impulsiv zu sein. Und Chicago liegt auf dem Weg, den sie bereits eingeschlagen haben. Ich würde vorschlagen, dass wir nach ähnlichen Kampfansagen in der Gegend Ausschau halten und beobachten, in welche Richtung die Teenager sich bewegen, die du orten kannst.“

Und dann schlagen wir zu. Ich atme tief durch und sage mir immer wieder, dass wir das Richtige tun und dies die beste Option ist, die wir haben.

Dann nehme ich mein Handy vom Nachttisch. „Ich werde Toni anrufen. Vielleicht kann sie uns etwas über Balthazars Technik erzählen. Nachdem er uns in so vielerlei Hinsicht benutzt hat, können wir genauso gut alles nutzen, was wir von ihm bekommen können.“

Zweiundzwanzig

Jacob

Langsam wird mir klar, dass ich eine Hassliebe für Riva empfinde, wenn ich sie in Aktion sehe.

Das Feuer in ihren hellbraunen Augen ist unvergleichlich, wenn sie ihre ganze Entschlossenheit auf ein Ziel richtet. Ihre Kraft kommt durch jede ihrer energischen Bewegungen zum Ausdruck, und ihr scheinbar zarter Körper verwandelt sich in eine Naturgewalt.

Das ist viel besser als die enttäuschte Hoffnungslosigkeit, die sie in den schlimmsten Momenten überkommt. Wenn sie in *dieser* Stimmung ist, möchte ich immer den Rest der Welt in Stücke reißen, bis ich den Grund für ihre Verletzung erreiche.

Diese Frau kümmert sich um so viele Menschen. Und ich kann mich nicht darüber beklagen, denn ich habe das Glück, einer dieser Menschen zu sein.

Doch der Druck, sie alle beschützen und retten zu wollen, nagt an ihr, solange sie es noch nicht geschafft hat.

Mit einer schwungvollen Bewegung ihres geflochtenen Zopfes dreht sie sich zur Tür um. „Ich sollte noch mal den Plan mit Rollicks Leuten durchgehen."

Das wird sie nur daran erinnern, wie lange wir noch warten müssen, bevor wir tatsächlich etwas tun können. Und wie wenig Sicherheit wir haben, dass unser Vorhaben funktionieren wird.

Nachdem ich den Stadtplan auf meinem Handy studiert habe, erhebe ich mich von meinem Stuhl. „Du hast erst vor einer halben Stunde mit ihnen gesprochen. Ich glaube nicht, dass sie es gut finden werden, wenn du ihnen das Gefühl gibst, dass du sie für Idioten hältst."

Für Wesen, die seit Hunderten oder gar Tausenden von Jahren existieren, scheinen die Schattenwesen ein ziemlich sensibler Haufen zu sein.

Riva stößt einen erstickten Laut aus, der Dominic und Griffin aufblicken lässt, die am Fußende des Bettes sitzen und sich die Nachrichten im Fernsehen ansehen. „Ich ertrage es nicht, nur herumzusitzen und zu warten. Vielleicht sollte ich den Standort der Schattenblüter noch einmal überprüfen."

„Das hast du erst vor *fünfzehn* Minuten getan", erinnere ich sie so sanft wie möglich, aber dennoch mit Nachdruck. „Sie haben sich kaum bewegt, seit sie vor ein paar Stunden in der Stadt angekommen sind."

Dominic nickt. „Sie haben noch nie vor Einbruch der Dunkelheit angegriffen. Die Jäger gehen immer erst nachts auf Patrouille."

Riva seufzt, doch sie weiß, dass er recht hat. Wir haben herausgefunden, dass die abtrünnigen Schattenblüter auf dem Weg nach St. Louis sind. Vermutlich um eine Gruppe von Jägern anzugreifen, die hier in letzter Zeit für

Schlagzeilen gesorgt hat. Deswegen sind wir heute Morgen ebenfalls in die Stadt gefahren. Aber selbst nachdem wir unsere Pläne für heute konkretisiert haben, sind es noch einige Stunden bis zum Abend.

Trotzdem schaut Riva wieder zur Tür, als würde sie nach einem Grund suchen, um durch die Flure zu laufen. Eine Mischung aus Liebe und Verzweiflung flackert in meiner Brust auf.

Sie nimmt immer eine Menge auf sich, als wäre es ihre Aufgabe, alles Böse in dieser Welt zu besiegen und sicherzustellen, dass wir da sind, wo wir sein müssen, um das zu erreichen.

Doch sie ist nicht allein. Sie hat uns und die Verbündeten, die wir zusammengetrommelt haben. Wenn wir gewinnen, ist das zu einem großen Teil ihr Verdienst, doch wenn wir verlieren, ist das auf keinen Fall ihre Schuld.

Ich weiß, dass sie darauf vertraut, dass wir ihr zur Seite stehen und ihr den Rücken stärken. Sie muss nur besser darin werden, zuzulassen, dass wir uns so um sie kümmern wie sie sich um uns.

Ich denke an den schmerzhaften Moment zurück, als sie mich brauchte und ich für sie da war. Damals half ich ihr, ihre Schuldgefühle und Sorgen zu lindern.

Als Riva zur Tür geht, versperre ich ihr den Weg. „Nein", sage ich. „Du bleibst hier. Setz dich aufs Bett."

Sie sieht mich mit zusammengekniffenen Augen an. „Erteilst du jetzt etwa Befehle?"

Ich lächle und mache eine Handbewegung in Richtung Bett. „Nur, weil du sie offensichtlich brauchst. Im Moment gibt es nichts für dich zu tun. Deswegen werde ich dich davor bewahren, dich zu überanstrengen."

Riva verschränkt trotzig die Arme vor der Brust, obwohl das Funkeln in ihren Augen mehr herausfordernd als verärgert aussieht. „Ich habe keine Lust, mich zu setzen."

„Du hast es noch nicht probiert." Ich schaue an ihr vorbei zu den beiden anderen Jungs im Raum, die uns amüsiert beobachten. „Kann mir jemand helfen?"

Mit einem leisen Kichern steht Dominic auf und entfaltet seine Tentakel, während er zu Riva hinübergeht.

Er streckt einen Tentakel aus und schlingt ihn um Rivas Unterarm, bevor er sie in Richtung Bett zerrt.

Sie funkelt ihn böse an. „Verbündet ihr euch jetzt gegen mich?"

Seine Mundwinkel verziehen sich zu einem Lächeln. „Nur weil es nötig ist."

„Oh ja, definitiv", meldet sich Griffin zu Wort, der sich auf dem Bett umgedreht hat. „Wenn du den ganzen Nachmittag so angespannt bist, wirst du völlig erschöpft sein, bevor wir überhaupt mit den wichtigen Dingen anfangen können."

Riva gibt ein weiteres leises Knurren von sich, lässt sich aber von Dominic zum Bett ziehen. Als sie sich im Schneidersitz auf der Bettdecke niederlässt, klettere ich ihr hinterher.

Ich lasse mich hinter sie sinken und lege meine Hände auf ihren Rücken, direkt unter ihre Schultern. Langsam fahre ich mit meiner übernatürlichen Berührung über ihre Haut.

In einem rachsüchtigen Moment, den ich jetzt bereue, habe ich meine Macht genutzt, um ihre Muskeln und Gelenke auf absichtlich schmerzhafte Weise auf Peilsender zu untersuchen. Heute möchte ich das genaue Gegenteil bewirken.

Mit einem leichten telekinetischen Druck streiche ich über ihre Muskeln, um festzustellen, wo die meiste Anspannung sitzt. Dann beginne ich, sie sanft zu massieren, während ich zusätzlich meine Daumen über die angespannten Stellen kreisen lasse.

Wenn du deine Brutalität wiedergutmachen willst, sagte

Riva einmal zu mir. *Warum zeigst du mir nicht, wie sanft du jetzt sein kannst?* Seitdem tue ich das, wann immer ich kann. Immer und immer wieder, seit diesem ersten Fünkchen Vertrauen, das sie mir entgegengebracht hat.

Unsere Frau hat so viel durchgemacht. All die Schrecken, die wir unter der Kontrolle der Wärter und dann durch Balthazar erlebt haben, und dazu noch die Scheiße, die *wir* ihr angetan haben, als sie zu uns zurückkehrte. Sie hat es verdient, verwöhnt zu werden.

Ich verstärke den Druck meiner Hände und Riva brummt genüsslich, während sie sich in meine Berührung sinken lässt. Das Geräusch und der Hauch ihres süßlich-scharfen Duftes schießen direkt in meine Leistengegend. Und schon habe ich einen halben Ständer.

Wahrscheinlich merkt sie mit ihren eigenen übernatürlichen Sinnen, wie sie auf mich wirkt, aber sie ändert ihre Position nicht. Ich ignoriere den Aufschrei meiner niederen Instinkte und fahre mit meinen Händen über den dünnen Stoff des Baumwoll-T-Shirts, das ihren Rücken bedeckt.

Mit einer leicht amüsierten Miene, die mich daran erinnert, dass Griffin auch meinen Gefühlszustand genau kennt, beschließt mein Bruder, mitzumachen. Er zieht Rivas Turnschuhe aus, streift nacheinander ihre Socken ab und massiert dann mit seinem Daumen die Wölbung des einen Fußes.

Ihr tiefes Brummen gleicht einem Schnurren, als ihr Kopf nach hinten fällt. Verlangen knistert in meinen Nerven und der *halbe* Ständer gehört der Vergangenheit an.

Mit einem leichten Lächeln auf den Lippen legt Dominic ihren anderen Knöchel auf seinen Oberschenkel und macht sich ebenfalls an die Arbeit. Er streicht mit einem Tentakel über ihre Wade, während er mit seinen Daumen die Sehnen ihres Fußes massiert.

Riva leckt sich die Lippen. Die Stimmung im Raum heizt sich definitiv auf, auch wenn noch keiner von uns auf diese Erkenntnis reagiert.

Ein kurzer Anflug von Schuldgefühlen überkommt mich. Vielleicht sollten wir einen Weg finden, Andreas und Zian herbeizurufen. Drey ist in sein eigenes Zimmer gegangen, um in Ruhe die Erinnerungen auszuwählen, mit denen er die Schattenblüter bei unserem Hinterhalt heute Abend ablenken wird. Zee wollte in Wolfsgestalt mit ein paar Schattenwesen Sparring machen, um herauszufinden, wie er seine gesteigerte Kraft am effektivsten einsetzen kann.

Um sie zu erreichen, müssten wir unsere friedliche Blase platzen lassen, in der wir uns hier befinden. Ich wüsste also nicht, was dagegen sprechen sollte, dass ein paar von uns ein privates Intermezzo mit unserer Frau genießen.

Sosehr ich es zu schätzen weiß, was die anderen Jungs ihr bieten können, hoffe ich sehr, dass es noch Gelegenheiten geben wird, bei denen Riva und ich allein sind.

Als ich mich ihrem Rücken zuwende, lehnt sie sich meiner Berührung entgegen. Ich kann nicht widerstehen, mich zu ihr zu beugen und meine Lippen in ihre Halsbeuge zu drücken.

Ihr Keuchen treibt meinen Puls in schwindelerregende Höhen. Ich fahre mit meinen Zähnen über ihre Haut, bevor ich murmle: „Ich glaube, wir können noch mehr für dich tun.“

Riva dreht ihren Kopf, um meinen Mund zu suchen, und das ist die einzige Antwort, die ich brauche. Ich beanspruche ihre Lippen, während ich meine Hand unter ihr Oberteil schiebe.

Meine Finger streichen nach oben, bis zu den Trägern ihres BHs. Ich spüre den berauschenden Rhythmus ihres pochenden Herzens unter meiner Handfläche.

Unsere Schatten vibrieren im Gleichklang. Ich küsse sie

fester und lasse all meine Leidenschaft in die Berührung unserer Lippen fließen.

Als ich mich zurücklehne, um ihr das Shirt auszuziehen, rückt Griffin mit einem verschmitzten Lächeln an uns heran. Kaum sind ihre Arme frei, öffnet er ihren BH.

Riva zieht meinen Bruder an sich, um ihn zu küssen, bevor sie ihm beim Ausziehen hilft. Ich halte ihren Arm fest, um sie davon abzuhalten.

„Nein", sage ich und stoße sie auf den Rücken. „Du tust so viel für alle. Lass uns ausnahmsweise mal die ganze Arbeit machen. Lehn dich einfach zurück und genieße."

Sie wirft mir einen skeptischen Blick zu, aber Griffin ist bereits dabei, sein Shirt selbst auszuziehen. Als er es zur Seite wirft, tun Dominic und ich es ihm gleich. Wir können sie in ihrer Nacktheit nicht allein lassen.

Dom lässt seine Hände und Tentakel weiter über ihre Cargohose gleiten. Er sieht sie mit seinem typischen nachdenklichen Lächeln an, aber seine haselnussbraunen Augen leuchten eifrig. „Wäre es so schlimm, eine Weile zu nehmen, anstatt andauernd zu geben?"

Mit einem leisen Seufzen lässt Riva sich auf das Bett sinken. „Es macht mehr Spaß, wenn ihr auch auf eure Kosten kommt."

Griffin lacht. „Oh, wir kommen auf unsere Kosten, keine Sorge, Mondstrahl."

Mein Grinsen wird breiter. „Und wir werden es noch mehr genießen, wenn du dich windest und stöhnst."

Rivas Wangen erröten. Sie legt ihre Hände auf ihren Bauch, direkt unter ihre Brüste, als wäre sie sich nicht ganz sicher, was sie damit machen soll.

„Hmm. Wie wäre es hier oben?" Sanft hebe ich ihre Handgelenke über ihren Kopf und drücke sie auf das Kissen. Dann lasse ich meine Finger von ihren Händen zu ihren

Schultern hinunterwandern, so sanft, dass sie vor Erwartung zittert.

Dominic öffnet ihre Hose, und Griffin und ich heben Rivas Hüften an, damit er sie ihr ausziehen kann.

Ich werfe einen kurzen Blick auf den fast nackten, wunderschönen Körper meiner Geliebten, bevor ich meinen Kopf senke und mit meiner Zunge über ihre Nippel lecke.

Sie wimmert augenblicklich, nur einen Schritt von einem Stöhnen entfernt. Wir können uns auf die eigentliche Symphonie vorbereiten.

Riva scheint nicht stillhalten zu können und greift jetzt nach mir. Als ihre Fingerspitzen mein Haar streifen, hält Griffin sie fest und bedeckt ihre Knöchel mit Küssen.

„Genieße einfach", ermahnt er sie. „Auf diese Weise hast du später mehr zu geben."

Riva schnaubt. Das abweisende Geräusch wird allerdings schnell von einem weiteren Keuchen unterbrochen, als ich ihren Nippel zwischen meine Zähne ziehe. Griffin küsst ihren Arm, während Dominic ihren Oberschenkel hinaufwandert.

Als er seine Tentakel an den Seiten ihres Höschens einhakt, zappelt Riva ein wenig, was Ansporn und Hilfestellung zugleich ist. Er zieht ihr den Slip herunter, bevor er den Kopf senkt, um mit seiner Zunge über ihre Muschi zu fahren.

Da ist unser erstes Stöhnen. Es vibriert von ihrer Brust in meinen Mund, und ich sauge stärker an ihrem harten Nippel und ignoriere meine Eifersucht, weil ich nicht derjenige bin, der ihre Erregung schmeckt.

Es reicht, sie zu hören und Teil dieser herrlichen Begegnung zu sein, bei der es nur darum geht, unserer Frau zu zeigen, wie sehr wir jeden Teil von ihr verehren.

Während Dom sie verschlingt, streichen seine Tentakel weiter über ihre Haut – ihre Taille, ihre Hüften, ihre Beine.

Griffin umfasst Rivas andere Brust und blickt zu unserem Freund.

„Gib ihr auch deine monströse Seite. Danach sehnt sie sich genauso sehr." Sein Mund verzieht sich zu einem Grinsen, was äußerst untypisch für Griffin ist. „Wenn nicht sogar noch mehr."

Riva gibt ein leises zustimmendes Knurren von sich und stemmt ihre Hüften Dominics Mund entgegen. Er hebt seinen Kopf leicht an. Sein Gesicht ist genauso rot wie ihres, doch er zögert kaum länger als eine Sekunde, bevor er einen Tentakel über ihre Mitte gleiten lässt.

Heilige Scheiße. Ich habe noch nie gesehen, wie er sie tatsächlich mit seinen Tentakeln fickt. Doch Rivas ekstatischer Reaktion nach zu urteilen, genießt sie es.

Als er den Tentakel tiefer stößt, stöhnt sie erneut und windet sich drängend. Ihr Atem verwandelt sich in ein Keuchen, das ich am liebsten direkt von ihren Lippen trinken würde.

Mein Schwanz drückt so fest gegen meine Boxershorts, dass ich befürchte, sie könnte zerreißen. Ich unterdrücke mein eigenes Stöhnen, indem ich meinen Mund wieder auf Rivas Brust presse. Ich lecke und sauge, während sie zittert, und mir ist klar, dass mein Zwilling ihr auf der anderen Seite genauso viel Vergnügen bereitet.

Mit einem Schrei spannt sich ihr Oberkörper wie eine Bogensehne. Sie gräbt ihre Finger in mein Haar, und diesmal lasse ich sie gewähren und genieße die Wucht ihres Höhepunkts, als sie ihre Fingernägel so fest in meine Kopfhaut gräbt, dass es wehtut.

Dann wandere ich an ihrem Körper hinunter. Ich knabbere an der Haut über ihren Rippen und lecke über ihren Bauch.

„Ich bin dran", murmle ich, als ich ihre Hüfte erreiche.

Dominic weicht mit einem röchelnden Atemzug und

ohne Widerspruch zur Seite. Ich sehe, wie er die Saugnäpfe seines glitschigen Tentakels dort ansetzt, wo mein Mund zuvor Rivas Brust bearbeitet hat. Meine Zunge gleitet in sie hinein.

Sie ist so verdammt feucht, ihre Muschi brennt heiß nach ihrem Orgasmus. Ich lecke ihre Säfte auf und sauge kräftig an ihrem Kitzler. Ich liebe es, wie ihre Hüften für mich zucken. Ich genieße jedes sehnsüchtige Wimmern, das mir sagt, dass ich meine Sache gut mache.

Jeder lustvolle Laut von ihr löst auch in mir etwas aus, obwohl mein Schwanz immer noch hart wie eine gottverdammte Brechstange ist. Die Liebe, die sie vor Jahren zum ersten Mal in mir geweckt und in den letzten Monaten wieder aufleben hat lassen, fließt in jede Zelle meines Körpers und wäscht die letzten Reste der Wut weg.

Ich werde den Wärtern oder Balthazar nie verzeihen, dass sie uns so übel mitgespielt haben. Ich werde das nie auch nur im Entferntesten in Ordnung finden. Aber wie soll ich mich weiter darüber aufregen, wenn ich ohne sie nie diese Frau bekommen hätte?

Ihre kranken Pläne haben uns zusammengebracht, und das kann ich nicht bereuen, egal wie sehr ich den Rest hasse.

Riva windet sich an meinem Mund und stößt ein frustriertes Knurren aus. „Ich brauche mehr. Ich will, dass ihr alle mit mir kommt."

Mein Schwanz zuckt bei diesen Worten, doch ich richte mich auf, um dem Blick meines Zwillingsbruders zu begegnen, der mich von der anderen Seite des Bettes beobachtet. Mit einer Bewegung meines Kopfes bedeute ich ihm, sich zu uns zu gesellen.

So wie er es bei mir getan hat, als wir das erste Mal mit Riva zusammen waren. Ich kann auch teilen.

Ich *möchte* es.

Als ich Griffins strahlendes Lächeln sehe, bin ich noch

zufriedener mit meiner Entscheidung. Während er seine Hose auszieht und sich über Riva positioniert, befreie ich meinen eigenen Schwanz und beginne, ihn zu reiben.

Riva schenkt Griffin das sanfte Lächeln, das nur für ihn reserviert zu sein scheint, und ich stelle fest, dass mich das kein bisschen stört. Sie ist bei jedem von uns ein bisschen anders, aber auch gleich, und das macht einen Teil der Magie unserer Gruppe aus.

Als Griffin in sie gleitet, hebt sie ihre Knie an, um ihm besseren Zugang zu verschaffen. Ihre Hand wandert über die Decke, um meine Eier zu streicheln, während ich meinen Schwanz bearbeite.

Ich stöhne bei der Berührung und beuge mich vor. Ein Kribbeln schießt durch meinen Schwanz, und ich spüre, wie sich mein Höhepunkt aufbaut.

Dominic zupft jetzt mit beiden Tentakeln an Rivas Brüsten. Sie streichelt einen davon, während er seine Erektion reibt.

Es ist ein verrückter Anblick – aber das sind wir. Und ich würde es mir nicht anders wünschen.

Ohne unsere beschissene Vergangenheit hätte ich keinen von ihnen. Weder meinen Bruder noch meine Freunde. Egal, woher wir kommen oder wie wir entstanden sind, ich kann mir keine bessere Familie vorstellen.

Keine Psychos oder Arschlöcher können etwas daran ändern, was aus uns geworden ist.

Riva drückt meine Eier und meine Hüften zucken, als eine berauschende Hitzewelle über mich hinwegschwappt. Ich ergieße mich auf die blasse Haut ihres Bauches, und Dominic kommt im selben Moment zum Höhepunkt.

Riva wölbt sich nach oben, um Griffins Stößen zu begegnen, und ein weiteres lustvolles Stöhnen entweicht ihren Lippen. Ihre Atemzüge vermischen sich mit einer berauschenden Erleichterung, die so stark ist, dass sie von ihrer Schattenessenz in meine hineinfließt.

Als Griffin sich zurückzieht, drückt Riva uns alle an sich. Wir kuscheln uns in einem Nest aus lebendiger Wärme um unsere Frau, und sie schmiegt sich in unsere Umarmung, ohne die Pläne für den heutigen Abend auch nur einmal zu erwähnen.

Ich habe das Richtige für meine Geliebte und meine Familie getan. Zumindest heute.

Wenn ich das auch weiterhin tue, werden wir diese Katastrophe vielleicht heil überstehen.

DREIUNDZWANZIG

Riva

„Sind wir sicher, dass Nadia und die anderen hier auftauchen werden?", flüstert Booker mir zu. Es ist dunkel um uns herum und wir kauern vor einem Fenster, das mit einer Schicht aus Sägemehl bedeckt ist.

Ich rufe die Karte auf meinem Handy auf und konzentriere mich darauf, wie ich sie wahrgenommen habe: das selbstbewusste, schräge Mädchen, das ich auf Clancys Insel kennengelernt habe, und das Wesen aus gleißendem Licht und Wut, das sie geworden ist.

Mein Finger sinkt auf die Karte. „Sie kommen näher. Zumindest Nadia und die, die bei ihr sind. Bei meiner letzten Überprüfung waren Devon und Tegan bei ihr."

Ich schiebe mein Handy in meine Tasche. Vermutlich muss ich nicht noch einmal nachsehen. Bei dem Tempo, das sie bisher vorgelegt haben, sind sie weniger als zehn Minuten entfernt.

Wir wissen nicht genau, wie weit sie sich ausgebreitet haben und wie schnell sie sich vorwärtsbewegen. Ich möchte nicht, dass jemand im Licht des Displays einen Blick auf mein Gesicht erhascht.

Wir haben uns nicht die Mühe gemacht, uns für diesen Hinterhalt unsichtbar zu machen, da wir Andreas' Kräfte für andere Zwecke brauchen. Es lohnt sich nicht, dass er sich überanstrengt, nur um uns einen kleinen Vorteil zu verschaffen. Sowohl die Sirenengeräusche als auch Nadias Leuchtkraft haben unsere Tarnung letztes Mal zunichtegemacht. Die Wirkung würde vermutlich nicht lange genug anhalten, um einen Unterschied zu machen. Die dunklen Gebäude, in denen wir uns verstecken, sollten uns genug Deckung bieten, bis die abtrünnigen Schattenblüter eintreffen.

Und sie haben allen Grund, sich in diesen Teil der Stadt zu wagen. Ruse und Pearl waren heute Morgen bei der örtlichen Bürgerwehr und haben ihren Charme spielen lassen, um sie dazu zu überreden, im Internet zu verkünden, wo sie heute patrouillieren werden, angeblich um die Bevölkerung zu warnen.

Anschließend haben der Inkubus und der Sukkubus die Monsterjäger überredet, einen anderen Teil der Stadt zu durchkämmen, damit sie uns nicht in die Quere kommen.

Mit grimmiger Miene betrachtet Booker den regennassen Bürgersteig draußen, der im Licht der Sicherheitslampen glänzt. Der Nieselregen hat vor einer Stunde aufgehört, aber alles ist noch ziemlich feucht.

„Was ist, wenn Leute kommen und die ‚Monsterjäger' in Aktion sehen wollen?", fragt er.

Ich bemühe mich um eine möglichst beruhigende Stimme. „Das sollte kein Problem sein. Ruse und Pearl und ein paar andere Schattenwesen, die in einem Kampf keine große Hilfe wären, patrouillieren um die Baustelle herum.

Sie werden jeden wegschicken, der versucht, hineinzukommen.“

Der Ort, den wir für unseren Hinterhalt gewählt haben, sollte perfekt sein. Die Universität baut mehrere neue Wohnheime. Die Fassaden sind fertig, aber das Innere besteht noch aus Holz und Trockenbauwänden.

Die Bauarbeiter sind vor dem Abendessen nach Hause gegangen, und Pearl hat den Wachmann überredet, in seinem Büro am Rande der Baustelle zu bleiben. Außer uns Monstern und Hybridwesen sollte also niemand hier sein.

Wir haben alle Details ausgearbeitet. Obwohl ich allen Grund hätte, zuversichtlich zu sein, beschleicht mich ein Anflug von Unbehagen. Ich ertappe mich dabei, wie ich nach meiner Katzen- und Garn-Halskette greife, als würde es dadurch wahrscheinlicher, dass alles gut ausgeht.

Mein Unbehagen rührt einerseits daher, dass ich nicht sicher bin, wie weit die aufgebrachten Schattenwesen bei ihrem Angriff gehen werden, und andererseits an dem klaustrophobischen Gefühl, das die unfertigen Gebäude in mir auslösen.

Wobei das eigentlich ein Vorteil ist. Die Straße ist wie eine Sackgasse angelegt. Auf beiden Seiten und ganz am Ende befinden sich Reihenhäuser. Sobald die anderen Schattenblüter hier sind, wird es einfach sein, ihnen den Weg abzuschneiden.

Doch ich kann nicht umhin, an den Universitätscampus zu denken, wo wir uns versteckt haben, als meine Jungs und ich zum ersten Mal auf der Flucht waren. Damals, als wir nachts von einer Gruppe brutaler Wärter überfallen wurden.

Es sah nicht so aus wie hier. Die Reihenhäuser dort waren aus mattem Beton und nicht aus rötlichen Ziegeln wie diese Außenmauer. Sie waren kürzer und breiter.

Auf der Rückseite waren kleine Gärten, die eine Gasse bildeten, wo die Wärter ihren Angriff starteten. Auf der

Terrasse standen Gefäße mit Pflanzen, um die Dominic sich kümmerte.

Trotzdem erinnern mich die Schatten und die enge Anordnung der Gebäude daran. Wenn ich blinzle, schießen mir Erinnerungen an Brooke durch den Kopf. Die Studentin wohnte nebenan und versuchte, sich mit mir anzufreunden. Um mich vor den Spannungen zu schützen, die sie zwischen den Jungs und mir gespürt hatte.

Das Mädchen war durch die Klinge eines Wärters gestorben, nur Sekunden bevor ich dem Kerl einen Schlag mit meiner krallenbewehrten Klaue versetzen konnte.

Heute Nacht soll niemand sterben. Wir werden die Kräfte der anderen Schattenblüter stören, sie außer Gefecht setzen und dann in den Wagen verfrachten, den Rollick in der Nähe geparkt hat. Seine Leute waren den ganzen Tag damit beschäftigt, ein Lagerhaus herzurichten, wo wir unsere Gegner festhalten, ihre Kräfte eindämmen und sie in Schach halten können.

Unter den Schattenwesen, die in den Gebäuden um mich herum lauern, ist eine Lamia, die unsere Gegner mit einer Berührung in einen tiefen Schlaf versetzen kann. Steel, der geschuppte Dämon, hat verraten, dass er aus kurzer Entfernung eine lähmende Kraft ausstoßen kann, die ein paar Stunden anhält.

Falls das nicht ausreicht, kann ich die Schurken mit meinem Schrei vorübergehend einfrieren. Außerdem kann Jacob sie mit seiner telekinetischen Kraft festhalten und Willow, die Nymphe, hat sich bereit erklärt, die Wurzeln der Setzlinge, die in gleichmäßigen Abständen auf der Straße verteilt sind, aus den Erdflecken schießen zu lassen, um die Abtrünnigen festzuhalten.

Das sollte uns genug Zeit verschaffen, ihnen das starke Beruhigungsmittel zu spritzen. Toni hat uns den Namen des Mittels verraten, das bei uns am besten gewirkt hat.

Es ist notwendig, auch wenn mir nicht wohl dabei ist, eine weitere Taktik unserer ehemaligen Entführer anzuwenden.

Eigentlich wollte ich Booker nicht hier haben. Seine Aura-Sichtigkeit wird ihm in einem Kampf nichts nützen. Doch die beiden anderen Schattenblüter-Teenager und er wollten unbedingt mitkommen.

Sie kennen die abtrünnigen Schattenblüter besser am besten. Nach einigem Hin und Her hat Rollick ein Machtwort gesprochen und darauf hingewiesen, dass wir ihnen die gleiche Wahl lassen müssen, die wir für uns selbst wollten.

Ich finde es trotzdem nicht gut.

Schließlich hat einer der Teenager eine entscheidende Rolle bei unserem Hinterhalt gespielt. Während ich unruhig mein Gewicht von einem Fuß auf den anderen verlagere, ertönt eine leise Stimme in meinem Kopf.

Griffin sagt, die nächsten sind nur ein oder zwei Minuten entfernt, sagt Ajax. *Wir sollten jetzt unsere Ohrstöpsel reinstecken.*

Sobald wir unsere Ohren versiegelt haben, wird er die gesamte Kommunikation zwischen uns mithilfe seiner telepathischen Fähigkeiten weiterleiten. Wenn einer von uns etwas zu sagen hat, übermitteln wir es erst an ihn, und er gibt die Nachricht weiter.

Ich weiß, dass er dasselbe zu Booker gesagt hat, denn der Teenager neben mir holt seine Ohrenstöpsel aus seiner Tasche. Sein Gesicht sieht in dem schummrigen Licht gelblich aus, und ich glaube nicht, dass das nur an der schwachen Sicherheitsbeleuchtung liegt.

Seine Freundin ist unterwegs, und er kann sich genauso wenig wie ich sicher sein, dass wir sie dieses Mal retten werden. Oder dass sie nicht etwas Schreckliches tun wird, während wir es versuchen.

Als ich meine eigenen Ohrstöpsel herausziehe, höre ich hinter mir ein entferntes, schallendes Gelächter. Ich halte inne und lausche dem Geräusch, das durch die Wände dringt.

Ein Hinterhalt auf einem College-Campus birgt das Risiko, von betrunkenen Feiernden gestört zu werden, die sich auf den Straßen herumtreiben.

Eines der patrouillierenden Schattenwesen scheint sie woanders hingeschickt zu haben. Das Geräusch verklingt. Ich nehme ein paar beruhigende Atemzüge und stecke mir die Stöpsel in die Ohren.

Obwohl sie unglaublich effektiv sind, verschaffen sie mir keine völlig mentale Ruhe. Das Ausblenden aller äußeren Geräusche schärft nur mein Bewusstsein für das, was in mir vorgeht.

Ich atme weiter und mein Herzschlag beschleunigt sich.

Ich krümme meine Finger um das Gerät, das wir mithilfe von Tonis Vorgaben besorgt haben. Auf einen einzigen Knopfdruck hin wird es die Straße mit einem durchdringenden Heulen erfüllen, das jeden, der es hören kann, aus dem Konzept bringen sollte.

Wir haben drei der Geräte, nur für den Fall, dass eines ausfällt oder einer von uns angegriffen wird, bevor wir es aktivieren können. Sorsha hält ihres in der Hand. Sie steht als Verstärkung an einem unfertigen Fenster im dritten Stock eines halb fertigen Reihenhauses. Das dritte hat Crag, der Gargoyle, der in der Nähe auf einem Dach thront.

Absicherungen ohne Ende. Diese Aktion darf nicht schiefgehen.

Ich gehe zum Eingang, wo wir die Tür einen Spalt offen gelassen haben, und blicke auf die Straße. Vielleicht könnte ich herannahende Motoren ausmachen, wenn ich Geräusche außerhalb meines Körpers hören könnte.

Sie sollten hierher gerast kommen, da die Schurken der

Illusion von Monsterjägern folgen. Andreas hat sich alle Videoaufnahmen angesehen, die er von den Bürgerwehrgruppen finden konnte, um den abtrünnigen Schattenblütern genaue Bilder aus diesen Erinnerungen in den Kopf zu projizieren.

Wenn es geklappt hat, konnten sie sehen, wie sich ihre Beute hier und da vor ihnen duckte und in Richtung dieses Baugebiets flüchtete. Das bestätigt die Geschichte, dass die Jäger die Baustelle für einen idealen Ort für eine Ausrottung halten.

Ajax' Stimme hallt wieder durch meinen Kopf, diesmal lauter wegen der äußeren Stille. *Wir können jetzt die ersten von ihnen sehen. Sie kommen gerade in die Sackgasse. Da ist ein Minivan … Ein großer Pick-up mit ein paar von ihnen auf der Ladefläche … Und ein kleiner Lieferwagen, der aussieht, als hätten sie ihn aus einem Blumenladen gestohlen.*

Während er mir diese Informationen übermittelt, kommt das erste Fahrzeug in Sicht. Der schwarze Minivan wirkt selbst wie ein Schatten auf der dunklen Straße.

Er hält nur ein paar Häuser weiter in der Sackgasse. Natürlich denken die abtrünnigen Schattenblüter immer noch, sie würden den Jägern folgen. Für ihren Angriff müssen sie aussteigen.

Das kommt auch uns entgegen. Nach dem, was letztes Mal passiert ist, wollen wir nicht, dass sie nahe genug an ihren Fahrzeugen sind, um zu flüchten.

Natürlich wird es nicht lange dauern, bis sie auf diesen Reifen sowieso nirgends mehr hinkommen. Sobald sie aus den Fahrzeugen gestiegen sind, wird Jacob die Motoren mit seiner Kraft zerstören.

Bestimmt kann er es kaum erwarten, ein paar Dinge zu zerbrechen, auch wenn es keine Schädel sind.

Die Gestalten versammeln sich um die Fahrzeuge herum, bevor sie sich als eine große Masse vorwärtsbewegen. Hier und da erkenne ich Gesichtszüge, wenn sie an den Lampen vorbeikommen.

Es sieht so aus, als würden die kriminellen Schattenblüter die Teenager immer noch als eine Art Schutzschild benutzen. Nadia, Devon und Tegan laufen am Rande der Gruppe zusammen mit anderen Teenagern und sogar noch jüngeren Kindern.

Mein Blick fällt auf das Totenkopf-Tattoo auf dem Schädel des Anführers der Gruppe. Mittlerweile wissen wir, dass er Cutler heißt. Das schwache Licht erhellt die Narbe auf der Stirn des Mannes, mit dem Griffin kurz gesprochen hat. Einer der anderen Schattenblüter hat ihn Omar genannt.

Nach etwa zwei Drittel des Weges steht ein Laternenmast am Straßenrand, an dem sich ein neonoranges Warnband befindet. Das ist unser Signal. Sobald der letzte Schattenblüter daran vorbei ist, starten wir unseren Angriff.

Die meisten von ihnen blicken in die Schatten am Ende der Straße. Sie beschleunigen ihr Tempo. Vielleicht sehen sie eine weitere projizierte Illusion, die sie glauben lässt, dass sich die Jäger in den hinteren Gebäuden befinden.

Meine Hand, in der ich das Sirenengerät halte, wird feucht. Ich lecke mir über die Lippen. Mein Körper ist angespannt und starr.

Die Gruppe zieht an dem markierten Laternenmast vorbei. Die ersten paar Gestalten, dann weitere und schließlich die letzten, die das Schlusslicht bilden …

Ich warte, bis der letzte Fuß an dem dünnen Schatten des Pfostens vorbeigeht. Im selben Moment ertönt Ajax' Stimme in meinem Kopf. *Jetzt!*

Ich drücke den Knopf mit mehr Kraft, als wahrscheinlich nötig wäre. Das Gerät zittert in meiner Hand.

Das Sirenengeheul durchbricht die Nacht so laut und durchdringend, dass ich sogar trotz der Ohrstöpsel ein schwaches Kreischen wahrnehme. Ich vermute, dass Sorsha und Crag ihre Geräte ebenfalls ausgelöst haben.

Die Schattenblüter-Truppe löst sich auf. Kinder und Kriminelle stolpern gleichermaßen davon, die Hände auf die Ohren gepresst und die Gesichter vor Schmerz verzogen.

Ein paar von ihnen reiben sich auch die Augen. Andreas wird ihre Köpfe jetzt mit einem Wirrwarr von unsinnigen Erinnerungen füllen, um sie zu verwirren.

Ich stürme an der Tür vorbei auf die Gruppe zu und lege das Sirenengerät auf der Straße ab. Meine Hand greift zu den Spritzen, die an meinem Gürtel befestigt sind.

Je schneller wir sie außer Gefecht setzen, desto sicherer sind wir alle – sie eingeschlossen.

Auch die Schattenwesen treten in Aktion. Willow steht neben einem der Schösslinge und Wurzeln wuchern über den Bürgersteig. Die Kräfte von Steel und der Lamia lassen einen Körper nach dem anderen zu Boden sinken.

Als die pummelige Frau ihre einschläfernde Kraft gerade bei Devon anwenden will, taucht eine riesige Gestalt inmitten des Getümmels auf. Mein Herz rast.

Einer der kriminellen Schattenblüter hat sich in eine furchteinflößende Mischung aus Riesenmensch und Schlange verwandelt. Auf seiner Glatze glänzen Schuppen, die seinen Kopf wie eine Muschel bedecken, bis auf die schlitzförmigen Augen und die spitz zulaufende Schnauze.

Er hat keine Ohren. Die Sirene hat keine Wirkung auf ihn.

In dem Moment, in dem mir das klar wird, zielt er mit einem Gerät auf Steel, das wie eine Mischung aus Armbrust und Gewehr aussieht. Ich habe so etwas schon einmal gesehen – in den Händen der Möchtegern-Monsterjäger.

Ein glänzender Metallbolzen, der vermutlich aus Silber und Eisen ist, schießt aus der Waffe und schlägt mitten in die breite Stirn des Dämons ein.

VIERUNDZWANZIG

Riva

Rauchige Essenz steigt aus Steels massigem Körper, als er auf dem Boden aufschlägt. Der Dämon liegt leblos auf dem Asphalt.

Mir entweicht ein Schrei, den ich hauptsächlich in meinem Kopf höre. Ich drehe mich zu dem Schattenblüter um, der geschossen hat, und der Laut verdichtet sich in meiner Lunge zu einem tödlichen Schrei.

Doch bevor ich ihn ausstoßen kann, werde ich von gleißendem Licht geblendet. Nadias Schreie sind genauso laut wie die Sirene, während sie ihre blendende Macht in alle Richtungen schleudert. Es ist heftiger, als ich es je zuvor gespürt habe.

Meine Sicht ist verschwommen und ich stoße taumelnd mit jemandem neben mir zusammen. Ich kann nicht sagen, ob es Freund oder Feind ist.

Meine Männer sind um mich herum. Ich spüre ihre Anwesenheit durch die Male auf meiner Brust. Ihre Verwirrung, die zu mir durchdringt, entspricht meiner eigenen.

Die abtrünnigen Schattenblüter müssen ebenfalls geblendet sein, doch was spielt das für eine Rolle, wenn sie bereits durch die Sirenen und Andreas' projizierte Erinnerungen aus dem Konzept gebracht wurden? Nadia sorgt also eher wieder für gleiche Bedingungen, als ihnen noch mehr zu schaden.

Ajax' Stimme durchdringt meine Gedanken. *Sorsha will wissen, was los ist. Soll sie eingreifen?*

Soll sie das? Dann wird es eher ein Grillfest als eine Rettungsaktion.

Mein Herz stottert bei dem Gedanken, dass unser Plan scheitern könnte. *Noch nicht,* antworte ich. *Vielleicht schaffen wir es ja doch.*

Ich reibe mir die Augen und taste mich durch die Szenerie, die abwechselnd fleckig und völlig vernebelt ist, während Nadia weiter gleißendes Licht verbreitet. Die Sirenen werden schwächer.

Durch die Ohrenstöpsel dauert es eine Sekunde, bis ich merke, dass nicht alle leiser geworden sind. Nur eine ist komplett verstummt. Ein triumphierender Ruf erhebt sich aus der strauchelnden Menge der Schattenblüter und verrät mir, dass die Zerstörung beabsichtigt war.

Ich weiß nicht, wie sie es angestellt haben, aber einer unserer Gegner hat es geschafft, das Gerät mit seiner Kraft abzuschalten.

Wir haben keine Ahnung, wie ihr Leben aussah, bevor sie in Schattenblüter verwandelt wurden, oder was sie unter der Wut wirklich fühlen. Und wir wissen auch nicht, über welche Kräfte die meisten von ihnen verfügen.

Wir dachten, wir hätten uns sorgfältig auf diesen Kampf

vorbereitet, doch wir waren von Anfang an im Blindflug unterwegs.

Meine Sicht klärt sich und ich sehe einen der Schattenblüter-Teenager nur ein paar Meter von mir entfernt. Ich ramme ihm die Spritze in den Rücken, die ich immer noch in der Hand halte.

Als er herumwirbelt, fliegt sie mir aus der Hand, aber das Mittel wirkt bereits. Noch während er versucht, sich auf mich zu stürzen, geben seine Knie unter ihm nach. Er bricht bewusstlos zusammen.

Einer weniger. Gott weiß, wie viele noch auf den Beinen sind.

Ajax' Stimme durchdringt meinen Kopf. *Sie sagt, da unten sieht es schlimm aus. Sie kommt jetzt runter.*

Nein, warte …

Bevor ich meinen Protest beenden kann, blitzen feurige Schwingen am Himmel über uns auf. Sorshas Stimme ertönt. „Weg da! Macht Platz!"

Platz, um sie alle zu verbrennen. Mir wird flau im Magen, als mir klar wird, was sie meint, aber ich weiche instinktiv zurück. Ich habe keine Lust, verbrannt zu werden.

Trotzdem kann ich meinen Protest nicht unterdrücken. „Nein!"

Wo sind Nadia, Tegan und Devon? Kann ich wenigstens sie in Sicherheit bringen? Wenn sie dem Einfluss der ehemaligen Häftlinge für eine Weile entkommen, dann …

Sorsha stürzt sich im Tiefflug herab und der orangefarbene Schein ihres Phönixfeuers fegt mir einem Hitzeschwall über unsere Körper. Hat sie wegen meines Protestes gezögert?

Sie hebt ihre Hand und schleudert einen Flammenstrahl durch die Luft. Im selben Moment ertönt ein wildes Brüllen, wie schon bei unseren vergangenen Kämpfen gegen diese Gegner.

Im Getümmel erblicke ich den Mann mit der Totenkopf-Schlangen-Tätowierung, den Nadia Cutler genannt hat und der die randalierenden Schattenblüter anzuführen scheint. Sein Kopf ist nach hinten geneigt und sein Mund unnatürlich weit aufgerissen.

Sein Gebrüll muss von übernatürlicher Kraft sein. Sorsha wird von etwas Unsichtbarem getroffen, das ihren Kopf zur Seite reißt. Ihr Körper gerät aus dem Gleichgewicht.

„Sorsha!" Mit einem Brüllen und raschelnden schwarzen Federn taucht Thorn aus der Dunkelheit auf. Er fängt die Phönixfrau in seinen Armen auf, um sie vor einem Sturz aus dem Himmel zu bewahren.

Ich weiß nicht, was dieser Energiestoß mit ihr gemacht hat, aber er hat sie offensichtlich für den Moment außer Gefecht gesetzt. Und als ich zur Truppe der abtrünnigen Schattenblüter zurückrenne, verstummt die zweite Sirene.

Aus der Armbrust des Schlangenmenschen schießen weitere silberne Bolzen durch die Nacht. Einige fallen scheppernd auf den Asphalt, ein paar andere treffen seine Mitstreiter, doch innerhalb eines Augenblicks hinterlässt einer eine qualmende Wunde in Crags Gargoyle-Oberschenkel.

Ein weiterer Bolzen trifft Willow an der Schläfe, die ihre beschworenen Wurzeln nach vorne schleudert. Schädelteile und Haarsträhnen fliegen durch die Luft, während ihre Essenz aus ihr herausströmt. Sie wird gegen den Schössling geschleudert und sackt an dessen brüchigem Stamm zu Boden.

Eine weitere Explosion von Nadias Licht trübt meine Sicht inmitten der Kakofonie aus Schreien, Knurren und Grunzen um mich herum.

Dann verstummt die letzte Sirene, und es wird trotz des Lärms plötzlich still.

Oh, nein.

Mit einem lauten Zornesschrei setzen sich die Schattenblüter, die wir in Schach halten wollten, noch zielgerichteter in Bewegung. Mit allen erdenklichen Kräften gehen sie auf uns Erstlinge und die Schattenwesen los.

Eine Gestalt rast mit einer glänzenden Klinge durch das Getümmel. Die Schattenwesen verschwinden in der Dunkelheit, um dem Angreifer auszuweichen, oder krümmen sich, weil ihre Essenz aus den Stichwunden strömt.

Der Geruch von Tegans Rauch steigt mir in die Nase. Ich drehe mich um und sehe, wie sie eine giftige Wolke in die Richtung ausstößt, wo Zian und einige Schattenwesen stehen.

Schnell schnappe ich mir eine Spritze und springe auf sie zu.

Leider nicht schnell genug.

Eine riesige Gestalt mit braunem Fell stürzt von der anderen Seite auf sie zu. Fang ist etwa dreimal so groß wie sie. Mit seiner massiven Pranke holt er nach dem Mädchen aus und beißt ihr kräftig in den Hals.

Nein, bitte nicht! Doch noch während mein wortloses Flehen mit einem Keuchen meinen Mund verlässt, bricht Tegan zusammen. Ihr Kopf hängt schief von den Schultern und es ist klar, dass nie wieder Leben in ihre leeren Augen zurückkehren wird. Eine Blutlache bildet sich auf dem Asphalt, als sie auf dem Boden aufschlägt.

Meine Lippen öffnen sich weiter. Ich sauge die Luft in meine Lunge und ein Schrei kribbelt in meiner Kehle.

Ich weiß nicht, wie ich Verbündete und Feinde in dem Chaos um mich herum auseinanderhalten soll, aber ich kann sie alle einfrieren. Ich kann dem Gemetzel Einhalt gebieten.

Doch was dann? Wie zum Teufel sollen wir uns aus dieser misslichen Lage befreien? Irgendwann müssen wir uns bewegen.

Eine kräftige Gestalt stürmt mit einer Armbrust herbei.

Es ist einer der jugendlichen Schattenblüter, der ein rachsüchtiges Lachen ausstößt, während er Metallbolzen auf die Schattenwesen abfeuert. Weitere Schreie ertönen.

War das Lance' Stimme? Oder Pearls?

Tränen schießen mir in die Augen, doch ich muss *jemanden* beschützen. Der Schrei, der sich in mir aufgestaut hat, dringt aus meiner Kehle, und ich richte ihn auf den Jungen mit der Waffe.

Meine Kraft durchdringt seinen Schädel, und zwar mit mehr Wucht, als ich wahrscheinlich bei einem Schattenblüter aufbringen müsste. Eine Woge des Schmerzes schwappt von ihm zu mir herüber, als die letzte Sirene und splitternde Knochen sein Fleisch durchbohren.

Übelkeit steigt in mir auf, ebenso wie ein Schwall von Energie. Ich bin nicht hier, um jemanden zu foltern, sondern um möglichst viele zu beschützen.

Ich ziehe an der Energie, die durch meinen Schrei fließt, und durchbohre das Herz des Jungen, um sein Leben zu beenden.

Die Empfindungen, die von ihm ausgingen, erlöschen. Er landet neben den anderen Leichen, die den Boden übersäen.

Ich habe keine Zeit, mich in den Schuldgefühlen zu suhlen, die sich in meine Brust graben. Mit einem tiefen Atemzug bereite ich mich darauf vor, meinen Schrei erneut auszustoßen.

Noch bevor der erste Laut über meine Lippen kommt, prallt ein Körper von hinten gegen mich. Ich stolpere vorwärts und kann mich gerade noch mit den Händen abfangen, damit mein Gesicht nicht auf dem Bürgersteig aufschlägt.

Als mein Kinn über den rauen Boden kratzt, breitet sich Schmerz auf meiner Haut aus. Ich schlucke einen Schluchzer hinunter und drücke mich hoch, um mich meinem Angreifer zu stellen.

Derjenige, der mich geschubst hat, ist bereits weitergezogen, doch als ich meinen Blick über die Kämpfenden schweifen lasse, sehe ich etwas viel Schlimmeres.

Booker ist aus dem Gebäude gekommen, in dem ich ihn in vermeintlicher Sicherheit zurückgelassen habe. Ohne jeglichen Schutz vor den Waffen und Kräften läuft er auf das Getümmel zu.

Ein entschlossener Ausdruck liegt in seinem blassen Gesicht. Von der lässigen Surfer-Ausstrahlung ist nichts mehr zu sehen.

Da ich während des Kampfes einen meiner Ohrstöpsel verloren habe, höre ich seine Stimme laut und deutlich, als er sie über das Getöse des Kampfes erhebt.

„Nadia! Nadia, bitte, du musst uns helfen, diesen Irrsinn zu beenden. Bitte rede mit mir!"

Ich mache einen Schritt auf ihn zu. „Booker, geh wieder rein! Hier ist es nicht sicher für …"

Er fuchtelt mit der Hand durch die Luft, um meine Bedenken zu zerstreuen. „Ich will nur mit Nadia reden. Nadia, wo bist du? Bitte! Ich liebe dich. Das weißt du doch, oder?"

Ein Kloß bildet sich in meiner Kehle, und Nadias statuenhafte Gestalt taucht aus dem Getümmel auf. Ihr kurzes Haar steht büschelweise von den Strähnen ab, die mit Schweiß oder möglicherweise Blut an ihrer Kopfhaut kleben. Ein wilder Blick liegt in ihren Augen und ihre Pupillen sind stark geweitet.

Sie starrt Booker an. „Du bist hier."

Er nickt und das sanfte Lächeln in seinem Gesicht steht in keinem Verhältnis zu unserer Situation. „Ich werde immer hier sein. Ich vermisse dich. Wenn wir nur …"

Etwas zischt durch die Luft. Bookers Flehen wird mitten im Satz durch eine rote Blüte in der Mitte seines Halses unterbrochen.

Blut breitet sich um das glänzende Metall herum aus. Er wurde von einem Armbrustbolzen getroffen.

Booker taumelt und hustet. Mehr Blut spritzt auf seine Lippen und tropft an seinem Kinn hinunter.

Mit einem Schrei stürze ich auf ihn zu. Mein Hilferuf schallt laut über das Gelände. „Dominic! Irgendjemand – wir brauchen einen Heiler!"

Nadia ist zuerst bei Booker. Er bricht in ihren Armen zusammen. Sein Kiefer bewegt sich, doch aus seinem Mund kommt nur ein Röcheln. Sein Blut spritzt auf ihren dunkelgrauen Pullover.

„Nein", murmelt sie. „Nein, nein! Booker, nein."

Sein Kopf fällt nach vorne und seine Augen sind glasig. Nadias Finger krümmen sich an seinem Rücken. Schließlich geben seine Beine nach und sie sinkt mit ihm zu Boden.

Ich bleibe neben ihnen stehen, weil ich nicht weiß, was ich sonst tun soll. Ich bin mir nicht sicher, ob selbst Dominic ihn heilen könnte.

Der Schmerz wegen des Jungen, den ich nicht retten konnte, und des Mädchens, das um ihn trauert, raubt mir den Atem. Ein paar Sekunden lang bekomme ich keine Luft.

Mit einem erstickten Schluchzen streicht Nadia mit ihren Fingern über Bookers Wange. Sie starrt auf das Blut, das noch immer aus seiner Kehle pulsiert und in ihre Kleidung sickert.

Dann huscht ihr Blick zu mir.

Ihr Gesicht verhärtet sich vor Wut und sie richtet sich mit gefletschten Zähnen auf.

„Du hast ihn hergebracht! Du hast zugelassen, dass er stirbt! Keiner von uns ist dir wichtig!"

Mir fällt die Kinnlade herunter. Ich weiß nicht, was ich

im Angesicht ihrer Wut sagen soll. Begreift sie denn nicht, dass er durch die Hand eines ihrer Verbündeten gestorben ist?

Allerdings hätte Booker diese Kugel nicht abbekommen, wenn er nicht mit uns hierhergekommen wäre. Wenn wir nicht versucht hätten, sie und die anderen abtrünnigen Schattenblüter aufzuhalten.

„Es tut mir leid", stottere ich. „Nadia, ich schwöre, ich will dir nur helfen. Ich …"

Sie stößt einen gequälten Schrei aus und streckt ihre Hände aus. Ein heißes, scharfes Licht schießt in alle Richtungen, nicht nur von ihren Handflächen, sondern von jedem Zentimeter ihrer Haut.

Sie ist so nah, dass ihre Finger meine Wange streifen. Bevor ich zurückweichen kann, brennt meine Haut, als würde sie in Flammen stehen.

„Nein!", kreischt sie. „Ihr seid alle gleich. Ihr seid alle gegen uns. Ihr habt uns verarscht und solltet alle verrecken!"

Ich bin mir nicht sicher, wem ihre Worte gelten. Dem Stöhnen und den Schreien um mich herum nach zu urteilen, bereitet sie ihren Schattenblüter-Verbündeten ebenso Schmerzen wie dem Rest von uns.

Doch sie meint eindeutig mich. Ich verdränge den Schmerz und greife erneut nach ihr, aber sie holt mit ihrer Hand nach meinem Gesicht aus.

Ein noch schärferer Lichtspeer sticht mir direkt in die Augäpfel. Meine Stirn und meine Wangen brennen. Der Schmerz spiegelt die Qual in ihrer Stimme wider und schießt direkt in mein Gehirn, während meine Sicht verschwimmt.

Ich fühle mich innerlich hohl und denke, dass meine Freundin womöglich auch tot ist.

Dann prallt eine schwere Kraft gegen meinen Hinterkopf, und das gleißende Licht weicht völliger Dunkelheit.

FÜNFUNDZWANZIG

Riva

Das Sonnenlicht blendet mich durch meine Augenlider und löst ein dumpfes Pochen an der Schädelbasis aus. Ich zucke zusammen, bevor ich meine Augen öffne. Neben mir raschelt Kleidung.

Dominics sanfte, beruhigende Stimme dringt an meine Ohren. „Hey. Es ist alles in Ordnung."

Einer seiner Tentakel gleitet über meinen Arm und ein Schwall warmer Heilenergie durchströmt meinen Körper. Der anhaltende Schmerz in meinem Kopf lässt nach.

Blinzelnd blicke ich zu ihm auf – und zum Rest meiner Jungs, die um das Bett herumstehen. *Ihnen* geht es gut, und sie mustern mich alle gleichermaßen besorgt.

Mit pochendem Herzen richte ich mich auf. Um uns herum sind beige Wände und schickes Hotelzimmer-Mobiliar, das ich allerdings nicht wiedererkenne.

Das Letzte, woran ich mich erinnere, ist der Kampf. Fliegende Armbrustbolzen, Schreie, Licht. Booker, Nadia …

Meine Stimme ist heiser. „Was ist passiert? Wie sind wir hierhergekommen? Die anderen Schattenblüter …"

Griffin setzt sich auf das Bett an meiner anderen Seite und legt seine Hand auf meine Schulter. Ruhe sickert von seiner Handfläche durch meinen Geist. Sie verändert meinen Gefühlszustand allerdings nicht wirklich, sondern hilft mir lediglich, mich trotz des plötzlichen Anschwellens der Angst zu konzentrieren.

Jacob klammert sich an das Eichenfußteil, wobei seine Finger genauso verkrampft sind wie sein Kiefer. „Es war die reinste Hölle. Als du zusammengebrochen bist, haben wir uns so schnell wie möglich aus dem Staub gemacht. Zian hat dich getragen. Die Arschlöcher sind weggerannt, sobald sie die Möglichkeit dazu hatten. Ich habe ihre Fahrzeuge zerstört, aber wie wir wissen, können sie einfach neue stehlen."

Er klingt beinahe verärgert darüber, dass den abtrünnigen Schattenblütern die Rettung ihres eigenen Lebens wichtiger war, als den Kampf fortzusetzen.

„Ein paar von ihnen haben wir erwischt", sagt Zian, dessen hoffnungsvoller Tonfall im Widerspruch zu seinem unglücklichen Gesichtsausdruck steht. „Wir haben drei Schattenblüter ausgeschaltet. Ein paar der Jugendlichen und einen Kriminellen."

Ich schlucke schwer. „Einige von ihnen waren mehr als nur k.o. geschlagen. Und die Schattenwesen, die sie angegriffen haben … Ich habe gesehen, wie Steel angeschossen wurde, und Willow …"

Andreas nickt, nicht einmal seine sonst so lebhaften Augen leuchten. „Ich glaube, sechs oder sieben Schattenwesen haben nicht überlebt. Es ist schwer zu sagen, da wir nicht wussten, wie viele aus den Schatten kamen. Von den Schattenblütern wurden etwa genauso viele vernichtet. Hauptsächlich Teenager und ein paar Kriminelle. Tegan und Booker …"

Seine Stimme bricht abrupt ab, und ich umklammere die Decke, auf der ich liege. „Ich weiß. Ich habe sie gesehen."

Und den Jungen, den *ich* getötet habe, dessen Namen ich nicht einmal kannte. Ich werde ihn wohl nie erfahren.

Ich kann mir nicht vorstellen, dass die Schattenwesen ihren Tod als Verlust empfinden werden. Nicht, wenn sie so viele ihrer eigenen Leute an die wütenden Hybriden verloren haben.

Ich reibe mir die Stirn, während ich immer noch versuche, alles zusammenzufügen, was passiert ist. „Sie trugen Waffen, wie sie die Jäger benutzten – für den Kampf gegen die Schattenwesen."

Dominic streichelt mit der Spitze seines Tentakels mein Handgelenk. „Sie haben gesehen, dass die Schattenwesen mit uns zusammenarbeiten, als wir sie in Memphis angegriffen haben. Natürlich haben sie sich entsprechend auf einen weiteren möglichen Angriff vorbereitet."

Das ergibt auf eine kranke Art und Weise Sinn. Die schrecklichste Ironie ist, dass unsere Versuche, unsere Schattenblüter aus Balthazars Einfluss zu befreien, sie zu den monstermordenden Soldaten gemacht haben, die er wollte.

Scheiße. Ich fühle mich leer, als wären alle meine inneren Organe auf den Grund meines Bauches gesunken.

„Die Schattenwesen sind bestimmt stinksauer", murmle ich. „Sie wollten uns sowieso nicht wirklich helfen. Ihrer Meinung nach sind die anderen Schattenblüter es nicht wert, gerettet zu werden, weil sie eine zu große Bedrohung darstellen."

Eine Gestalt mit einem hellbraunen Haarschopf kommt an der Tür hinter dem Fußende des Bettes in Sicht. Rollick hat die Arme locker über der Brust verschränkt, seine Miene ist ernst, aber ansonsten unleserlich. „Ich habe meine Mitarbeiter gebeten, dich nicht zu stören, weil du Ruhe brauchst. Aber ich denke, du solltest persönlich mit ihnen darüber sprechen, was sie von der Sache halten. Schön, dass du wieder bei uns bist."

Ich widerstehe dem Drang, unter dem durchdringenden Blick des Dämons zusammenzuzucken. Seine Leute haben sich wegen meines Plans an dem Kampf beteiligt, der einige von ihnen das Leben gekostet hat.

Ich muss die Verantwortung für meine Entscheidungen übernehmen. Ich muss mich denjenigen stellen, die wegen meiner Fehler am meisten gelitten haben.

Ich wackle mit den Beinen, um mich zu vergewissern, dass sie noch funktionieren, und rutsche zur Bettkante. „Ich werde gleich mit ihnen reden."

Mit einem zustimmenden Nicken geht Rollick voraus.

Wie sich herausstellt, sind wir nicht in einem einfachen Hotelzimmer, sondern in einer Penthouse-Suite. Ich bleibe in der Tür stehen und betrachte das weitläufige Wohnzimmer mit den raumhohen Fenstern, von denen aus man einen Blick auf die umliegende Stadt hat. Das dunstige Licht, das über die Gebäude kriecht und der rauchgraue Himmel lassen vermuten, dass die Morgendämmerung gerade erst eingesetzt hat.

„Wir brauchten Platz und mussten ungestört sein", erklärt Rollick.

Mein Blick fällt auf eine Körperform unter einem weißen Laken, die hinter den Sofas auf dem Boden liegt. Ich erstarre. „Wer …"

„Booker", antwortet Dominic leise. „Eine Schattenfrau hat es geschafft, seinen Körper durch die Schatten hierherzubringen. Das scheint für Sterbliche möglich zu sein, wenn sie tot sind."

Rollick nickt. „Sie hat gesehen, wie bestürzt du über

seinen Tod warst und hat angenommen, du würdest ihn lieber anständig begraben, als ihn euren verrückten Artgenossen zu überlassen, oder wer auch immer ihn sonst gefunden hätte."

„Ja." Ich schlinge die Arme um meinen Körper. Ich kann Booker durch das Laken nicht sehen, doch das Bild seines erschlafften Gesichts hat sich in mein Gedächtnis eingebrannt.

Die Abtrünnigen haben ihn umgebracht. Einen Schattenblüter wie sie, nur weil er versucht hat, auf friedliche Weise zu Nadia durchzudringen.

Ich möchte lieber nicht darüber nachdenken, was das über sie aussagt und wie schlimm es bereits um sie steht.

Ich wende mich an Rollick. „Kannst du uns helfen? Wir haben weder das Geld noch die Kontakte, um eine Beerdigung zu organisieren."

Der Dämon schenkt ihr ein mitfühlendes Lächeln. „Das kriegen wir schon hin."

Er bedeutet uns, ihm in eines der anderen Zimmer zu folgen, die an den Gemeinschaftsraum angrenzen. Während wir dorthin gehen, materialisieren sich mehrere Schattenwesen und folgen uns.

Eine von ihnen ist Shanty, die sich betrübt ihr tiefblaues Haar über die Schultern streicht. Als mein Blick auf Fangs muskulöse Beine fällt, kommt mir das Bild in den Sinn, wie er Tegan in seiner Bärengestalt gebissen hat.

Crag bildet das Schlusslicht. Seine gleichmäßigen Schritte beruhigen mich, dass die Verletzung, die ich bei ihm gesehen habe, keine bleibenden Schäden hinterlassen hat. Trotzdem sieht seine harte Miene mit dem felsigen Kiefer noch grimmiger aus als sonst.

In dem Zimmer, das wir betreten, stehen zwei Doppelbetten. Eines scheint leer zu sein. Auf dem anderen liegt Sorsha. Als wir hereinkommen, setzt sie sich auf.

Prompt schwankt sie, als würde es ihr schwerfallen, das Gleichgewicht zu halten. Neben ihr legt Snap besorgt eine Hand auf ihre Schulter. Seine hellgrünen Augen sind vor Sorge geweitet. Gegenüber von ihm steht Thorn, als könnte er alles, was der Phönix Angst macht, einschüchtern und in die Flucht schlagen.

Mein Herz setzt einen Schlag aus. Ich stürze zum Fußende des Bettes. „Geht es dir gut? Was ist passiert?"

Sorsha reibt sich die Schläfe und schenkt mir ein schiefes Lächeln. „Eure Freunde haben beeindruckende Fähigkeiten. Einer von ihnen hat meinen Kopf mit seiner Kraft vollkommen durcheinandergebracht. Jedes Mal, wenn ich mich schnell bewege, wird mir schwindlig."

Jacob knurrt. „Sie sind nicht unsere *Freunde*."

„Sie leidet unter Schwindelanfällen", stellt Rollick klar, der an der Wand lehnt. Er blickt mich an. „Wir überwachen ihren Zustand. Dein Freund mit den Tentakeln konnte noch keine physische Ursache finden, um sie vollständig zu heilen. Wir hoffen, dass sich ihr Zustand mit etwas Ruhe bessern wird."

Übelkeit steigt in mir auf. Wenn Sorsha sich nicht einmal aufsetzen kann, ohne dass ihr schwindlig wird, kann sie auf keinen Fall fliegen.

Die abtrünnigen Schattenblüter haben es geschafft, unsere mächtigste Verbündete mit einem Schlag außer Gefecht zu setzen.

Die Decke auf dem anderen Bett bewegt sich, und eine Gestalt erscheint. Pearls Beine stecken unter der Decke und sie grinst mich unbekümmert an, als würde sie nicht bemerken, dass eine dünne Schwade von Essenz aus ihrem Arm strömt. „Ich werde auch wieder gesund."

Mit einem Kloß im Hals stürme ich zu ihrem Bett. Beinahe hätte ich vergessen, dass ich während des Kampfes dachte, ich hätte sie schreien hören. „Pearl …"

Mit ihr ist ein Haufen weiterer Schattenwesen aufgetaucht, darunter auch Billy, der direkt neben dem Bett steht. Seine dunklen Locken hüpfen, als er kopfschüttelnd eine Rolle Verbandsmull aus seiner Tasche zieht. „Wenn man durch die Schatten reist, lösen sich die Verbände."

Das Sukkubus-Mädchen blickt auf ihren Arm hinunter, während ihr Freund die Wunde verbindet, um das Herausströmen der Essenz zu stoppen. „Der Schnitt ist sowieso schon fast verheilt." Sie sieht mir wieder in die Augen und lacht. „Du hättest sehen sollen, wie es gestern Abend aussah. *Das* war gruselig."

Obwohl sie kein bisschen verängstigt klingt, werde ich von Schuldgefühlen überwältigt. Es war meine Idee, die Schattenblüter gefangen zu nehmen, statt sie umzubringen. Und jetzt hätten sie beinahe meine engste Schattenwesen-Freundin getötet.

Das ist alles meine Schuld. Wie kommen wir da wieder raus?

Nervös lasse ich meinen Blick über die anderen Schattenwesen schweifen, die sich zu uns gesellt haben. Eine kleine Gruppe hat sich um die beiden Betten versammelt und beobachtet meine Reaktion.

„Es tut mir leid", sage ich mit belegter Stimme zu Pearl, bevor ich mich den anderen zuwende. „Es tut mir so leid. Ich wusste nicht, dass sie diese Waffen haben oder die Sirenen-Geräte mit ihren Kräften deaktivieren können. Ich wollte nicht, dass jemand von euch verletzt wird."

Ich mache mich auf Vorwürfe und Anschuldigungen gefasst. Stattdessen tritt Überraschung in die Gesichter der Schattenwesen.

Shanty meldet sich als Erste zu Wort. „Einer der Jüngeren hätte mich um ein Haar angeschossen. Ich habe gesehen, wie du ihn erledigt hast, bevor er noch jemanden verletzen konnte. Du hast deinen Artgenossen getötet, um uns zu schützen“, sagt sie leise.

Lance, der auf der Kommode Platz genommen hat, fügt hinzu: „Jacob hat auch eine Schattenblüterin ausgeschaltet. Ihr habt für uns gekämpft, so wie ihr für sie kämpfen wolltet.“

Fang mustert mich misstrauisch. „Ich dachte … Ich wollte das Mädchen nicht töten, aber ich habe gesehen, wie sie die anderen angegriffen hat, und … Bist du mir böse?“

Ich schnappe nach Luft. Ihre Reaktion ist vollkommen anders, als ich erwartet habe. „Ich meine, ich wünschte, sie wäre noch am Leben, aber ich kann es dir nicht verübeln, dass du deine Leute beschützt hast.“

„Du hast uns auch beschützt“, sagt Billy. Er huscht durch die Schatten und nimmt meine Hand, als er direkt neben mir wieder auftaucht. Aufrichtige Wertschätzung liegt in seinen großen Faun-Augen, als er zu mir hochlächelt. „Selbst wenn die Schattenwesen *euch* angegriffen haben, wolltet ihr nie, dass wir verletzt werden, es sei denn, es gäbe keinen anderen Weg. Das weiß ich besser als jeder andere.“

Mir kommen die Tränen, und ich wische mir über die Augen. „Ich habe *dir* auch schon einmal wehgetan. Du hast nicht …“

Billys Lächeln schwankt keine Sekunde, als er mich unterbricht. „Du hast aufgehört. Ich habe gespürt, dass du deine Kraft sofort zurückgezogen hast, als du es gemerkt hast. Es war dumm von mir, mich in den Kampf zu stürzen. Wir alle machen Fehler. Ich habe zwar noch nicht viel Erfahrung mit der Welt der Sterblichen, doch ich denke, dass es darauf ankommen sollte, was wir aus unseren Fehlern machen, sobald wir sie erkennen.“

Zum ersten Mal glaube ich fest daran, dass er mir nicht vorwirft, dass ich meine Macht gegen ihn gerichtet habe. Auch wenn ich es nicht tun wollte, fühlte es sich trotzdem wie eine grausame Tat an. Wie ein Beweis für meine Monstrosität.

Was, wenn es vielmehr ein Zeichen für meine Menschlichkeit ist, weil ich einen Fehler gemacht habe, den ich jetzt unglaublich bereue?

Rollick räuspert sich. „Meine Leute haben nicht vor, euch zu vertreiben. Aber wir müssen eine Entscheidung treffen, was wir mit euren Mitschattenblütern machen, die weiterhin da draußen ihr Unwesen treiben. Letzte Nacht haben sie nur etwa ein Viertel ihrer Leute verloren."

„Richtig", stimme ich zu, während ich weiterhin mit meinen zwiespältigen Gefühlen ringe. „Ich habe gehört, dass wir ein paar von ihnen gefangen genommen haben. Was ist mit den Dreien passiert?"

Der Dämon neigt seinen Kopf in Richtung Tür. „Sie sind in einem anderen Raum. Du kannst zu ihnen."

Bei seinem Tonfall wird mir flau im Magen. Die Jungs schließen sich mir an, als wir zur Tür hinausgehen und dabei fast mit Toni zusammenstoßen, die mit einer Papiertüte in der Hand ins Zimmer eilt.

Sie hält inne und streicht sich leicht verlegen über ihren zerzausten Bob. „Alles in Ordnung, Riva? Dass du auf den Beinen bist, ist sicherlich ein gutes Zeichen. Ich bin erst vor ein paar Stunden in die Stadt gekommen. Ich habe Frühstück für Pearl geholt."

Bei der Erwähnung des Sukkubus-Mädchens erröten Tonis Wangen leicht. Hm. Ich kann nicht umhin, mich an das Gespräch der beiden zu erinnern, das ich in der Küche in Rollicks spanischer Villa mitbekommen habe.

„Ja, mir geht's gut", versichere ich ihr mit einem kurzen Lächeln. „Pearl wird sich bestimmt freuen." Soweit ich weiß, *müssen* Schattenwesen zwar keine Nahrung zu sich nehmen, viele scheinen es allerdings trotzdem zu genießen.

Während Toni an uns vorbeihastet, führt uns Rollick

zum dritten Schlafzimmer. Vor der Tür hält er inne. „Alle drei waren … schwierig, sobald sie zu sich kamen. Lull hat mit ihren Kräften dafür gesorgt, dass sie bewusstlos bleiben, um Gewalt zu vermeiden."

Die Lamia. Ich nehme an, das ist besser, als ihnen Beruhigungsmittel zu verabreichen.

Unbehaglich verschränke ich die Arme vor der Brust. „Was haben sie gemacht, als sie aufgewacht sind?"

Zian reibt sich die Schulter. „Ein Junge hat versucht, mir den Arm abzureißen, als ich mit ihm reden wollte. Ich konnte ihn gerade noch zurückhalten. Über welche Fähigkeiten er auch verfügt, er hat enorm viel Kraft. Er hörte nicht lange genug auf, zu schreien, dass jemand zu Wort kommen konnte."

Rollick öffnet die Tür und ließ uns eintreten. Die drei dösenden Gestalten liegen auf Pritschen und sind mit schweren Ketten gefesselt.

Ein Mädchen ist geknebelt. Der Mann trägt eine Augenbinde.

Bevor ich fragen kann, zeigt Andreas auf einen großen schwarzen Fleck auf der Tapete. „Der ältere Kerl hat eine Art Fäulniskraft, die er mit seinen Augen projiziert. Er hätte fast ein Loch in die Wand gesprengt."

Die mollige Frau mit der silbrig schimmernden Haut tritt aus dem Schatten in der Nähe des Jungen. Ich nehme an, dass er derjenige war, der Zian angegriffen hat. Sie sieht Rollick fragend an. „Er wird langsam wach. Soll ich ihn wieder betäuben?"

Noch während sie spricht, zucken die Gliedmaßen des Jungen. Ich straffe meine Schultern. „Ich würde gerne sehen, wie es ihm geht. Zumindest so weit du ihn aufwachen lassen kannst, bevor er eine echte Bedrohung darstellt."

Rollick neigt zustimmend den Kopf. Lull positioniert

sich in der Nähe des Kopfes und ist bereit, ihre Kräfte jederzeit wieder einzusetzen.

Ein Schauer geht durch den Körper des Jungen. Er zieht an den Ketten, noch bevor er die Augen geöffnet hat.

Dann wirft er den Kopf von einer Seite auf die andere. Die Bewegung ist noch etwas langsam. „Lasst mich hier raus! Ich werde euch alle in Stücke reißen, ihr Freaks. Wenn ich …"

Die Lamia fährt mit den Fingerspitzen über sein Haar, und seine Stimme stockt. Seine Augenlider senken sich wieder, schließen sich aber nicht ganz.

Ich eile zum Ende seiner Pritsche. „Wir möchten euch helfen. Aber das können wir nicht, wenn du uns bekämpfst. Wenn du nur ein oder zwei Minuten zuhören würdest … Meine Freunde und ich sind Schattenblüter, genau wie ihr …"

„Ihr seid nicht wie wir", murmelt der Junge. „Ihr verdient alles, was ihr bekommt. Ich hoffe, Cutler findet euch und hackt euch alle in …"

Seine Arme haben wieder angefangen, an den Ketten zu ziehen. Lull schürzt entschuldigend die Lippen und legt ihre Hand auf seinen Kopf, woraufhin er in einen tiefen Schlummer fällt.

Ich trete einen Schritt zurück, und meine Haltung entspannt sich. Wie zum Teufel sollen wir zu ihm durchdringen, wenn er so in seiner Wut gefangen ist, sogar wenn er vom Rest der Gruppe getrennt ist?

Es gibt offensichtlich nichts mehr zu sehen. Rollick lotst uns ins Wohnzimmer.

Ich laufe zum Sofa und dann wieder zurück. Meine Nerven liegen blank. „Und die anderen Abtrünnigen? Die, die entkommen sind? Wissen wir, was sie vorhaben?"

„Offenbar habt ihr sie ganz schön aufgemischt",

antwortet Rollick. „Sie haben auf ihrem Weg aus der Stadt auf ein paar Dinge – und Menschen – eingeschlagen. Allerdings haben sie nicht angehalten, um sich an der Zerstörung zu erfreuen. Sie waren in Eile. Ich glaube, es hat ihnen nicht gefallen, wie nah ihr dran wart, sie zu überwältigen."

„Nicht nah genug", murmelt Jacob.

Ich schlucke ein ersticktes Lachen hinunter. Bei weitem nicht nah genug.

Einer seiner Kollegen erscheint auf der anderen Seite des Raums und zeigt auf das Schlafzimmer, in dem ich aufgewacht bin. „Die wilden Schattenblüter sind wieder im Fernsehen."

Mit einem flauen Gefühl im Magen eile ich zu den anderen. Vom Fernseher, der gegenüber vom Bett an der Wand hängt, ist der knappe, leicht verzweifelte Tonfall einer Reporterin zu hören.

„Niemand weiß genau, wer die Täter sind oder was ihr Motiv für dieses Massaker war. Die Polizei geht jeder möglichen Spur nach. Wir können uns der Annahme nicht erwehren, dass es mit den Angriffen der Bande zusammenhängt, die einige als ‚Monster' bezeichnen."

Auf dem Bildschirm erscheint ein Stadtpark. Auf dem blutverschmierten Rasen liegen rauchende Leichen, die starke Ähnlichkeit mit Bookers totem Körper haben. Sanitäter legen sie schnell auf Tragen.

Übelkeit steigt in mir auf und am liebsten würde ich meine Augen vor den Bildern verschließen, doch ich kann mich nicht dazu durchringen.

Die Reporterin auf dem Bildschirm redet immer noch. „Die einzige Botschaft, von der die Beamten annehmen, dass die Mörder sie hinterlassen haben, sind Worte, die in einen der Fußwege geritzt wurden: *Wir lassen uns nicht bändigen.*

Was das mit dem Abschlachten von mehr als fünfzig unschuldigen Passanten zu tun hat, ist zu diesem Zeitpunkt ungewiss."

„Fünfzig", wiederhole ich mit stockender Stimme. „Oh, Gott."

Andreas sieht aus, als wäre ihm genauso übel wie mir. „,*Wir lassen uns nicht bändigen.*' Meint ihr, die Botschaft ist an uns gerichtet?"

Zians Augen weiten sich. „Sie haben all diese Menschen getötet, nur um sich an uns zu rächen, weil wir versucht haben, sie aufzuhalten?"

Jacob runzelt die Stirn. „Nach allem, was ich von ihnen gesehen habe, würde mich das nicht wundern."

„Sie sind … sehr wütend", fügt Griffin leise hinzu.

Die Nachrichtensendung hat zu einem anderen Thema gewechselt. Dominic greift nach der Fernbedienung und schaltet den Fernseher aus. Dann blickt er mich an. „Wir können nicht zulassen, dass sie da draußen weiter randalieren. Was meinst du, Riva?"

Ich schließe die Augen, senke den Kopf und reibe mir den Nacken. Unter meinen Fingern spüre ich die feine Kette um meinen Hals. Das Symbol der Familie und der Verbundenheit, das Griffin mir vor all den Jahren geschenkt hat.

Ja, wir müssen etwas gegen unsere Mitschattenblüter unternehmen. Wir können nicht zulassen, dass sie überall Chaos anrichten und Dutzende von Menschen aus reiner Bosheit töten. Wer weiß, wie lange das noch so weitergehen würde.

Und da ist nicht nur die Gefahr, die sie für all diese Unschuldigen darstellen. Wir haben keine Ahnung, was diese Obersten tun werden, die Rollick erwähnt hat.

Es war meine Idee, den jüngeren Schattenblütern die

Chance zu geben, sich zu ergeben. Sollte das ein Fehler gewesen sein, muss ich mir das eingestehen.

Alles hängt von mir ab.

Eine Welle der Einsamkeit überrollt mich, was eigentlich absurd ist, da die fünf Männer bei mir sind, die mir näherstehen als jeder andere auf der Welt.

Meine Gedanken müssen lauter sein, als mir bewusst ist, denn eine weitere vertraute Gestalt tritt durch die Tür und kommt auf mich zu. Ajax schenkt mir ein sanftes Lächeln, und seine Stimme ertönt in meinem Kopf: *Wie auch immer du entscheidest, du kannst auf mich zählen. Du hast alles versucht, um sie zu retten. Das wissen wir alle.*

Auf einmal brennen mir wieder Tränen in den Augen. Griffin legt seinen Arm um meine Taille, und Andreas streichelt mit dem Rücken seiner Finger über meine Wange.

Dominic mustert mich mit seiner gewohnt nachdenklichen Miene. „Wir werden darüber reden und eine Lösung finden. Wir haben immer noch Möglichkeiten."

Nicht viele. Aber ihre Solidarität reißt mich aus meiner momentanen Verzweiflung.

Wir sind vom gleichen Blut. Wir sind eine Familie. Genau wie die Schattenblüter, die einen Pfad der Zerstörung durch das Land ziehen … Das bedeutet allerdings nicht, dass alles richtig ist, was sie tun.

Was sagt es über die zerstörungswütigen Schattenblüter aus, dass sie einen Fehler nach dem anderen gemacht haben und trotzdem weitermachen wollen?

Sie sind Schattenblüter wie wir. Das bedeutet nicht nur, dass wir sie retten sollten, wenn wir können, sondern auch, dass wir dafür sorgen sollten, dass sie keinen weiteren Schaden anrichten.

Wir schulden ihnen keine unendliche Geduld, wenn sie unschuldige Menschen umbringen, die ein Recht auf Leben haben. Wir sind die Einzigen, die dieser Zerstörung ein Ende setzen können.

Ich werfe einen Blick in das Zimmer, wo Sorsha und Pearl sich erholen. Auch die Schattenwesen erwarten eine Antwort von mir. Sie vertrauen darauf, dass ich sie führe.

„Ich möchte alle retten", sage ich leise. „Aber was … Was, wenn wir das nicht können?"

Jacob verzieht den Mund. „Wenn jemand einen Weg finden kann, dann du, Wildkatze. Aber nicht einmal Superhelden können jeden Kampf gewinnen."

Sofern ich überhaupt eine Superheldin bin. Was würde ich tun, wenn ich eine wäre?

Die Antwort ist schockierend einfach. Ich sammle mich kurz, bevor ich die Worte ausspreche. „Dann müssen wir das tun, was für die meisten Menschen das Beste ist. Was die meisten Leben retten wird."

Sosehr mir die Lösung auch widerstrebt.

Rollick bittet mich nicht darum, zu erklären, was ich meine. Mit einem mitfühlenden Blick senkt er den Kopf. „Gibt es Vorschläge, wie wir vorgehen sollen?"

Ich denke an die vergangenen Schlachten. Daran, wie die anderen Schattenblüter uns herausgefordert und zurückgeschlagen haben und uns dann entkommen sind. An die Verletzungen und Verluste, die wir erlitten haben.

Wie könnten wir das ein für alle Mal beenden, ohne einen weiteren Fehler zu machen?

Ich hebe mein Kinn. „Sorsha und ich können sie am schnellsten aus der Ferne ausschalten. Aber Sorsha kann sich im Moment nicht bewegen. Und wir sollten ihnen keine Möglichkeit zur Flucht lassen."

Dominics Blick schweift nachdenklich in die Ferne. „Der Versuch, sie nur mit unseren Kräften festzuhalten, hat nicht besonders gut funktioniert. Wenn wir sie in einen geschlossenen Raum locken könnten, in dem du und Sorsha euch auf sie konzentrieren könntet und sie niemanden angreifen könnten …“

Auch wenn mir bei dem Gedanken mulmig zumute wird, kann ich nicht leugnen, dass er vielversprechend ist.

Ein zittriges Lachen sprudelt aus mir heraus. „Ich glaube, ich weiß genau den richtigen Ort.“

SECHSUNDZWANZIG

Riva

Der Stacheldrahtzaun sieht nicht mehr so einschüchternd aus wie in meiner Erinnerung. Andererseits ist es schon fast fünf Jahre her, dass ich das letzte Mal hier war, und ich habe in dieser Zeit viel durchgemacht.

Andreas hebt einen Stock vom Waldboden hinter uns auf und wirft ihn gegen den Zaun. Seine Miene verfinstert sich, als ein elektrisches Knistern ertönt. „Immer noch Strom drauf.“

Die Jungs um mich herum sehen aus, als wäre ihnen ebenso unbehaglich zumute wie mir. Sie haben diese Einrichtung nicht lange nach mir verlassen, unter ebenso traumatischen Umständen.

Jacob verschränkt die Arme vor der Brust. „Die Wärter wollen nicht, dass jemand ihre Geheimnisse entdeckt, selbst wenn sie die Einrichtung nicht mehr nutzen.“

Rollick verlagert sein Gewicht von einem Fuß auf den anderen. Obwohl er seine gewohnte Zuversicht ausstrahlt, ist sein Gesicht angespannter als sonst. Keiner seiner Schattenwesen-Verbündeten hat uns so nahe an das Gebiet der Wärter herangeführt. Die Silber- und Eisen-Schutzvorrichtungen um die Einrichtung wirken sich selbst auf die immense Kraft des Dämons aus.

„Wir haben keine Anzeichen von Sterblichen gesehen, die hier ein und aus gehen oder patrouillieren", erklärt er. „Das Gelände scheint verlassen zu sein. Da wir die Einrichtung noch nicht so lange überwachen, könnte es allerdings sein, dass jemand drinnen arbeitet und bisher nicht herausgekommen ist."

Griffin neigt sich zum Zaun, sein Blick wird schärfer und aufmerksamer. „Ich kann drinnen keine Emotionen spüren. Aber wir sollten sichergehen, bevor wir den Plan durchziehen."

Rollick blickt zu uns hinüber. „In dieser Einrichtung wurdet ihr also den Großteil eures Lebens festgehalten."

Ich nicke. „Das Gebäude ist größer, als man auf den ersten Blick vermuten würde. Es geht mindestens ein paar Stockwerke unter die Erde."

Der Tonfall des Dämons wird trocken. „Ideal, um Schattenblüter gefangen zu halten. Selbst wenn die Kerkermeister ebenfalls Schattenblüter sind."

„Ja." Ich schlinge die Arme um meine Mitte. Meine Nerven liegen blank, als ich durch den Zaun schaue.

Ich kann die Erinnerungen nicht ganz verdrängen, sosehr ich es auch versuche. Das kleine Betongebäude steht in der Mitte der umzäunten Lichtung und ich erkenne die massive Stahltür wieder, durch die Griffin und ich bei unserem Fluchtversuch vor all den Jahren ausgebrochen sind. Anders als damals fahren auf dem Asphaltstreifen zwischen dem Tor und dem Gebäude jetzt keine Autos mehr.

Damals, als ich ihn zum ersten Mal unter dem sternenklaren Himmel geküsst habe. Als ich sah, wie er von der Kugel eines unsichtbaren Scharfschützen getroffen wurde.

Als ich dachte, ich hätte ihn verbluten und sterben sehen, während ich von den Wärtern weggeschleppt wurde.

Griffins Erinnerungen sind meinen vermutlich sehr ähnlich. Die anderen vier Jungs haben zwei. Die Version, die ich ihnen erzählt habe, und die, die sie auf dem Bildschirm eines Tablets gesehen haben. Die Wärter haben die Aufnahme manipuliert, um es so aussehen zu lassen, als wäre ich freiwillig von Griffins zusammengesunkenem Körper weggegangen. Als hätte ich ihn im Austausch für meine Freiheit in den Tod geschickt.

Das Grauen, das ich empfinde, ist schon schlimm genug. Ich kann mir nicht vorstellen, was für ein Gefühlschaos in ihnen vorgehen muss.

Auf der anderen Seite des Gebäudes erstreckt sich das Feld, auf dem wir gelegentlich unsere Trainingseinheiten im Freien absolviert haben. Inzwischen sind wir schon so lange frei von den Wärtern, dass es seltsam ist, sich daran zu erinnern, wie neu es war, frische Luft zu atmen und den Duft des Waldes zu riechen anstatt der dumpfen, gefilterten Luft in den unterirdischen Räumen.

Zian zuckt mit den Schultern und sieht entschlossen und unsicher zugleich aus. „Wir müssen reingehen, um uns zu vergewissern, dass die Einrichtung leer ist und wir sie benutzen können."

Ich schlucke. „Ja. Wo sind die Regler für den Strom?"

Jacob gibt einen abweisenden Laut von sich. „Um die Regler brauchen wir uns nicht zu kümmern. Alles, was ich brauche, ist der Draht ..."

Er schlendert mit gesenktem Kopf am Rand des Zauns entlang. Vermutlich scannt er den Boden unter sich mithilfe seiner Kräfte, denn als er um die linke Seite der Einrichtung herumgeht, hält er inne und lächelt. „Da ist er."

Jake schließt die Augen und seine Arme zucken bei der unsichtbaren Anstrengung, die er unternimmt.

Ein leises Surren ist das einzige Zeichen dafür, dass sich etwas verändert hat. Zufrieden tritt er einen Schritt zurück und der nächste Zweig, den Andreas wirft, liefert den Beweis.

Während Jacob zum Tor geht, mustere ich Rollick. „Möchtest du lieber draußen bleiben?"

Er presst die Lippen aufeinander, schüttelt dann aber den Kopf. „Wenn wir dieses Gebäude nutzen wollen, möchte ich genau wissen, womit wir arbeiten. Möglicherweise habe ich Vorschläge zur Umsetzung dieses Plans. Ich denke, ich werde euch von jetzt an durch die Schatten folgen, es sei denn, ich habe etwas zu sagen."

Das Tor gleitet auf, und der Dämon verschwindet in den dunklen Flecken darunter. Wir sechs betreten das Gelände und gehen über den Asphalt auf den einzigen oberirdischen Teil des Gebäudes zu.

Ich tue mein Bestes, um mich voll und ganz auf die Stahltür und die Betonwand vor mir zu konzentrieren, aber mein Puls beschleunigt sich, als wir an der Stelle vorbeikommen, an der Griffin und ich in der einen flüchtigen Minute standen, in der wir frei waren.

Ich kann die Qualen dieser Erinnerung nicht vor ihm verbergen. Er nimmt meine Hand und drückt sie sanft, was mehr sagt, als alle Worte es könnten.

Die Wärter haben uns auseinandergerissen, aber wir haben den Weg zurück zueinander gefunden. Und jetzt werden wir ihr Vermächtnis des Schmerzes und der Zerstörung ein für alle Mal beenden.

Zian starrt finster auf die Tür. „Ich könnte sie aufbrechen oder das Schloss herausschneiden."

Dominic legt den Kopf schief. „Ich denke, wir sollten

besser keine allzu offensichtlichen Spuren hinterlassen. Auch wenn sie das Gebäude nicht überwachen, Vorsicht ist besser als Nachsicht."

Jacob bückt sich zum Türknauf. „Ich glaube, ich kann das Schloss öffnen. Ich muss nur ein Gefühl dafür bekommen …"

Ein knirschendes Geräusch und ein lautes Klicken ertönen, und sein Mund verzieht sich zu einem schiefen Grinsen. „Ich konnte nicht alles in einem Stück lassen und musste etwas Gewalt anwenden, aber wenigstens sieht man nicht, dass es kaputt ist."

„Ich werde weiter nach Anzeichen für emotionale Reaktionen in der Nähe Ausschau halten", erklärt Griffin. „Aber im Erdgeschoss ist definitiv niemand."

Jacob umfasst den Knauf und zieht die Tür auf. Als wir in den weiß getünchten Flur treten, wird das erdrückende Gefühl unserer qualvollen Vergangenheit stärker.

Ausgelöst durch die Bewegung flackern die Lichter bei unserer Ankunft auf. Dominic lässt die Tür hinter sich zuschlagen, während er den Rückweg antritt.

Im ersten Stock gibt es nichts außer einem Lagerraum auf der einen Seite und auf der anderen etwas, das wie ein Pausenraum für die Wachen aussieht, die hier einst patrouillierten. Bis auf eine Kiste mit Müllsäcken und ein paar Behältern mit Sonnencreme sind die Regale im ersten Raum leer.

Der Pausenraum sieht aus, als hätte sich dort schon lange niemand mehr aufgehalten. Der Tisch und die Stühle sind mit einer dicken Staubschicht überzogen. Als wir einen Blick in die Schränke werfen, finden wir ein paar Säcke Kaffeebohnen und Süßstoffpackungen.

Zian holt tief Luft. „Sie haben den Laden wirklich einfach verlassen, nachdem sie uns herausgeholt haben."

Dominic antwortet mit einem schroffen Kichern.

„Vermutlich hielten sie die Einrichtung nicht für sicher genug, nachdem wir beinahe geflohen wären. Vielleicht sollten wir es lieber nicht riskieren, die Schattenblüter hierherzubringen."

Allerdings wollten die Wärter uns dauerhaft wegsperren. Wir müssen die randalierenden Schattenblüter nur für ein paar Minuten in Schach halten.

Mit jeder Treppenstufe, die wir hinuntersteigen, wird mir mulmiger zumute. Im nächsten Stockwerk steht die Tür zum Kontrollraum einen Spalt offen.

Die Konsolen, an denen Griffin und ich uns damals zu schaffen gemacht haben, um den Weg für unsere Flucht freizumachen, sind genauso verstaubt wie der Tisch im Pausenraum. Ich fahre mit dem Finger über die Ecke eines Bildschirms. „Ich glaube, hier war schon lange niemand mehr. Vermutlich dachten sie, der Zaun würde ausreichen, um sicherzustellen, dass niemand hier reinkommt."

Zian sieht aus, als würde er ein Schaudern unterdrücken. „Heißt das, dass wir uns nicht die Mühe machen müssen, weiter runterzugehen? Ich hasse diesen Ort."

Ich verspüre denselben Widerstand. Meine Nerven liegen blank bei dem Gedanken, den Gang mit den Zellen entlangzulaufen, in denen wir die meiste Zeit unseres Lebens verbracht haben, oder die Sporthalle zu betreten, in der wir so oft trainiert haben.

Leider führt kein Weg daran vorbei.

„Vielleicht nicht jetzt gleich", sage ich. „Aber wir sollten herausfinden, womit wir arbeiten können und was sie zurückgelassen und mitgenommen haben, nachdem wir weggebracht wurden."

Andreas macht auf dem Absatz kehrt und sieht sich stirnrunzelnd im Kontrollraum um. „Das Gebäude ist ziemlich sicher. Es gibt nur einen Fluchtweg und mindestens einen großen Raum, in den wir die abtrünnigen

Schattenblüter locken können. Nur, wie sollen wir sie dazu bringen, überhaupt hier *reinzukommen*?"

Ich kaue auf meiner Unterlippe. Diese Frage beschäftigt mich schon eine ganze Weile. „Wir müssen ihnen einen wirklich guten Grund geben, hierherzukommen. Und sie müssen denken, dass wir sie *nicht hier haben wollen*, damit sie keinen Verdacht schöpfen, dass es sich um eine Falle handeln könnte."

Einer der Gründe, warum ich das vorgeschlagen habe, ist die Tatsache, dass die meisten Schattenwesen die Schutzvorrichtungen der Einrichtung nicht ertragen können. Und selbst diejenigen, die es können, wären stark geschwächt. Cutler, Nadia und die anderen würden wohl kaum erwarten, dass wir einen Ort für einen Hinterhalt wählen, an dem die meisten unserer Verbündeten uns nicht unterstützen können.

Dominic durchquert den Raum, wobei sich seine Tentakel unter dem Mantel leicht bewegen. „Worauf sind sie wohl aus? Sie haben bereits alle Macht, die sie brauchen, um die Menschen anzugreifen, denen sie schaden wollen. Nichts kann sie wirklich lange aufhalten."

Ich denke an unsere vergangene Begegnung mit den randalierenden Schattenblütern zurück. Daran, was sie gesagt und wie sie sich verhalten haben.

Die Momente, in denen sie am stärksten reagiert haben.

„Vielleicht sollten wir uns darauf konzentrieren, was sie *nicht* wollen", sage ich langsam. „Sie hassen die Vorstellung, dass wir uns ihnen in den Weg stellen und sie daran hindern, die Rache zu bekommen, die sie ihrer Meinung nach verdienen. Was wäre, wenn sie glauben würden, dass es hier unten etwas gibt, das sie aufhalten könnte?"

Jacobs Augen leuchten. „Zum Beispiel eine Waffe, die gegen Schattenblüter entwickelt wurde. Das würde Sinn ergeben. Es wäre gar nicht so abwegig, dass die Wärter so etwas haben.“

Zian reibt sich das Kinn. „Aber warum sollten die Wärter die Waffe hier aufbewahren, wenn sie das Gebäude gar nicht mehr benutzen?“

„Das wissen die anderen Schattenblüter doch gar nicht“, fügt Griffin leise hinzu. „Wir waren die Einzigen, die in dieser Einrichtung festgehalten wurden. Sie würden das Gebäude weder wiedererkennen noch wissen, welche Funktion es hatte.“

„Ja.“ Ich gehe zurück in den Flur und nehme den Staub und die Stille in mich auf. „Wir müssen sauber machen, damit es so aussieht, als wären die Räume in Gebrauch.“

Ein schärferes Lächeln umspielt Jacobs Mund. „Vielleicht sollten wir auch ein paar Wärter herbringen, damit es bewacht aussieht, wenn diese Verrückten auftauchen.“

Andreas brummt vor sich hin. „Meint ihr, die anderen Schattenblüter werden auf den Trick hereinfallen? Ich bin mir nicht sicher, wie wir ihnen die Information über die vermeintliche Waffe zukommen lassen sollen, ohne dass sie merken, dass wir dahinterstecken. Außerdem könnten sie es auch einfach ignorieren.“

Griffin schüttelt den Kopf. „Ich denke, die Chancen stehen gut. Sie werden so von ihren Emotionen getrieben, dass sie nicht klar denken können … Das macht es mir unmöglich, sie zu beeinflussen. Doch wir können ihre Emotionen nutzen, um sie in die von uns gewünschte Richtung zu lenken. Wenn sie glauben, dass es eine legitime Bedrohung gibt und die Wärter sie womöglich angreifen werden, könnte das ausreichen.“

Ich ignoriere das wachsende Unbehagen, das sich in meinem Bauch breitmacht, und nicke. „Und wenn sie den Köder nicht schlucken, gut. Dann versuchen wir etwas anderes. Das muss nicht heißen, dass alles verloren ist.“

Rollick taucht aus den Schatten an der Tür auf. „Meine Leute sind vielleicht nicht sehr nützlich für die Kämpfe hier, aber sie können helfen, die Nachricht zu übermitteln. Ich werde ein paar Schattenwesen losschicken, die bei den bisherigen Kämpfen nicht dabei waren. Sie können den Schattenblütern weismachen, dass sie auf ihrer Seite sind. Sie werden behaupten, dass sie die Auslöschung der Sterblichen unterstützen und vor einer möglichen Bedrohung warnen wollen.“

„Sie müssen vorsichtig sein“, sage ich. „Die Abtrünnigen haben schon Schattenwesen vernichtet. Der Trick könnte aber tatsächlich funktionieren.“

Während wir in dem Gebäude stehen, von dem ich dachte, dass ich es nie wieder betreten müsste, nimmt der Plan in meinem Kopf langsam Gestalt an. Irgendwie beruhigt mich das Gefühl, dass sich der Weg zu unserem Ziel verfestigt, nicht so sehr, wie ich dachte.

Mein Unbehagen hält an, als wir wieder nach draußen gehen, um frische Luft zu schnappen und das Gelände zu begutachten, bevor wir uns tiefer hineinwagen. Mit jedem Blinzeln ziehen Bilder an mir vorbei: Tegan, die in Fangs Klauen zusammenbricht, Lindsays Handgelenke, die von Balthazars Fesseln aufgeschlitzt werden, George, der tot am Rande der Wüstenstadt liegt, in die uns Clancy auf unserer letzten Mission geschickt hat.

So viele Schattenblüter sind bereits gestorben. Wenn wir hier fertig sind, ist vielleicht niemand mehr übrig, außer uns Erstlingen und den beiden, die noch bei uns sind und von Balthazars Verfahren nicht allzu schlimm geschädigt wurden.

Als wir uns auf dem Feld verteilen, läuft Andreas mir hinterher. Sanft fasst er mich am Arm. „Du siehst besorgt aus. Wenn du denkst, dass es ein Problem bei diesem Plan gibt, sollten wir uns besser gleich darum kümmern.“

„Das ist es nicht.“ Ich lasse den Kopf hängen. „Als wir

von den jüngeren Schattenblütern erfuhren, habe ich mir und ihnen geschworen, dass wir ihnen helfen würden. Dass wir sie befreien würden. Und jetzt …"

Wir werden langsamer, als wir den hinteren Zaun erreichen. „Jetzt müssen wir uns überlegen, wie wir sie am einfachsten töten können", verkündet Andreas mit rauer Stimme.

Seine Worte jagen mir einen Schauer über den Rücken, obwohl ich diejenige war, die uns auf diesen Kurs gebracht hat. „Wenn ich einen anderen Ausweg wüsste … Wenn wir überhaupt zu ihnen durchdringen könnten … Es ist nicht *fair*. Als ob die Wärter uns nicht schon genug in die Scheiße geritten hätten, musste Balthazar sie auch noch völlig durcheinanderbringen."

Andreas verzieht das Gesicht. „Vielleicht hätte ich die Chance nutzen sollen, als wir ihn getötet haben. Ich hätte seine Existenz aus dem Gedächtnis aller löschen können."

So gern ich auch alles auslöschen würde, was Balthazar je getan hat, so sehr schreckt mein Verstand vor Dreys Vorschlag zurück. „Nein. Nur die Erinnerungen an ihn auszulöschen, hätte nicht gereicht. Die Schattenblüter, die er erschaffen und deren Kräfte er verstärkt hat, wären immer noch verrückt und wütend gewesen. Und dann hätten *wir* uns auch nicht mehr daran erinnert, was er getan hat."

„Okay, gutes Argument."

Die Erinnerung an die Wut unserer Mitschattenblüter versetzt mir einen ebenso schmerzhaften Stich ins Herz wie die Emotionen, die unsere Vergangenheit hier auslöst. Nadia ist so wütend über so viele Dinge …

Ich halte inne, als meine Gedanken sich auf eine Weise verbinden, die mir den Atem raubt. Ein paar Sekunden lang wage ich es nicht, zu sprechen.

Andreas wirft mir einen neugierigen Blick zu. „Was ist los?"

Obwohl ich weiß, dass ich der Hoffnung in diesen Tagen nicht allzu viel Bedeutung beimessen sollte, flackert ein kleiner Schimmer in meiner Brust auf und hebt meine Laune ein wenig.

Mit pochendem Herzen wende ich mich Drey zu. „Was, wenn es einen anderen Weg gibt, wie du deine Macht nutzen kannst, um die Sache in Ordnung zu bringen?"

SIEBENUNDZWANZIG

Andreas

„Ich verstehe das nicht", sagt der Junge zum vielleicht zehnten Mal. Er sitzt auf seinem Hotelbett und betrachtet seine Hände, bevor er zu mir aufschaut. „Ich habe jemanden verletzt? Ich kann mich nicht erinnern … Ich kann mich an nichts erinnern."

Ich atme tief durch, bevor ich die Erklärung wiederhole, auf die wir uns geeinigt haben. „Das liegt an dem Unfall, von dem ich dir erzählt habe. Wie es scheint, wurde dein Gedächtnis dadurch beeinträchtigt. Wir sind uns nicht sicher, ob die Erinnerungen zurückkommen werden, aber wir können dir helfen."

Griffin, der neben mir steht, nickt. „Es ist, als wärst du krank gewesen, aber jetzt kannst du wieder gesund werden. Du bist von Freunden umgeben. Wir werden dich beschützen."

Mein Freund überträgt beruhigende Gefühle auf den

Jungen, dessen Gedächtnis ich vor einer halben Stunde gelöscht habe. Derselbe junge Schattenblüter, der Zian vor ein paar Tagen fast den Arm abgerissen und nach dem Aufwachen nichts anderes getan hat, als sich gegen seine Fesseln zu wehren und uns Drohungen entgegenzuschreien.

Nur für den Fall, dass der Junge doch noch ausrastet, stehen Pearl und Dominic in dem neuen Hotelzimmer bereit, das Rollick uns zu diesem Zweck besorgt hat. Pearl ist bereit, ihn mit ihrem Sukkubus-Charme zu betören, und Dominic würde ihm die Energie entziehen, bis der Junge bewusstlos wird, falls die erste Strategie nicht funktioniert.

Bis jetzt mussten die beiden jedoch nicht einschreiten. Nachdem wir zunächst einige Minuten mit dem Jungen gesprochen und uns von Griffin bestätigen haben lassen, dass er keinen Grund zur Beunruhigung sieht, haben wir ihn von den Ketten befreit. Wir sind nach wie vor wachsam, doch meine Befürchtung weicht einem bittersüßen Gefühl der Erleichterung.

Rivas Vorschlag könnte tatsächlich funktioniert haben. Indem wir Balthazars Schattenblütern die Erinnerungen an die Gründe für ihre Wut löschten, haben wir ihre Wut gebändigt.

Die Tatsache, dass Griffin die Gefühle des Jungen besänftigen *kann*, beweist, dass wir Fortschritte gemacht haben.

Mir wird nur ein wenig übel, wenn ich daran denke, wie viel ich ihm noch stehlen musste, um das zu erreichen.

Der Junge reibt sich die Stirn. „Ihr habt gesagt, mein Name sei Keith? Ich … Ich kann mich nicht einmal *daran* erinnern.“

Ich mich auch nicht, hätte ich seinen Namen je gewusst. Doch wir hatten ein wenig zusätzliche Hilfe, was das betrifft.

Ich winke Ajax zu mir herüber. Er hat in der Nähe der Tür gewartet, für den Fall, dass er das Zimmer zu seiner eigenen Sicherheit verlassen muss. Er kommt näher und seine telepathische Stimme durchdringt meinen Geist. *Ich nehme keine gewalttätigen Gedanken wahr. Er ist nur verwirrt. Und er fühlt sich unwohl bei dem Gedanken, dass er Menschen verletzt hat.*

Nun, ein Gewissen zu entwickeln, ist auch ein wichtiger Fortschritt.

Ich tippe dem schlanken Jungen auf die Schulter. „Das ist Ajax. Ihr habt früher oft gemeinsam trainiert, als ihr noch woanders gelebt habt. Er kann dir einiges über dich erzählen. Wann immer du dich bereit dafür fühlst."

Keith schwankt einen Moment lang, und ein zaghaftes Lächeln umspielt seine Lippen. „Das … Das wäre schön."

Die Tür öffnet sich und Zian steckt den Kopf herein. „Lull sagt, dass Bethany bald aufwachen wird. Falls du auch zu ihr möchtest."

Ich werfe den anderen einen fragenden Blick zu, bin mir allerdings nicht sicher, ob ich will, dass sie mir sagen, dass ich das zweite Gedächtnis für heute löschen soll.

Dominic senkt den Kopf. „Ich bleibe hier, nur für den Fall."

Ein paar Schattenwesen sehen von den Schatten aus zu und können bei Bedarf eingreifen, teilt Ajax mir mit. Er kann ihre Gedanken wahrnehmen, obwohl sie nicht körperlich anwesend sind. Auch wenn der Eindruck ein wenig vage ist.

Ich straffe die Schultern. „In Ordnung. Mal sehen, wie es mit Bethany läuft."

Ein Sieg ist kein Beweis für Erfolg, nur ein gutes Zeichen. Jetzt stellt sich die Frage, ob ich ihn wiederholen kann.

Griffin dreht sich um und folgt mir in den nächsten Raum, in den Rollicks Leute das gefangene Schattenblutmädchen gebracht haben. „Ich sollte zur

Beruhigung mitkommen. Keith scheint im Moment einigermaßen stabil zu sein."

Ich schenke meinem Freund ein dankbares Lächeln. Wenigstens muss ich diese schreckliche Aufgabe nicht allein erledigen.

In dem anderen Zimmer steht die Lamia neben dem Bett. Das Mädchen, das darauf liegt, ist noch angekettet und geknebelt.

Ich war nicht dabei, als sie zu singen begann, als sie das erste Mal aufwachte, doch offenbar ist ihr Gesang stark genug, um jeden in Panik zu versetzen, auf den sie ihn richtet.

„Sie wird noch etwa zehn Minuten schlafen", erklärt Lull und blickt auf ihren Schützling hinunter. „Ich bleibe hier, falls sie noch einmal in einen Tiefschlaf versetzt werden muss. Die Ältere sollte noch ein paar Stunden schlafen."

Ich schlucke. „Danke. Wir sollten den Knebel herausnehmen, damit sie wenigstens reden kann, wenn sie aufwacht. Ich möchte nicht, dass sie sich mehr aufregt als nötig."

Lull greift nach dem Knebel, um ihn zu lösen. „Sei vorsichtig. Ihre Kraft scheint schnell zu wirken."

„Natürlich. Sobald sie anfängt zu singen oder auch nur zu summen, solltest du sie lieber gleich wieder in einen Schlummer versetzen."

Sobald ich mit Bethanys Verstand fertig bin, sollte sie sich jedoch nicht mehr daran erinnern, dass sie überhaupt über eine derartige Macht *verfügt*.

Als ich auf die andere Seite des Bettes gehe, wird mir mit jedem Schritt mulmiger zumute. Ich stütze mich am Rand der Matratze ab und lege meine Hand auf die Stirn des Mädchens. Die zerzausten Strähnen ihres dünnen, flachsfarbenen Haars liegen auf dem Kissen um sie herum.

Ich muss die Leute nicht berühren, um ihre

Erinnerungen auszulöschen, solange ich sie sehen kann, aber so ist es einfacher, sich zu konzentrieren. Es kostet mich weniger Anstrengung, wenn meine Fähigkeit keine Distanz überwinden muss.

Ich betrachte Bethanys schlaffes, blasses Gesicht und spüre, wie die Erinnerungen in ihrem Schädel flüstern. Wenn ich wollte, könnte ich sie mir ansehen und Einblicke in ihr Leben bekommen.

Doch ich weiß bereits, welche Erfahrungen sie gemacht hat. Ich weiß, wohin sie sie gebracht haben.

Ist es fair, sie alle auszulöschen? Sie zu zwingen, noch einmal von vorne anzufangen?

Ich bin mir nicht sicher. Mit einem flauen Gefühl im Magen mache ich mich bereit.

Seit Riva mir gesagt hat, was sie denkt, habe ich mich oft mit dieser Frage beschäftigt. Irgendwie hasse ich es, das zu tun … Aber ich weiß auch keine bessere Lösung.

Entweder das oder wir bringen die Teenager und die Kriminellen um, obwohl es vielleicht noch Hoffnung für sie geben könnte. Ich stehle ihnen die Erinnerungen an ihr früheres Leben, doch ich gebe ihnen auch eine zweite Chance, die sie sonst nicht bekommen hätten.

Ich konzentriere mich auf die langsamen Gedanken im Kopf des Mädchens, dann lege ich los. Es fühlt sich so ähnlich an, wie wenn ich meine Unsichtbarkeitskraft auf jemand anderen ausübe, nur konzentrierter. Als würde sich die Kraft zu einer psychischen Säure verdichten, die jedes Stück ihrer Vergangenheit auffrisst, das in ihrem Gehirn gespeichert war.

In ein paar Minuten wird ihr Geist genauso ausgelöscht sein wie mein Körper, wenn ich ihn unsichtbar mache.

Im Raum ist es kühl, aber mir steht der Schweiß auf der Stirn. Ein Schmerz kribbelt in meinem Schädel.

Wenn ich das mit einem Haufen anderer Schattenblüter

machen will, muss ich mich wahrscheinlich in mehreren Etappen anstrengen. Ich bin mir nicht sicher, wie viele Gedächtnisse ich löschen kann, ohne mich zu verausgaben.

Die Erinnerungen lösen sich unter der gewaltigen Energiewelle auf, die ich in Bethanys Geist schicke. Danach ist ihr Kopf leer.

Ich lasse meine Hand sinken und balle sie zur Faust, als sie zu zittern beginnt. Dann trete ich vom Bett zurück. Orientierungslos aufzuwachen ist schlimm genug, auch ohne einen Fremden direkt vor der Nase zu haben.

Ein leicht angespannter Ausdruck tritt in Griffins Gesicht. Er projiziert beruhigende Emotionen in sie, während sie noch schläft.

Als Bethany an den Ketten zieht, ist mein Mund vollkommen ausgetrocknet. Sie stößt einen leisen, erschrockenen Laut aus, der mir einen Stich ins Herz versetzt.

Dann öffnet sie die Augen. Sie starrt auf die Ketten, mit denen sie gefesselt ist, und dann auf uns drei, die um ihr Bett herumstehen.

Griffin runzelt die Stirn. „Es ist alles in Ordnung", sagt er mit sanfter Stimme. Obwohl seine Kraft nicht auf mich gerichtet ist, spüre ich einen Hauch der Ruhe, die er auf das Mädchen überträgt. „Wir sind hier, um dir zu helfen."

„Du hattest einen Unfall", füge ich hinzu. „Du wurdest schwer verletzt. Vielleicht kannst du dich an nichts mehr erinnern."

Bethany zieht an den Ketten. „Warum bin ich gefesselt? Was zum Teufel ist hier los?"

Wut schwingt in ihrer Stimme mit, und ich hebe beschwichtigend die Hände. „Als der Unfall passierte, hast du die Kontrolle verloren und Leute verletzt. Wir wollen nur sicherstellen, dass ..."

„Macht mich los!", unterbricht Bethany, die jetzt

regelrecht um sich schlägt. „Das könnt ihr nicht mit mir machen. Ihr werdet es alle bereuen, sobald ich hier rauskomme."

Griffin rückt näher an mich heran. „Es funktioniert nicht", murmelt er. „Ihre Wut ist sofort aufgeflammt, als sie sich ihrer Situation bewusst wurde. Sie ist so stark, dass ich nicht zu ihr durchdringen kann."

Genauso stark wie vorher, als sie noch ihre Erinnerungen hatte.

„Ihr seid alle Arschlöcher!", schreit das Mädchen weiter. Die Bösartigkeit in der Stimme der mageren Vierzehnjährigen ist erschreckend. „Ich werde euch wehtun, wenn *ihr* nicht aufhört mit dem Scheiß. Ich werde …"

Dann beginnt ihre Stimme zu zittern und ihr Gesichtsausdruck verändert sich. Sie muss einen Hauch ihrer Macht spüren.

Der nächste Laut, der ihren Lippen entweicht, ist ein wortloses Krächzen.

Angst durchzuckt meine Nerven und mit einem leisen Schrei renne ich zur Tür. In den ein oder zwei Sekunden, bevor Lull mit ihrer Hand über Bethanys Gesicht streicht, springt mir fast das Herz aus der Brust.

Dann sinkt das Mädchen wieder in einen Schlummer, und der Adrenalinrausch flaut ab. Auch wenn ich noch leicht schwanke, stehe ich etwas sicherer auf meinen Füßen.

„Scheiße", murmle ich.

Griffin reibt sich sein Gesicht, in dem ein gequälter Ausdruck liegt. „Tut mir leid. Ich habe alles versucht. Sie hat sich so schnell aufgeregt."

Ich räuspere mich, aber meine Stimme ist immer noch ein wenig rau. „Das ist Balthazars Schuld, nicht deine."

Warum war Bethany immer noch so aggressiv, während Keith in einem viel ruhigeren Zustand zu sich kam? Ich betrachte ihre liegende Gestalt, als könnte sie mir Antworten geben, bevor ich meine Gedanken an die einzige Person richte, die etwas wissen könnte.

Ajax? Du kanntest sowohl Keith als auch Bethany vom Training auf der Insel. Weißt du, woran es liegen könnte, dass sie unterschiedlich auf diese ‚Behandlung' reagieren?

Einen Moment lang herrscht Stille, dann durchdringt Ajax' Stimme meine Gedanken. *Keith war ziemlich ruhig und die Wärter mussten ihn stets dazu zwingen, Dinge zu versuchen. Bethany war schon damals ein wenig wütend. Als wollte sie gut werden, um sie zu ärgern oder so. Um ihre Fähigkeiten irgendwann gegen sie einzusetzen.*

Das ergibt Sinn. Ihre ursprünglichen Persönlichkeiten spielen eine Rolle und haben sich auf Balthazars kranke Maßnahmen ausgewirkt.

Wie es scheint, sind die umgänglicheren Teenager, die über keine besonders zerstörerischen Fähigkeiten verfügen, die Einzigen, die bei seinen Verfahren nicht durchgedreht sind. Möglicherweise wurde bei denen, die zu Wut neigen, die mentale Struktur am meisten gestört.

Sosehr, dass es nicht einmal durch eine vollständige Löschung des Systems beheben lässt?

So unangenehm diese Vorstellung auch ist, aber wenn dieses Mädchen schon mit einer solchen Entschlossenheit aufwacht, ist es schwer vorstellbar, wie wir sie jemals zur Vernunft bringen sollen.

Ich unterdrücke einen Schauer. „Wir müssen uns überlegen, wie wir mit ihr verfahren." Dann wende ich mich an Griffin. „Ich sollte Riva Bescheid sagen. Kannst du in der Zwischenzeit nachsehen, ob Keith noch einmal besänftigt werden muss?"

„Gute Idee." Griffin schenkt mir ein mitfühlendes Lächeln und drückt kurz meinen Arm, als wir aus dem Zimmer gehen. Er spürt meine Unruhe genauso wie die Emotionen der sturen Schattenblüter.

Ich beobachte, wie er durch die andere Tür verschwindet, bevor ich mich wieder aufraffe. Meine Nerven liegen immer noch blank und mein Herz schlägt ein wenig schneller als sonst. Ich habe mich definitiv überanstrengt.

Meine Freunde brauchen mich nicht nur wegen meiner Fähigkeiten im Umgang mit Erinnerungen. Bei dem Hinterhalt in der Einrichtung werde ich sie auch unsichtbar machen müssen.

Es wäre gut zu testen, ob ich diese Kraft einsetzen kann, kurz nachdem ich ein paar Erinnerungen ausgelöscht habe.

Und die Tatsache, dass ich lieber mit niemandem über meinen theoretischen Erfolg oder Misserfolg sprechen möchte, bevor ich Riva erreiche, könnte auch ein kleiner Anreiz sein.

Ich lasse meinen Blick über den eleganten Hotelflur mit der bernsteinfarbenen Beleuchtung schweifen, um mich zu vergewissern, dass ich allein bin. Mit einem langsamen Atemzug bringe ich meinen Körper dazu, aus dem Blickfeld zu verschwinden.

Als ich wieder auf meine Hände hinunterschaue, sehe ich nur den lila-goldenen Teppich. Zufrieden mache ich mich auf den Weg zu den Aufzügen. Es ist nur ein Stockwerk bis zur Penthouse-Suite, doch je weniger Türen ich manuell öffnen muss, desto geringer ist die Wahrscheinlichkeit, dass jemand meine Anwesenheit bemerkt.

Der Aufzug öffnet sich genau in dem Moment vor der Tür des Penthouse, als Jacob und Zian herauskommen. „Mir ist mehr nach Griechisch", sagt Zian.

Jake hebt kapitulierend die Hände. „Lass uns einfach sehen, was wir in der Nähe finden. Ich habe keine Lust, die halbe Stadt zu durchqueren."

Offenbar wollen sie Essen holen. Ich weiche meinen Freunden aus und schaffe es gerade noch, in das Penthouse zu schlüpfen, bevor sich die Tür hinter ihnen schließt.

Das Wohnzimmer scheint leer zu sein, wobei ich keine Ahnung habe, wie viele körperlose Schattenwesen sich hier herumtreiben. Rivas Schlafzimmertür ist geschlossen. Sollte ein Wesen bemerken, dass sie sich einfach öffnet, flippt es hoffentlich nicht aus.

Vorsichtig drehe ich den Türknauf und trete ein. Riva liegt mit dem Rücken zu mir auf der Decke, wobei sie ihren Arm als Kissen benutzt. Ich würde denken, dass sie schläft, wäre da nicht der Hauch von Anspannung in ihrer Haltung.

Sie wollte mit mir kommen, um mit eigenen Augen zu sehen, wie unser Experiment läuft, war aber besorgt über die Wirkung, die ihr Anblick auf die Schattenblüter haben könnte. „Ich weiß, dass sie sich theoretisch nicht an mich erinnern können", sagte sie. „Aber es schien, als würden sie mich mehr für ihre Wut verantwortlich machen als euch. Ich möchte nicht riskieren, dass sie noch einen unbewussten Groll hegen."

Ich bleibe einen Moment lang neben dem Bett stehen. Mir widerstrebt der Gedanke, mich sichtbar zu machen und ihr zu gestehen, dass ich Balthazars furchteinflößende Veränderungen mit meinen Kräften nicht vollständig beseitigen kann.

Nach den Enttäuschungen der letzten Wochen würde ich ihr gerne eine gute Nachricht überbringen.

Möglicherweise brauche ich das genauso sehr wie sie.

Zögernd lege ich mich hinter sie aufs Bett. Riva beginnt, sich umzudrehen, und ich halte sie an der Taille fest.

„Bleib liegen", flüstere ich ihr ins Ohr.

Sie befolgt nicht nur meine Anweisung, sondern entspannt sich beim Klang meiner Stimme sogar ein wenig. Weil sie mir vertraut.

In meiner Brust schwillt Zuneigung an, die es mir einen Augenblick lang unmöglich macht, mich zu bewegen. Dann fahre ich mit meinen unsichtbaren Fingern über ihre Wange und ihren Hals, als würde sie von einem Geist gestreichelt werden.

Ihr frischer süßer Duft steigt mir in die Nase. Ich schmiege meinen Kopf an ihren und atme ihn durch ihr geflochtenes Haar ein.

Als ich ihre Brust streichle, stöhnt Riva leise. Ich lasse meine Fingerspitzen über die Wölbung und hinunter zum Saum ihres Shirts gleiten.

Ich schiebe meine Hand unter den Stoff und berühre ihre warme Haut darunter. Mit meinen Fingern streiche ich über ihren Bauch und arbeite mich bis zu ihrem BH vor.

Es ist ein kleiner Nervenkitzel, dass niemand sehen kann, was ich tue, selbst wenn jemand in diesem Moment hereinplatzen würde. Er würde nur sehen, dass Riva hier liegt und sich ihre Kleidung ein wenig bewegt.

In kreisenden Bewegungen fahre ich mit meinem Daumen über die dünne Schale ihres BHs, und mein Puls beschleunigt sich, als ich spüre, wie ihr Nippel unter meiner Berührung hart wird. Ein leises Knurren entweicht Rivas Kehle.

Diesmal halte ich sie nicht auf, als sie sich zu mir umdreht und ihre Hand auf meine Schulter legt. Da ich immer noch unsichtbar bin, sieht es aus, als würden ihre Finger in der Luft schweben.

Sie trommelt mit ihren Fingern auf meine Brust. „Komm zurück. Ich will dich sehen.“

Ich knabbere an ihrer Wange. „Aber so macht es auch Spaß, oder?“

Sie fährt mit ihrer Hand an meinem Kiefer entlang, und ihre Augen finden meine, obwohl sie direkt durch sie hindurchschaut. „Ja. Aber es macht noch mehr Spaß, wenn du ganz bei mir bist. Außerdem solltest du deine Fähigkeiten nicht dafür strapazieren.“

Das Letzte, was ich will, ist, dass sie sich schuldig fühlt.

Mit einem leichten Kribbeln auf der Haut mache ich mich wieder sichtbar und schenke ihr ein schiefes Lächeln. „In ein paar Tagen wird es sowieso egal sein, ob ich verschwinde. Wer braucht schon einen Kerl, der nur an der Vergangenheit festhält, wenn es an der Zeit ist, eine neue Zukunft aufzubauen?"

Die Bemerkung sollte ein Scherz sein, doch ich merke, dass sie unangebracht war, noch bevor sich Rivas Miene verfinstert. Sie fährt mit ihren Fingern durch meine dichten Locken und zieht mich ein wenig näher zu sich, sodass sich unsere Nasenspitzen berühren.

„Sag so etwas nie wieder", murmelt sie grimmig. „Komm nicht auf die Idee, dass wir dich nicht brauchen."

Ich verschlucke mich. „Das war ein Scherz. Ich werde nirgendwo hingehen."

Aber möglicherweise hat sich ein Teil von mir darauf vorbereitet, dass ich meine Fähigkeiten so weit ausreizen muss, dass ich nicht mehr zurückkehren kann.

Riva rückt näher an mich heran und drückt ihren zierlichen Körper an meinen, als bräuchte sie meine Wärme wie die Luft zum Atmen. „Drey, als alles im Argen lag und keiner von euch wusste, was er glauben sollte, hast du vor allen anderen gesehen, wer ich wirklich war. Du warst der Erste, der mir mehr vertraut hat als den Wärtern. *Das* bist du. Vergiss das nie."

Ich lege meinen Arm um sie und drücke sie fest an mich. Sie hat recht, oder?

Wer weiß, wie schlimm die Katastrophe geworden wäre, wenn ich nicht gewesen wäre. Ob es jemand von uns bis hierher geschafft hätte?

„Ich wünschte, ich könnte helfen, indem ich etwas gebe, anstatt etwas zu nehmen."

Rivas Atem kitzelt auf meiner Haut, als sie spricht. „Vielleicht kannst du das. Vielleicht kannst du ihnen die guten Erinnerungen zeigen, die der Rest von uns hatte und an denen sie teilhatten. Sobald wir wissen, dass sie bereit sind." Sie streicht mir mit dem Daumen über die Wange. „Möchtest du mir erzählen, wie es gelaufen ist?"

Ich kann es nicht länger vor mir herschieben. Ich halte die Frau fest, die ich liebe, und wappne mich für das, was ich ihr erzählen muss. „Es ist teils gut, teils schlecht gelaufen …"

Noch während ich die Worte ausspreche, denke ich: Ist es im Leben nicht immer so? Wir machen das Beste aus unserer Situation, genau wie jeder andere auf dieser chaotischen, aber unglaublichen Welt.

ACHTUNDZWANZIG

Riva

Ich steige die Treppe zum Erdgeschoss der Einrichtung hinauf, wo ich Handyempfang habe. Im weiß getünchten Flur lasse ich mich mit dem Rücken zur Wand auf den frisch geschrubbten Boden sinken und rufe die Suchmaschine auf.

Die neuesten Nachrichtenberichte über die jüngsten öffentlichen Äußerungen der Jäger sind nur eine Wiederholung der Artikel von gestern. Der Clip der New Yorker Gruppe, die erklärt, sie hätten gehört, dass es „Leute gibt, die diese Monster schon viel länger bekämpfen als wir" und dass sie „an einer Waffe arbeiten, die all ihre verrückten Kräfte besiegen kann und fast einsatzbereit ist", ging um die ganze Welt.

Rollicks Leute haben dafür gesorgt, dass die vage formulierten Insider-Informationen an verschiedene Gruppen im ganzen Land weitergegeben wurden, um sie zu ermutigen, darüber zu sprechen. Die Bürgerwehr hat keine Ahnung, dass die Informationen ausgerechnet von den „Monstern" kommen, die sie so fürchten. Und sie wissen keine weiteren Einzelheiten über diese Waffe.

Die Schattenwesen haben den abtrünnigen Schattenblütern berichtet, wo die Wärter angeblich Ausrüstung angeliefert bekommen haben, um ihrer Waffe den letzten Schliff zu verleihen. Wir dachten, es würde für eine zusätzliche Portion Authentizität sorgen, wenn die Jäger davon wissen. Wir wollen allerdings nicht, dass sich irgendwelche Sterblichen einmischen.

Zumindest keine sterblichen Amateur-Monsterjäger. Als ich die Karten-App aufrufe, erscheint eine Textnachricht von Pearl. *Die Wärter sind fast da. Eine Viertelstunde Fahrt entfernt. Sollen wir sie aufhalten, oder seid ihr bereit?*

Ich halte inne, um mich wieder auf die Kraft zu konzentrieren, die ich mir von Griffin geliehen habe, und denke an Nadia und dann an Devon. Mein Finger sinkt auf der Karte auf einen Punkt, der Dutzende von Meilen näher ist als bei meinem letzten Check vor einer halben Stunde.

Bei ihrem derzeitigen Tempo werden sie wohl in weniger als dreißig Minuten hier sein.

Nein, lass sie kommen, antworte ich. *Das Timing ist gut.*

Wir wollen, dass die Wärter hier sind, wenn die randalierenden Schattenblüter ankommen, damit es so aussieht, als wäre die Einrichtung in Betrieb gewesen, bevor sie zu weit ins Gebäude vordringen.

Ich erhebe mich und gehe zur Haupttür. Als ich sie einen Spalt öffne, strömt die kalte, aber frische Winterbrise herein und vertreibt die stickige Luft im Flur.

Ich sauge die Kälte in mich auf und lasse meinen Blick über den Parkplatz, den Zaun und den Wald dahinter schweifen. Vor fast fünf Jahren hielten die Wärter uns hier gefangen. Jetzt werden wir das Gebäude für unsere eigenen Zwecke umfunktionieren.

Wir locken die verstreuten Überreste der Wärterschaft in ein Gemetzel, und ich kann mich nicht dazu durchringen, auch nur das kleinste bisschen Schuld zu empfinden, selbst nachdem ich gesehen habe, was die randalierenden Schattenblüter den Menschen angetan haben. Wir sind das, wozu sie uns gemacht haben.

Sie können nur sich selbst die Schuld geben.

Und heute Abend werden wir auf die eine oder andere Weise einen Neuanfang starten und das von ihnen geschaffene Vermächtnis zerstören, bevor sie noch mehr Verwüstung anrichten.

Und dieser Neuanfang könnte unsere eigene Zerstörung beinhalten.

Das war eine Entscheidung, die ich nicht allein treffen konnte. Doch ich musste den Jungs keine weiteren Erklärungen geben, bevor sie verstanden, was ich meinte, und mir von ganzem Herzen zustimmten.

Wir werden alles tun, um sicherzustellen, dass Balthazars Wahnsinn und die Grausamkeit der Wärter hier und jetzt ein Ende finden.

Mit diesem Wissen, das sich wie ein Schraubstock um meine Lunge legt, werfe ich einen letzten Blick in Richtung Wald und atme das Gefühl der Freiheit ein, das ich dabei empfinde, bevor ich die Tür zum letzten Mal schließe. Dann eile ich zum Treppenhaus.

Auf dem Treppenabsatz wartet Sorsha auf mich. Als ich nicke, hebt sie ihre Hände und lässt einen kontrollierten Flammenstrahl los, der das Schloss und den Riegel zu einem festen Klumpen verschmilzt.

Die Wärter werden es nicht öffnen können, ganz gleich, welche Schlüssel oder Codes sie mitbringen. Sie werden das

Gebäude zwar betreten können, dann jedoch im Erdgeschoss festsitzen.

Vielleicht versuchen sie es gar nicht erst, da wir in den oberen Räumen Dinge bereitgestellt haben, um sie zu beschäftigen, während die abtrünnigen Schattenblüter hier sind. Trotzdem schien es mir das Beste, für den Fall der Fälle eine Vorsichtsmaßnahme zu treffen.

Sorsha fasst mich an der Schulter, bevor wir Seite an Seite die Treppe hinuntersteigen. Obwohl wir absichtlich langsam gehen, damit ihr nicht schwindlig wird, schwankt sie ein wenig.

Selbst nachdem sie sich ein paar Tage von der letzten Attacke erholt hat, ist sie zu desorientiert, um zu fliegen.

Meine Besorgnis scheint sich in meinem Gesicht widerzuspiegeln, denn sie schenkt mir ein beruhigendes Lächeln. „Es geht mir gut. Schon viel besser als am ersten Tag. Damals konnte ich nicht aufstehen, ohne mich zu übergeben."

Ich stoße ein humorloses Lachen aus. „Okay, dann ist das wohl eine Verbesserung. Ich hoffe nur, dass du bald wieder ganz gesund bist."

„Das hoffe ich auch. Was auch immer das für eine Kraft war, sie hat mich hart getroffen." Sie reibt sich kurz die Stirn, bevor sie sich mit der Hand am Geländer abstützt, um das Gleichgewicht nicht zu verlieren. „Aber du hattest den perfekten Plan. Nicht bewegen, nur verkohlen."

Ich widerstehe dem Drang, bei ihrem flapsigen Ton zusammenzuzucken. Ihrem grimmigen Gesichtsausdruck nach zu urteilen, denke ich nicht, dass sie die mögliche Verbrennung von ein paar Dutzend anderer Hybriden auf die leichte Schulter nimmt.

Natürlich haben wir sie über den schlimmsten Aspekt unseres Plans informiert, aber ich kann nicht umhin, das

Thema anzusprechen. „Bist du auf alles vorbereitet? Auf alles, was du möglicherweise tun musst?"

Am Ende der Treppe hält Sorsha inne und sieht mich mit ihren leuchtend braunen Augen an. Neben dem üblichen Schalk liegt auch viel Mitgefühl in ihrem Blick. Sie tätschelt mir den Kopf.

Obwohl ich annehme, dass sie nicht mehr als zehn Jahre älter ist als ich, drängt sich mir der Gedanke auf, dass es mir nichts ausmachen würde, wenn ich eine Mutter hätte. Eine, die noch lebt und die nicht über meine Existenz entsetzt wäre.

Nicht, dass ich die Phönixfrau als besonders mütterlich empfinde, doch sie strahlt eine Wärme aus, die über ihr Feuer hinausgeht.

Und sie versteht mich.

„Wenn die Situation außer Kontrolle gerät und es so aussieht, als würden sie fliehen, dann brenne ich das ganze Haus nieder", sagt sie. „Aber ich werde alles tun, was in meiner Macht steht, damit es nicht so weit kommt, okay?"

„Ich ..." Mir gehen die Bilder aus den Nachrichten der letzten Wochen durch den Kopf. Die Trümmer, die blutüberströmten Leichen. „Das ist das Beste, was wir tun können. Wenn das nicht genug ist, würde ich lieber sterben, als zuzulassen, dass sie noch mehr Menschen umbringen. Also zögere nicht."

Sorsha nickt. „Nach dem heutigen Tag werden sie niemandem mehr etwas antun, egal, wie die Sache endet."

Sie ist die Einzige, die das im schlimmsten Fall sicherstellen kann. Mit ihrem Phönixfeuer kann sie die gesamte Einrichtung in ein Inferno verwandeln und selbst unbeschadet aus den Flammen emporsteigen.

Nur wir Schattenblüter würden zu Asche verbrennen.

Ich verdränge diesen Gedanken und stoße die Tür auf.

Neben meinem möglicherweise bevorstehenden Tod

schwirren mir noch viele andere unangenehme Gedanken durch den Kopf. Während wir gemeinsam den Flur hinunter zur Turnhalle gehen, in der die Jungs und ich viele Tage zugebracht haben, huschen Eindrücke aus der Vergangenheit durch mein Bewusstsein, als könnte ich unsere Geschichte so sehen wie Andreas die Erinnerungen in den Köpfen der Menschen.

Das Poltern der Stiefel der Wärter auf dem gefliesten Boden. Der Geruch nach Desinfektionsmittel, der auch nach Jahren der Nichtbenutzung noch in der Luft hängt. Oder vielleicht bilde ich mir das nur ein.

Schreie und Stöhnen, leise Proteste. Die nagende Einsamkeit jedes Mal, wenn unsere Wärter uns aus den Trainingsräumen zurück in die Zellen brachten und ich wusste, dass es Stunden dauern würde, bis ich meine geliebten Jungs wiedersehen würde.

Selbst wenn unser Plan gelingt und wir diesen Ort lebend verlassen können, werde ich Sorsha bitten, das Gebäude in Brand zu stecken, sobald wir draußen sind. Ich wünschte, wir könnten jede physische Spur der Wärter auslöschen.

Doch es reicht, wenn wir sicherstellen, dass sie keinen Schaden mehr anrichten können.

Am Ende des Ganges stehen zwei Türen weit offen. Die eine führt in die höhlenartige Turnhalle, die andere in einen kleineren, aber immer noch relativ großen Raum, in dem die Wärter manchmal ein Schwimmbecken wie ein riesiges Aquarium aufstellten, um unsere Fähigkeiten im Wasser zu testen.

Andreas steht in der zweiten Türöffnung. Er sieht mich fragend an, als er meinen Blick auffängt.

„Die Wärter, die Rollicks Leute hierherführen, sollten in etwa zehn Minuten hier sein", verkünde ich. „Die Abtrünnigen werden ihnen dicht auf den Fersen sein."

Er schenkt mir ein knappes Lächeln. „Dann sollten wir besser auf Position gehen."

Nach einem kurzen Zögern tritt er vor und lässt seine Finger an meinem Kiefer entlanggleiten. Ich kommentiere die Verzweiflung nicht, die ich in seinem leidenschaftlichen Kuss und durch unsere Verbindung spüre. Ich bin selbst ziemlich verzweifelt, was die nächste Stunde betrifft.

Er zieht sich zurück, als Dominic und Griffin aus dem Zimmer hinter ihm kommen. Doms Kuss ist so begierig, dass ich mich darin verlieren könnte, während er mich mit seinen Armen und seinen Tentakeln festhält.

Griffin streift meine Lippen nur kurz mit seinen, was den flüchtigen Moment noch zärtlicher macht. Dann umarmt er mich fest, und es fühlt sich an, als würde die Liebe direkt von seinem Herzen in meins fließen.

„Wir schaffen das", sagt er. „Wir werden unseren Teil beitragen. Mach dir keine Sorgen um uns. Wir sehen uns, wenn es vorbei ist."

Ein Kloß bildet sich in meiner Kehle. „Ja."

Andreas berührt mich ein weiteres Mal, um mich unsichtbar zu machen. „Um Jake und Zee habe ich mich schon gekümmert. Sie sind auf Position."

Ich nehme all den Mut zusammen, den ich aufbringen kann. „Dann mal los."

Nachdem Drey seine Kraft auf Sorsha angewendet hat, gehen die drei Jungs zurück in den kleineren Raum. Sie werden sich um die Schattenblüter kümmern, die noch genug Moral zu haben scheinen, um gerettet zu werden.

Ich kann die Phönixfrau nicht mehr sehen, aber ich spüre ihre Hand auf meiner Schulter, während wir in die Turnhalle gehen. Der riesige Raum fühlt sich gespenstisch leer an.

Die Wärter müssen die wenigen Annehmlichkeiten von früher bei der Aufgabe der Einrichtung mitgenommen haben – das Sofa, auf dem wir in unseren Pausen Filme oder

Fernsehsendungen anschauten, den Tisch, an dem wir in geselliger Runde zu Mittag aßen oder Snacks verspeisten. Alles, was übrig geblieben ist, sind die Säulen in den Ecken und ein paar Kleinigkeiten wie staubige Turnmatten.

Wir haben auch unsere eigene Note hinzugefügt. Gestern haben wir am anderen Ende des Raums ein Gestell aufgebaut, das wie eine Waffe aussieht. Sie ist aus Metall und Glas, etwas größer als ich, doppelt so lang und mit verschiedenen Bedienelementen verschmolzen.

Der Schrotthaufen hat keinerlei *Funktion*, sieht aber einschüchternd aus. Hoffentlich reicht das, um die Schattenblüter davon zu überzeugen, dass es eine gefährliche Waffe ist.

Ich führe Sorsha zu einer Säule, neben die wir einige Kisten als zusätzlichen Schutz gestellt haben. Während sie dahinter ihre Position einnimmt, durchquere ich den Raum und gehe zu dem Aufbau auf der gegenüberliegenden Seite.

Ich habe freie Sicht auf den Eingang zu meiner Linken und die vermeintliche Waffe zu meiner Rechten. Außerdem ist zwischen zwei Kisten ein Handy versteckt, das mit dem Kamerasystem verbunden ist. Wir haben es anstelle der Geräte eingerichtet, die die Wärter mitgenommen haben.

Der Bildschirm des Telefons ist in unterschiedliche Bereiche unterteilt: das Eingangstor, der Flur im Erdgeschoss und zwei verschiedene Blickwinkel auf den Flur vor der Turnhalle, um das gesamte Gebiet abzudecken. Wahrscheinlich werden unsere Gegner zuerst die oberen Stockwerke überprüfen, aber dort gibt es nichts, was sie lange interessieren könnte.

Mein Herz klopft wie wild. Ich lege eine Hand auf die kühle Säule und erinnere mich daran, zu atmen.

Ich bin erst bei meinem dritten Atemzug, als der erste Videostream zeigt, wie mehrere Lieferwagen vor dem Tor vorfahren. Eine Gruppe von vierzehn Wärtern steigt aus ihren Fahrzeugen und geht zum Tor.

Wir haben es offengelassen. Wir wollen, dass sie hereinkommen.

Nachdem sie es zaghaft getestet haben, stößt einer von ihnen es auf. Sie schreiten auf den Parkplatz.

Einige steigen wieder in die Vans und fahren direkt auf das Gelände, andere laufen zu Fuß auf den Eingang zu.

Gut so. Es wird authentischer wirken, wenn die abtrünnigen Schattenblüter ein paar von ihnen im Gebäude finden und sie nicht alle im Hof bleiben.

In Dreiergruppen gehen die Wärter schließlich hinein. Auf dem zweiten Feed beobachte ich, wie sie den Flur absuchen und ihre Köpfe durch die Türen stecken.

Sie sind alle bewaffnet und haben große Gewehre griffbereit unter einen Arm geklemmt. Damit werden sie gegen die Kräfte der Schattenblüter allerdings nicht viel ausrichten können.

Sie haben unsere Fähigkeiten nie wirklich respektiert.

Gleich wird ihnen klar werden, dass das ein Fehler war. Ein paar Wärter rütteln an der verschmolzenen Tür zum Treppenhaus und in diesem Moment nehme ich die ersten Anzeichen von Bewegung im Wald jenseits des Zauns wahr.

Mein ganzer Körper versteift sich, als ich auf das winzige Rechteck auf dem Handy-Display starre, bis ich mir sicher bin, dass ich Haare im Gestrüpp aufblitzen sehe.

Und dann geht es los.

Obwohl kein Ton übertragen wird, kann ich mir die entsetzten Schreie vorstellen, als die draußen stationierten Wärter zu Boden gehen. Ihre Haut blubbert, als würde sie kochen, ihre Körper zucken vor Schmerz.

Ist das *Devons* Werk? Verbrennt er sie mit der Hitze, die er heraufbeschwören kann? Mir wird flau im Magen.

Ich werde das Ajax gegenüber nie erwähnen. Er hat schon genug von seinem geliebten Freund verloren.

Die Wachen sacken auf dem Asphalt zusammen, und die abtrünnigen Schattenblüter treten aus dem Wald.

Cutler geht voraus. Das Totenkopf-Tattoo auf seiner kahlen Kopfhaut schimmert im Sonnenlicht. Rechts neben ihm marschiert Nadia auf das Gebäude zu, links von ihm befindet sich der Mann mit der Narbe auf der Stirn. Mindestens zwei Dutzend weitere Schattenblüter stürmen hinter ihnen her.

Die Wärter im Flur scheinen die Geräusche von draußen gehört zu haben. Ich kann sehen, wie sie sich gegenseitig etwas zurufen, und ein paar von ihnen laufen zur Tür.

Allerdings nicht schnell genug.

Die Eingangstür fliegt auf und ein Lichtstrahl, der so blendend ist, dass der gesamte Bildschirm weiß wird, rast den Flur entlang. In den ersten Sekunden, während mein Puls durch meinen Schädel pocht, kann ich überhaupt nichts sehen.

Dann löst sich das gleißende Licht auf und ich erkenne ein Gewirr von schwingenden und fuchtelnden Gliedmaßen. Die Schattenblüter schleudern die Wärter gegen die Wände, schlitzen ihnen die Bäuche auf und zertrümmern ihre Köpfe wie Melonen.

Es sieht so aus, als würden sich ein paar der Bewaffneten wehren, doch ihre Kugeln haben keine Chance ihre Ziele zu treffen, bevor sie in dem Tumult zertrampelt werden.

Schließlich halten die Schattenblüter inne. Schwer atmend senken sie die Köpfe. Alle Wärter liegen leblos auf dem Boden. Als es keine Anzeichen für einen weiteren Angriff gibt, setzt sich die Truppe wieder in Bewegung.

Unsere Gegner schwärmen aus. Ein paar der Jüngeren bleiben im Flur zurück, die anderen überprüfen die Räume, so wie es ihre Opfer vor wenigen Minuten getan haben. Cutler erreicht das Treppenhaus und rüttelt an der Klinke.

Er winkt ein paar Teenager herbei. Mit ihren Kräften brechen sie die Tür innerhalb von Sekunden aus den Angeln.

Sie kommen.

Während sie ins Treppenhaus strömen, richte ich meinen Blick auf die Leichen im Flur. Ich erinnere mich an die Berichte in den Nachrichten, an die Szenen der Zerstörung, die ich mit eigenen Augen gesehen habe.

Die Wärter mögen diesen Tod verdienen, aber zu viele unschuldige oder unwissende Menschen sind auf dieselbe schreckliche Weise gestorben. Den abtrünnigen Schattenblütern ist es egal, wen sie verletzen oder wie viel Zerstörung sie anrichten.

Sie *wollen* dem Rest der Welt den gleichen Schmerz zufügen, den sie empfinden. Als würden sie dadurch für Gerechtigkeit sorgen.

Genau deswegen muss ich sie aufhalten.

Ein Schrei steigt in meiner Kehle auf. Ich unterdrücke ihn, schärfe ihn, dehne ihn aus und warte auf den richtigen Moment, ihn zu benutzen.

Sie haben noch eine Chance. Eine letzte Gelegenheit, um zu zeigen, dass sie mehr sind als die Monster, zu denen Balthazar sie gemacht hat.

Schließlich dringen sie in den Flur vor der Sporthalle vor. Cutlers Miene ist grimmig. Seine Gefolgsleute überprüfen kurz die anderen Räume, während sie weiter in das Gebäude vordringen.

Sie werfen einen Blick in den ehemaligen Billardraum, aber im Moment können sie dort nichts sehen. Dann späht Devon in die Turnhalle und stößt einen Schrei aus.

Er zeigt auf unser Gerät am anderen Ende des Raums. Die anderen rücken näher zusammen, bevor einige ruckartig die Köpfe drehen.

Andreas erfüllt seinen Teil des Plans. Er projiziert eine Erinnerung in ihre Köpfe. Das Bild stammt aus seinem eigenen Erinnerungsschatz.

Sie werden ein Kind weinen hören und ein kleines Mädchen sehen, das verängstigt und mit einer blutenden Schramme an der Wange hinter einer Kiste an der gegenüberliegenden Wand hervorschaut.

Wer wird versuchen, ihr zu helfen, und wer wird es für wichtiger halten, direkt zur Waffe zu gehen? Wer hat noch einen Funken Mitgefühl?

Devon weicht zurück und Besorgnis flackert über sein angespanntes Gesicht. Der Mann mit der Narbe dreht sich stirnrunzelnd um. Mehrere seiner Gefolgsleute stecken die Köpfe zusammen und tuscheln eifrig miteinander.

Sechs unserer Gegner betreten den ehemaligen Billardraum. Ich beobachte, wie Devon aus dem Blickfeld verschwindet, gefolgt von dem Mann mit der Narbe und ein paar weiteren Teenagern. Einer der anderen Erwachsenen und ein paar der Kinder warten draußen, um zu sehen, was ihre Gefährten vorfinden.

Cutler und die anderen zeigen keine Anzeichen dafür, dass sie sich für das kleine Mädchen interessieren. Ohne einen Blick zurückzuwerfen, betreten sie die Turnhalle und gehen direkt auf die vermeintliche Waffe zu.

Nadia eilt neben ihnen her. In ihrem Gesicht liegt eine grimmige Entschlossenheit. Ich habe sie während des Tumults im Flur nicht einmal zögern sehen.

Mir rutscht das Herz in die Hose, aber ich lasse nicht zu, dass die Enttäuschung meine Konzentration beeinträchtigt. Das ist nicht das Ergebnis, das ich sehen wollte, aber es ist, wie es ist.

Ich muss die Realität akzeptieren. Das Festhalten an ungerechtfertigten Hoffnungen hat schon zu viele

Menschenleben gekostet. Dabei hätten wir das Gemetzel womöglich viel früher beenden können.

Die Abtrünnigen marschieren auf die Waffe zu und ihre Blicke gleiten durch den Raum. Sie können mich und meine wartenden Begleiter nicht sehen. Sie haben keine Ahnung, dass wir hier sind.

Doch etwas scheint Cutlers Aufmerksamkeit zu erregen, bevor Jacob die Tür mit seiner Kraft hinter ihnen zuschlagen kann und sich meine Lippen überhaupt geöffnet haben, um meinem tödlichen Schrei die volle Kraft zu verleihen.

Cutler wirbelt herum und sein Schrei hallt durch den Raum, kurz bevor die Tür zufällt. „Es ist eine Falle!"

Mit pochendem Herzen stoße ich den tödlichen Schrei aus meiner Kehle.

Neunundzwanzig

Dominic

Die Schritte der abtrünnigen Schattenblüter poltern über den harten Boden, als sie sich in dem großen Raum versammeln. Andreas projiziert die Erinnerung auch in meinen und Griffins Kopf. So wissen wir, was unsere Gegner sehen und können uns auf ihre Reaktionen vorbereiten.

Das kleine Mädchen verschwindet hinter dem Karton, der im Gegensatz zu ihr tatsächlich existiert.

Ihr Wimmern hallt durch die Luft. Devon geht ein paar Meter von dem Karton entfernt in die Hocke und spricht leiser, als ich es bisher bei einem der abtrünnigen Schattenblüter gehört habe. „Hey. Wie bist du hierhergekommen? Wir können versuchen, dir zu helfen."

Der Mann mit der Narbe – laut Griffin heißt er Omar – gibt einen schroffen Laut von sich. „Frag sie, ob noch mehr Wärter hier sind."

Einer der anderen Jugendlichen macht einen ungeduldigen Schritt vorwärts. „Bringen wir sie einfach raus und machen weiter."

Meine Nerven liegen blank. Es ist nur eine Frage von Sekunden, bis sie merken, dass das Mädchen eine Illusion ist.

Doch Zian hat von der Tür aus zugesehen. Als die sechs Schattenblüter das andere Ende des Raumes erreichen, schreitet er unsichtbar zur Tat.

Mit der ganzen Wucht seiner beträchtlichen übernatürlichen Kraft stürzt er sich auf die drei Gestalten, die misstrauisch an der Tür zurückgeblieben sind. Der Mann und die beiden Teenager taumeln einige Schritte durch die Tür, das Mädchen fällt auf die Knie, und Zian zieht die Tür hinter sich zu.

Nachdem sie zugefallen ist, erfüllt ein zischendes Geräusch die Luft. Instinktiv berühre ich meine Gasmaske, um mich zu vergewissern, dass sie richtig sitzt.

Mit dem klobigen Ding über meinem Gesicht werde ich noch mehr wie ein Monster aussehen als sonst, aber mich kann sowieso niemand sehen.

Wolken von chemischem Rauch strömen aus den beiden Lüftungsschächten, ausgelöst von Griffin. Ich mache mich bereit, meine Aufgabe in diesem Plan zu erfüllen.

Ein paar der Schattenblüter schreien alarmiert auf, doch das Mittel hat sie bereits geschwächt. Rollick hat uns geholfen, eines zu finden, das sowohl stark ist als auch schnell wirkt.

Wären sie alle hier gewesen, hätte diese Vorgehensweise nicht funktioniert. In einem Raum, der groß genug ist, dass sie ihn alle bereitwillig betreten, hätten wir sie niemals alle rechtzeitig außer Gefecht setzen können, um einen Gegenschlag zu verhindern.

Selbst jetzt, wo die vier jüngsten Teenager bewusstlos auf dem Boden liegen, stolpern die anderen fünf Gestalten weiter durch die dunstige Luft. Funken schießen aus jemandes Fingerspitzen.

Wir dürfen auf keinen Fall zulassen, dass sie kämpfen, während Andreas das Gedächtnis der anderen löscht – oder schlimmer noch, dass sie sich den Weg aus dem Raum an die frische Luft bahnen. Zian ist draußen stationiert für den Fall, dass auf einer der beiden Seiten jemand flieht.

Wenn wir jemanden vor einem schlimmeren Schicksal bewahren wollen, müssen wir sie in Schach halten.

Immer noch unsichtbar stürze ich aus der Ecke, in der ich mich versteckt hatte, und schlinge einen Tentakel um den Hals des Jungen, der Funken schießt. Mit dem anderen packe ich Omars Handgelenk.

Sobald meine Saugnäpfe die nackte Haut berühren, sauge ich Energie in meine Venen. Im selben Moment strecke ich meine Hände nach den anderen Schattenblütern aus und ziehe an der Lebenskraft, die aus ihnen herausströmt.

Die Schattenblutenergie fließt so schnell, so leicht. Der wabernde Rausch schwappt von allen Seiten über mich hinweg. Berauschende Schauer durchzucken meine Glieder.

In meiner Brust wächst der Drang, noch mehr zu trinken. Um herauszufinden, wie gut sich die volle Kraft von so vielen Leben auf einmal anfühlen kann.

Nein, diesem Bedürfnis darf ich nicht nachgeben. Ich sauge sie aus, um sie zu schützen, nicht um einen egoistischen Drang in mir zu befriedigen.

Es fällt mir leichter, mich zu lösen, als erwartet. Vielleicht, weil ich schon so viel aufgenommen habe. Als die Knie des Funken sprühenden Jungen einknicken, löse ich meinen Tentakel.

Omar ist der Nächste, der zusammensackt. Er stolpert gegen die Wand und rutscht daran hinunter. Er versucht ein paar Mal, seinem Arm aus meinem Griff zu winden, und heraufbeschworene Eisspritzer durchbohren meine Haut. Doch er ist so geschwächt durch die Droge und die Energie, die ich ihm geraubt habe, dass er sich nicht mehr von mir lösen kann.

Ich kann schmecken, wie sein Puls langsamer wird. Schließlich löse ich meinen Tentakel und wende mich den Abtrünnigen zu, die noch auf den Beinen sind.

Mit einem letzten Zug an ihrer Lebenskraft brechen zwei von ihnen zusammen. Der letzte verbliebene Mann stürzt sich auf mich und stolpert in seiner Benommenheit fast über seine Füße.

„Du", knurrt er. Ich bewege die Spitze eines Tentakels auf sein Gesicht zu, um noch ein wenig mehr abzusaugen, und er landet auf seinem Hintern.

Ich kann Drey und Griffin vage erkennen. Sie sind menschenförmige Lücken in etwas, das wie leere Luft inmitten von Wolken aussieht. Drey beugt sich über Devon und legt eine Hand auf die Stirn des Jungen, um seine erste oder zweite Gedächtnislöschung durchzuführen, je nachdem, wie schnell er vorgehen konnte.

Griffin ist in seiner Ecke bei den Kartons geblieben. Seine Stimme ist durch die Gasmaske gedämpft. „Mach mit den Erwachsenen weiter. Als das Mittel anfing zu wirken, konnte ich die Jüngeren beruhigen, aber die Wut dieser beiden ist ziemlich stark geblieben."

Andreas nickt, wobei sich der Dunst um seinen Kopf herum bewegt. „Sind sie alle bewusstlos?"

„Ich habe die erwischt, die sich gegen das Gas gewehrt haben", sage ich. „Ich weiß nicht, wie lang sie bewusstlos sein werden, aber ich kann ihnen noch ein wenig mehr Energie absaugen, falls es nötig ist."

Meine Haut kribbelt und mein Herz rast, weil ich so viel Energie in mich aufgenommen habe. Ich habe den bizarren

Eindruck, dass ich direkt an die Decke schweben könnte, wenn ich mich vom Boden abstoße.

Aber das ist in Ordnung. Ich habe nicht mehr Energie aufgenommen, als nötig war.

Ich habe es möglich gemacht, dass wir einigen Schattenblütern, die durch Balthazars Maßnahmen außer Kontrolle geraten sind, einen Neuanfang bieten können.

Das ist besser als die Morde, die Riva und Sorsha im Raum neben uns begehen müssen.

Dieser Gedanke holt mich mit einem mulmigen Gefühl auf den Boden der Tatsachen zurück. Selbst wenn die Abtrünnigen auf die schiefe Bahn geraten sind, selbst wenn klar ist, dass wir für einige von ihnen nichts mehr tun können – oder für die Menschen, die *sie* umbringen wollten – sollten wir sie nicht vergessen.

Sie haben es nicht verdient, auf diese Weise zu sterben. Sie hatten nicht wirklich eine Wahl.

Alles, was wir tun können, ist, die Dinge so gut wie möglich in Ordnung zu bringen. Vielleicht hätte es nie eine perfekte Lösung gegeben, selbst wenn wir Balthazar vernichtet hätten, bevor er seine Schattenblut-Armee aufbauen konnte.

Ein leichter Hauch von Beruhigung hüllt mich ein, und mein Blick fällt auf Griffins Gestalt im Dunst. Er muss meine zwiespältigen Gefühle wahrgenommen haben. Ich empfinde seine Beruhigung nicht als aufdringlich, sondern eher als Unterstützung, als würde er meine Schulter drücken oder mich umarmen.

Das Gebäude selbst fühlt sich hingegen nicht besonders ruhig an. Gerade als die Anspannung in meiner Brust nachlässt, bebt der Boden unter meinen Füßen.

Unsere Köpfe drehen sich zur Tür. Ich kann Rivas Anwesenheit in der Turnhalle spüren. Sie bewegt sich in dem großen Raum umher.

Was zum Teufel ist da drüben los?

Wir dürfen uns nicht ablenken lassen. Wir müssen uns darauf konzentrieren, unseren Teil der Mission zu erfüllen.

Andreas geht von Devon zu dem Mann, den ich zuletzt zu Fall gebracht habe. Als er sich über den ehemaligen Häftling beugt, richtet sich dieser ruckartig auf und holt mit einer wackeligen, aber schnellen Faust nach Dreys unsichtbarem Kopf aus.

Verdammte Scheiße! Ich stürze auf ihn zu und meine Gedanken überschlagen sich. Offenbar hat er nur so getan, als wäre er ohnmächtig.

Während Drey rückwärts durch die Gaswolken taumelt, strecke ich meine Tentakel aus und greife über die kurze Distanz nach der Lebenskraft des Mannes. Mit einem Ruck entziehe ich ihm einen Schluck Energie.

Fluchend sackt der Mann zusammen. Meine Nerven zittern unter dem intensiven Drang, ihm noch mehr Energie abzusaugen, um die berauschende Kraft zu verstärken, die mich durchströmt.

Nein, deswegen bin ich nicht hier.

Aber ich werde noch *ein wenig* mehr abzapfen, bis sein Puls deutlich langsamer ist. Nachdem er uns schon einmal hereingelegt hat, will ich kein Risiko eingehen.

Andreas stößt ein raues Glucksen aus. „Danke, Dom. Scheiße, er hätte beinahe meine Maske kaputtgemacht.“

Seine unsichtbare Gestalt beugt sich über den bewusstlosen Mann. Als er nach der Stirn des Mannes greift, bewegt sich der Dunst um ihn herum.

Mein Puls beschleunigt sich. „Bist du sicher, dass es dir gut geht, Drey?“

Selbst durch die Maske hindurch höre ich, dass seine Stimme heiser ist. „Ja. Es ist nicht der Schlag. Das Löschen der Gedächtnisse verlangt mir einiges ab. Aber damit habe ich gerechnet.“

Wenn Drey ohnmächtig wird, bevor wir hier fertig sind, sind wir aufgeschmissen.

„Du solltest dich wieder sichtbar machen", sage ich. „Es kostet dich mehr Energie, wenn du zusätzlich noch deine Unsichtbarkeit aufrechterhalten musst, oder?"

„Gutes Argument. Ich schätze, es ist egal, ob die Typen mich jetzt sehen."

Der Dunst wogt erneut, und Andreas' Körper wird allmählich fester. Seine Schultern hängen herunter, und er sieht erschöpft aus.

Ich schaue wieder zu Griffin. „Meinst du, wir sollten das Gas ablassen? Damit Drey mehr Luft hat? Laut Rollick hält die Wirkung mindestens eine Stunde an, sobald sie einmal eingesetzt hat."

Griffin zögert, während er darüber nachdenkt. „Wenn ich den Strom umstelle, saugen die Ventilatoren alles wieder ein. Wir können jederzeit eine weitere Dosis freisetzen, wenn es nötig sein sollte."

Offenbar legt er den Schalter um, denn das leise Surren verstummt. Die Gasschwaden beginnen zu verblassen und verlassen den Raum durch die Belüftungsschächte, durch die sie zuvor hereingeströmt sind.

Als sich die Luft klärt, betrachte ich die zusammengesunkenen Körper genauer. Keiner zuckt auch nur mit der Wimper. Für den Moment sind sie alle bewusstlos.

Sobald ich ein Anzeichen von Bewegung bemerke, werde ich eingreifen, bevor es zu einem Problem werden kann.

Der Boden bebt erneut und kurz darauf ertönt ein lauter Knall, der selbst durch die dicken Wände hindurch zu hören ist. Ein mulmiges Gefühl beschleicht mich.

Verzweiflung dringt durch das Mal auf meiner Brust, durch das ich mit Riva verbunden bin. Was auch immer die

Schattenblüter tun, die sie in die Falle locken wollten, es läuft nicht rund.

Ich fange an, auf und ab zu laufen, bevor ich mich zum Stehenbleiben zwinge. Mit diesem Verhalten verunsichere ich nur meine Freunde.

Ich kann Griffin nicht wirklich sehen, aber ich weiß, was er tut, als sich eine der Kisten öffnet und er die Dinge herausholt, die wir darin verstaut haben. Er kniet sich neben Devon und fesselt seine Hand- und Fußgelenke.

Wir müssen vorsichtig sein, nur für den Fall, dass es uns nicht gelungen ist, die Schattenblüter, die wir rehabilitieren wollen, von denen zu trennen, die sich trotz der gelöschten Erinnerungen nicht an ein normales Leben anpassen können. Wenn es wie bei dem Jungen im Hotel läuft, werden sie nicht lange gefesselt bleiben müssen.

Der gedächtnislose Keith hat sich in den letzten Tagen bei uns gut geschlagen. Heute Morgen vor unserer Abreise habe ich gesehen, wie er mit Ajax zusammensaß, Reste von gestern aß und lachte.

Was Bethany betrifft, sind wir uns nicht sicher, was wir mit ihr machen sollen. Sie schlägt nach wie vor jedes Mal um sich, wenn Lull sie aufwachen lässt.

So schwer die Vorstellung auch ist, eine Person umzubringen, die man bereits überwältigt hat, letztendlich wird sie die Entscheidung für uns treffen. Seit sie bei uns ist, hat sie noch nichts gegessen. Sie hat sich nicht einmal genug beruhigt, um an Hunger zu denken, geschweige denn, um etwas zu sich zu nehmen.

Ich schüttle das Unbehagen ab, das mich bei diesem Gedanken überkommt, und konzentriere mich auf Keiths Fortschritt. Den Schattenblütern hier könnte es so ergehen wie ihm. Verwirrt, aber auf der Suche nach neuem Glück, auf der Suche nach einem Leben, in dem ihre eigenen

Wünsche und Ziele im Vordergrund stehen und nicht das, was die Wärter ihnen auferlegt haben.

Die anderen Jungs tauschen die Plätze, Andreas geht zu Omar, während Griffin sich dem Mann zuwendet, mit dem Drey gerade fertig geworden ist. Andreas nimmt seine Maske ab, um die frische Luft tief einzuatmen.

„Okay", murmelt er und legt seine Hand an Omars Schläfe.

Unruhig und aufgewühlt von der Energie, die in mir herumwirbelt, gehe ich zur Tür, doch die Wärter haben beim Bau ihrer Einrichtungen auf Qualität geachtet. Kein Geräusch dringt durch den Rahmen oder die Wände um mich herum.

Haben Riva und Sorsha ihren Teil der Mission erfüllt? Ich habe keine Ahnung, was bei ihnen los ist.

Möglicherweise haben sie die anderen Schattenblüter schon ausgeschaltet und warten auf uns. Oder sie kämpfen um ihr Leben.

Der Boden unter meinen Füßen bebt, was Letzteres wahrscheinlicher erscheinen lässt. Leider haben wir keine Möglichkeit herauszufinden, ob sie es mit einigen wenigen verbliebenen Gegnern zu tun haben oder mit der ganzen Masse.

Ein Kloß bildet sich in meiner Kehle. Ich wende mich wieder dem Raum zu und lasse meinen Blick über die Schattenblüter schweifen, für die *ich* verantwortlich bin.

Schweiß glänzt auf Andreas' kupferbraunem Gesicht. Sein Kiefer ist verkrampft und tiefe Falten bilden sich um die Mundwinkel herum.

„Hey", sage ich und mache einen weiteren Schritt auf ihn zu. „Ich kann dir ein wenig Energie geben, so wie Jake damals, als er den Berg erschüttert hat. Ich habe jede Menge und …"

Drey winkt mit seiner freien Hand ab. „Ist schon in

Ordnung. Du hast deinen Teil getan. Ich sollte in der Lage sein, meinen zu erfüllen."

Ich betrachte ihn mit finsterer Miene. Ich hätte ihm die zusätzliche Energie anbieten sollen, direkt nachdem ich sie aufgenommen habe. Wenn ich mehr Lebenskraft brauche, um den Abtrünnigen zu helfen, sich zu erholen, sobald sie aufwachen, können wir das draußen im Wald erledigen, wo ich viele Pflanzen habe, aus denen ich Energie ziehen kann.

Aber Andreas weiß selbst am besten, was er braucht. Wenn er sagt, dass es ihm gut geht …

Er tritt von Omar weg und wendet sich einem der Teenager zu. Ich glaube, ich sehe, wie sein Gleichgewicht ins Wanken gerät, als er sich nach vorne lehnt. Er hat sich allerdings so schnell wieder im Griff, dass ich mir nicht sicher bin.

Griffin blickt auf, als er neben Omar in die Hocke geht. „Drey, ich glaube wirklich …"

Bevor er seinen Satz beenden kann, holt Andreas scharf Luft. Er kippt nach vorne und sein Körper flackert.

Nicht so, wie wenn er unsichtbar wird. Es wirkt eher, als wüsste seine körperliche Präsenz nicht, ob sie in dieser Welt sein will oder nicht. Er wechselt zwischen Durchsichtigkeit und Transparenz und wieder zurück zur Sichtbarkeit.

Ich stürme los, ohne darüber nachzudenken. Es spielt keine Rolle, wie stoisch Andreas sein will – er *braucht* mich.

So schnell wie möglich schlinge ich meine Tentakel um seinen Oberkörper und lasse einen Energiestrom von Drey zu mir fließen.

Mit einem weiteren rauen Atemzug stabilisiert sich seine Gestalt allmählich.

Ich lasse noch ein wenig mehr in ihn hineinfließen, bis mein eigener Körper von der Energietransfusion kribbelt und Andreas wieder fest und lebendig aussieht.

„Scheiße", murmelt er und wischt sich über die Stirn,

bevor er mich anschaut. „Ich hätte dein Angebot von Anfang an annehmen sollen. Ich denke … Wenn ich das Gedächtnis von allen hier im Raum auslösche, brauche ich dich vielleicht noch mal. Tut mir leid.“

„Ist schon gut“, sage ich automatisch. Warum entschuldigt er sich?

Ich begreife, worauf er hinauswill, als sein Blick zu meinen Schultern gleitet, wo meine Tentakel aus der Haut ragen.

Er weiß, wie sehr ich sie verabscheut habe. Und er weiß auch, dass sie mit jeder Heilung wachsen.

Nur … Diesmal sind sie nicht gewachsen. Ich habe nicht gespürt, dass sie länger geworden sind, weder als ich unseren Gegnern Energie entzogen habe, noch als ich sie gerade auf Andreas übertragen habe.

Ich richte mich auf und berühre die Basis eines Tentakels. Er fühlt sich ganz normal an, was an sich schon seltsam ist.

Es fühlt sich an wie ein Teil von mir. Als ob er da sein sollte.

Und ich spüre keine Abneigung dagegen.

Ein Gefühl von Frieden steigt in mir auf. Sie werden nicht mir weiterwachsen. Die Tentakel haben jetzt die Länge, die für sie vielleicht schon immer bestimmt war. Und sie haben mir geholfen, *meine* Bestimmung zu erfüllen.

Ich weiß noch nicht, ob ich versuchen werde, sie mir von Sorsha entfernen zu lassen. Zum ersten Mal scheint es keine Rolle zu spielen, ob ich sie behalte oder versuche, mich davon zu trennen.

Ich habe nicht viel Zeit, mich an meiner neu gewonnenen Zufriedenheit zu erfreuen. Hinter meinem Schlüsselbein bricht Schmerz aus, als würde meine Verbindung zu Riva meine Brust durchbohren.

Ich beuge mich vornüber und fasse mir ans Brustbein. Andreas zuckt zusammen.

Ruckartig drehe ich meinen Kopf zur Tür. Etwas ist *schiefgelaufen*. Sie steckt in Schwierigkeiten.

Sie braucht Hilfe.

Andreas sieht mich panisch an. „Geh. Griffin und ich kommen hier klar.“

Mit zusammengebissenen Zähnen strecke ich meine Tentakel noch einmal aus, um den Rest der gesammelten Energie in einem gewaltigen Schwall in ihn hineinzuschicken, bis ich sicher bin, dass er nicht mehr flackern wird.

Dann rase ich zur Tür, um dafür zu sorgen, dass Riva die nächsten paar Minuten überlebt.

DREISSIG

Riva

Wenn ich in meinen einundzwanzig Jahren als Monster etwas gelernt habe, dann ist es, dass das Töten nie so einfach ist, wie man es sich vorstellt. Tödliche Fähigkeiten hin oder her.

Während Cutlers Warnruf noch von der hohen Decke widerhallt, ertönt ein gellender Schrei aus meiner Kehle. Meine Kraft schießt über meine Lippen, um die Schattenblüter zu treffen, die um die Maschinen-Attrappe herumstehen, doch ein paar von ihnen sind bereits beiseite gesprungen.

Ich habe keine Zeit, mich auf sie zu konzentrieren. Ich muss mich um die kümmern, die ich treffen kann, sonst drehen sie den Spieß um.

Sorshas Feuerstrahl schießt auf die etwa zwanzig Gestalten zu, die durch meinen Schrei erstarrt sind. Ich nehme mir einen nach dem anderen vor. So schnell ich kann, breche ich Hälse und schicke Schädelsplitter durch Gehirne, ohne meinem inneren Hunger nachzugeben, der sich nach stärkeren Qualen sehnt.

Die meisten werden von dem Feuer verschlungen, bevor ich meinen Fokus auf sie richten kann, ebenso wie die wenigen Leichen, die unter meiner Kraft auf dem Boden zusammengebrochen sind. Sie hatten nicht einmal Zeit, zu schreien.

Während Schuldgefühle in mir aufsteigen, schießt ein grelles Licht durch den Raum.

Offensichtlich war Nadia eine derjenigen, die aus der Schusslinie gesprungen sind. Schwankend reibe ich mir meine brennenden Augen. Ihr Licht hat meinen Körper sichtbar gemacht.

Jetzt bin ich genauso ein Ziel wie die übrigen Schattenblüter.

Hitze und Rauch durchfluten den Raum und die vermeintliche Waffe befindet sich jetzt mitten in dem Inferno aus brennenden Körpern. Dann zerreißt ein wortloses Brüllen die Luft, gefolgt von einem unheilvollen Knarren.

Blinzelnd stolpere ich instinktiv zur Seite. Meine Sicht ist immer noch verschwommen.

Luft weht über meine Haut, und eine der Betonsäulen, die den Raum säumen, kracht nur ein paar Meter von mir entfernt auf den Boden. Splitter fliegen durch die Luft und streifen meine Haut.

„Lasst uns raus!", brüllt eine Stimme. Ich glaube, es ist Cutler.

Mit einem weiteren wortlosen Brüllen klappert die Turnhallentür. Die Scharniere ächzen, und ein Feuerblitz schießt auf sie zu.

Als ich wieder hinschaue, sieht es aus, als wäre die dicke Tür mit dem Rahmen verschmolzen. Aber Sorsha hat es nicht geschafft, Cutler zu treffen. Ich sehe weder ihn noch einen der anderen abtrünnigen Schattenblüter, die unserem ersten Angriff entkommen sind.

Wenn Sorsha allein hier wäre, könnte sie den ganzen Raum in Flammen setzen. Doch wenn sie das jetzt tut, wird sie auch Jacob und mich verbrennen.

Das wird sie nicht riskieren, es sei denn, es sieht aus, als könnten unsere Gegner aus dem Gebäude fliehen, wenn sie nicht handelt.

In diesem Fall würde ich das wollen, auch wenn es mir lieber wäre, wenn der Kampf nicht so endet.

Ich ziehe mich an die Wand zurück, die mir wenigstens von hinten Schutz bietet, und lasse meinen Blick durch den Raum schweifen. Die Bilder sind bruchstückhaft, selbst jetzt, da meine Sicht wieder klarer wird. Die Schatten huschen und kreisen in den lodernden Flammen.

Cutler stößt erneut sein markerschütterndes Gebrüll aus. Ein Riss bildet sich im Sockel einer weiteren Säule, hinter der Sorsha in Deckung gegangen ist.

Mein Herz rast vor Panik, als der massive Betonturm in Richtung Tür fällt. Er hofft wohl, dass er die Tür einschlagen wird.

Jacob bemerkt es gerade noch rechtzeitig. Eine unsichtbare Kraft wirft die Säule zur Seite, sodass sie mehrere Meter neben der Tür auf dem Boden aufschlägt und ein paar Kisten zerschmettert.

Der Boden unter mir bebt bei dem Aufprall. Ich versuche, trotz des Rauchs etwas zu erkennen.

Wo ist Sorsha? Ich habe keinen Schmerzensschrei gehört, aber bei ihrem Schwindel kann sie nicht weit gekommen sein.

Ich nehme eine Bewegung an einer der weiter entfernten Säulen wahr. Ein Mann huscht von einer zur anderen.

Das muss der Schläger mit der übernatürlichen Schnelligkeit sein. Kein Wunder, dass er rechtzeitig geflohen ist. Wir dürfen ihm keine Gelegenheit geben, zurückzuschlagen.

Ich ziehe einen Schrei in meine Kehle. In der Sekunde, in der er zu einer anderen Säule rennt, schicke ich meinen tödlichen Schrei hinter ihm her.

Meine Kraft prallt gegen seine schlanke Gestalt und lässt ihn erstarren. Wenn er einen Laut von sich gibt, geht er im Tosen des Feuers unter.

Ich balle meine Hände zu Fäusten und bringe sein Herz zum Platzen.

Als der Mann zusammenbricht, ertönt Cutlers Stimme. „Es wird euch nichts nützen. Selbst wenn ihr uns alle hier tötet, könnt ihr uns nicht völlig vernichten."

Mir läuft ein Schauer über den Rücken. Wovon redet er?

Wieder ertönt ein scharrendes Geräusch, gefolgt von einem dumpfen Schlag. Jacob ruft Sorsha und mir zu: „Ich habe noch einen!"

Hinter der umgestürzten Säule, wo Sorsha jetzt scheinbar steht, schießen zwei Flammenstrahlen hervor. Ein Schrei durchdringt die Luft, doch ich kann nicht sagen, ob sie eine tödliche Verletzung erlitten hat.

Ein weiterer Lichtstrahl erhellt den Raum, und ein Zischen dringt an meine Ohren. Ich nehme an, dass es von der Phönixfrau kommt.

„Nadia!", schreie ich, während ich in die Hocke gehe, um mich zu einem noch kleineren Ziel zu machen. Auch wenn ich nicht glaube, dass ich das Mädchen, das einmal meine Freundin war, zur Vernunft bringen kann, muss ich es zumindest versuchen. „Tu das nicht. Du willst doch nicht noch mehr Menschen verletzen."

Cutler stößt ein teuflisches Lachen aus. Als ich wütend blinzle, sehe ich, wie er auf eine andere Säule zustürmt, um die dicken Klingen, die aus seinen Schultern ragen, in einen Spalt zu rammen, den er dort bereits geöffnet hat.

Ich versuche, mich auf ihn zu konzentrieren und meinen Schrei in die richtige Richtung zu lenken, aber meine Sicht ist immer noch verschwommen. Er stürmt aus dem Blickfeld.

Sein spöttisches Schnauben hallt in dem hohen Raum wider. „Ihr macht euch so viele Gedanken über die Rettung von Arschlöchern, die nichts anderes tun, als ‚Monstern' wie uns zu schaden. Ihr seid genauso schlimm wie sie, weil ihr versucht, uns auszurotten. Aber auf so eine Scheiße waren wir vorbereitet."

„Wovon redest du?", schnauzt Jacob. Es gibt einen dumpfen Aufprall und dann ein lautes Krachen, als eine weitere Säule einstürzt. Der Boden bebt erneut und ich schwanke.

Die Flammen, die die Leichen verbrennen, werden kleiner, aber selbst als meine Sicht wieder klarer wird, kann ich wegen des Rauchs kaum etwas erkennen. Ich stütze mich mit der Hand auf dem Boden ab und huste stotternd, als der Dunst in meine Lunge dringt.

Ein Feuerstrahl schießt durch die wabernden Wolken, doch wenn er einen unserer Gegner trifft, sehe oder höre ich nichts. Mit gespitzten Ohren und angespannten Muskeln schleiche ich mich an der Wand entlang.

Ich glaube nicht, dass mehr als drei oder vier der Abtrünnigen übrig sind: Cutler, Nadia und ein oder zwei andere, die sich noch nicht zu erkennen gegeben haben. Wir sind so kurz davor, diese Katastrophe zu beenden. Wir müssen es schaffen.

Mein Herz klopft schmerzhaft gegen meine Rippen. Ich schleiche mich an einer der umgestürzten Säulen vorbei und ein Junge springt darüber und direkt auf mich zu.

Mein Schrei verlässt meine Kehle als erschrockenes Quietschen. Der Arm des Jungen zuckt, als ein Knochen bricht und er gegen mich prallt.

Sobald ich auf dem Boden aufkomme, rolle ich mich auf die Seite und stoße ihn von mir herunter. Bevor ich einen weiteren Laut von mir geben kann, fällt der Kopf des Jungen mit einem Knacken seiner Wirbelsäule nach hinten.

Ich schaue zu Jacob auf, der einige Meter entfernt steht. Seine Miene ist angespannt und lila Giftstacheln ragen durch sein Hemd aus seinen Unterarmen.

Ausnahmsweise scheint er sich damit vollkommen wohlzufühlen. Mit einem Nicken in meine Richtung dreht er sich um, um nach der nächsten Bedrohung Ausschau zu halten.

Cutlers übernatürliches Brüllen hallt durch die Wände, und der geschmolzene Türrahmen erzittert.

„Du kannst genauso gut aufgeben", schreie ich in die Richtung, aus der das Gebrüll kam. „Du kommst hier nicht raus. Zumindest nicht lebend."

Der tätowierte Mann gibt ein spöttisches Schnauben von sich. Er ist irgendwo bei den rauchenden Überresten der vermeintlichen Waffe. Seine Stimme wird lauter, während er durch den verrauchten Raum schreitet.

„Es spielt keine Rolle, ob ich rauskomme. Wir haben ein paar Leute zurückgelassen, zusammen mit den Seren, Pillen und Anweisungen unseres Schöpfers. Wenn wir nicht zurückkommen, werden sie eine neue Armee aufstellen, um die Hölle über euch zu bringen. Und über alle anderen, die es verdienen."

Mein Herz rast. Oh, verdammt, nein. Wilde Schattenblüter, die weitere Schattenblüter erschaffen und sie in ihre psychotische Mission hineinziehen?

Ich will mir lieber nicht ausmalen, wie viel schlimmer es noch werden könnte.

Wir können Cutler nicht töten. Nicht sofort. Nicht bevor Andreas oder Ajax sein Gedächtnis durchforstet haben, um herauszufinden, wo ihr Versteck ist, damit wir es zerstören können.

Während ich mir eine Antwort überlege, stößt der ehemalige Häftling einen weiteren markerschütternden Schrei aus. Beim zweiten Schrei zittert der Türrahmen und bewegt sich ein paar Zentimeter aus der Zementwand heraus.

Er versucht, den ganzen Rahmen herauszubrechen. Ihn dürfen wir auch nicht entkommen lassen.

Eine Idee nimmt in meinem Kopf Gestalt an. Für die Umsetzung brauche ich allerdings meine Verbündeten.

„Überlasst ihn mir", rufe ich Jacob und Sorsha zu. „Verbrennt ihn nicht oder …"

„Als ob sie das könnten", unterbricht Cutler mich, bevor er ein weiteres dröhnendes Brüllen ausstößt. Im selben Moment flutet Nadia den Raum mit gleißendem Licht.

Ich bin geblendet, und Metall ächzt im Beton. Mit pochendem Herzen stoße ich einen Schrei aus.

Ich habe angenommen, dass er auf die Tür zurennen würde, sobald sie zu fallen beginnt. Und ich hatte recht. Mein Schrei lässt ihn mitten in der Bewegung erstarren.

Seine Lippen öffnen sich. Ich bin mir nicht sicher, ob ich ihn daran hindern kann, sein Brüllen gegen mich zu richten. Er könnte *meinen* Körper zerschmettern, wie er es mit der Wand getan hat.

Ich konzentriere meine ganze Aufmerksamkeit auf die Sehnen in seiner Wirbelsäule und knicke sie direkt an der Schädelbasis.

Ein stechender Schmerz schießt in mich hinein. Als ich meine Stimme senke, bricht Cutler mit einem dumpfen Schlag auf dem Boden zusammen.

Ich habe ihn gelähmt. Er sollte keinen Muskel mehr bewegen können … auch nicht seine Stimmbänder.

Ich muss nur hoffen, dass ich seine Funktionen nicht so beeinträchtigt habe, dass seine lebenswichtigen Organe versagen. Meine Anatomiekenntnisse können nicht mit der Präzision eines Chirurgen mithalten.

„Lasst ihn liegen!", rufe ich, weil ich befürchte, dass Sorsha meine Bitte überhört haben könnte. „Wir brauchen ihn lebend."

Irgendwo aus den Trümmern der umgestürzten Säulen ertönt ein Schluchzen, gefolgt von einem wütenden Knurren. „Ihr seid die Monster", schreit Nadia. „Ihr greift uns an und foltert uns, genau wie …"

„Nein!" Ich trete näher heran und versuche zu erkennen, wo sie ist. „Wir wollen das alles nicht tun. Ich *hasse* es, dass wir das tun. Aber ihr habt so viele unschuldige Menschen angegriffen."

Vielleicht ahnt Nadia, was ich vorhabe, denn in diesem Moment schießt ein weiterer sengender Lichtstrahl durch den Raum, bevor die Flecken des vorhergehenden aus meinem Sichtfeld verschwinden. Ich bleibe mit der Hand an der Wand stehen und Tränen brennen in meinen Augen.

Ihre heisere, zitternde Stimme dringt an meine Ohren. „Du hast gesagt, wir wären vom gleichen Blut. Du hast gesagt, du würdest uns retten."

Ich schlucke schwer und Schuldgefühle steigen in mir auf. Nichts, was ich sagen kann, würde sie zum Rückzug bewegen.

Also kann ich genauso gut ehrlich sein.

Obwohl meine Kehle vom Rauch kratzt, strenge ich meine Stimme an. „Ich finde es schrecklich, dass ich euch nicht alle retten konnte. Ich habe es so sehr versucht … Aber vom gleichen Blut zu sein bedeutet nicht, dass man zu jemandem stehen muss, wenn er Dinge tut, die man nicht akzeptieren kann. Balthazar war mein *Vater*, aber er hat versucht, die ganze Welt zu zerstören. Das konnte ich nicht zulassen."

Nadia stößt einen ebenso erstickten, spöttischen Laut

aus. „Als ob du noch nie jemanden verletzt hättest? Ich habe gesehen, was du mit deinem Schrei anrichten kannst.“

Ich befeuchte meine Lippen. „Mir ist klar, dass ich vielen Menschen wehgetan habe. Weißt du …“

Die Erinnerung daran verstärkt meinen Schmerz, doch ich spreche weiter. „Ich hätte *mir fast das Leben genommen.* Ich hatte Angst, durchzudrehen und Menschen zu verletzen, denen ich nicht wehtun wollte. Damals dachte ich, es wäre besser, wenn ich tot wäre. Weil ich sonst womöglich nicht aufhören könnte.“

„Aber du bist noch hier. Warum hast du deine Meinung über dich geändert?“

Mein Mund verzieht sich zu einem bittersüßen Lächeln. „Mir wurde klar, dass ich mehr war als die Wut und die Brutalität in meinem Inneren. Es gibt Menschen, die mir wichtig sind und denen ich wichtig bin.“

Nadia schnaubt. „Glaubst du etwa, bei mir ist das anders?“

„Wir haben versucht, dir diese Chance zu geben. Als du hier im Flur warst, bist du an dem kleinen Mädchen vorbeigegangen, ohne auch nur innezuhalten, um zu sehen, was los ist. Du …“

Nadia unterbricht mich verwirrt. „Welches kleine Mädchen? Wovon redest du? Habt ihr etwa ein *Kind* verletzt?“

Ich zögere. Hat sie Andreas' projizierte Erinnerung wirklich nicht wahrgenommen?

Ich schätze, es könnte sein, dass der Eindruck nicht ganz in ihr Bewusstsein eingedrungen ist, weil sie zu sehr auf Cutler und seine Ziele konzentriert war. Ich weiß nicht mehr genau, wie nah sie an der Tür war. Vielleicht konnte sie tatsächlich nicht viel sehen. Und sie ist fast sofort in die Turnhalle gegangen.

Im Moment klingt sie definitiv, als würde sie sich Sorgen machen. Als hätte sie ein Gewissen.

Vielleicht hätten wir sie doch noch retten können. Und jetzt bin ich kurz davor, sie umzubringen.

„Nein", sage ich. „Wir haben niemandem etwas getan. Es war ein Test, um zu sehen, wie ihr reagieren würdet. Einige deiner Freunde sind losgezogen, um ihr zu helfen. Sie werden überleben."

Eine kurze Pause entsteht, dann spuckt Nadia: „Du lügst. Du willst mich nur verwirren, bevor du mich umbringst. Das werde ich nicht zulassen. Cutler hatte recht. Er hatte einen Plan. Ich werde auch nicht zulassen, dass du ihn benutzt!"

Bevor ich begreife, was sie meint, stürzt eine Gestalt in mein verschwommenes Blickfeld und rast mit einem schimmernden Metallsplitter in der Hand auf Cutlers zusammengesackten Körper zu.

Nadia wird *ihn* töten und damit jede Hoffnung zerstören, die Abtrünnigen endgültig aufzuhalten.

Ohne nachzudenken, stürze ich mich auf sie. Meine übernatürliche Geschwindigkeit pulsiert durch meine Beine. Licht explodiert aus Nadias Körper und blendet mich erneut, doch ich bin schon in Bewegung.

Das dumpfe Geräusch ihrer Schritte leitet mich. Ich bin mindestens doppelt so schnell wie sie und stürze mich auf ihre größere Gestalt, bevor sie Cutler erreicht.

Wir rollen über den Boden, und mein Kopf schlägt auf das Linoleum. Die scharfe Klinge von Nadias behelfsmäßigem Dolch streicht über meinen Arm.

Ihr verschwommenes Gesicht taucht über mir auf. Sie hat die Hand mit dem Metallsplitter erhoben, und ihr Gesicht ist vor Wut und Verzweiflung verzerrt.

Kurz bevor sie auf mich einsticht, steigt ein Schrei in meiner Kehle auf, doch mein Hals zieht sich darum herum zusammen.

Es gibt noch Hoffnung für sie. Sie hat sich Sorgen um das kleine Mädchen gemacht.

Bestimmt haben Sorsha und Jacob das gehört. Wenn ich mich opfere, können sie sie vielleicht noch retten. *Ich* könnte sie retten.

Doch der Rest meines Körpers sträubt sich gegen diesen Gedanken.

Nein.

Ich will auch leben. Ich will mich selbst retten. Ich habe so hart für meine Freiheit gekämpft, für die Liebe, von der ich nicht wusste, ob ich sie jemals wiedererlangen würde. Und ich verdiene das genauso sehr wie jeder andere.

Die Tür fällt mit einem lauten Schlag zu Boden, und Nadia zuckt zusammen. Ihre Hand zittert, bevor sie zusticht.

Und ich höre Zians und Dominics Stimme durch den Raum schallen.

Es gibt noch eine Chance.

Ich öffne meinen Mund und schreie.

Das Geräusch zerreißt Nadias Körper, gerade als ihre Klinge meine Kehle berührt. Ein Knochen bricht, woraufhin ihr Arm zur Seite zuckt.

Ihre andere Hand, die immer noch auf meiner Schulter liegt, beginnt zu glühen und der brennende Schmerz schießt von dort aus durch den Rest meines Körpers.

Doch ich wusste bereits, dass es nicht ausreichen würde, nur ihren äußeren Körper zu brechen, wenn ich am Leben bleiben will.

Der brennende Schmerz raubt mir kurz den Atem, doch dann stoße ich einen noch schrilleren Schrei aus und richte meine Kraft direkt auf ihr Gehirn.

Nadia verdreht die Augen, und das sengende Glühen ihrer Haut verschwindet, als sie von mir herunterfällt.

Mit zitternden Muskeln werfe ich mich auf sie und berühre ihre Kehle. Ihr Puls ist unregelmäßig.

Vermutlich ist sie hirntot. Ich konnte es nicht riskieren, sie bei Bewusstsein zu lassen, da sie ihre Kraft durch bloße Gedanken auslösen kann. Aber sie lebt.

„Dom!", rufe ich. „Du musst sie heilen. Wir brauchen Andreas, damit er ihr Gedächtnis löscht. Wir müssen …"

Dominic lässt sich neben mir nieder. Er legt seine Hand auf meinen Rücken, während seine Tentakel nach Nadia greifen. „Alles gut. Wir schaffen das. *Du* hast es geschafft."

Er wirft einen Blick auf Zian, der in seiner Wolfsmanngestalt auf halbem Weg in den Raum stehen geblieben ist. „Hol Andreas. Die anderen können ein paar Minuten warten."

Als Zian durch die zerstörte Tür stürmt, richtet sich Sorsha hinter ihrer umgestürzten Säule schwankend auf. Ich versuche, sie anzulächeln, bekomme aber nur ein Husten zustande.

Meine Schultern kribbeln. Ich ergreife Nadias Hand und wende mich an Dominic. „Du brauchst Energie. Du kannst etwas von meiner nehmen. Ich will sie nicht verlieren."

„Ich weiß. Und das wirst du nicht." Dom drückt mir einen kurzen, aber nachdrücklichen Kuss auf die Schläfe. „Es ist jetzt alles gut, Riva. Es ist vorbei."

EINUNDDREIßIG

Riva

Natürlich ist der Kampf noch nicht vorbei.

Zuerst schleppen Zian und ich die gefesselten, bewusstlosen Körper der zehn Schattenblüter, die wir retten konnten, die Treppe hinauf und in den Hof. Sobald wir alle draußen sind, ruft Dominic Rollick an, um ihm zu sagen, dass er den Wagen herbringen soll, während Sorsha ihren Blick auf das kleine überirdische Gebäude richtet.

„Ich werde es niederbrennen", versichert sie mir und schnippt mit den Fingern.

Auch wenn ich den größten Teil des Infernos nicht sehen kann, erreicht das Tosen des Feuers meine Ohren von unten, noch bevor die Flammen den oberen Teil der Struktur verschlingen. Die Hitze schwappt über das Gras und lässt den Frost schmelzen, der sich dort gebildet hat.

Jede Spur der Einrichtung, in der wir am längsten gequält wurden, wo die Wärter uns voneinander getrennt und unsere frühen Bande zerschlagen haben, verbrennt zu Asche.

Tatsächlich stört mich der rauchige Geschmack in meinem Mund nicht. Das ist die Bestätigung, dass wir nie wieder hierher zurückkehren werden.

Spätnachts schleichen wir uns in das Hochhaus-Büro, das Andreas in Cutlers Erinnerungen gesehen hat. Toni hat bestätigt, dass die Immobilie Balthazar gehörte. Die abtrünnigen Schattenblüter müssen auf die eine oder andere Weise davon erfahren und es für ihre eigenen Zwecke genutzt haben.

Sie haben nur drei ihrer Gefährten zurückgelassen. Als ich die Tür so weit öffne, dass ich einen Blick hineinwerfen kann, ist der Mann in ein Gespräch mit den beiden Jungen im Teenageralter vertieft.

„Cutler hat gesagt, wir sollen anfangen, wenn sie bis morgen früh nicht zurück sind", sagt einer der Jungs. „Was zum Teufel sollen wir denn mitten in der Nacht machen?"

Der Mann wirft ihm einen bösen Blick zu. „Wir haben *nichts* von ihm gehört. Irgendetwas ist schiefgelaufen."

Der andere Junge schüttelt den Kopf. „Vielleicht will er, dass wir noch mehr Leute mitbringen, obwohl alles in Ordnung ist."

Ich werde ihnen keine Zeit lassen, sich für diesen Weg zu entscheiden.

Hoffentlich zum letzten Mal in meinem Leben öffne ich meinen Mund und schreie. Der Ton ist nicht laut, sondern gerade hörbar genug, um sie so schnell wie möglich zu treffen.

Die Gestalten erstarren. Ich schieße die bösartige Energie mitten in ihre Herzen, wobei ich den Hunger in mir mit ein paar kurzen Schmerzstößen nähre, als eine Art Dankeschön für seine Dienste.

Ohne meine Todesfeen-Kraft hätte ich es nicht so weit geschafft. Womöglich hätte ich es nie von den Käfigkämpfen weggeschafft.

Ich kann nicht sagen, dass ich diesen Teil von mir *liebe*, doch es erscheint mir auch nicht fair, ihn zu hassen.

Als der letzte der Abtrünnigen zu Boden geht, bedeute ich Jacob, Zian und Dominic mir ins Büro zu folgen. Sorsha bildet das Schlusslicht. Thorn und Snap stützen sie, da sie noch immer etwas benommen ist.

Es dauert nicht lange, das Serum und die Tabletten zu finden, die Cutler erwähnt hat. Im Kühlschrank stehen mehrere Fläschchen mit klarer Flüssigkeit sowie Behälter mit Weichkapseln. Sorsha verbrennt alles zu einem Klumpen geschmolzenen Glases, den wir in einen Müllsack werfen.

Mit einem triumphierenden Aufschrei hält Zian ein paar Notizbücher hoch. „Ich glaube, die sind von Balthazar. Sieht aus, als stünden da Anleitungen und Formeln drin.“

Mein Blick bleibt an einem Gerät hängen, von dem ich nie erwartet hätte, dass ich es noch einmal sehen würde. „Da ist Engels Laptop. Den haben sie auch aufbewahrt.“

Sorsha wackelt mit den Fingern. „Ich kann mich um all das kümmern.“

„Warte“, sagt Dominic leise, aber nachdrücklich. „Bevor wir alles zerstören, sollten wir uns die Zeit nehmen, die Sachen durchzusehen und herauszufinden, was er mit seinen Schattenblütern gemacht hat. Vielleicht gibt es eine Möglichkeit, es umzukehren. Auch wenn Andreas ihr Gedächtnis gelöscht hat, werden sie wohl ihr ganzes Leben lang mit einem aufbrausenden Temperament zu kämpfen haben.“

Mir widerstrebt der Gedanke, auch nur eine Stunde

länger etwas von Balthazars Werk übrig zu lassen, doch ich nicke schweren Herzens. Er hat recht.

Wir haben den Abtrünnigen, die wir gerettet haben, eine Menge weggenommen. Das Mindeste, was wir tun können, ist, zu sehen, ob wir etwas zurückgeben können.

Snap hat sich von Sorsha entfernt und geht durch den Raum. Er bleibt bei den wenigen Computern auf den verstreuten Schreibtischen stehen und streckt seine gespaltene Zunge heraus.

„Die wurden in letzter Zeit nicht benutzt", verkündet er.

Ich atme erleichtert aus. „Toni arbeitet bereits daran, alle Daten zu löschen, die Balthazar online gespeichert hat. Damit sollte die Sache beendet sein."

Für unsere Mitschattenblüter ist der Kampf noch nicht vorbei.

Ein paar Tage später schlendere ich durch die Flure von Rollicks spanischem Herrenhaus, in das er uns geschickt hat, nachdem wir das Chaos in den USA beseitigt hatten. Durch die abgeschiedene Lage ist das Anwesen ideal für den Fall, dass einer unserer Schützlinge ausrastet und seine Schattenwesen-Verbündeten können nach Belieben kommen und gehen.

Die Abtrünnigen wandern leicht benommen durch die Räume und scheinen sich noch immer nicht ganz erholt zu haben. Sie müssen sich eine völlig neue Identität aufbauen, ohne wirklich etwas in der Hand zu haben. Sie wissen nur die Namen, die wir ihnen genannt haben und werden langsam in ihre Kräfte eingeführt.

Einige der Teenager haben eine Gruppe gebildet und scheinen Trost in ihrer gemeinsamen Verwirrung zu suchen.

Ich finde fünf von ihnen im Wohnzimmer mit einem Laptop, den Rollick ihnen gegeben hat. Sie sehen sich online Musikvideos an.

Eine von ihnen zeigt auf den Bildschirm. „Das da als Nächstes.“

„Das haben wir doch gerade schon gehört!“, protestiert ein anderer.

„Vor einer Stunde. Das ist mein Lieblingslied.“

Ein Mädchen kratzt sich am Kopf. „Meint ihr, wir haben schon genug Musik gehört, um Lieblingslieder haben zu können?“

Das erste Mädchen stemmt die Hände in die Hüften und schlägt einen frechen Ton an. „Auch wenn ich mich nicht erinnern kann, was für Musik ich in meinem Leben schon gehört habe, *weiß* ich, dass das der beste Song ist, den ich je gehört habe.“

Die Gruppe bricht in Gelächter aus, was mein Herz mit einem Hauch von Erleichterung erfüllt.

Sie können glücklich sein. Das ist ein Anfang.

Und das ist das Wichtigste. Ich glaube nicht, dass einer von uns Schattenblütern eine Chance hatte, glücklich zu werden, während unsere Leben fremdbestimmt waren.

Einer der Jungs schlingt seinen Arm um die Taille des ersten Mädchens, und sie blickt ihn schüchtern an. Als ich den Raum betrete, verstummen alle. Sie sind nicht nervös, aber sie sind sich bewusst, dass sie zuhören sollten, was ich sagen werde.

Obwohl ich mehr darüber weiß, was wir sind und was wir durchgemacht haben, als jeder von ihnen, ist es ein seltsames Gefühl, als Autoritätsperson behandelt zu werden.

Ich lächle sie an, um zu zeigen, dass ich voll und ganz damit einverstanden bin, wie sie ihre Zeit verbringen. „Vielleicht können wir hier mal eine Tanzparty veranstalten. Das hat Andreas einmal für mich gemacht. Das war lustig.“

Das Mädchen, das ihren Lieblingssong gefordert hat, strahlt mich an. „Das klingt super!"

Das wohlige Gefühl in mir weitet sich ein wenig aus. „Ich werde mit den Jungs darüber sprechen. Wir sehen uns dann nachher zum Kräftetraining."

Ihre Augen leuchten eifrig. Auch wenn ich nicht begeistert bin, dass sie ihre vergessenen Kräfte wiederentdecken, kann ich ihnen deswegen keinen Vorwurf machen. Außerdem müssen wir ihnen zeigen, wozu sie fähig sind, damit sie lernen, ihre Fähigkeiten zu kontrollieren.

Ich hoffe nur, wir sind als Lehrer gut genug, um dafür zu sorgen, dass sie es nie wieder übertreiben.

Im Zimmer nebenan sitzen Ajax und Devon auf einem Sofa und blättern in einem Buch mit Fotos von der ganzen Welt. Ajax tippt auf eines der Bilder. „Die Insel, auf der wir waren, sah ungefähr so aus. Zumindest der Dschungel mitten in den Bergen."

Devon legt den Kopf schief. „Das sieht hübsch und friedlich aus, gar nicht so übel."

Ajax gluckst leise. „Es wäre wahrscheinlich nicht schlecht, wenn man dort Urlaub machen würde. Vielleicht können wir das eines Tages tatsächlich tun."

Ich schweige, weil ich sie nicht stören will, und übermittle Ajax eine mentale Frage. *Wirst du ihm erzählen, was passiert ist?*

Wir haben den jüngeren Schattenblütern die groben Eckdaten unserer Geschichte erzählt, wobei wir die Ereignisse des letzten Monats besonders vage gehalten haben. Ich bin mir nicht sicher, wie sie reagieren würden, wenn sie alle Details darüber erfahren würden, was wir ertragen mussten – oder die Zerstörung, die sie angerichtet haben. Da er Devon besser kennt als wir, lassen wir Ajax bei seinem Freund jedoch etwas Spielraum.

Ajax lässt sich nicht anmerken, dass er mit mir

kommuniziert. *Noch nicht. Mal sehen, wie es läuft. Außerdem habe ich das Gefühl, dass er nicht wirklich er selbst war, nachdem Balthazar ihn manipuliert hat.*

Ja, das könnte sein.

Er hat ihre Beziehung langsam angehen lassen. Er hat Devon erzählt, wie wichtig sie einander sind, ihm aber klargemacht, dass er das nicht erwidern muss. In diesem Moment rückt Devon ein wenig näher an den anderen Jungen heran.

Ich brauche Griffins empathische Fähigkeiten nicht, um Ajax' Freude zu erkennen.

Ich gehe an der Küche vorbei, wo Omar und der andere kriminelle Schattenblüter, den wir gerettet haben, gerade das abgewaschene Frühstücksgeschirr wegräumen. Omar ist erstaunlich gut gelaunt, seit er nach der Gedächtnislöschung aufgewacht ist, und seine Heiterkeit scheint auf den anderen Mann abzufärben.

Rollick hat ihren Zustand überwacht, denn anders als die Teenager akzeptieren sie meine Jungs und mich nicht als Autoritäten. Außerdem werden sie immer von ein paar Schattenwesen aus den Schatten heraus überwacht.

Kurz bevor ich die Biegung erreiche, hinter der sich die Schlafzimmer befinden, kommt Nadia um die Ecke. Als sie mich sieht, bleibt sie stehen. Ihr zögerliches Lächeln versetzt mir einen Stich ins Herz.

Ich glaube, sie weiß, dass es zwischen uns nicht gut gelaufen ist, bevor sie ihr Gedächtnis verloren hat. Es fällt mir schwer, mein Bedauern über die Ereignisse der letzten Wochen aus meinem Blick oder meiner Stimme zu verdrängen.

Sie hat keine Ahnung, wie viel sie verloren hat. Ich weiß nicht, ob es ratsam wäre, ihr von Booker zu erzählen.

Trotzdem tue ich mein Bestes, um ihr sowohl eine

Freundin als auch eine große Schwester zu sein. Besser, als es bisher gelungen ist.

„Bist du bereit zu leuchten?", frage ich sie neckisch.

Mit einem nervösen Kichern zupft sie am Saum ihres neongrünen T-Shirts. Die Farbe hat sie ohne mein Zutun ausgewählt. „So bereit, wie ich nur sein kann, denke ich. Es kommt mir immer noch seltsam vor, dass ich diese Fähigkeiten habe …"

Ich klopfe ihr auf den Arm und bedeute ihr, mir durch den Flur zur Eingangstür zu folgen. „Du wirst dich noch an die Nutzung deiner Kräfte gewöhnen. Deine Macht ist ziemlich beeindruckend."

Nadia verzieht den Mund. „Aber auch ein bisschen beängstigend. Ich hätte dich gestern fast verbrannt."

„Keine Sorge, mir geht's gut." Ich hebe meine Hände, um ihr meine unversehrte Haut zu zeigen. „Wir mussten alle erst lernen, unsere Kräfte zu kontrollieren, bevor wir uns sicher damit fühlten. Mit viel Übung stellst du sicher, dass du im Falle einer Überraschung nichts tust, was du später bereuen würdest."

Sie blickt mich mit gequälter Miene an. „Das habe ich früher getan, oder? Dinge, die ich bereuen würde, wenn ich mich erinnern könnte?"

Ich schlucke und drücke beruhigend ihren Arm. Ich werde sie nicht anlügen. „Das haben wir alle. Aber niemand hier gibt dir die Schuld. Wir sind froh, dass die anderen und du einen Neuanfang an einem besseren Ort machen können. So beängstigend es manchmal sein kann, wir sind auch etwas Besonderes. Auf der ganzen Welt gibt es niemanden, der so ist wie wir." Ich schenke ihr ein Grinsen. „Und du kannst die Dunkelheit erhellen wie niemand sonst."

Ein sanftes Lächeln umspielt Nadias Lippen. „Ja, das ist ziemlich cool."

Wir treten in die kühle Luft hinaus. Drüben bei der

Garage stehen Sorsha und ihre Schattenwesen-Männer um ihr Wohnmobil herum. Die Phönixfrau deutet auf etwas, das aussieht wie eine Posaune, die aus der Seite herausragt. Ich kann mich nicht erinnern, dass sie schon vorher da war.

Ihr Gleichgewichtssinn ist immer noch ein wenig gestört, aber ihr Schwindelgefühl hat seit dem Kampf in der Einrichtung deutlich nachgelassen. Sie schwankt nur leicht, als sie sich zu uns umdreht und braucht keine offensichtliche Unterstützung von ihren Begleitern. „Wir kehren erst einmal nach Hause zurück. Aber wir kommen ganz sicher wieder, um euch zu besuchen. Mal sehen, wie das Supermobil einen weiteren Ausflug ins Schattenreich verkraftet."

„Zumindest ist es immer interessant." Ruse lächelt.

Ein Schmerz durchfährt mich, als wäre Sorsha schon weg. Es war schön, jemanden in der Nähe zu haben, der mehr Erfahrung mit dem Dasein als Hybridwesen hat als wir. Und der so vieles auf die leichte Schulter nimmt.

„Wir werden euch vermissen", sage ich unbeholfen. Eigentlich will ich keine große Sache daraus machen.

Der Blick der Phönixfrau wird weicher. „Ihr könnt uns jederzeit besuchen kommen, wenn ihr möchtet. In unserem großen viktorianischen Haus ist mehr als genug Platz für Gäste."

Es fällt mir schwer, auch nur daran zu denken, wie mein Leben in einer Woche aussehen wird, doch ich weiß die Einladung zu schätzen. Ich neige den Kopf. „Das wäre schön. Mal sehen, wie es weitergeht."

Während sie ins Wohnmobil steigen, lenkt das Geräusch von Schritten meine Aufmerksamkeit in die andere Richtung. Meine Jungs kommen über den Rasen auf mich zu. In ihrer Mitte befinden sich die drei jugendlichen Schattenblüter, denen sie geholfen haben.

Die Teenager gehen hinein, wobei sie einander freudig erzählen, welche neuen Aspekte ihrer Kräfte sie ausprobiert haben. Andreas zeigt mit dem Daumen auf das Haus. „Soll ich Devon und Ajax auch holen?"

Ich zögere. „Ich weiß nicht. Sie haben es sich gemütlich gemacht. Ich störe sie nur ungern. Vielleicht könntet ihr nachsehen, ob …"

Ich halte mitten im Satz inne, als ein Räuspern ertönt. Rollick schlendert ebenfalls aus den Gärten herüber, Pearl und Toni folgen ihm Hand in Hand. Toni lässt Pearls Hand rasch los, als sie uns sieht. Die Röte auf ihren Wangen lässt darauf schließen, dass sie noch etwas unsicher ist, was die Beziehung zwischen ihr und der Sukkubus-Frau angeht.

Der Dämon mustert unsere Gruppe zufrieden. „Alle Erstlinge an einem Ort und nicht anderweitig beschäftigt. Perfekt. Wir hatten eine Idee, von der wir euch berichten wollten."

Ich ziehe die Augenbrauen hoch. „Was für eine Idee?"

„Dazu komme ich gleich." Er nickt Nadia zu. „Würdest du uns ein paar Minuten allein lassen, meine leuchtende Freundin?"

Nadia kichert. „Ich wollte mir sowieso einen Snack holen. Nach dem Training bin ich immer hungrig."

Rollick bedeutet uns, mit ihm zu kommen. Pearl und Toni folgen uns zu den Bäumen jenseits des Gartens.

Pearl klatscht in die Hände, und ihre energischen Schritte verraten ihre Aufregung. „Erzähl es ihnen! Sie werden begeistert sein."

Jacob wirft den beiden Schattenwesen einen skeptischen Blick zu. „Wovon werden wir begeistert sein?"

Rollicks Lippen verziehen sich zu einem leichten Grinsen. „Ich habe viel über unsere aktuelle Situation nachgedacht. Mit unseren Neuzugängen und den jungen Schattenblütern, die ihr zuvor gerettet habt, haben wir fast zwanzig Schattenblüter, die zumindest eine Weile lang ausgebildet und beaufsichtigt werden müssen. Und nach diesem Abenteuer denke ich, dass auch einige meiner Schattenwesen von einer Ausbildung profitieren könnten.“

Ich runzle die Stirn. „Sie wissen doch bereits, wie sie ihre Kräfte einsetzen können.“

Pearl wippt auf ihren Füßen. „Ja, aber viele von uns würden gerne mehr über die Lebensweise der Sterblichen erfahren. Darüber, wie wir uns unter die Menschen mischen und eure Welt genießen können, ohne jemanden zu verletzen oder selbst verletzt zu werden.“

Dominic legt den Kopf schief. „Ich schätze, dieses Thema wird jetzt noch wichtiger, nachdem Balthazar einer Menge Leute eingebläut hat, nach ‚Monstern‘ Ausschau zu halten.“

Rollick legt den Kopf schief. „Ja. Und ich denke, einige unserer Artgenossen würden davon profitieren, einen gesunden Respekt für die Stärken der Sterblichen zu entwickeln, auch wenn sie sich von unseren eigenen unterscheiden.“

Zian stößt ein raues Lachen aus. „Dem kann ich zustimmen. Na ja, außer, was dich betrifft. Du hast dich uns gegenüber großartig verhalten.“

Der Dämon wirft ihm einen amüsierten Blick zu. „Schon gut. Ich habe mit der Idee gespielt, ein Ausbildungszentrum zu gründen. Mit einem strukturierten Lehrplan und Lernmöglichkeiten und Ausflügen in die normale Gesellschaft, wenn die Schüler dazu bereit sind … Im Grunde genommen möchte ich das Ganze systematisch aufziehen und eine Methodik entwickeln, die auch in der Zukunft Anwendung finden kann.“

Ich blinzle. „Also eine Art Schule für Schattenblüter und Schattenwesen?“

Obwohl es mir schwerfällt, mir vorzustellen, wie das aussehen könnte, steigt Begeisterung in mir auf. Mehr Stabilität und Ordnung würde den jüngeren Schattenblütern und den ehemaligen Häftlingen *tatsächlich* guttun, nach dem Durcheinander, das wir in ihren Köpfen hinterlassen haben.

„Du solltest auch einen Berater einstellen", schlägt Griffin vor. „Oder jemanden, der die Erfahrung und die Fähigkeiten hat, diese Funktion zu übernehmen, auch wenn er nicht offiziell dafür ausgebildet ist. Dieses Dasein geht mit einer Menge Emotionen einher, und ich kann sie nur erkennen … Oder sie gegebenenfalls beeinflussen."

Toni gibt einen zustimmenden Laut von sich. „Gute Idee."

Pearl stupst sie an. „Du kannst unsere Verbindungsfrau zwischen den Menschen und den Schattenwesen sein. Auf der menschlichen Seite natürlich."

Ein schiefes Grinsen umspielt Tonis Lippen. „Ich habe Zugang zu Balthazars Konten. Da er keine Verwandten hatte, wird niemand nach den Geldern fragen."

„Ich glaube nicht, dass wir uns wegen der Finanzen Sorgen machen müssen", meint Rollick mit einem Augenzwinkern. „Aber das erinnert mich daran, dass …"

Er hält inne und dreht sich zu uns um. „Ihr sechs habt schon eine Menge Verantwortung übernommen, wenn man bedenkt, wie viel *ihr* in eurem Leben durchgemacht habt. Ich erwarte nicht, dass ihr noch mehr auf euch nehmt. Ihr wärt an dieser Schule willkommen, sowohl als Schüler als auch als Lehrer. Doch wenn ihr lieber eure hart erkämpfte Freiheit genießen möchtet, glaube ich nicht, dass einer meiner Kollegen Sorge hat, dass ihr eine Bedrohung für uns darstellt."

Mich überkommt ein ungewohntes Gefühl der Leichtigkeit.

Freiheit. Jetzt sind wir wirklich frei, oder?

Der Dämon gluckst, als ich zu meinen Männern hinüberblicke. „Ich werde euch sechs etwas Zeit geben, das zu besprechen. Wofür ihr euch auch entscheidet, ich bin sicher, dass Balthazars Erbe dafür ausreicht."

„Auf jeden Fall", stimmt Toni zu.

Während die drei zurück zum Haus gehen, versuche ich, meine Gedanken zu sortieren. Die Jungs rücken näher an mich heran, Andreas drückt mir einen Kuss auf die Seite meines Kopfes und Jacob legt seine Hand auf meine Schulter.

Dominic fängt meinen Blick auf. „Jetzt könntest du die Hütte im Wald haben, von der du immer geträumt hast."

Ich stoße ein Lachen aus. „Nachdem wir bei Engel waren, hat das nicht mehr den gleichen Reiz."

Dann halte ich inne und versuche, den Strudel der Gefühle in mir zu sortieren. Ich denke über Rollicks Worte nach. „Ich bin mir nicht sicher, ob ich wirklich so abgeschieden vom Rest der Welt leben möchte. Die Wärter haben uns unser ganzes Leben lang abgeschottet. Es wäre schön, zur Abwechslung mal mit normalen Menschen zu tun zu haben."

Andreas' Augen funkeln amüsiert. „Dann wäre eine große Stadt wohl ganz gut. Je mehr Menschen, desto besser stehen unsere Chancen, als normal durchzugehen."

Zian reibt sich mit plötzlichem Eifer die Hände. „Irgendwo, wo es gute Restaurants gibt."

„Aber vielleicht nicht direkt in der Innenstadt", wirft Dominic ein. „Ich hätte gern einen Garten. Und wenn wir in der Nähe eines Parks sind, kann Jacob laufen gehen, ohne Fußgängern ausweichen zu müssen."

Jacob zieht mich an sich. „Ich bin glücklich, solange Riva glücklich ist."

Griffin sieht mich mit heiterer Miene an. „Hat es dir irgendwo besonders gut gefallen?"

Als ich darüber nachdenke, fällt mir sofort ein Ort ein. Ich halte inne, um den Eindruck zu testen, bevor ich es laut ausspreche. „Da war dieses eine Mal vor Jahren, als ich auf einer Mission in San Francisco war. Dort habe ich ein Gebäude gesehen, das sich einladend anfühlte. Als wäre es für mich bestimmt, oder als würde es verstehen, was ich bin. Ich weiß, dass das keinen Sinn ergibt, …"

Andreas zupft liebevoll an meinem Zopf. „Es muss keinen Sinn ergeben. Lasst uns hinfahren und sehen, was wir daraus machen können."

ZWEIUNDDREIẞIG

Ein Jahr später

Riva

Ich hätte wissen müssen, dass ich Dominic in seinem Garten finden würde. Die Dachterrasse über unserer Penthouse-Wohnung ist zu seinem Lieblingsprojekt geworden. Aus den Pflanzkübeln an den Wänden und in der Mitte des Raumes sprießen Blumen in allen Farben und eine herrliche Mischung verschiedener Düfte erfüllt die Luft.

Als die Tür quietscht, blickt er von dem kleinen Strauch auf, den er gerade beschneidet. Das Lächeln auf seinen Lippen strahlt mit der hellen Mittagssonne um die Wette. „Ist es schon so weit?"

„Wir sollten in zwanzig Minuten losfahren." Ich halte ihm das Glas hin, das ich ihm mitgebracht habe. „Ich dachte, du könntest nach all der Arbeit vielleicht eine Limonade vertragen."

Dominic zieht eine Augenbraue hoch. „Ist das deine typische saure Mischung?"

Ich lache. „Für dich habe ich sie mit etwas Honig gesüßt."

Dom nimmt einen Schluck, und ein amüsiertes Funkeln tritt in seine Augen. „Du weißt genau, wie ich es mag, Süße."

Selbst nach all dieser Zeit erröten meine Wangen bei dem Spitznamen. Ich beuge mich vor, um ihm einen kurzen Kuss auf die Lippen zu drücken, und schmecke die Mischung aus süß und sauer in seinem Atem. „Komm runter, wenn du fertig bist."

Ich steige die Treppe wieder hinunter und trete genau in dem Moment in die sonnendurchflutete Wohnung, als Jacob durch die Haustür kommt. Er hat einen Schmutzfleck am Kinn und sein Haar ist zerzaust, doch in seinem Gesicht leuchtet der vertraute Eifer.

Ich stütze meine Hände in die Hüften. „Hast du heute ein bisschen mehr Gerechtigkeit walten lassen?"

Er grinst mich an. „Ein Verrückter hat sich ein Rennen mit den Bullen geliefert. Ich habe ihm die Reifen zerschossen. Danach ist er nicht mehr weit gekommen."

Jacobs Hauptbeschäftigung besteht zurzeit darin, den Polizeifunk abzuhören und einzugreifen, um sicherzustellen, dass die schlimmsten Gauner gefasst werden. Ich schätze, das ist eine gute Möglichkeit, aufgestaute Spannungen abzubauen. Außerdem hat er eine Vorliebe dafür entwickelt, seine Kräfte einzusetzen, um Schurken jeglicher Art das Handwerk zu legen.

Ich winke in Richtung Badezimmer. „Wir müssen in fünfzehn Minuten zum Jet. Geh dich waschen, Superheld."

„Superhelden sind hervorragende Vorbilder", erwidert er, bevor er sich auf den Weg zum Badezimmer macht.

Andreas schaut vom Schreibtisch neben den breiten Fenstern auf der anderen Seite des Raumes auf und schüttelt den Kopf. „Ich glaube nicht, dass er jemals aus dieser Selbstjustiz-Phase herauswachsen wird."

„Es könnte schlimmer sein", antworte ich ironisch und lege meine Arme über seine Schultern. „Wie läuft's mit deinem Buch? Ich hoffe, du musstest nicht mitten in einer Szene abbrechen?"

Drey streckt sich und zieht mich an sich. Er dreht seinen Kopf, um mir einen Kuss auf die Wange zu drücken. „Manchmal ist das am besten. Dann fällt es mir leichter, weiterzumachen, wenn ich zurückkomme."

Andreas, der schon immer unsern Erinnerungs- und Geschichtenhüter war, hat ein neues Ventil für seine Liebe zu Geschichten gefunden. *Damit ich euch nicht langweile, wenn ich immer wieder die gleichen Geschichten erzähle*, erklärte er lachend, als er uns davon berichtete.

Im Moment kombiniert er einige seiner Lieblingserinnerungen, die er aus den Köpfen anderer Menschen aufgeschnappt hat, zu etwas, das er als „kreatives erzählerisches Sachbuch" bezeichnet. Eines Tages will er sogar versuchen, ein Buch über unsere Geschichte zu schreiben. Natürlich wird er die Geschichte als Roman tarnen.

Ein leises Klirren dringt aus dem kleinen Raum, in dem wir Zians Werkstatt eingerichtet haben. Ich werfe einen Blick hinein und sehe, wie er die Anschlüsse an einer elektrischen Schalttafel justiert. Seine Miene ist so konzentriert, dass ich nicht sicher bin, ob er mich bemerkt hat, bis er spricht. „Ich bin fast fertig, Shrimp. Nächste Woche sollte alles laufen."

Ich zerzause sein Haar und drücke ihm einen Kuss auf die Schläfe. „Darauf freue ich mich schon."

Zee hat seine Begeisterung für Mechanik und Elektronik zusammen mit seinem Röntgenblick in eine Ausbildung als

Elektroingenieur gesteckt. Er geht ein paar Mal pro Woche zum Unterricht und übt fleißig zu Hause. Er hat sogar damit begonnen, Reparaturen an allen möglichen Dingen vorzunehmen, vom Toaster bis zu Computersystemen.

Als ich die Werkstatt verlasse, tänzelt Griffin gerade durch die Eingangstür. Ich würde ihn gerne aufziehen, kann mich aber nicht dazu durchringen, ihn zu ärgern, wenn er so gute Laune hat.

Auch wenn ich das nicht gedacht hätte, scheint ihn die ehrenamtliche Arbeit im Krankenhaus zu beruhigen, statt ihn aufzuwühlen. Er zieht als Freiwilliger durch die Stationen, besänftigt die Leute, die nervös sind, und überträgt einen Hauch von Glück auf diejenigen, die niedergeschlagen sind.

Es ist unglaublich, was für eine Mischung von Emotionen in diesem Gebäude steckt, hat er einmal zu mir gesagt. *Natürlich viel Trauer und Herzschmerz, aber auch sehr viel Freude, wenn ein Eingriff erfolgreich verlaufen oder ein Patient auf dem Weg der Besserung ist.*

„Hattest du einen guten Tag?", frage ich.

„Immer." Er umarmt mich kurz, aber innig. Dann senkt er seine Stimme. „Ich habe Mekah gesehen. Es scheint ihr gut zu gehen, aber sie wird erst morgen operiert."

Ein ängstlicher Stich durchfährt meine Brust, doch ich schenke ihm ein aufmunterndes Lächeln. „Ich drücke die Daumen."

Mein Blick huscht zu dem gerahmten Foto auf unserem Kaminsims. Es zeigt mich, die Erzieherinnen und unsere jungen Schützlinge in der Kindertagesstätte, in der ich an den meisten Vormittagen ehrenamtlich tätig bin. Trotz der klebrigen Finger und der Rotznasen liebe ich es, ihnen eine bessere Kindheit zu bereiten, als meine Jungs und ich sie hatten.

Doch auch meine Arbeit ist nicht frei von gelegentlichem

Herzschmerz. Mekah ist erst vier Jahre alt und vor einer Woche wurde ein Tumor bei ihr diagnostiziert. Wir hoffen alle, dass der Krebs nicht gestreut hat und sie nach der Operation wieder völlig gesund wird.

Dominic, der gerade von der Veranda heruntersteigt, hat das Ende unseres Gesprächs mitbekommen. Er drückt kurz meinen Arm, bevor er sein Limonadenglas abstellt. „Du brauchst nicht die Daumen zu drücken. Wenn die Operation nicht ausreicht, werde ich eine Möglichkeit finden, sie auf meine Art zu heilen."

„Ich weiß nicht, ob das funktionieren wird", gebe ich zu bedenken.

„Das spielt keine Rolle. Ich werde eine Lösung finden. Kein Kind sollte im Alter von vier Jahren sterben." Er blickt zu Griffin hinüber. „Ich freue mich schon darauf, wenn ich bei der Freiwilligenarbeit mitmachen kann. Vielleicht kann ich nicht viele Wunder auf einmal bewirken, aber ich kann vielen Menschen einen kleinen Schubs in die richtige Richtung geben."

Griffin strahlt ihn an. „Dann gibt es noch mehr Glück für alle."

Dom schnappt sich seine leichte Jacke und zieht sie über seine Tentakel. „Ich muss nur warten, bis ich diese Dinger ganz verstecken kann."

Die Beulen sind zwar immer noch durch den Stoff zu sehen, aber sie fallen viel weniger auf als früher. In den letzten Monaten hat Dominic herausgefunden, dass er seine Tentakel in seinen Körper zurückziehen kann, so wie ich meine Klauen, Jacob seine Stacheln und Zian seine Wolfsmensch-Merkmale.

Es ist ein allmählicher Prozess, der viel Konzentration erfordert, um sie auch nur einen Zentimeter einzuziehen. Wenn er das geschafft hat, kann er sie bei Bedarf wieder verlängern und problemlos auf ihre kürzere Länge zurückstellen. Im Moment reichen sie ein paar Zentimeter über seine Taille, sodass er sie nicht um seinen Körper wickeln muss, um sie zu verbergen.

Jacob kommt aus dem Bad und fährt sich mit den Fingern durch sein feuchtes Haar, um es wie gewohnt zu glätten. Andreas tippt noch ein paar Sätze, dann klappt er seinen Computer zu und steht auf, um sich zu uns zu gesellen. Zian joggt aus seiner Werkstatt herüber, und wir gehen alle gemeinsam hinaus.

Seit wir die Wohnung in San Francisco haben, die wir mithilfe von Rollicks Immobilienexpertise und Tonis Zahlungen von den Bankkonten ihres ehemaligen Chefs bekommen haben, pendeln wir zwischen der Stadt und der „Schattenakademie", die der Dämon im abgelegenen New Mexico eingerichtet hat. Abwechselnd führen wir eine Woche lang unser zunehmend normales Leben, während wir in der Woche darauf den jüngeren Schattenblütern in der Akademie zur Seite stehen. Darüber hinaus bekommen wir selbst Anleitung in Bereichen des menschlichen Daseins, mit denen wir bisher noch keine Erfahrung haben.

Rollick ist nur bei etwa einem Drittel unserer Besuche in der Schule da, dafür kommt Pearl uns entgegengesprungen, sobald wir aus dem Wagen steigen, der uns vom Flugplatz hergebracht hat. Ich glaube, die Sukkubus-Frau ist die enthusiastischste Lehrerin *und* Schülerin an der Akademie.

„Hey!", sagt sie und legt ihren Arm um mich. „Nadia ist gerade von ihrer anderen Schule zurückgekommen. Sie hat große Neuigkeiten."

„Wo sind denn alle?", fragt Andreas, als wir auf das große Lehmgebäude mit den abgerundeten Kanten zugehen.

„Ich glaube, die meisten sind im Innenhof." Pearl geht mit einem Winken nach hinten. „Ich sage Toni Bescheid, dass ihr hier seid!"

Die jüngeren Schattenblüter und die beiden ehemaligen

Häftlinge leben noch in der Schule. Als wir durch die kühlen Flure in den Innenhof mit den Tonfliesen und den duftenden Büschen gehen, sehen wir sie an den kleinen Tischchen sitzen und ausgestreckt auf dem Rasen liegen, wie ganz normale, glückliche Teenager.

Auch Omar sitzt draußen. Als einige der anderen aufstehen, um uns zu umarmen, nickt er uns zur Begrüßung zu. Auf dem Tisch vor ihm liegt ein aufgeschlagenes Lehrbuch – vermutlich für einen seiner Online-Kurse. Er hat sich in viele verschiedene Fächer eingearbeitet, während er dabei ist, herauszufinden, worauf er sich spezialisieren möchte.

Ajax sitzt mit Devon und Keith zusammen. Er schenkt mir ein Lächeln und seine innere Stimme dringt in meinen Kopf ein. *Alle sind ein wenig unruhig. Es war in den letzten Tagen zu heiß, um viel Zeit draußen zu verbringen.*

Eine Idee beginnt sich in meinem Kopf zu formen. *Ich werde sehen, was ich dagegen tun kann.*

Andreas wird sofort in einen Streit zwischen zwei älteren Jugendlichen gezogen, bei dem es darum geht, wer das Lieblingsshirt eines der Jungen beschmutzt hat, was er durch das Lesen der Erinnerungen der anderen herausfinden kann. Zian nimmt ein paar der sportlicheren Teenager mit, um in der Turnhalle zu trainieren. Jacob folgt ihnen.

Ich gehe zu Nadia, die mit ein paar jüngeren Mädchen zusammensitzt. Ihr einst kurzes Haar ist inzwischen fast schulterlang, doch ihre Vorliebe für Neonfarben hat sich nicht geändert. Heute trägt sie eine rote Bluse und eine Jeans mit passenden Aufnähern.

Als sie mich sieht, steht sie sofort auf und kommt mir entgegen. Bei ihrem angespannten Lächeln verkrampft sich mein Magen automatisch vor Sorge.

Liebevoll drücke ich Nadias Schulter und mustere sie aufmerksam. „Pearl sagte, du hättest Neuigkeiten.“

Auch wenn es sich bei dem Sukkubus anhörte, als wären es *gute* Neuigkeiten, bin ich mir nicht sicher, inwiefern ich ihrem Urteil trauen kann. Sie muss sich noch an die menschlichen Gepflogenheiten gewöhnen.

„Ja." Nadia faltet ihre Hände vor sich. „Es gibt da einen Jungen an der anderen Schule. Er ist *wirklich* süß und nett und lustig … Er hat mich gefragt, ob ich mit ihm ausgehe!"

Bei den letzten Worten überschlägt sich ihre Stimme vor Aufregung, und meine Sorgen schwinden. Sie ist nicht verärgert, nur nervös.

Es ist gut, dass sie sich wieder auf eine solche Verbindung einlassen kann, obwohl sie nicht weiß, dass sie schon einmal eine Beziehung hatte.

Ich grinse sie an. „Das ist großartig! Wo wollt ihr denn hin?"

„Das haben wir noch nicht ausgemacht. Ich …" Nadia beißt sich auf die Lippe und schaut auf den Boden, bevor sie mir wieder in die Augen sieht. „Denkst du, ich *sollte* mit ihm ausgehen?"

Ich lege den Kopf schief. „Warum denn nicht?"

„Ich …" Sie seufzt. „Ich bin nicht wie er. Er würde meine Kräfte für verrückt halten. Wie soll ich ihm jemals davon erzählen? Oder hiervon?" Sie macht eine ausladende Bewegung mit ihrem Arm in Richtung Schule.

Das ist ein Problem, mit dem wir uns bisher noch nicht auseinandersetzen mussten. Nachdem sie sich an das normale Leben gewöhnt hatten und wir sicher waren, dass sie ihre Kräfte unter Kontrolle hatten, wollten Nadia und einige der älteren Teenager an eine normale Highschool. Für die zweite Hälfte ihres Abschlussjahres haben wir ihnen Plätze an einer Schule ganz in der Nähe besorgt. Dort haben sie es bisher vermieden, viel über ihr Leben preiszugeben.

„Ich weiß es nicht", gebe ich zu. „Aber ich denke, das musst du auf dich zukommen lassen. Vielleicht musst du ihn erst einmal besser kennenlernen. Und wenn du den Eindruck hast, dass er nicht ausflippen wird, kannst du mit ihm darüber sprechen. Und wenn er die Art von Mensch ist, die ausflippen würde, dann wirst du dich vermutlich ohnehin von ihm trennen. Aber du kannst es ja mal probieren."

Sobald der Amoklauf der Schattenblüter aufhörte, haben sich die Gruppen von Selbstjustiz-Monsterjägern und die Militärpatrouillen aufgelöst. Offiziell heißt es nun, dass eine Terrorgruppe für die Zerstörung verantwortlich war, die angeblich von innen heraus implodiert ist.

Wie Rollick einmal sagte, haben die Menschen die Fähigkeit, alles wegzuerklären, was sie nicht als real akzeptieren können. Doch wir sind immer noch sehr vorsichtig, wenn es darum geht, unsere Kräfte dort einzusetzen, wo jemand, der nicht eingeweiht ist, sie sehen könnte.

Nadia senkt ihren Blick wieder. „Du glaubst also nicht, dass es gefährlich sein könnte? Für *ihn*? Ich weiß, dass ich niemandem mehr wehgetan habe, aber alle sagen immer, dass es schwieriger ist, sobald Gefühle involviert sind."

Die Frage trifft mich wie ein Schlag in die Magengrube. Ich brauche eine Sekunde, um meine Gedanken zu sortieren, bevor ich antworte.

„Die Lehrer hier haben deine Reaktionen getestet, wenn du emotional bist, richtig? Und es ist nichts Schlimmes passiert."

Sie nickt.

„Und dein Temperament hat sich deutlich beruhigt, seit du das Gegenmittel eingenommen hast, das Rollicks Leute hergestellt haben. Du hast seither keine Nebenwirkungen bemerkt, oder?"

Vor ein paar Monaten haben die wissenschaftlich versierten Schattenwesen, die der Dämon mit Balthazars und Engels Aufzeichnungen beauftragt hat, ein Mittel für die

Schattenblüter gefunden, die Balthazar manipuliert hat. Unseren Erkenntnissen zufolge hat es ihre aggressiven Tendenzen vermindert.

Nach diesem Sieg haben wir alle Aufzeichnungen der Wärter über die Erschaffung von Schattenblütern vernichtet.

Nadia reibt sich den Mund. „Nein, meine Kräfte sind nur ein bisschen schwächer als früher. Ich bin mir nicht sicher, ob ich überhaupt jemanden verletzen *könnte*. Mein Licht ist nicht einmal mehr stark genug, um etwas zu verbrennen."

Das war die andere Folge unseres „Gegenmittels". Die Schattenblüter haben das akzeptiert, als sie der Einnahme zustimmten. Und sie sind immer noch mächtiger als vor Balthazars Maßnahmen.

Ich mustere Nadias Gesicht. „Stört es dich, dass deine Kräfte schwächer geworden sind?"

Sie hält inne, um darüber nachzudenken. „Nein. Ich *möchte* keine Menschen verbrennen. Und falls ich mich selbst schützen muss, würde es reichen, sie vorübergehend zu blenden."

Ihr schiefes Grinsen bei dieser Bemerkung zeigt mir, dass sie ihre Worte ernst meint.

Ich fasse sie wieder an der Schulter. „Ich denke, du solltest es versuchen. Sieh, wie es mit diesem Kerl läuft. Deshalb sind wir hier und lernen alles, was wir können, oder? Um herauszufinden, was aus unserem Leben werden kann."

Die Anspannung löst sich aus Nadias Haltung. Sie lehnt sich kurz gegen meine Hand. „Ja. Du hast recht. Es könnte wirklich gut werden."

„Weißt du, was noch gut sein könnte?" Ich schaue mich im Hof um und erhebe meine Stimme. „Wer hat Lust, heute Abend in einen Club zu gehen?"

Köpfe drehen sich in meine Richtung, und die älteren Teenager jubeln. Als wir sie unter unsere Fittiche nahmen, versprach ich ihnen, dass wir zumindest eine Hausparty veranstalten würden. Und seit sie stabiler sind, waren wir schon ein paar Mal in Santa Fe, um richtig einen drauf zu machen.

Die Schattenblüter sind nicht die Einzigen, die gerne tanzen gehen. Als wir spätabends nach dem Essen und einer langen Fahrt in Santa Fe ankommen, tauchen mehrere Schattenwesen aus der Dunkelheit in den Autos auf, um sich uns anzuschließen. Auch Toni und Pearl sind dabei. Ein Wesen, das Illusionen erzeugen kann, sorgt dafür, dass die Türsteher uns alle für volljährig halten. Natürlich passen wir auf die Teenager auf, um sicherzustellen, dass sie keinen Alkohol trinken oder gefährliche Substanzen konsumieren.

Die Musik hüllt mich ein und ich gebe mich dem Beat hin. Mittlerweile brauche ich keinen Alkohol mehr, um den Mut aufzubringen, in Gesellschaft zu tanzen.

Meine Jungs bilden einen Kreis um mich herum und schirmen mich vor den unerwünschten Blicken anderer Gäste ab. Jacob wirft einem Mann mit einem anzüglichen Glitzern in den Augen einen bösen Blick zu. Der Kerl begreift schnell genug, was Sache ist, um Knochenbrüche zu vermeiden.

Ich wiege mich zwischen ihnen im Takt, tanze mit Griffin, lasse mich von Andreas führen und von Zian herumwirbeln. Unter meinem Shirt bildet sich Schweiß, und ich bin außer Atem, aber ich könnte mich nicht lebendiger fühlen.

Als wir eine kurze Pause einlegen und etwas trinken, betrachte ich die jüngeren Schattenblüter und unsere „monströsen" Verbündeten, die sich im Getümmel vergnügen. Ihre Gesichter strahlen, ihre Haare fliegen und ihre Beine bewegen sich im Takt.

Das ist unsere Familie. Unser Blut. Und wir sind endlich frei. Das ist keine normale Party, sondern ein wahres Fest.

Wir haben uns letztes Jahr gemeinsam etwas aufgebaut. Etwas von uns und für uns, so wie es sein sollte.

Am Ende der Woche steigen wir sechs Erstlinge wieder in den Jet. Sobald er in der Luft ist, hole ich das Buch über Tontechnik hervor, das eines der Schattenwesen mir gegeben hat.

Vielleicht wäre es interessant, hinter die Kulissen der Musik zu blicken. Oder vielleicht auch nicht. Wie auch immer, ich werde es herausfinden.

Andreas, Griffin und Zian spielen Karten, während das Surren des Motors leise durch die Kabine dringt. Jacob sieht sich eine Fernsehserie auf seinem Handy an, während Dominic sich auf sein Tablet konzentriert und in regelmäßigen Abständen über den Bildschirm wischt, was mir verrät, dass er liest.

Plötzlich bricht er in Gelächter aus.

Ruckartig drehen wir uns zu ihm um. Eine so heftige Reaktion ist ungewöhnlich für Dom.

Ich greife über den Gang nach seinem Arm. „Was ist so lustig?"

„Ach, dieses Buch." Er kichert noch ein wenig und grinst mich dann an. „Ich glaube, die Heldin wird so enden wie du, mit mehr Männern, als sie verkraften kann."

Ich werfe ihm einen gespielt bösen Blick zu. „Hey, ich bin durchaus in der Lage, mit euch fünf klarzukommen."

„Ja, das bist du, Tinkerbell!", sagt Andreas scherzhaft.

Meine Neugierde ist trotzdem geweckt. „Liest du wirklich eine Geschichte, in der eine Frau mit mehreren Männern zusammenkommt?"

Dominic blickt wieder auf sein Tablet. „Nun, so weit ist es noch nicht. Aber sie *will* definitiv mehr als einen. Und ich habe das Gefühl, dass es auf eine Dreier-Beziehung, oder was auch immer es mit vier Männern wäre, hinausläuft. Natürlich ist da noch das Problem, dass sie einen frechen Geist im Kopf hat, der versucht, sie herumzukommandieren. Und natürlich die Tatsache, dass sie keinem der Männer von ihren magischen Fähigkeiten erzählen kann, weil sie sonst hingerichtet wird …"

Jetzt lache ich. „Klingt fast so kompliziert wie unser Leben."

„Vielleicht gefällt mir die Geschichte deshalb so gut." Er nimmt meine Hand und drückt sie kurz. „Ich werde dir erzählen, wie es ausgeht."

Jacob legt sein Handy zur Seite. „Während du über fiktive Menschen liest, die eine Beziehung wie unsere führen, möchte ich lieber die genießen, die wir tatsächlich haben."

Er lehnt sich nah an mich und knabbert an meinem Kiefer, bevor er gerade so laut murmelt, dass die anderen Jungs es hören können: „Meinst du, es ist an der Zeit, dass wir dem Mile-High-Club beitreten, Wildkatze?"

Bei seiner Berührung und seinem Vorschlag steigt Hitze in mir auf. „Ähm … Ich denke, ich könnte mich überzeugen lassen."

Zian erhebt sich mit einem lüsternen Blick in den Augen von seinem Platz. „Dann suchen wir uns besser einen Ort, wo wir alle Platz haben."

Er hebt mich hoch und trägt mich zu der Sofaecke hinter den normalen Flugzeugsitzen. Als sich der Rest meiner Jungs um uns versammelt, strecke ich meine Hand nach jedem von ihnen aus und schwelge in der Liebe und der Leidenschaft, die sie mir entgegenbringen.

Während ich mich in der Glückseligkeit ihrer Küsse und Liebkosungen verliere, flackert in meiner Brust eine berauschende Freude auf.

Unsere Geschichte hätte auf viele unterschiedliche Weisen

verlaufen können. Vielen schrecklichen Szenarien sind wir nur knapp entgangen.

Doch ich weiß ohne Zweifel, dass dies genau das Happy End ist, für das wir so hart gekämpft haben. Wir haben es endlich geschafft.

Über den Autor

Eva Chase ist eine Amazon Top 100-Bestsellerautorin für Urban Fantasy und paranormale Liebesromane. Sie ist mit Magie, Chaos und Herzschmerz aufgewachsen und bringt alle drei Elemente in ihre Geschichten ein. Aber keine Angst vor dem gefürchteten Liebesdreieck - Evas Heldinnen müssen sich nie entscheiden. Online findet man sie unter www.evachase.com.

www.ingramcontent.com/pod-product-compliance
Lightning Source LLC
Chambersburg PA
CBHW030744310726
48969CB00005B/1308